本书由江苏省社科基金、苏州大学外国语学院"江苏省重点学科建设经费"和"211工程建设经费"资助出版。

文学论丛

潘文东 ◎ 著

日本近代小说理论研究
多维视域下的《小说神髓》研究

北京大学出版社
PEKING UNIVERSITY PRESS

图书在版编目(CIP)数据

日本近代小说理论研究：多维视域下的《小说神髓》研究 / 潘文东著.—北京：北京大学出版社，2015.9
（文学论丛）
ISBN 978-7-301-26293-1

Ⅰ.①日… Ⅱ.①潘… Ⅲ.①小说理论－小说研究－日本－近代 Ⅳ.①I313.074

中国版本图书馆CIP数据核字（2015）第213491号

书　　名	日本近代小说理论研究——多维视域下的《小说神髓》研究
著作责任者	潘文东　著
责任编辑	兰　婷
标准书号	ISBN 978-7-301-26293-1
出版发行	北京大学出版社
地　　址	北京市海淀区成府路205号　100871
网　　址	http://www.pup.cn　新浪微博:@北京大学出版社
电子信箱	lanting371@163.com
电　　话	邮购部 62752015　发行部 62750672　编辑部 62759634
印刷者	三河市博文印刷有限公司
经销者	新华书店
	650毫米×980毫米　16开本　16印张　320千字
	2015年9月第1版　2015年9月第1次印刷
定　　价	48.00元

未经许可，不得以任何方式复制或抄袭本书之部分或全部内容。
版权所有，侵权必究
举报电话：010-62752024　电子信箱：fd@pup.pku.edu.cn
图书如有印装质量问题，请与出版部联系，电话：010-62756370

序 言

方汉文

日本文学理论与中国的关联渊源有自,从近年来勃兴的"海外诗学"研究中就可见一斑。特别是在东亚各国,尤其是日本发现的中国古代诗话诗论著作,足以说明这种联系是何等久远。

如果从接受美学角度来说,中国古代文论曾经是日本文学研究的启蒙者,真正的"海外诗学"也应起源于此,而最早的《诗大序》、陆机《文赋》、曹丕《典论·论文》、刘勰《文心雕龙》的接受国之一就是日本。不过风水轮流转,明治维新之后,日本文学理论反哺中国新文论,从清末的维新派到新文化运动的鲁迅、周作人等人,无一不受到明治时期日本文学理论家的影响。

遗憾的是,从世界文学角度来系统地研究日本文学理论,尤其是《小说神髓》的专著仍是寥若晨星。所以潘文东博士以此为选题,虽然未敢遽称未见前贤,但依我之见,实在是开一时之新风,有独立创新性价值。

我想这可能正是其受到《外国文学评论》这样优秀刊物赏识的根本原因。本书中的部分章节曾经此刊物发表。学贵创新,开一个新领域与新视域、提出新观念、发掘新资料、有新见解,都属于某一个方面的创新。而综合性的创新则更为可贵,如果以此而论,可能正是本书的独到之处。新视域的全面开拓,具有综合性创新特性,使这部著作不袭旧说,处处可以看到新见解,而绝不囿于一得之见。

潘文东进入苏州大学比较文学研究中心攻读博士生是在21世纪初,当时我开始主持教育部人文社科重点研究基地北京大学东方文学研究中心的重大课题。这是教育部首批重大课题。北京大学东方文学研究中心又是首个重大课题,季羡林先生非常重视,曾在未名湖畔多次与我交谈,嘱咐将课题做好。北京大学东方文学研究中心的王邦维、张玉安等专家全力支持,课题成果严谨而扎实,课题《东西方比较诗学史》(上下册)由北京大学出版社出版后,至今仍然被多所大学用作教材,学术论著中也被广泛征引。

潘文东毕业于北京大学东语系,回到故乡的苏州大学外国语学院日语系任教,其时从游于余,攻读博士学位。北京大学日语系的师生对他评价颇高,余亦以为其好学深思,为可堪造就之材。他也参加了北京大学东方文学研究中心重大课题的工作,撰写论著,这无疑对他写作这部著作有一定帮助。

"不切不磋,不琢不磨",在长达6年之久系统地理论学习中,经过对希腊古典哲学、中国先秦哲学、宋明理学、德国康德、黑格尔、马克思、胡塞尔直到当代法国拉康、美国杰姆逊等人的研究,潘文东的理论思维方式发生重要转型。这也是我主持苏州大学比较文学研究中心的主张:学术研究以大理论体系为纲、中西结合,古今通透,培养理论基础深厚的学者。学生成就是事实说话,以论文水平为评价标准,不侈谈才气名声,讲求实学。余以为,这是当代中国博士生教育中最重要之处。

《小说神髓》其实是西方文学理论在日本本土化的代表作,小说研究属于叙事学范畴,直到20世纪中后期,西方的叙事学理论才真正成为一门显学,而这种早期研究的著作,反而往往被东西方所忽略。小说是现代世界主要文体,以卢卡契的论点:古代文学重史诗,而现代文学重小说,小说就是古代的史诗。当然这种观念的起源仍然是黑格尔美学,不过这种观念直至今日仍然有其价值。20世纪的小说研究虽然兴盛,但有见地的著作其实并不多,其中关于中国小说研究的尤其少,除了鲁迅的《中国小说史略》、夏志清的《中国现代小说史》(1961年英文版)有一定影响外,小说理论著作几乎乏善可陈。在以小说为主要文体的当代文学中,这真是一种值得关注的现象。无论如何,文学现实需要我们深入研究小说理论,无论是国际还是国内,都是如此。

在当代小说研究中,西方学者往往寄希望于叙事学,而事实上,叙事学在当代研究中却未能尽如人意,甚至有泛化研究的倾向。所以反思东西方小说理论的历史,对其中的经典文本作深入解析,是这部著作最重要的价值所在。但是真正认识到这一研究价值者并不多。当然我们也并不必为此而懊恼。夫子写《春秋》,太史公作《史记》,都有一种精神:知我罪我,皆在其中。当年研究选题初定时,我就曾对文东说过:叙事学或是叙述学的研究现在尚未真正开始,真正的研究应当是小说理论的深化。特别是要结合民族文体的研究,比如中国小说,就要结合四大小说名著(包括《三国演义》《水浒》《西游记》《红楼梦》这样的章回体小说的研究)。

就在这部著作出版之际,世界文学中发生了一种巨大的变化,这就是美欧学者所推动的"世界文学重构"。在这种"重构"的思潮中,本书的价值就愈发凸显出来。"世界文学重构"的领军人物大卫·达姆若什教授所主编的《朗文世界文学作品选》中,主张反对欧洲中心主义,提出收入东方文学作品。但是这种研究其实刚刚起步,世界性的不同文体的文学史直到近年来才出现。正如我在近期出版的《世界文学史教程》(北京师范大学出版社,2014)一书中所指出:我们打破西方的所谓文学思潮如现实主义、浪漫主义——等世界文学史模式,建立四大民族文类形态的文学史:

其一,西方拉丁语(包括以后英、法、德、俄等语言)的诗歌与叙事文类;

其二,中国格律诗与章回体小说,新文学史的现代诗歌与叙事文类；

其三，波斯阿拉伯文学的抒情诗与《一千零一夜》为代表的文类形态，现代文学史的多种文类；

其四，拉美独创的新小说文类形态（虽然西班牙语与拉丁语有历史渊源，但拉美的文学语言仍然具有创新性）。①

这是一种历史主义的文类学分类，前所未见，与西方和国内以前的各种文学史完全不同。其中对中国文体的强调尤其重要。首次将中国文学史、中国文类特别是中国独有的章回体小说作为民族文学的独特贡献列入世界文学史，实属首创。

遗憾的是，美国朗文公司的《朗文世界文学作品选》中竟然完全没有收入中国传统小说的经典作品，这些在中国小说中最具代表性的文体。我们也由此可见，小说理论批评与世界文学史的中国小说，特别是章回体小说在当代仍然是一片未开垦的处女地。

如果从这一独特视域来反顾潘文东的这部著作，其意义与价值自不待言，我们有理由相信，中国的小说理论研究将会在21世纪中有重要推进。如果能将世界小说理论与我们民族小说文体结合，进行深入研究，前途未可限量。

2015年4月24日写于中国人民大学汇贤大厦宾馆
同年4月28日修改于苏州大学牧鱼楼

---

① 参见方汉文主编《世界文学教程》，北京：北京师范大学出版社，2014年，第2页。

目 录

导 言 ······· 1
  第一节 研究意义和先行研究综述 ······· 1
  第二节 研究的理论基础——兼谈对比较诗学理论建构的思索 ······· 10
  第三节 日本文学研究现状和创新的可能性 ······· 26
  第四节 研究方法、结构与创新点 ······· 30

第一章 坪内逍遥和《小说神髓》概要 ······· 35
  第一节 坪内逍遥的生平 ······· 35
  第二节 出版过程和版本 ······· 50
  第三节 全书的内容梳理 ······· 53
  第四节 结构与思路分析 ······· 59

第二章 美学思想 ······· 66
  第一节 审美与功利——《小说神髓》之目的论 ······· 67
  第二节 美的本质——《小说神髓》之妙想论 ······· 71
  第三节 美的理想——《小说神髓》之人生论 ······· 79
  第四节 美学思想综述 ······· 84

第三章　写实主义文学理论 ········· 87
第一节　近代小说观 ········· 88
第二节　人情与世态 ········· 97
第三节　写实主义的创作观 ········· 110
第四节　传统与创新 ········· 122

第四章　叙事理论 ········· 132
第一节　文体论 ········· 133
第二节　论叙事内容 ········· 144
第三节　论叙事结构 ········· 149
第四节　论叙事话语 ········· 154

第五章　互文性研究 ········· 166
第一节　互文性文本概述 ········· 167
第二节　《小说神髓》与英国小说家 ········· 179
第三节　《小说神髓》与《小说的艺术》的比较 ········· 187
第四节　《小说神髓》与明清小说批评 ········· 193
第五节　多种文本的狂欢 ········· 202

第六章　《小说神髓》的延长线 ········· 205
第一节　《当世书生气质》——《小说神髓》理论之实践 ········· 206
第二节　二叶亭四迷和《浮云》——《小说神髓》理论的体现和发展 ········· 212
第三节　"不得意的时代"与"没理想论争"——《小说神髓》后的逍遥 ········· 218
第四节　人情风俗小说与自然主义文学——《小说神髓》对后世的影响 ········· 225

结　　语 ········· 233
参考文献 ········· 239
后　　记 ········· 247

导 言

第一节 研究意义和先行研究综述

一、研究意义

坪内逍遥(1859—1935)的《小说神髓》是日本近代第一部系统的小说理论著作,书中指出小说是艺术中的最高形式,批判了江户时代和明治初年以"劝善惩恶"的封建道德教化为宗旨的前近代文学观念,提出了"人情"为中心的写实主义小说观,对日本近代文学的诞生起着巨大的催生作用。以往的研究大多认为坪内逍遥的《小说神髓》中提出的小说改良理论很不彻底,保留了大量的江户时代旧文学的内容,因此它只是一部过渡性的著作,还不能说具有了开启日本文学的近代化的意义,其后的二叶亭四迷的《浮云》才是真正意义上日本文学近代化的开山之作。《小说神髓》诞生于新旧时代交汇处,也是日本古典文学与日本近代文学承上启下重要的环节,如何评价这部著作的意义直接关系到如何真正理解日本文学的特色、如何认识日本近现文学发展演变的内在必然性、如何深入解读日本近现代文学的具体作品都有着重要的意义,同时对考察各民族文化、文学的交流和影响的具体过程,各国文学在近代话语转换过程的特点都有极大的参考意义。

二、日本的坪内逍遥和《小说神髓》研究

坪内逍遥的《小说神髓》是日本近代文学史上具有划时代意义的理论著作,因此坪内逍遥和《小说神髓》的研究一直是日本学术界的重点课题之一。《小说神髓》自明治十八年(1885年)9月起由松月堂出版以来就受到文学界和批评界的关注。如坪内逍遥的大学好友、日本著名文艺评论家高田早苗(半峰)发表在1886年1月《中央学术杂志》的《〈当世书生气质〉之批评》[①],虽然没有对坪内逍遥的《小说神髓》直接作评论,但可以作为坪内逍遥研究的第一篇论文,这篇著名的论文也是日本近代文学史上最初的文学评论。从此以后,在一大批著名文学家和学者不断努力和推动下,对坪内逍遥和《小说神髓》的研究取得了长久不衰的发展,至今已经积累了丰富的研究成果。

坪内逍遥和《小说神髓》的研究成果存在的形式主要有以下五种:(1)综合性报刊。这主要集中在明治时期,当时学术杂志不多,一些大型报刊文学性很强,明治时期很多作家的作品也是通过报纸连载发表的,如夏目漱石的《虞美人草》《三四郎》等很多作品就是发表在《朝日新闻》上。《读卖新闻》《朝日新闻》等综合类报纸通过刊登小说和文学评论赢得更多读者,是当时报业经营很重要的手段之一。(2)学术杂志。随着学术的专业化发展,学术类杂志不断发展,现在除了专门的学术杂志以外,大学、研究所、协会等的学报类杂志也成为研究成果发表的阵地。(3)个人研究专著。这些研究成果主要是来自专门研究坪内逍遥、《小说神髓》或者明治文学的学者。这些成果专业性强,有全面系统、细致深刻等特点,著名的专家有柳田泉、本间久雄、越智治雄、中村完、龟井秀雄等。(4)研究论文集。这些研究成果有些是前面(2)、(3)的论文,按照一定的课题被编入研究资料,如日本文学研究资料刊行会编的《坪内逍遥、二叶亭四迷》(有精堂,1979年)收入了12篇研究坪内逍遥的论文和10篇研究二叶亭四迷的经典论文。还有一些是研

---

① 高田半峯:当世書生氣質の批評,『現代日本文学大系』1,『近代評論集』Ⅰ,東京:角川書店,1972年,50—65頁。

讨会、座谈会的记录和论文集,如稻垣达郎、冈保生编的《座谈会 坪内逍遥研究》(近代文化研究所,1976年)。(5)文学史。《小说神髓》在日本近代文学有着特别重大意义,所以尽管是否以这部作品作为日本近代文学的开端还有争议,但《小说神髓》是所有近代文学史不能回避的话题。一般近代文学史中都有对《小说神髓》的简介和评价,其中内容有一定的参考价值。这些资料比较分散所以对研究者收集资料带来一些困难。以上《小说神髓》研究成果的五种形式并不是孤立和固定的。以上(1)、(2)原来在报刊、杂志上发表的文章和评论,尤其一些重要论文以论文集或资料汇编的形式编入(3)、(4),这样就使研究者不必再找原始资料,只要查看相关书籍即可找到所需的资料。如:川副国基编《现代日本文学大系1—近代评论集》(角川书店,1972年)收录了明治时期重要报刊发表的文学评论,使研究者不必直接找明治时期报刊就能看到。除有些特殊的资料必须查原件的,一般来说资料汇编就可以与查阅第一手的资料原件达到相同的效果。

从内容来分大体可以分为五类:(1)对坪内逍遥本人生平及功绩评价的研究。这方面主要有坪内士行的《坪内逍遥研究》(早稻田大学出版部,1953年)、河竹繁俊、柳田泉合著的《坪内逍遥》(富山房出版,1940年)、本间久雄的《坪内逍遥》(松柏社,1959年)、柳田泉的《年轻时的坪内逍遥》(春秋社,1960年)等都是研究者必读的资料,对了解坪内逍遥成长、生活和文学创作等有着重要的参考价值,有些内容可以与其他资料相印证。(2)对坪内逍遥《小说神髓》的专题研究,这方面的研究成果是笔者参考的重点,这部分内容将在下面关于《小说神髓》研究史中详细论述。(3)对坪内逍遥的其他文学作品的研究。如作者实践其文学理论的小说《当世书生气质》几乎和《小说神髓》同时出版,在当时的知识阶层影响很大,对这部小说的研究一直很活跃。研究者经常把这两部作品放在一起评论,所以对《当世书生气质》研究也是《小说神髓》研究的一部分。还有与森鸥外进行的"没理想"争论等的研究。(4)坪内逍遥其他方面的研究。坪内逍遥除了在文学取得了巨大成就以外,还在其他领域做出了很多开创性的贡献。主要有:改良歌舞伎、创办日本话剧(新剧)、翻译《莎士比亚全集》等。这些研究相对比较分散,但对本课题研究也有一定参考价值。(5)二叶亭四迷以及明治初期文学史研究。二叶亭四迷和坪内逍遥是同时代的文学家,而且坪内逍遥对二叶亭四迷有直接的影响作用,二叶亭四迷在有些地方又超越了前者,两者都为日本近代文学做出了开创性贡献,谈二叶亭四迷不能不谈到坪内逍遥,所以二叶亭四迷研究中有很多值得参考的内容。对于本书的研究来说,以上研究资料都具有很高的参考价值,但按其重要性可以排序为:(2)、(3)、(1)、(5)、(4)。

本书主要研究参考的资料主要集中在(2)中,即对坪内逍遥《小说神髓》的专门研究,以下对这方面的研究成果按时代顺序作简单的梳理。《小说神髓》的研究自明治时代起至今可以分为四个时期:

(1) 明治时期(1885—1912):《小说神髓》刚出版时主要在青年学生读者群中产生了强烈的反响,而且当时《当世书生气质》由于先出版,在社会上更为有名,所以人们评论时往往放在一起。1886年1月著名文艺评论家高田半峰的《<当世书生气质>之批评》虽然没有直接评论《小说神髓》,但文中明显是对照了《小说神髓》的理论进行评述的。还有高山樗牛1898年发表于《太阳》杂志的《明治的小说》一文中对《小说神髓》进行了评价,在肯定了其历史功绩后也指出过于偏重心理描写的缺点。明治时期,近代文学尚在酝酿中,文学批评也处于起步阶段,因此缺乏对《小说神髓》深入和客观的研究,大部分只是对作品的某一些方面发表一些主观的意见。

(2) 大正·昭和前期(1912—1945):进入大正时代,西方现代主义和马克思主义思潮传来,日本一些文学家和文学评论家运用新的理论总结了明治时代的文学。木村毅于1926年发表了《<小说神髓>的小研究》,认为《小说神髓》的功绩可以和福泽谕吉相媲美,是日本走向近代化过程中,从资产阶级意识形态萌发出的两株花草①。不过,当时研究《小说神髓》的成果还不是很多,到坪内逍遥于1935年去世以后,坪内逍遥和《小说神髓》研究进入第一个高潮。不少在青年时期受过坪内逍遥和《小说神髓》影响的作家在此时已经成长为著名作家,如幸田露伴在《朝日新闻》上撰稿回忆坪内逍遥对他的影响。一些杂志社专

---

① 三好行雄、竹盛天雄:『近代文学』Ⅰ,東京:有斐閣,1977年,162頁。

门召集文学专家陆续编辑出版了追悼的论集,如《坪内逍遥追想录》1—6(《早稻田学报》,1935年4—9月)、《坪内逍遥研究》(《评论》,1935年5月)等。一批研究成果也在这一时期大量涌现,主要有:河竹繁俊、柳田泉合著的《坪内逍遥》(富山房,1940年)、柳田泉的《政治小说与<小说神髓>》(收录在《政治小说研究》,春秋社,1935年)、土方定一的《坪内逍遥的<小说神髓>及其展开》(西东书林,1936年)、柳田泉的《<小说神髓>的成立》(《明治文学研究》,1934年)等。

(3)战后(1945—1980):虽然在战前《小说神髓》的研究进入了一个高潮,但随后由于日本整个国家进入战争状态,学术研究和社会的生产、生活一样,无法安定下来,而且在军国主义专制统治下,学术自由受到了严酷的压制。因此到了战后,日本的社会、经济高度发展,学术自由得到有效的保障,学术气氛和学术条件日益改善,《小说神髓》的研究真正进入了黄金时期。这一时期发表和出版的主要著作或论文集有:柳田泉的《<小说神髓>研究》(春秋社,1966年)、谷泽永一的《<小说神髓>研究史》(《明治期的文艺评论》,八木书店,1971年)、关良一的《逍遥·鸥外——考证与试论》(有精堂,1971年)、吉田精一的《坪内逍遥》(《近代文艺评论史》,至文堂,1975年)等。主要论文有:稻垣达郎的《解题》(《明治文学全集16 坪内逍遥》,筑摩书房,1969年)、菅谷广美的《<小说神髓>及其材源》(日本文学研究资料刊行会编,《坪内逍遥·二叶亭四迷》,有精堂,1979年)、越智治雄的《<小说神髓>的母胎》(《国语国文学》,1956年)、和田繁二郎的《<小说神髓>试论》(《立命馆文学》,1957年12月)、川副国基的《关于<小说神髓>——文学革新期和英国的评论杂志》(《文学》1959年1月)。

(4)当代(1980—21世纪)到了20世纪80年代,日本成为世界第二经济大国,虽然最近二十多年日本的经济发展有些低迷,但仍保持世界前几位的经济大国地位。近年来国际化程度日益提高,越来越多的学者参与国际间学术交流,有些学者曾长年在西方国家生活和研究,在西方学术界也占有一定的地位。因此,近年来出现了通过比较文学、西方后现代主义思潮和跨学科跨文化的研究新的成果。主要论文有:前田爱《另一个<小说神髓>》(《日本近代文学》(第25集),1978年

10月)、菅谷广美《<小说神髓>与约翰·莫利—关于<评艾略特>一文》(《比较文学年志》(16),1980年)、中村完《坪内逍遥论》(有精堂,1986年)、龟井秀雄《<小说神髓>研究》(1—10)(《北海道大学文学部纪要》,1989年9月—1994年3月,共10篇,后论文经作者整理后出版了《<小说>论—<小说神髓>与近代》,岩波书店,1999年9月)、柏木隆雄《<小说神髓>与曲亭马琴》(《语文》第90辑,大阪大学国语国文学会,2008年6月)。除此以外,还有一些日本著名的文学评论家运用后现代主义的方法和视点重新评价了近代日本文学,尤其是近代文学起源的问题,在他们的论著中也对坪内逍遥和小说神髓进行了全新的解读,如:柄谷行人《日本近代文学的起源》(讲谈社,1980年)、小森阳一主编的《近代文学的成立——思想与文体的摸索》(有精堂,1986年)、铃木贞美的《<日本文学>的成立》(作品社,2009年)等,使坪内逍遥和《小说神髓》的研究进入了一个新的阶段。

三、中国的坪内逍遥和《小说神髓》研究

20世纪初,我国学者就开始对坪内逍遥的研究产生了兴趣,周作人曾大力提倡中国应向日本学习来推动中国文学的发展,对坪内逍遥的《小说神髓》给予了高度的评价。周作人1918年在北京大学做了题为《日本近三十年小说之发达》的讲演,其中着重谈到《小说神髓》对于当时的中国小说界的重大意义,他认为中国小说界的当务之急,就是需要一部《小说神髓》似的理论著作①。著名文学研究学者谢六逸在1929年出版的《日本文学史》中对该书寄予很高评价:"《小说神髓》一书,救活了濒死的明治文学。"② 新中国成立以后,学者都在马克思主义文艺理论指导下进行文学研究,大多沿用旧说,认为《小说神髓》日本近代文学史上虽有开创性的历史功绩,但理论未摆脱封建社会的旧观念的影响。

20世纪80年代中国实行改革开放以后,日本文学研究日益活跃

---

① 周作人:《日本近三十年小说之发达》,《周作人代表作》,北京:华夏出版社,2008年,第226—236页。
② 谢六逸:《日本文学史》,上海:北新书局,1929年,第62页。

起来,老一辈日语和日本文学的专家陆续发表了一些论著,其中著名学者刘振瀛翻译了《小说神髓》(人民文学出版社,1991年)。但专门研究成果较少,大部分研究成果散见于各类日本近现代文学史论中,如王长新的《日本文学史》(外语教学与研究出版社,1982年)、王晓平的《近代中日文学交流史稿》(湖南文艺出版社,1987年)。近年来,随着改革开放不断深入,经济、文化交流日益频繁,包括日本文学在内的外国文学研究呈现出繁荣的景象,对日本明治初期的文学研究,尤其是对坪内逍遥和《小说神髓》的研究也成为重点课题之一。主要著作有叶渭渠的《日本文学思潮史》(经济日报出版社,1997年)、王向远的《中日现代文学比较论》(《王向远著作集》第5卷,宁夏人民出版社,2007年10月)、方汉文主编《东西方比较文学史》下卷(北京大学出版社,2005年8月)文学史论的一部分章节。主要论文有福田清人、代彭康的《坪内逍遥——近代日本文学、文学翻译、戏剧、教育的先驱》(《世界文化》,1989年第5期)、孟庆枢的《日本比较文学研究的趋向》(《现代日本经济》,1988年第5期)、方长安的《中国近现代文学话语转型与日本文学的关系》(《求索》,2004年第2期)等。专门论述坪内逍遥和《小说神髓》的研究中,关冰冰在坪内逍遥和《小说神髓》方面的研究引起学界关注,他陆续发表了一系列文章《坪内逍遥的"人情说"初探》(《日本学论坛》,2002—02)、《走向西方的日本近代文学的起点——进化论与坪内逍遥的小说改良》(《东北师大学报》(哲学社会科学版),2002年第3期)、《试论日本近代文学的"近代性"——坪内逍遥艺术论的个案分析》(《东北师大学报》(哲学社会科学版),2006年第6期)、还有他的博士论文《日本近代文学的性质及成立》,另外甘丽娟也有多篇专题论文,如《论坪内逍遥的写实主义小说观——以<小说神髓>为中心》(《齐鲁学刊》,2006年第5期)、《论近代小说地位的确立——以<小说神髓>为中心》(《东岳论丛》,2007年第6期),还有李永男的《梁启超的小说思想和坪内逍遥的<小说神髓>对朝鲜近代小说理论的影响》(《天津外国语学院学报》,2002年第3期),对坪内逍遥的《小说神髓》的写实主义小说理论进行了探讨。

四、中日两国《小说神髓》研究综述

纵观从明治时期至今日本学术界对坪内逍遥和《小说神髓》的研究，可以发现日本学者研究态度认真踏实、研究方法严谨细致，令人惊叹，彻底贯彻了实证主义精神。笔者通过日本学者常用的权威专业文学研究网站——"国文学研究资料馆"搜索，把"小说神髓"或"坪内逍遥"字段为关键词键入，结果出现相关论文469篇，时间从1896年到2007年。检索"日本国立情报学研究所"论文搜索网站CiNii，键入"坪内逍遥"获得相关论文323件，键入"小说神髓"获得63件。两个网站中有些文章是重复的，"国文学研究资料馆"的文献更加全面，而CiNii比较新，收录最新的文献是2009年4月的。由于电脑检索的技术问题，一些完全无关的论文或相关度低的论文也进入其中，剔除这些文献，大概有200篇论文可以作为本研究的参考。经笔者仔细核对分析发现资料类、考证类、影响关系类、解读类的论文占有相当的比例。明治时期到20世纪80年代，坪内逍遥和《小说神髓》研究围绕着以下几个主题展开的：《小说神髓》的文学价值与不足；坪内逍遥《小说神髓》与二叶亭四迷的《小说总论》的影响关系和比较研究；《小说神髓》与日本传统文学的关系；《小说神髓》中引用外国资料的考证；《小说神髓》中的某一论点或词汇的来源考证等。著名的论文有越智治雄的《<小说神髓>的母胎》和菅谷广美的《<小说神髓>及其材源》。越智治雄在论文中从东京大学保存的历史档案、当时的报刊以及相关资料中搜寻出坪内逍遥在《小说神髓》诞生前后有关经历的片段资料，用逻辑的方法串联起来，以此推论坪内逍遥撰写《小说神髓》时的思想脉络。菅谷广美的《<小说神髓>及其材源》中作者也找到了坪内逍遥撰写《小说神髓》是所参考的英语原文的书籍和杂志，对书中引用做了一一对应的考证。虽然文章的篇幅不是很长，但从中我们能看出作者在繁多的资料整理过程中所付出的心血。日本学者在资料收集整理和考证方面的认真踏实、一丝不苟的学风是值得我国学者学习的，这些基础性研究为后来学者的研究打下了坚实的基础。但是日本学者的研究过分拘泥于材料的收集和细致的考证而缺乏宏观性的观照和理论的分析也是其不足所在。还有很多论著也多从作品论、作家论的角度对作

品、作家、读者等关系进行展开的,这些都是传统的研究方法。到了20世纪60年代起,西方的现象学、符号学、阐释学、比较文学、形式主义、后现代主义、后殖民主义等思潮逐步传入日本,使文学研究在方法论和具体研究方式上发生了重大的变化,学者们结合本土文化进行了各种有益的尝试,推动了研究不断深化。这些研究论文大都视野宽阔、旁征博引,有很多启发,但由于照搬西方理论来诠释日本文学,产生过于抽象和哲学化的倾向,轻视对文本的整体细读也是其弊端。

中国的日本文学研究界,坪内逍遥的《小说神髓》研究和其他作家、作品的研究相比,如夏目漱石、森鸥外、芥川龙之介、川端康成、大江健三郎、村上春树等作家和作品的研究来说,无论是数量还是质量都难以企及的。这说明学界对坪内逍遥的《小说神髓》的研究尚处于起步阶段,对其真正价值还有待进一步挖掘,而且对《小说神髓》的研究还只是局限在该书的部分的、表面性的概念,如"人情观"、写实主义等的问题,还缺乏对该书整体性的、体系化的研究。进入21世纪以来,关冰冰的一系列论文使《小说神髓》研究上了很大一个台阶,他以日本文学研究前沿成果的第一手资料为基础,运用全球化语境、后现代主义理论和比较文学的方法对《小说神髓》进行了一些新的探索,尤其他的博士论文——《日本近代文学的性质及成立》,洋洋约30万字(日语),笔者认为是坪内逍遥《小说神髓》研究的高水平之作。但是,不足之处在于论文的观点深受日本学者柄谷行人、小森阳一等人的影响,认为文学的近代化是通过近代民族国家、国语的形成来实现的,"因此,日本的国文学是近代国家的产物,国文学才是真正的近代文学,'国家意识'与'世界史'是界定日本近代文学的视域。而正是坪内逍遥把国家意识注入到了日本文学当中,并把它带入到了世界文学的范畴内,同时以西方为中心构建了'先进与落后'的框架,使日本文学置于西方话语的言说当中。"[①]从该文的篇幅和内容来说,专门论述坪内逍遥《小说神髓》的内容有50页左右,只约占整个论文200多页的四分之一,而且整个论文是在阐述近代民族国家、国语和近代文学的关系,论述《小说神髓》的内容仅限于上卷的几个章节,篇幅也不多,因此

---

① 关冰冰:《日本近代文学的性质及成立》,东北师范大学博士论文,2004年10月。

可以看出对坪内逍遥的《小说神髓》缺乏整体性细读和理论性研究,这就为本研究提供了开拓的空间。

综合中日两国的坪内逍遥《小说神髓》研究来说,在基础研究方面中日两国的学者做得相当细致,为我们后来的研究者提供了丰富扎实的材料,对作家生平、思想来源、文本的论点以及概念的辨析已经相当清楚了。从方法论来说,这些研究是通过期望找到作家、作品的当时的真实状况、或者说是历史的"真相"为目的的。然而正如黑格尔比喻我们看到的艺术作品就像那些被从树上摘下来的果实一样:"这里没有它们存在的真实生命,没有长有这些果实的果树,没有构成它们的实体的土壤和要素,也没有决定它们特性的气候,更没有支配它们成长过程的一年四季的变换。"①因此,期望完全还原作品的本来面目的做法实际上已经被证实是不可能的。因此,需要一种新的哲学体系、新的方法论来指导研究走向深入。

第二节 研究的理论基础
——兼谈对比较诗学理论建构的思索

"哲学若没有体系,就不能成为科学。没有体系的哲学理论,只能表示个人主观的特殊心情,它的内容必定是带偶然性的。哲学的内容,只有作为全体中的有机环节,才能得到正确的证明,否则便只能是无根据的假设或个人主观的确信而已。"②黑格尔的这句广为流传的话成为一个学科建构理论体系,或是学者为自己学说树立学术体系的理由。诚然,学科体系是一种真正科学的、成熟的理论的必然模式。比较文学研究自20世纪80年代在我国广泛开展以来,我国比较文学界的学者们从单方面接收法国学派的"影响研究"和美国学派的"平行研究"开始,逐渐对比较文学的理论建构进行了一些探索,又提出了"双向阐释法""中西互补法""模子寻根法""中西对话"等研究方法。而在西方,20世纪60年代出现了"诗学复兴"现象,法国著名比较文学学者

---

① [德]黑格尔:《精神现象学》下卷,贺麟、王玖兴译,北京:商务印书馆,1979年,第231页。
② [德]黑格尔:《小逻辑》,贺麟译,北京:商务印书馆,1980年第2版,第56页。

艾田伯于1963年提出"历史的质询和批评的或美学的沉思,这两种方法认为它们自己是直接相对立的,而事实上,它们必须相互补充,如果把这两种方法结合起来,那么比较文学将不可遏制地导向比较诗学"①的主张。我国老一辈学者钱锺书先生也指出:"文艺理论的比较研究,即所谓比较诗学是一个重要而且大有可为的研究领域,如何把中国传统文论中的术语和西方的术语加以比较和相互阐发,是比较诗学的重要任务之一。"②我国比较文学界在20世纪80年代中期起受此影响,运用跨学科、跨文化方法建构理论或实例研究呈现也出现了繁荣的景象,大批西方哲学、语言学、文学、历史学、社会学的理论和思潮一下子涌入刚刚开始实行改革开放的中国,这些理论或思潮有心理学、形象学、译介学、主题学、现象学、阐释学、符号学、女权主义、接受美学、分析哲学、结构主义、后殖民主义、解构主义等,弗洛伊德、胡塞尔、狄尔泰、海德格尔、加达默尔、乔姆斯基、索绪尔、姚斯、伊瑟尔、巴赫金、克里斯蒂娃、福柯、德里达、哈贝马斯等林林总总各种学派的代表人物的著作和学说被译介到中国,比较文学界开始出现理论化的倾向,很多学者运用这些理论对中西文学作品进行阐释或分析,还有学者不满足于纯实用的理论,开始借鉴西方理论进行比较诗学更高层次的理论体系建构。如乐黛云教授提出的"互动认知"理论以及"和而不同,同则不继"的主张③。方汉文教授运用中国古代墨经的逻辑思维和西方辩证法相结合提出了强调"差异"逻辑的"新辩证观念"。陈跃红教授运用现代阐释学理论提出中西古今的"四方对话",主张让中国的古代文论参与现代理论的发展。④这方面探索和努力为推动我国比较诗学理论发展和进步,为摆脱我国在世界文学理论界的失语状态起到了不可估量的贡献,同时这些理论指导下,比较文学的实践水平上取得了长足的发展。然而,这些理论所阐述的多维方法论、认识论层面的问题,在本体论的阐述尚不够详细。笔者翻阅了很多比较文学理论或比较

---

① René Etiemhle, *The Crisis in Comparative Literature,* Michigan State University Press, 1966, P.54.
② 张隆溪:《钱锺书论比较文学》,《读书》,北京:三联书店,1981年第10期。
③ 乐黛云:《互动认知:比较文学的认识论和方法论》,《中国比较文学》,2001年第1期。
④ 陈跃红:《比较文学导论》,北京:北京大学出版社,2005年,第36页。

文学导论之类的论著和教科书,也查阅了一些有关比较诗学理论的论文也得到同样的结果。笔者认为有意淡化或回避比较诗学的本体论主要可能有两方面原因:首先,比较诗学是比较文学中对各民族文学理论的研究,对世界本原的探索和追问并不是比较文学或比较诗学的研究的领域,而是哲学或形而上学的任务;第二,现代哲学在20世纪已经发生了根本性的变化,从尼采高喊"上帝死了"开始,西方"逻各斯中心"的形而上学开始崩溃,本体论哲学已经终结,现代哲学已经发生了转向,哲学的研究应该以生活、生命为中心去把握。然而,事情并不是那么简单,从传统哲学理论的框架来说,一般都有本体论、认识论、方法论、构成论等,本体论是理论体系框架的根本环节,缺少本体论层面的理论基础,那么即使理论体系建构起来了,仍然是"无根之苗"。因此,构建本体论也是比较诗学的内在需要。而且近年来西方哲学界也在试图建构所谓"后形而上学"的新的本体论,解构主义大师德里达虽然解构了一切,但其实他同时对建构做出了一些暗示。

一、比较诗学本体论构建的必要性

针对比较诗学理论在本体论上的不足,有学者探索本体论的理论,以期提高比较文学或比较诗学的层次,使之达到哲学一样的高度。这其中之一是著名学者杨乃乔教授,他分别于2001年和2003年发表文章阐述其观点,他在文中发出了"什么是比较文学的本体论?"[①]的追问,而且认为"比较文学是本体论不是方法论"[②]。杨乃乔教授指出:"本体论'ontology'是指关于研究'being'的一门学问,确切地说,本体论是指从哲学的高度研究万物创生的基点—本源—原初存在(primary being)的学问。"[③]他由此把本体论这一概念引入到某一具体学科,经过详细的论证得出结论认为比较文学的研究基点—本体就是比较视域。这是比较文学可以"安身立命"的基点,也就是比较文学的

---

① 杨乃乔:《比较视域与比较文学的本体论承诺》,《北京大学学报》,2003年第5期。
② 杨乃乔:《比较文学是本体论不是方法论》,《文艺报》,2001年10月30日,第3版。
③ 杨乃乔:《比较视域与比较文学的本体论承诺》,《北京大学学报》,2003年第5期,第66页。

终极本体。①把一门学科的出发点或基本原理叫作该学科的"本体论",这个做法在很多学科理论体系中也是常见的,在学理上有其合理性。但是这两种本体论还是有区别的。探索万物本原和终极存在性的学问叫作传统的或狭义的本体论,而把某一学科的基本出发点和原理可以叫作广义的本体论。笔者认为研究基点和本体的意义未必完全相同,"比较视域"这一概念仍属于方法论范畴,似乎不足以成为比较文学或比较诗学真正"安身立命的基点"。"安身立命的基点"必须要在哲学、形而上学层面的本体论中追寻。现代西方哲学解构了世界的本原、本体等终极真理,拒绝讨论本原性或形而上学的问题,但同时也有陷入虚无主义和相对主义的危险。随着全球化日益深入,各种思想、主义和理论不断激烈地碰撞,我们面对眼花缭乱的学说无所适从。上文提到的学术流派纷繁复杂、代表人物人数众多,一个勤奋的学者穷其一生都无法把他们的著作全部读完。何况要真正搞懂某一位学者的一部著作也非易事,加之每位学者的思想有时随时代不同有所变化,每个学说又有不同的思想、不同的流派、不同的理论,恰如恒河沙数。当前,学术界的治学气氛浮躁,把西方理论的拿来匆忙了解一下马上活学活用的例子比比皆是,这些研究只是对西方理论表面的吸收,还未能对其精髓充分把握。因此,静下心来从西方哲学本体论的发展史中了解西方各种学说的变迁的内在原因和逻辑,才能高屋建瓴,才能清晰有效地掌握各种学说产生发展的脉络,建构起经得起考验的本体论。笔者从近代哲学开创者康德为基点上溯柏拉图、亚里士多德,下及胡塞尔、海德格尔、加达默尔、德里达、哈贝马斯等,以期从中可以找出把握哲学本体论的脉络,找到真正"安身立命的基点",使本书的研究得以在坚实的基础上展开。

二、主体间性理论渊源

西方古代哲学的源流之一是古希腊的形而上学体系,它被称为自然客观性哲学,到了近代笛卡尔提出"我思故我在",标志着个人主体

---

① 杨乃乔:《比较视域与比较文学的本体论承诺》,《北京大学学报》,2003年第5期,第67页。

性的觉醒,康德通过批判旧形而上学体系确立了先验法则,把世界划分为现象界和"物自体",限定了人的认识能力范围,形成了主观和客观二元对立,但也发现了人的主观能动性,将此前一直以客观为中心的本体论转变为以人为主体的本体论,这是近代主体性哲学的开端。以后谢林、费希特、黑格尔基本沿着主体中心主义的道路构筑起自以为圆满的哲学体系。主体性哲学有效地推动自然科学的发展和整个人类社会的进步,但同时也使理性主义、西方中心主义、人类中心主义极度膨胀,人与自然、人与人的冲突日益激烈,整个人类社会充满着危机。20世纪初胡塞尔痛切感觉到当时欧洲社会所面临的危机,因此在他的先验现象学理论框架下提出了主体间性理论,由此开启了哲学本体论研究的新天地。

主体间性(inter-subjectivity)在中文语境中译为"交互主体性""主体际性"等说法,它的思想源流最早可以追溯到柏拉图、亚里士多德等古希腊哲学家,但是其论述只限定在伦理学和政治学领域。到了近代,康德、费希特、黑格尔等人在主客对立模式下对主体间性也有所涉及,但也只限于认识论方面,而且也不是作为哲学的根本性问题来讨论的。马克思也是从社会学的角度进行探讨的,他认为:"人的本质不是单个人所固有的抽象物。在其现实性上,它是一切社会关系的总和。"[①]到了20世纪初,胡塞尔才真正把主体间性作为哲学根本性的范畴提出来。胡塞尔认为:"我就是在我自身内,在我的先验还原了的纯粹意识生活中,在与他人一道,这可以说不是我个人综合构成的,而是对我来说陌生的、交互主体经验的意义上来经验这个世界的。对每一个人来说,这个世界就存在那里,他的所有对象都可以为每个人所通达。但是,每一个人都有它的经验,他的诸现象和现象的诸统一性,他的世界现象,而这个经验的世界本身是与所有经验的主体和他们的世界现象相对峙的。"[②]虽然胡塞尔的哲学体系仍被认为是主体性的,但在主体间性的提出上如同康德在先验法则的发现一样,是又一次"哥白尼式"的革命,实现了哲学的再一次转向。其后,海德格尔、加达默

---

① 《马克思恩格斯选集》(第2版)第1卷,北京:人民出版社,1995年,第60页。
② [德]胡塞尔:《胡塞尔选集》(下),上海:三联书店,1997年,第878页。

尔、梅洛—庞蒂、哈贝马斯等人从不同立场在相近的论域展开讨论,现今这已经被称为西方哲学的新方向,又有人认为这是西方主体性哲学的"主体间性"转向。虽然对主体间性哲学有不少批判和指责、没有完备的理论体系,但无论西方还是我国学术界,众多学者都广泛地推崇其合理性,把它作为哲学、美学、文艺学、阐释学、伦理学、社会学、语言学、翻译学等的新理论的出发点。

主体间性在各领域有非常广泛的运用,但由于理论仅仅停留在社会学、认识论的层面,大多未进入本体论的层面。其原因在于认识论和社会学层面上的论证相对简单、容易使人理解,本体论的理论很难用日常思维、一般的语言来阐述,即使阐述出来也令人费解。但是,缺乏本体论支撑的理论只能有限地解决表面的问题,不能解决主体间性何以可能的问题,也不能解释和解决复杂的、深层次的问题,所以这个问题仍是哲学的核心问题。实际上在胡塞尔以后有很多学者尝试建立主体间性的本体论,如梅洛—庞蒂以身体作为中介试图消解主—客关系的对立达到本体论的主体间性,最后证明没有成功,他的主体间性观点只有在美学的层面才得以实现。犹太宗教哲学家马丁·布伯在《我与你》用诗性的语言阐述了人与世界的关系,他把西方主客二元对立的关系描述为"我—它"的关系,这不是本真的关系,他提出"我—你"的关系模式是本原性的,在这种模式体现了人与自然、人与人、人与神的和谐关系,具有主体间性的本体论性质,这种理论对解决西方社会和当今世界面临的危机很有启发,但毕竟是建立在有神论的基础上的。海德格尔在他老师胡塞尔的主体间性理论启发下更彻底地贯彻现象学的方法,他的生存论(或译为存在论)将主体间性的探究引入到本体论的层面。他在《存在与时间》中指出传统的形而上学在讨论存在时忘记了人的存在,他将人的存在称为"此在"(Dasein),这种此在是在世界中存在(In—der—Welt—sein),既然存在于世界中就要与世界交往(烦忙),还要与他人发生交往,此在不是孤独的主体。"此在的世界就是共同的世界。'在之中'就是与他人共同存在。他人的在世界之内的自在存在就是共同此在。"[①]此时,人与世界、自我与他人等的

---

① [德]海德格尔:《存在与时间》,陈嘉映译,北京:三联书店,2006年,第138页。

关系不再是"主—客"关系而变成"主—主"的交往关系,即主体间性。从本体论上何以可能的问题上,海德格尔主张回归古希腊的思想来思索,他说:"现象学所阐述的意识活动乃是现象表现,这一内容早已为亚里士多德思索过,并在所有的古希腊的思维与存在的关系中被看作是 aletheia(去蔽),看作是呈现物的无蔽性,即暴露和表现其自身的特性。"[①]海德格尔认为存在是动态的不是静态的,存在者的存在不是永恒显现的,是由隐蔽到显现的运动过程,打破了永恒在场的形而上学存在论或本体论,这一点和德里达从索绪尔的语言学受到启发提出延异(différance)的概念,解构永恒在场的形而上学是一种殊途同归,为主体间性本体论的建构提供了新的途径。

三、主体间性的本体论

主体间性这个范畴一开始来自伦理学,指的是每个人都是独立的个体,人与人以平等自由为原则进行交流、交往的关系,人们彼此的差异应该得到互相尊重,不必消除。这种关系的模式作为人类的理想社会有其合理性,随着社会的发展和进步已经逐渐成为人们的共识,而且在现实社会已经成为一种道德观。把这种观念用于政治、法律等领域都是合理又符合逻辑的,所以主体间性这个范畴不断进入新的领域。近年来,我国哲学界、美学界、翻译学界的学者也从各种层面对主体间性进行了热烈的讨论,其中杨春时从实际社会生活以及认识论、本体论的理论建构中进行了大胆的探索,他把主体间性概念分为三类:社会学的主体间性、认识论的主体间性、本体论(存在论、解释学)的主体间性。尤其是在对本体论的论述中他认为:"现实存在是非本真的,作为主体的人与作为客体的世界的关系是对立的,人类征服世界,世界抵抗人类。这种主客对立的存在不是本真的存在,而是异化的存在,因为在主客对立之中没有自由可言,不仅人与自然的对立没有自由可言,而且人与自然的对立也必然产生人与人之间的对立,从而也没有自由可言。本真的存在不是现实存在,而是可能的存在、自

---

① [德]海德格尔:《我的现象学之路》(参看:《现代外国哲学》第5辑),北京:人民出版社,1984年,第321页。

然的存在,它指向自由。本真的存在何以可能,就在于超越现实存在,也就是超越主客对立的状态,进入物我一体、主客合一的境界。这个境界不是像道家那样把主体降格为客体,而是把客体升格为主体,变主体与客体的关系为主体与主体的关系。在主体与主体的平等关系中,人与世界互相尊重、互相交往,从而融合为一体。这就是主体间性的存在,存在的主体间性。"[①]另一位学者苏宏斌也非常重视主体间性本体论的理论建构,他认为:"认识论层面的研究应该是以本体论的研究为前提的。他具体地说,在文艺活动中,艺术家或者读者首先是在本体论的层面上,以一种前反思的方式建立起与对象之间的平等交流和理解关系,并在这种关系中完整地把握到对象存在的意义;而后,则是在认识论的层面上,通过意识的反思活动,把本体论层面的理解和领悟加以分解或者专题化。"[②]

虽然中外学者各自用不同的哲学语言对主体间性的本体论进行了建构,但对于一般人来说似乎暂时还难以理解。如果是社会学、认识论层面上,"人与人"的主体间性尚不难理解,但对本体论中如"人和世界"的相互平等、相互交流交往是普通思维无法想象的,因为自然的世界是无生命的、死寂的,所以人们认为它无法像人类一样的成为主体,即具有主体性的能动、决定性的、有自我意识等特征的存在。实际上这种思维仍停留在"永恒在场的形而上学"基础上,人与世界的交流和对话,并不一定像人与人、人与高等动物的交流那样。人发出的信息,外部世界接受的方式未必一定要和人类之间的方式一样,它可以是以一种隐蔽的方式、人类暂未认识到的方式向人类作反馈,我们只不过没看到而已,但不能因此就否定它对人类的反馈。而这种反馈也许用人的眼睛去看还不能看到的,海德格尔主张要去"倾听",他认为"听和沉默这两种可能性属于话语的道说。话语对生存的生存论结构的组建作用只有通过(听和沉默)这些现象才变得充分清晰。"[③]我们

[①] 杨春时:《本体论的主体间性与美学建构》,《厦门大学学报》(哲学社会科学版),2006年第2期,第7页。

[②] 苏宏斌:《认识论与本体论:主体间性文艺学的双重视野》,《文学评论》,2007年第3期,第151页。

[③] [德]海德格尔:《存在与时间》,陈嘉映译,北京:三联书店,2006年,第189页。

语言的限制也决定了我们对世界认识的界限。"生公说法,顽石点头",这是个传说,但也从侧面说明自然也可以对人类发出的信息产生反馈。人类大肆破坏生态,大自然用生态灾害来报复,这也是一种反馈。虽然这种交流、对话是以冲突的形式表现出来的。如果我们能善待自然,自然必然也恩泽人类,达到和谐。《楞严经》中也说道:"宇宙万物,皆能见闻觉知。"因此用永恒在场式的思维旧模式去理解主体间性肯定得不到真正的理解,而应用动态的、相对的新视域来看才能有所领悟。在这方面中国自古以来的文化传统倒是和西方的哲学相互汇通了。实际上西方哲学家从尼采到叔本华、到海德格尔都从东方文化汲取了营养、获得了启示,反倒是现代的中国人妄自菲薄放弃了自己的传统。在中国著名的儒家经典《中庸》说:"唯天下至诚,为能尽其性;能尽其性;则能尽人之性;能尽人之性,则能尽物之性;能尽物之性,则可以赞天地之化育;可以赞天地之化育,则可以与天地参矣。"(第二十二章)在当时人类生产力较低的历史条件下,中国人就提出人与自然(天地)的关系并不是主客对立,也不是主宰和服从的关系,而是人在大自然面前可以"赞天地之化育"与天地并立为三("可以与天地参矣"),人与天地自然完全处于平等互动的主体间性关系。当然这些中国古代哲学的主体间性思想并不说明已经达到了现代主体间性本体论的水平了。杨春时认为中国古典的美学思想中的主体间性还缺乏个体性和深度,仍处在原始、简单的阶段,它在五四以后就被主体性美学所替代并在相当长时间处于支配地位,通过中西的"对话"和"交流"可以进一步促进中华美学主体间性本体论的建构。①

四、认识论和方法论的主体间性

近代古典哲学研究的领域主要在于认识论和方法论,从笛卡尔到康德、黑格尔以及胡塞尔,在主观—客观、主体—对象等问题上由对立到统一以及到主体间性的认识,正是因为缺乏主体间性的本体论理论的支撑,这些理论最终都难以自圆其说。如果我们今天从本体论的层面对主体间性有了深刻认识以后再来看从近代到现代哲学的认识论

---

① 杨春时:《中华美学的古典主体间性》,《社会科学战线》,2004年第1期,第81页。

和方法论,就可以更加深刻理解这些理论并加以扬弃和超越。

当代哲学的本体论认为所谓世界本原性、绝对性的东西的不存在的,像传统形而上学认为的终极性范畴,如主观—客观、存在—意识等也没有绝对的"决定—被决定""支配—被支配"的关系,它们的关系是互为主体、融为一体的,即主体间性的。因此,人类的认识活动不仅仅是一种认知,也应该是体验、理解。正如狄尔泰(Wilhelm Dilthey)指出的:"只有当我们体验到人的状态,让这些状态在生命显示中表达出来,并且理解这些表达,人类才成为精神科学的对象。"[1]这其中的体验、表达、理解并不是个体性的,而是社会性的、历史性的,它是生命经验中主体和客体、内在和外在相互融合、互为主体的结果。狄尔泰通过把生命过程引入认识论,打通了纵向世界(过去、现在、未来的历史)和横向世界(人类、自然、万物等)各种联系和相互作用,使宇宙能够重重无尽、事事圆融。狄尔泰由历史理性批判的方法出发,建立起生命哲学、精神科学的理论体系,把知识论上升到认识论,继而开创了现代阐释学。他认为一切知识不仅来自个人以及整个社会的经验,同时也来自生命经验,是处于各种关系互相交叉的整体,他指出:"我们关于现实的图像和知识的大部分——作为生命统一体的我们自己的个性、外部世界、他人、他人的时间、他人的生命及其相互作用——都可以根据人类本质的这一整体得到说明。"[2]人类的认识通过体验、表达、理解的等实践不断循环往复运动,这被称为"阐释学的循环"。狄尔泰在1900年写的《解释学的兴起》一文中这样写道:"这里我们遇到了一切解释艺术的根本困难。一部作品的整体应有个别的词语及其组合来理解,可是对个别部分的完全理解却又以对整体的理解为前提。这种循环也重现于个别作品与其作者的精神气质及其发展之间的关系中……从理论上说,我们在这里处在一切解释的界限上,解释总在一定程度上完成它的任务;所以一切解释总是相对的,永远不可能完成。

---

[1] 谢地坤:《狄尔泰与现代阐释学》,《哲学动态》,2006年第3期,第17页。

[2] Wilhelm Dilthey, *Wilhelm Diltheys Gesammelte Schriften*, Bd. 5, Leipzig and Berlin 1924, p.173.

个体是无法表达的。"①从这段话中,我们可以归纳出两层意思:一是部分与整体的关系不是一种单向的关系,而是多向的;一是部分与整体的是密不可分的,除去了部分的个体将是不可理解的,而且这种循环不是一种原地转圈而是在历史过程中不断丰富发展的建设性循环。

狄尔泰对阐释学的开创性贡献很大,但是由于忽视本体论建构,最终重蹈了黑格尔的主体性哲学的覆辙。海德格尔深受胡塞尔和狄尔泰双重影响,他把狄尔泰的阐释学引入他的存在论,使之发展为哲学阐释学,这一理论又在海德格尔的弟子加达默尔手中不断完善,形成现代阐释学。加达默尔在《真理与方法》第2版序言中这样评论海德格尔:"我认为海德格尔对人类此在的时间性分析已经令人信服地表明:理解不属于主体的行为方式,而是此在本身的存在方式。本书中的'诠释学'概念正是在这个意义上使用的。它标志着此在的根本运动性,这种运动性构成此在的有限性和历史性,因此也包括'此在'的全部世界经验。既不是随心所欲,也不是片面夸大,而是事情本性使得理解运动成为无所不包和无所不在。"②加达默尔进一步发展了海德格尔的理论,在《真理与方法》中通过对语言的深刻剖析,提出阐释学的本体论。他认为语言观就是世界观,世界在语言中显现,我们在语言中存在,语言是人类的本质和寓所,它是一切理解的基础。"而语言只有在谈话中,也就是在相互理解的实行中才有其根本的存在。"③通过对话使传统与现实、过去与现在、自我与他者等成为交互主体(主体间性)的关系。他提出了"视域融合"和"效果历史"的观点,使主体间性理论在认识论和方法论上更具可操作性。

加达默尔认为"真正的历史对象根本不是对象,而是自己和他者的统一体,或是一种关系,在这种关系中同时存在着历史的实在以及历史理解的实在。一种名副其实的诠释学必须在理解本身中显示历史的实在性。因此我就把所需要的这样一种东西称之为'效果历

---

① [德]狄尔泰:《解释学的兴起》,载《理解与解释》,洪汉鼎编,北京:东方出版社,2001年,第90—91页。
② [德]加达默尔:《真理与方法》上,洪汉鼎译,上海:上海译文出版社,2004年,第4页。
③ [德]加达默尔:《真理与方法》下,洪汉鼎译,上海:上海译文出版社,2004年,第578页。

史'。理解按其本性乃是一种效用历史事件。"①在这段话中体现了加达默尔自觉地把阐释者和被阐释者当作交互的主体,通过平等的对话达到真实的显现。因此他继续论述道:"历史学的兴趣不只是注意历史现象或历史流传下来的作品,而是还在一种附属意义上注意到这些现象和作品在历史(最后也包括对这些现象和作品研究的历史)上所产生的效果。"②这一观点改变了传统研究中阐释者和作品的主客关系和追寻作品原来意义的原则,促使人们在无限时空延续中通过"阐释者—作品—作者"三个主体间的交流中体会无穷无尽的真理和意义。这种方法也被称为"视域融合"。在对艺术作品和历史进行考察时,考察者(阐释者)的头脑中不会是一片空白的,必然有一种"前理解",这有可能是一种偏见,也可能是一种历史文化积淀,或是个人的经历或感觉。带有这种视域的研究者和过去的作品、原作者或历史事件的当事人的视域存在着差距,所以通过"自身置入"的方法使各种视域主体得以相互交流、融合,"这样一种自身置入,既不是一个个性移入另一个个性中,也不是使另一个人受制于我们自己的标准,而总是意味着向一个更高的普遍性的提升,这种普遍性不仅克服了我们自己的个别性,而且也克服了那个他人的个别性。"③这种活动已经不是传统意义的探究"原义",而是一种新的更高层次的创造,实现了现今的视域参与传统的建设。这也从另一层面印证了克罗齐"一切历史都是当代史"的论断。

除了阐释学在主体间性的认识论和方法论层面提出带有实践意义的理论和观点外,20世纪各个领域、各种流派的学者也从各自不同的角度提出了相似的理论。如俄国学者巴赫金以陀思妥耶夫斯基的作品为例提出了复调小说的主张,他认为:"有着众多的各自独立而不相融合的声音和意识,由具有充分价值的不同声音组成真正的复调——这的确是陀思妥耶夫斯基长篇小说的基本特点。在他的作品里,不是众多性格和命运构成一个统一的客观世界,在作者统一的意识支

---

① [德]加达默尔:《真理与方法》上,洪汉鼎译,上海:上海译文出版社,2004年,第387页。
② 同上书,第388页。
③ 同上书,第394页。

配下层层展开;这里恰是众多的地位平等的意识连同他们各自的世界,结合在某个统一的事件之中,而相互之间不发生融合。陀思妥耶夫斯基笔下的主要人物,在艺术家的创作构思之中,便的确不仅仅是作者议论所表现的客体,而且也是直抒己见的主体。"①他认为文学作品实质上是各种声音与陈述行为明确的主体声音交融在一起的动态系统,主要表现在作者与人物、各种人物之间、人物自身非封闭的对话当中。文学作品不是孤立的存在,处于全方位的对话中。法国符号学创始人克里斯蒂娃在巴赫金话语和对话理论的启发下提出了文本间性、又称互文性理论。克里斯蒂娃所说:"任何作品的文本都是像许多引文的镶嵌品那样构成的,任何文本都是其他文本的吸收和转化。"②互文性的理论打破了过去文本的独立自足性观念,使文本成为一种联系、动态、转变和交叉的领域,"作者—文本—读者—世界"等相互处于对话交往中,文学文本和非文学文本以及一切文字、话语、符号也都处于纵横交错的文本间性之中。从这个意义上说,文本间性(互文性)和主体间性是相通的,是主体间性在文学研究领域的表现形式,因此有学者把这类种理论统称为间性理论。

五、实现比较诗学的哲学新突破

比较文学自诞生以来经历了多次危机,法国学派于19世纪开创的比较文学一开始主要着眼于各国文学作品、作家的相互影响关系,以实证的方法分析文学的发生以及在各国、各民族间发送、传播、接受的事实和路线,由此产生了渊源学、媒介学、流传学等学科。但是由于研究领域过于狭窄、方法过于简单,使比较文学第一次面临危机。20世纪50年代,在美国北卡大学所在地教堂山召开的"国际比较文学协会"会议上,韦勒克发表了题为《比较文学的危机》的论文,全面批评了法国学派的理论,指出比较文学应该"把握住艺术与诗超越人的生命

---

① [俄]巴赫金:《巴赫金全集》,第五卷,钱中文主编,石家庄:河北教育出版社,1998年,第4页。
② 朱立元:《现代西方美学史》,上海:上海文艺出版社,1993年,第947页。

和命运并塑造了一个想象的新世界的这一特点"①,由此比较文学的研究打破了时空等各方面的限制,把不同时代、不同地域、具有不同地位和影响的作家、作品在可比性条件下进行平行研究,这种研究方式还扩大到文学思潮、文学运动以及文学理论等领域。近年来,随着全球经济一体化的不断发展,通过跨文化和跨学科的比较文学研究也掀起了热潮。一些学者把现象学、阐释学、结构主义、符号学、女权主义、后殖民主义、解构主义等理论或思潮引入比较文学研究领域,呈现出百花齐放的空前繁荣景象。但在这种繁荣的背后也隐藏着危机。也就是说,在比较文学的范围、领域以及方法无限扩大的情况下,所有的人文科学的内容都可以纳入"比较文学"的范畴,仿佛任何理论都可以对比较文学进行研究,所以也就是变相取消了"比较文学"。同时,正如前文指出的,比较文学或比较诗学在本体论层面上缺乏建树,也造成在比较文学的实际操作中没有找到可以"安身立命的基点"。因此,要想摆脱比较文学的困境必须要在比较诗学的本体论或哲学层面实现突破。上文笔者从哲学本体论、认识论、方法论层面探讨了主体间性的理论,笔者自觉有一种豁然开朗之感。笔者认为这一理论体系是世界哲学发展的最高成果,反映了人类思维水平达到了前所未有的新高度,如德里达、哈贝马斯等当今西方最为活跃的学者以及我国最前沿的人文科学的研究者(如杨春时、张世英等)有很多大力推崇这一理论并积极参与理论建构。笔者在学习和研究这方面理论时发现当今学术思潮看似纷繁复杂、杂乱无章,而只要从本体论的层面对这些学说、理论加以分析可以看出当代的学术逐渐扬弃了永恒在场的形而上学走向了在场与不在场结合为一个无穷尽的整体。②如果深入研究胡塞尔、狄尔泰、海德格尔、加达默尔、索绪尔、巴赫金、克里斯蒂娃、福柯、德里达、哈贝马斯等人的理论就越会发现这些学说看似相互对立却有那么多的相通之处。在此需要指出的是:笔者并不认为这些学术已经发展到完满无缺、到达终极的阶段,也不认为主体间性的理论是一种

---

① [美]韦勒克:《比较文学的危机》,载《比较文学研究译文集》,上海:上海译文出版社,1984年,第134页。

② 张世英:《进入澄明之境——哲学的新方向》,北京:商务印书馆,1999年,第270页。

现成、完备的绝对真理体系,它还处于建构中,它是一个开放的、运动的、无穷无尽的体系。

中国人自古以来不擅长哲学的逻辑思维,不喜欢形而上学式的追问,喜欢即学即用的简易方法,尤其现在西方的理论多如牛毛,随便与具体的某部作品结合联系一下就可以取得成果。但是这种成果是没有深度的,同时也不具有原创性的。因此在比较诗学的本体论的层面真正实现突破,必将对比较文学和比较诗学的可持续发展带来不可估量的指导作用,是我国的比较文学界出现更多的原创性的成果,而不是对外国的学术成果一知半解、亦步亦趋地模仿,同时对世界比较文学、世界学术做出更多、更高的贡献。现今,形而上学的新的本体论仍在建构过程中,中国学者也应积极加入其中,利用我国学术和西方学术的各自优势,加强交流和互动,在积极碰撞中不断激发出火花。同时在认识论和方法论层面上也应开拓思路、不断丰富前人的成果,在多维视域下进行理论探索和具体文本的实际分析研究。

在主体间性理论的指导下,这种"多维视域"又被赋予了新的意义。首先,"多维"是指在比较文学的理论和具体文本研究中运用跨学科、跨文化的多维度的研究方法。跨学科研究在人文科学的研究中已经广泛普及并成为一种时尚,但如果没有一种合理而又统一的哲学本体论的观照下,那么跨学科研究很容易会变成牵强附会,各种不同学科之间的矛盾也会凸显出来,其合理性让人怀疑。同时研究方向有可能由借鉴其他学科来解决文学的问题变为用文学来证明该学科已经证明的结论。那么这种研究的价值就会大打折扣了。跨文化研究在我国处于方兴未艾的阶段,确实取得了丰硕的成果。但是反思一下跨文化研究的话,实际上所谓跨文化多半跨越的"中西"两种文化。笔者认为这种跨文化的问题在于:1.执着自身文化,不肯跳出自我思维模式,实际上难以做到文化间的跨越;2.所跨越的对象基本是西方文化(当然西方文化不是铁板一块式的,它的内部各民族、各国的文化其实还存在着差异),没有更广阔的视野,研究过程中往往陷入二元对立的思维模式。实际上世界是丰富多彩的,如果我们不能跳出中西二元对立的窠臼的话,就难以实现真正创新。例如:我们可以在中西比较中加入印度文化或其他国家民族文化的维度。笔者是一直从事日本文学、文化的研究,在这个过程中发现如果引入日本文化的维度的话,就可以超越本国文化的束缚,处于一种相对自由、比较中立的超越状态,即不固执于本国文化也不偏向西方文化,同时也不站在日本文化的立场。日本虽然与中国同属东方,而且历史上长期受到中国文化的全方位一边倒的影响,但日本文化中仍保留着明显的民族特色。所以笔者主张的多维度研究是融合和超越以往更多维度等研究方法。

"视域"应该包含多维视域的融合、重视效果历史、进行多方对话等含义。在比较文学研究中,"比较"是比较文学的根本方法,在比较文学史上有影响研究和平行研究两大流派,现在很多的比较文学和比较诗学理论书籍一般认为比较诗学的研究对象是诗学或文学理论,研究视域是跨文化的,研究方法是平行研究,研究目标是普世诗学。因此,周荣胜在《比较诗学不是诗学比较》列举了一些著名的比较诗学著作中把西方诗学的概念范畴以及思想家配对进行一一对应,"两个概念分别来自两个遥远的世界,凑成一对。这样的排列预先就决定了研究的结论:它们具有如此相似的方面。但是,由于出自不同的文化又具有明显的差异。相同和相似的方面可能揭示了人类共同的文心,不同的方面肯定表明了文化间的差异。"[①]这种比较只是肤浅的、简单化的、发展初期的研究方法,是比较文学和比较诗学研究中常见的弊病。对于这个问题陈跃红教授提出采用"古今中西四方对话"的方法,笔者认为还可以让更多的文化和文明加入对话,在融合视域中以主体间性原则促进各种文学、文化的对话和交往,形成众声喧哗的气氛,在各种主体相互交往时激发出新的阐发。通过以上这些具体的操作希望能够重构一种更高层次的新的开放性的理论体系,而且在这种理论指引下不断对文学文本进行新的解读。

以上为了论述方便把这种方法分解为"多维""视域"两个方面加以阐述,但实际上在研究的实践和理论上它们是相互补充、融为一体的。在此,笔者需要强调的是通过对旧的形而上学本体论的深刻反思,实现哲学的新突破,在主体间性理论指导下运用"多维视域"的方

---

① 周荣胜:《比较诗学不是诗学比较》,《人文杂志》,2008年第1期,第112页。

法进行文学研究过程中,其目的不再是以往追求同一性到达普世理论,也不是相互证明、相互认证以说明其中的异同关系,而是在互相交往、相互汇通的过程中实现创新,这不仅是比较诗学发展的趋势,也是比较诗学的真正价值的体现,本研究就是以此作为指导思想展开研究的。

第三节　日本文学研究现状和创新的可能性

一、日本文学研究的现状

日本是我国的近邻,中日两国有一千多年的交流历史,对中国来说,近代日本是一条学习西方的捷径,因此通过研究日本来促进我国的进步有着重大的意义。虽然自近代以来,我国开始对日本进行研究,但真正起步应该说是在改革开放以后。改革开放以来,随着中日两国经济、政治、文化交流的日益深入和人员往来的频繁,我国学者对日本文化、文学的研究呈现出繁荣的景象。赴日攻读硕士、博士以及通过访问学者等身份到日本的人数不断增长,学者能够找到第一手资料,同时在和日本学者的交流中不断提高研究水平。国内高校和科研院所中,有关日本研究的博士点、硕士点数量也不断增长,优秀人才大量涌现,老中青的结合的学术梯队不断地形成中,近年来出版了大量的研究成果。王向远教授于2003年发表了《近二十年来我国的中日古代文学比较研究概述》《近二十年来我国的中日现代文学比较研究概述》两篇文章,对中日比较文学从20世纪80年代到21世纪初的二十年间的成果进行了梳理和总结,肯定了二十年来我国中日比较文学研究取得的可观的成绩,也指出了不足的地方。"那就是大多数的文章和著作,还是以传播关系、影响关系为主的研究,而在传播和影响的基础上对中日文学各自的民族特征的平行比较研究,还有待于深化。这恐怕也是中日古代文学比较研究今后应该努力的方向。"[①]这个观点不仅对中日比较文学研究有指导意义,而且对单纯的日本文学研究也有

---

① 王向远:《近二十年来我国的中日古代文学比较研究概述》,《日语学习与研究》,2003年第2期,第59—62页。

所启示。我国的日本文学研究和中日文学比较研究者主要来自中文系(现在很多大学改名为文学院)或者日语系(或外国语学院日语专业)。而在研究倾向上来说,中文系背景的学者对中国文学和文艺理论比较熟悉,而对日语、日本文学可能大部分还未达到"精通"的水平,他们多以翻译文本来对日本文学进行比较研究。而日语系出身的学者由于在大学本科主要学的是日语,在日语功底上无疑都很扎实,但文学研究多是从研究生阶段才开始接触的,他们对中国文学以及文艺理论、美学修养的功底就不太深厚。基于以上原因导致在中日比较文学中表现出以传播关系和影响关系为主,而单纯日本文学研究的则容易受到日本学者的影响,往往照搬、追随日本学者的研究方法和成果。笔者认为造成日本文学研究中先天不足的原因在于日本文学研究在方法论水平尚待提高。虽然我们研究日本文学时的各种工作条件和氛围已经有很大的改善,资料也比以前丰富,学术交流的活动也更活跃了。但是,如果只满足于停留在流于表面的研究,不加强研究中理论素养的提高的话,不可能使日本文学研究更上一个台阶。笔者尝试运用比较诗学的"多维视域"的方法论对日本文学研究的进行一些理性的反思,希望能够为提高日本文学研究的理论水平、建设做出微薄的贡献。

二、中国学者研究日本文学的特点

中国学者对日本文学的研究有着独特的视域和特色,最明显的特点可以说研究日本文学时,先天就必须带着比较文学的眼光,这个特点在日本古典文学的研究尤为明显。日本古典文学自古以来受到中国文学压倒性的巨大影响,从文学的载体——文字来说,日本最初直接借用了汉字,后来在运用中逐渐发明了日语假名,才有了自己民族的文字,词汇中也大量采用汉语词汇。到近代以前,日本的文学几乎毫无例外地深受中国文化、文学的影响。所以要研究日本文学没有一定的古代汉语、中国古典文学的功底是无法开展。不仅如此,在研究日本文学时还要对中国文化有深入的理解,如对儒家思想、道家思想和佛教思想的了解。其中佛教思想尤为重要。如果对佛教思想不能深刻理解的话就无法理解平安时代文学作品中弥漫的"无常观"气息,对《源氏物语》《方丈记》《徒然草》《平家物语》的理解就会大打折扣,对日本文学的理念如:"物哀""幽玄""空寂""闲寂"等也无法深入领会。日本文学到了近代虽然受到西方文学的影响,但还有很多著名文学家写了一些中国题材的名作,明治初期的很多文人,如福泽谕吉、坪内逍遥、夏目漱石、森鸥外等都有很深厚的汉学素养,在他们的作品中融合了"和""汉""洋"三种不同文化。现代作家井上靖也非常热爱中国文化,他的很多作品也多取材于中国,如:《敦煌》《孔子》《天平之甍》等。这样的例子不胜枚举。另外一方面,近代以来我国很多作家学习或模仿日本作家的现象也比比皆是,中日两国文学的渊源非常深厚,所以中国的学者研究日本文学一开始必然就带着比较文学的眼光。因为日本文学中存在着太多的中国元素,甚至连文字都是相通的,而"比较文学是一国文学与另一国或多国文学的比较,是文学与人类其他表现领域的比较。[①]"笔者认为中国学者只有从比较诗学理论出发,融合多维视域展开研究才能真正理解日本文学。

三、多维视域与日本文学研究

正因为比较文学的方法是日本文学研究的必由之路,所以采取主体间性本体论指导下的"多维视域"对日本文学研究,可以说是再适合不过了。仍然按照上节的方法,分两个方面论述。

首先,"多维"的方法。上一节论述到这是一种跨文化、跨学科的研究方法,这对研究者提出很高的要求。一方面它要求研究者具有较高的语言能力,前文讲述了日本文学研究者主要来自中文系背景或日文系背景,带来了要么日语薄弱要么中文和文学素质薄弱的困境。不仅如此,现在世界的学术研究日新月异,研究者对世界学术的动向要及时把握,光靠别人译介的成果,不仅时间上要慢好几拍,而且据笔者研究的体会,别人译介的最新成果,有时术语译法混乱、对原文的误读,对研究者是难以避免的。当然我们精力有限,不可能英语、日语、

---

① [美]雷马克:《比较文学的定义和功用》,《比较文学研究资料》,北京:北京师范大学出版社,1986年,第1页。

法语、德语、俄语样样精通,都要去读原著,但是把外语提高到某些重要部分可以对照阅读的水平还是可行的。通过几种语言工具的帮助我们直接连通世界学术的前沿,使我们的研究才会更有底气。另一方面,"多维"研究方法还需要多学科融合。现代学术的特征之一就是融合与交叉,现代西方文论也就是哲学、美学、语言学、社会学、历史学等相互渗透融合而激发出来的,它需要研究者更广的视野和博大的胸怀和更丰富的知识。

其次,"融合视域"的方法。现在的比较文学研究已经不是单纯地将两样东西放在一起、用西方的某一理论加以一一对照,然后指出其异同,而是运用主体间性理论融合各种视域实现各种文学、文化的对话与交往。具体来说,例如一次阐释就是一次对话和交往,研究者可以通过运用已有的知识结构对文学文本进行阐释。例如,作为中国的日本文学研究者首先带有中国人特有文化和思维方式来看日本文学文本,所受教育背景中既有中国的文化又有日本文化的内容还有西方各国学术的影响,融合多重视域对文本进行新的阐发。这种阐发不是对文本的随意曲解,而是把自己的生命和文本进行对话,使文本中本具的但尚处于混沌状态的意义激发显现出来。陈跃红认为"中西古今诗学之间在一个平台上的对话也可以视作一种现代条件下的阐释的循环。"[①]笔者在前面也指出日本近现代文学本身就包括"和""汉""洋"三大元素,光"洋"一个字的内涵就非常丰富,因此融合的视域还要再扩大。除了"中西古今"还可以加上其他文化的视域(如阿拉伯、印度、俄罗斯等),其他学科的视域,在重重无尽的视域中使文本实现新的阐释。

我国的日本文学研究长期一直以影响研究为主,研究水平与其他语种的外国文学(如英美文学)相比稍逊,这主要也是由于学界未能建立起比较有深度且实用的理论体系,研究者的理论意识和理论素养尚嫌不足。恩格斯曾说:"一个民族想要站在科学的最高峰,就一刻也不

---

① 陈跃红:《比较文学导论》,北京:北京大学出版社,2005年,第155页。

能没有理论思维。"①"可是没有理论思维,就会连两件自然的事实也联系不起来,或者连二者之间所存在的联系都无法了解。"②因此,把主体间性为基础的"多维视域"导入日本文学研究,可以使研究不断深化,同时探索出一套行之有效的理论和方法。如果是流于表面的研究,或者生搬硬套一些流行的、看似前卫的新理论,对其实质未做深入研究情况下,就在某些问题上轻易下结论,或者模仿别人的观点,这样的研究就不会有创新。本课题的研究是一种新的尝试,在研究中结合各种传统的和当代的理论和方法,力求实践钱锺书所谓"以打通拈出新意"③,通过人之神思妙想超越我们自身的界限,驰骋于无尽绵延的时空整体中,聆听由在场和不在场相结合的无底深渊中的声音。

第四节 研究方法、结构与创新点

一、研究方法

在着手研究之初就设想应该建立一个比较坚实而又新颖的理论体系,因此笔者对比较诗学理论建构进行了一些哲学的思索,提出了在主体间性本体论指导下实践"多维视域"下的比较文学研究,其主要思路是研究者通过与研究对象——文本以及相关内容"互为主体",实现融合视域下的"交往对话"和"阐释循环",也就是用身心融入的体验式研究法实现对文本的新的解读和阐发,提出了运用"多维视域"对《小说神髓》做出全方位、立体性、崭新的阐释的构想。笔者通过对西方形而上学进行了梳理并尽量吸收了从古典哲学到现代哲学各家的精华,使本研究可以有一个比较合理、稳固的根本性立足点(本体论)和方法论,有利于高屋建瓴、立意高远、把握整体。虽然总体把握上从大处着眼,而在具体分析和解读文本时又努力做到细致入微,因此又采用"整体细读"的方法。

21世纪初以来,随着西方政治文化批评的激进氛围的式微,很多

---

① 《马克思恩格斯选集》第3卷,北京:人民出版社,1972年,第467页。
② 同上书,第482页。
③ 郑朝宗:《〈管锥篇〉作者的自白》,载《海滨感旧集》,厦门:厦门大学出版社,1988年,第124—125页。

学者开始重新关注文学作品本身,"细读"方法也在西方以"新形式主义"的面貌逐渐复兴。"新形式主义"之"新"在于摆脱了传统形式主义将文本与社会语境相隔离的局限性。申丹教授承担的国家社科基金项目"叙事、文体与潜文本"中对整体细读进行了深入实践,她指出:"西方学界对经典短篇小说的阐释常常流于表面,其原因包括:(1)没有对作品加以认真细读;(2)忽略了作品各种成分之间的交互作用;(3)忽略了作品与语境的关联;(4)没有对相关作品进行互文解读。"①这种问题虽然是针对英美短篇小说的研究指出的,但同样出现在中日学者对《小说神髓》的研究中,所以申丹关于整体细读的成果对本课题研究很有启示,因此在对《小说神髓》研究中也借鉴这种方法对文本的每一章节进行整体细读,打破了以往研究仅仅围绕文本中的某几个章节反复争论的现状,在主体间性本体论指导下运用"多维视域"这一更开放的方法论,对其"整体"加以"细读"。其主要体现在以下三个方面:1.对文本中各部分之间的相互作用加以综合考察;2.对作品和语境加以综合考察;3.对作品与相关作品的相似和对照加以互文考察。在对局部进行细致分析的同时关注其在整体中的意义,从而更好地发现局部成分的深层意义。也就是对所研究的文本的"文内""文外""文间"进行充分地挖掘,廓清谬误、开拓新意,同时在各章的具体分析时还运用了传统作家作品论的方法、哲学、美学分析的方法、叙事理论、互文性理论等。

二、主要结构

本书的主体结构分为三大部分:导言、正文和结语。其具体的构成如下:

(一)导言:分为四节,第一节论述本课题研究的意义和研究综述,归纳出以往的成果和不足,引出本课题研究的创新空间;第二节论述本课题研究的哲学依据和可能性,找到实现研究的可持续发展的根本出发点和归宿;第三节论述了由本课题研究的理论依据出发,分析了中国的日本文学研究的成果和不足,指出了日本文学研究的创新的

---

① 申丹:《"整体细读"与经典短篇重释》,《四川外语学院学报》,2008年第1期,第1页。

可能性;第四节即是本节,说明本课题的研究方法、论文结构与创新点。

(二)正文。正文部分共有六章。

1.第一章:坪内逍遥与《小说神髓》概述。共分四节:(1)坪内逍遥的生平;(2)出版过程与版本;(3)内容的梳理;(4)结构和思路的分析,归纳出全书的写作思路和体系,指出该书是完整的有体系的理论著作。

2.第二章:美学思想。共分四节:(1)审美与功利,探讨艺术的目的性;(2)美的本质,阐述《小说神髓》中"妙想"的内涵和意义;(3)美的理想,指出《小说神髓》所主张的美学理念是以揭示人生奥秘为终极美学理想;(4)美学思想综述,总结《小说神髓》的美学理论的意义和对日本文学近代化的功绩。

3.第三章:写实主义的小说理论。共分四节:(1)近代小说观,指出《小说神髓》对近代小说的界定和促使小说成为近代日本文学的主要样式的意义;(2)人情和世态,阐述坪内逍遥著名的"小说的主脑是人情,世态风俗次之"的文学主张,指出其主张的实质是提倡"人的文学";(3)写实主义的创作观,这一节阐述了坪内逍遥以"模写"为中心的创作方法和手段;(4)传统与创新,指出《小说神髓》中的写实主义并不完全是西方小说影响的结果,而是在作者以日本传统文学中"真实"的理念为基础经过创新而产生的结果。

4.第四章:叙事理论。本章运用叙事理论对《小说神髓》的叙事特征进行考察:(1)文体论,主要阐述坪内逍遥对当时日语文体进行改良,提出对雅文体和俗文体进行折衷的主张;(2)论叙事内容,主要分析《小说神髓》中对小说中人物与情节的观点;(3)论叙事结构,主要分析《小说神髓》对小说布局安排情节的主张;(4)论叙事话语,主要探讨坪内逍遥对叙事视角、叙事声音和作者与读者的关系方面的观点。

5.第五章:互文性研究。本章融合比较诗学和互文性的视域对与《小说神髓》广泛存在着的文本间关系进行考察。(1)互文性文本概述,对与《小说神髓》有互文关系的日本、中国、西方的文本进行多维视域的考察;(2)《小说神髓》与英国小说家,主要阐述《小说神髓》中直接提及的英国作家,如司各特、李顿、约翰·莫利、乔治·艾略特等人与《小说神髓》的关系,指出《小说神髓》吸收和转化前文本的方式;(3)《小说神髓》与《小说的艺术》的比较,把对《小说神髓》和亨利·詹姆斯的《小说的艺术》进行的平行比较和互文性考察融合为一,指出两者存在广义的互文关系;(4)《小说神髓》与明清小说批评,追溯中国明清小说、日本江户时代小说与《小说神髓》的影响与变异关系,考察《小说神髓》在近代小说话语转换中的创新性及其现代性意义;(5)多种文本的狂欢,通过多维视域的考察从《小说神髓》中发现了多重声音和诸多文本在此对话交流、激发出绚烂的火花,造就出一个文本狂欢的世界。

6. 第六章:《小说神髓》的延长线。主要分析《小说神髓》的后文本,由此来衍映出《小说神髓》蕴含的深刻思想和文学价值,全章分为四节:(1)《当世书生气质》——《小说神髓》理论之实践;(2)二叶亭四迷和《浮云》——《小说神髓》理论的体现和发展;(3)"不得意的时代"与"没理想论争"——《小说神髓》后的逍遥,阐述坪内逍遥在《小说神髓》出版后对原来文艺思想的反思和超越;(4)人情风俗小说与自然主义——论述《小说神髓》对后世的影响。

(三)结语:总结出坪内逍遥的《小说神髓》是开启近代日本文学的理论著作,作者在西方文化的启发下,继承了日本传统文学的精神,同时吸收了当时世界上的美学、艺术以及小说的叙事理论的最新成果实现了融合创新,它是日本近代文学的原点,其影响贯穿整个日本近代文学直至现代。

三、主要创新点:

1. 本书是对《小说神髓》进行全方位评述的成果。以前我国学者对《小说神髓》的研究都仅限于《小说神髓》上卷的前几章,对后面的几个章节以及下卷缺乏深入研究,而本书对文本的每一章节都有较为详细的评述,不仅在文本内部,而且在文外、文间等都进行了深入的考察,如此深度和广度的研究不仅在中国,即使在日本也没有如此全面细致的研究。

2. 本书资料丰富翔实,力求准确可靠,大量参考日文第一手资料。如研究课题的文本所需的《小说神髓》日文版,笔者收集了5种日文原版的版本,其中一种是特意托日本友人购买的复刻影印的第1版,努力使研究在可靠资料基础上展开,避免了转引别人资料,尤其要避免转引中国学者翻译日本资料带来的以讹传讹的可能性。本研究进行过程中通过各种途径,尽量全面地收集了日本的《小说神髓》和坪内逍遥研究的主要成果(日本国文学资料馆中的资料、日本国立情报学研究所CiNii以及各种日本近代文学评论的书籍和论文),吸取日本学者最新最高的学术成果,保证了研究可以站在学术的前沿。

  本书融合古典和现代哲学、美学理论、比较诗学理论等的"多维视域",对作品进行深入研究,有很强的理论深度。在本研究的整体把握上运用主体间性理论借鉴胡塞尔、海德格尔、加达默尔等现象学大师的哲学思路和巴赫金的对话理论、克里斯蒂娃和热奈特的叙事理论,还借鉴了陈跃红关于"古今中西四方对话"的方法,对整个论文进行了逻辑严密布局合理的体系建构,努力使每章节结构紧凑、环环相连。同时在对文本进行具体分析时注意细致入微,力求每个章节都有超越前人的新发现。同时对文本《小说神髓》进行研究时先从纵向进行梳理,然后对横向分"美学理论""写实主义""叙事理论""互文性分析"、后文本分析等进行考察,既有传统的作家作品、美学理论的分析,也有现在处于学术前沿的整体细读、叙事分析、互文性分析的方法,对文本中各种具体的论点和思想进行细致的解剖,在交往和对话中显现出经典文本在现代的意义。

第一章

坪内逍遥和《小说神髓》概要

第一节 坪内逍遥的生平

我国自古以来就有"文如其人"之说,所以传统上要解读一部文学作品或哲学著作时往往需要了解一下作者的生平事迹。近年来,随着文学研究从作家、作品转向"文本中心",作家的生平往往为人忽视。有的学者甚至认为作家完成作品之际就是"作者死亡"[①]之时。虽然这种学说有其合理性,但也会走向另一个极端。同时研究者对作品或著作的分析是偏重理论性和逻辑的,而作者的生平却是叙事性、感性的,所以在论文或论著中两者很难找到契合点,因此对作家的生平研究大多过略。笔者认为作品固然在它诞生之后成为完全独立于作者的存在,成为一个开放的主体,但毕竟文本在

---

① 1968年法国解构主义学者罗兰·巴尔特发表了《作者之死》一书,提出以读者为中心的文本解读方法。

创作过程中倾注过作家的心血，蕴藏着作家创作前和创作过程中的人生经历、思想变化以及当时的心情，同时也是作者"此在"生命的存在方式。因此，通过新的视域重新认识、体验作家的生平对解读作品是十分有益的。

一、出生和成长

坪内逍遥(1859—1935)是日本近代著名的文艺理论家、小说家，是日本近代文学的开创者，他也是日本近代戏剧改良运动的发起人，是著名的剧作家和演剧的指导者，同时对日本美术的近代化做出了重大贡献。不仅如此，他还是日本近代著名的教育家、思想家、最早把《莎士比亚全集》全文翻译为日语的翻译家。他多才多艺，在日本文艺领域的各方面都有杰出的开创性贡献，汇集了多个"日本第一"，堪称日本近代文化的巨匠，而长期以来坪内逍遥并没有受到相应的评价。

安政六年(1859年)5月，坪内逍遥出生在日本美浓国加茂郡太田村(现岐埠县美浓加茂市)世代侍奉尾张藩(德川家)的下级武士家庭，原名坪内勇藏，后来自己改名为雄藏，明治维新以后父亲失去了武士的身份，全家移居名古屋附近的农村务农。坪内逍遥的母亲是富裕的酿酒坊主的女儿，特别喜欢看戏(日本传统戏剧歌舞伎)，坪内幼时经常陪伴母亲去观剧。坪内兄弟姐妹10人，他是家中的末子，而且出生时他的兄长大多已经长大成人，在社会上得到较好的工作，几位姐姐也出嫁了。坪内的童年就是在这样比较宽松的环境下成长的，他中学时代喜欢到位于名古屋市内、日本当时最大的租书屋"大野屋总八"(又称"大总")租书阅读，这个租书屋藏有大量江户时代的小说，如泷泽马琴(曲亭马琴)的武侠类"读本"小说、十返舍一九、式亭三马等的"滑稽本"，还有为永春水的"人情本"等。庞大的读书量使坪内逍遥积累了丰富的文学素养，使他能够对日本旧文学的利弊有深刻的了解，完全有资格对其进行批评并提出新的文学观点。同时也说明坪内逍遥在撰写《小说神髓》之前，日本传统文学在其知识结构中占有的分量，日本学者菊池明认为租书屋"大野屋总八"是坪内逍遥"心灵的故乡"，而且有证据表明在《小说神髓》中对小说的分类、小说的技巧等具体论述中也与"大野屋总八"有直接的关系。①

明治初年万象更新,从官方到民间一股学习西方的热潮在全国兴起。明治五年(1872年)坪内逍遥进入名古屋县英语学校学习英语,该校几经变故后成为国家级的官立爱知英语学校,1876年他以优异的成绩毕业,同时作为县的优等生推荐至东京开成学校(后改名为东京大学),在东京接受选拔考试并顺利入学。明治十一年(1878年)9月坪内逍遥结束预科的学习正式进入本科学习,专业是法文学部政治学科,后法文学部分为法学部和文学部,酷爱文学的坪内逍遥就进入了文学部。父亲本来也希望他能成为政府的官员,而坪内逍遥却因爱好文学,加之幼年宽松的教育使他更喜欢逍遥自在的生活方式。在学期间,他已经开始在社会上进行一些文学活动。明治十二年(1880年)他翻译了英国著名作家司各特的《兰玛穆阿的新娘》的一部分,取名《春风情话》出版了。这部作品其实并不是严格意义上的翻译,而是运用改写手法(日语叫作"翻案")意译原著五分之一的内容,他把文中的人物、习俗等日本化了,通过这些文学活动还取得了一定的收入。

就在坪内逍遥醉心于文学时,一连串的打击向他袭来。1882年他的父亲去世,其后不久母亲也去世了,双亲的故去使他深深地陷入悲痛之中。同时,在他第三学年的课程考试中,由外籍教师费诺罗萨任教的政治学科目不及格。还有在英籍教师霍顿教授的文学课程的考题中有一道分析《哈姆雷特》中王妃性格的题目,坪内逍遥按照日本的传统道德观进行了一番评论,结果出乎他的意料,霍顿教授给他很低的分。因为课程成绩没有达到要求,他失去了官费的助学金,只好留级一年推迟毕业。他的同学高田早苗②介绍坪内逍遥去私立英文补习学校教英文以维持生计。后来他自己招收学生讲授英文。同时,父亲去世时,坪内逍遥执意不肯继承任何财产,显示出他从经济上和学业上走向自立的决心。在学业上,他改变了以前悠闲自得的方式,发奋

---

① 菊池明:坪内逍遥一心の故郷·貸本屋大惣と名古屋の歌舞伎,『国文学:解釈と鑑賞』57(5),1992年5月。

② 高田早苗(1860—1938),日本政治家、教育家、文艺批评家。曾任众议院议员、贵族院议员、早稻田大学校长、文部大臣等职。

学习西方的文学作品、文艺理论,阅读了大量的英文综合杂志,从中领悟了不少西方文学的精髓,也撰写了一些具有启蒙思想的政治性文学作品,翻译了一些西方的作品。其时多用雅号"春廼舍胧"。1883年7月,坪内逍遥顺利从东京大学文学部政治经济学科毕业,同年10月获文学士称号。

二、《小说神髓》创作前后

大学毕业以后,坪内逍遥由好友高田早苗推荐到刚建校不久的东京专门学校(早稻田大学的前身)担任讲师,担任外国历史、英国宪法等课程,后又教授莎士比亚作品。1884年在高田早苗的帮助下翻译了司各特的《湖上的美人》(The lady of the lake),译本改名为《泰西活剧·春窗绮话》,以服部抚松(明治初期著名作家)翻译的名义出版。这是对该部作品的全译本,在日本的外国文学翻译史上占有重要意义。同年5月全文翻译莎士比亚《裘力斯·凯撒》,书名为《该撒奇谈·自由太刀余波锐锋》,第一次以自己的真名"文学士坪内雄藏译"的名义出版了,不久受到当时日本主流报纸——《读卖新闻》的称赞。此后坪内逍遥逐渐进入创作的高峰期,1885年他翻译英国作家李顿(B. Lytton)的历史小说《里恩齐》(Rienzi)出版了,题名为《开卷悲愤·慨世士传》。在书的前言中坪内逍遥提出了他对文学和小说的初步认识:"小说是美术,无非是诗歌之变种。然小说之主体即是人情世态。人情者情欲也。情欲即七情,喜怒哀惧爱恶欲是也。"[①]这些思想和《小说神髓》中反对劝善惩恶提倡写实主义的主张是一致的,为其以后的文学理论成熟打下了基础。坪内逍遥在翻译和创作的成功使他获得了一些名气和成就感,这更加坚定了投身文学的信心,同时他拥有当时极为稀少的东京大学文学士的学位,因此他自觉地承担起近代文学启蒙的大任。他在《小说神髓》绪言中说:"愿将笔者的主张公之于世,以解看官之惑,兼启那些作者之谜,以期我国小说从现在起逐渐改良和进步。笔者殷切

---

① 河竹繁俊、柳田泉:『坪内逍遥』,東京:富山房出版,1940年,133－134頁。

希望我国物语最终能凌驾西方小说之上。"①于是他把以往旧稿加以整理补充和体系化,写成了《小说神髓》一书,同时为了实践他自己的理论,坪内逍遥又撰写了小说《当世书生气质》。

本来坪内逍遥和书肆(东京稗史出版社)签约定于明治十八年(1885年)3月出版《小说神髓》,但由于书肆突然倒闭,所以该书于1885年9月由松月堂分九册陆续出版。而他的小说《当世书生气质》反而比《小说神髓》早出版。出版时署名"文学士春之舍胧先生戏著"。书一出版马上受到各界强烈的反响,当时上层社会的名流也撰文批判,有的评论认为该书"低俗""无聊"。据说启蒙运动倡导者、著名学者福泽谕吉对此评论说:"文学士也写那些鄙俗的小说,岂不怪哉。"而年轻学生们对此却有着积极的反响,当时还是学生的正冈子归、幸田露伴、内田鲁庵等人对这部作品大加赞赏。由于作品给明治的文坛带来一股新风,同时这是一部由东京大学文学士所著的小说。在当时小说被认为是低俗的文学,因此在社会上引起了震动,也博得了年轻人的欢迎,甚至有人将作品搬上了舞台。正是因为《当代书生气质》的成功,带动了一度出版陷于停顿的《小说神髓》的销售,该书于1886年4月全部9册出版完毕。同年5月出版社把《小说神髓》的旧版合为上下两卷再版。这两部作品的问世给当时的知识阶层,尤其是年轻的知识分子巨大的启蒙作用。著名文学评论家、作家内田鲁庵在《昨日今日》一文中指出"天下的青年发现充满荣光的新世界,翕然觉醒一齐奔向文学。山田美妙、尾崎红叶等立志投身文学,其动机皆由春廼舍(笔者注:春廼舍即指坪内逍遥的笔名"春廼舍胧"。)的活动而萌发"②。

正是在《小说神髓》和《当代书生气质》的影响下,一批批优秀的青年陆续投身文学,描绘出日本近代文学的精彩纷呈的画卷。二叶亭四迷(1864—1909)当时还是学生,他读了《小说神髓》后特意去拜访了坪

---

① 坪内逍遥:『小説神髄』,東京:岩波書店,1936年10月第1版,1988年2月第17刷,20頁。

② 関良一:『近代作家の誕生』,参照:吉田精一編,『現代日本文学の世界』,東京:小峯書店,1968年,62頁。

内逍遥,向他提出一些疑问。在坪内逍遥的鼓励下,二叶亭四迷踏上了文学创作之路,沿着坪内所指引的写实主义方向进一步前进,创作了小说《浮云》(1887年),这部作品被认为是充分体现了《小说神髓》理论的作品,为日本近代文学的真正开端。在此前二叶亭四迷又在吸收了俄国文艺批评家别林斯基理论的基础上撰写了《小说总论》(1886年)的论文,是对《小说神髓》理论的进一步发展。坪内逍遥也从二叶亭四迷的理论中得到很多启示,两位近代文学开创者以后一直保持着亦师亦友的关系。

1886年以后坪内逍遥进入了小说创作的高峰,陆续出版了《婚姻之鉴》《内地杂居未来之梦》等长篇小说。明治二十二年(1889年)他在《国民之友》发表了小说《妻子》,虽然坪内逍遥对此倾注了极大的心血、寄予高度的期望,但是这部作品未能引起大众和评论家的关注。相反,一些在坪内逍遥的《小说神髓》影响下成长起来的新近作家开始崭露头角,如尾崎红叶的《二人比丘尼色忏悔》和幸田露伴的《风流佛》于1889年陆续在《国民之友》上发表,赢得了文学界的好评。然而这时坪内逍遥放弃了小说的创作。关于坪内放弃文学小说创作的原因有主要有以下几点:(1)他创作的《妻子》未达到预期的效果;(2)新进的作家和年轻文学理论家的崛起,使他感到自身的局限,难以在小说创作上取得更大的突破;(3)由于任职于东京专门学校,承担了一定量教学工作和社会工作;(4)正在积极地开展戏剧改革事业。因此,他在自撰的《年谱》明治二十一年中写道:"十一月,为《国民之友》撰写《妻子》。此后立志演剧改良事业。"[1]虽然坪内逍遥以后放弃小说创作了,但他的影响仍然很大。当时阅读文学士坪内逍遥的作品成为年轻知识分子的时尚。不仅如此,坪内逍遥还在《读卖新闻》《中央学术杂志》等报刊发表文艺的评论文章,成为当时文学界最为活跃的人物之一。关于当时坪内逍遥的文学地位,他的弟子河竹繁俊、柳田泉在《坪内逍遥》一书中列举了1884—1887年期间请坪内逍遥写序言或者跋的书籍(主要是文学类的作品,也有其他学术著作)有20多部,其中二叶亭四迷的《浮云》出版时还借用了坪内逍遥的名义,尾崎红叶的《二人比

---

[1] 河竹繁俊、柳田泉:『坪内逍遥』,東京:富山房出版,1940年,338頁。

丘尼色忏悔》请坪内逍遥写了序。① 实际这个数字还要更多,这说明当时坪内逍遥已经毋容置疑地成为当时文坛的领袖。

三、《早稻田文学》和早稻田派

坪内逍遥之所以取得这样的名誉和地位,一方面由于《小说神髓》和《当世书生气质》这两部著作在社会上的极大震动,同时坪内逍遥是当时日本唯一的高等学府东京大学的文学士,这一头衔有着巨大的影响力,他改变了小说是无聊文人的戏作和妇孺之辈的消遣之物的性质,推动小说成为一种高雅的艺术。他所执教的东京专门学校(早稻田大学的前身)当时为了实现明治政府"富国强兵"的目标,仅开设政治经济科、法律科、理学科以及英文科等实用的学科,尚未设立文学科。在坪内逍遥的倡导下,明治二十三年(1890年)设立了文学科,这一举措使学校由仅仅从事职业教育的专门学校,提升到培养人的整体修养、追求真理的真正大学的层次,为最终成功升格为早稻田大学做出了重大的贡献。早稻田的文科成为年轻学子进入文坛或进入社会时向往的地方。当时虽然没有设置文学科的主任或教头等职位,但坪内是实际的负责人,他提出"和汉洋三学调和",以此作为文学科的口号。次年,他召集了他的学生,如岛村抱月、后藤宙外、中岛半次郎等一大批文学青年成立了"早稻田文学会",同年10月创刊了《早稻田文学》杂志。开办杂志的初衷是刊登一些教学有关的讲义或课外学习的补充材料,以方便学生自主学习,但后来就演变为研究和讨论文学艺术和美学的重要阵地。这个杂志以后也因为种种原因停刊过多次,每次复刊都带来了文学的新气息。除了坪内逍遥外,这本杂志先后由岛村抱月、本间久雄、谷崎精二、石川达三、火野苇平等小说家、剧作家、文学评论家参与编辑。这些学者、作家被称为"早稻田派",在一段时间里还成为自然主义文学的主要杂志之一。也正是因为《早稻田文学》的创刊,引出了坪内逍遥和明治时期另一文豪——森鸥外关于文艺理论"没理想"的争论。

坪内逍遥在《早稻田文学》创刊号上发表了他对莎士比亚研究成

---

① 河竹繁俊、柳田泉:『坪内逍遥』,東京:富山房出版,1940年,188—189頁。

果——《麦克白评释绪言》，提出了文艺批评"没理想论"。坪内逍遥在该文中认为对文学的批评和文学创作应该抛弃个人的主观臆想，即"没却理想"，如莎士比亚作品是一个不知深浅的湖，莎士比亚作品的伟大不是在于其中蕴含了某种理想而是在于并不蕴含什么理想，正如自然造化一般。而森鸥外从德国先验哲学的角度出发对此批评说世界的根源在于先天的观念，反驳坪内逍遥的观点，认为莎士比亚的作品正是体现了某种高度的理想。双方分别通过在杂志上发表文章对文学的本质进行了进一步的探讨。实际上坪内逍遥所指的"没理想"并不是不要理想（文学作品的主题思想或理念），而是希望作家能摆脱个人的主观性，更如实地反映现实。由于两者所依据的理论体系和术语差异很大导致对对方的观点并未真正把握，所以最后没有实质性的结果，但所讨论的问题确实是有关日本文学的根本性问题，虽然最终没有明显的胜负或对错，但这场讨论进一步推动了日本文艺理论的发展，使日本文学由启蒙期逐渐成熟起来。事后坪内逍遥回忆说如果不用"没理想"一词而用"纯客观"似乎要好一些。事后，坪内逍遥和森鸥外都感到自己理论中的缺陷，进一步努力钻研西方的美学理论。其后坪内逍遥在《早稻田文学》上陆续发表很多文艺和美学理论的论文。《早稻田文学》其后经过几次停刊和复刊，年轻的文学家们以此为阵地展开了各种文学活动。

四、教育家

在坪内逍遥从事文学改良、文学批评等诸多文化运动期间，他也热心推动日本教育改革和伦理道德建设。坪内逍遥大学毕业以后由好友高田早苗推荐进入早稻田大学的前身东京专门学校任教，一开始主讲英文课程，后来扩大到一般的文科课程。后创建文学科，担任主要负责人，为该校由一般职业教育向培养综合性高素质人才的高等学府做出的重大贡献。现在早稻田大学已经成为享誉世界的名牌大学之一，这其中与坪内逍遥打下的坚实基础分不开。

明治二十九年（1896年）为了更好地培养优秀人才，同时作为东京专门学校预科学校，保证大量优秀生源，东京专门学校的干事们决定创设早稻田中学。东京专门学校第一代校长大隈英麿(大隈重信的女婿)担任校长、坪内逍遥担任教头。开始坪内曾多次谢绝但盛情难却，最后坪内接受了任职。由此坪内不得不放弃小说创作、文艺评论以及对戏剧改良的事业。坪内逍遥喜欢年轻人、富有爱心，有着教育家的天赋，欣然接受了早稻田中学教头的职务并全身心的投入教育事业。明治三十五年(1901年)他又出任早稻田中学校长。坪内在校内倡导"学问之独立"和"人格之独立"的早稻田精神，重视伦理教育和实践。为此他专门研究伦理学，发表了一系列论著：《文艺与教育》(春阳堂，1902年)、《通俗伦理谈》(富山房，1903年)、《伦理与文学》(富山房，1907年)。他在早稻田中学期间，推行伦理教育。他的教育的特色也与他文学家、艺术家的气质有密切关系，他在教育中注重情感教育和艺术教育，在这点上应该是超越时代的，开一代风气。即使是现在，他的教育方式仍值得人们学习。同时他还亲自编辑了很多小学、中学的教科书，如《小学国语读本》(富山房，1900年)、《新选国语读本》(富山房，1900年)、《中学修身训》(三省堂，1905年)、《中学新读本》(明治图书株式会社，1908年)。还有一些虽然编辑完成由于种种原因未能出版。这些课本的编辑方针坚持适应时代要求、适应一般国民的要求、符合儿童少年的心理，反对以往的英雄主义、以城市人为中心等倾向，提倡以平民为中心，反对赞美战争，呼吁和平，他还强调性情的陶冶，即德育和美育，在中小学中大力开展戏剧活动，编写了一些儿童剧。这些作品的编辑过程中他在语言上提倡简易的口语体，虽然遭到当时文部省和保守人士的一些批评，但坪内尽量做到语言平实。由于担任教头和校长期间工作繁杂，大大地损害了坪内的健康，导致了他严重的失眠症和胃肠炎。1903年他在出席尾崎红叶葬礼时晕倒，后送医院急救。因此坪内逍遥决定辞去早稻田中学的教职，回归到他所钟爱的戏剧改良运动中。

五、投身戏剧改革

坪内逍遥对戏剧的爱好和素养是从他的幼年开始的，他的母亲是个戏迷，所以他幼时常陪母亲看歌舞伎等戏剧。就在他撰写《小说神髓》和《当世书生气质》的时期,日本开始兴起了戏剧改革的热潮,这股热潮不仅来自民间而且也得到了官方的支持。当时一些政界和文化界的重量级人物也积极参与进来,主要改革主张有废除男女不同台的旧规,改革戏剧内容和形式,对舞台、剧本、表现手法作根本的变革等。明治二十一年(1888年)3月日本演艺矫风会成立,次年改名为日本演艺协会。坪内逍遥和高田早苗作为文化界的名人被邀请加入,主要成员还有冈仓天心、山田美妙、尾崎红叶、河竹默阿弥等人。虽然这个协会不久解散了,但以此为契机坪内逍遥召集了他的学生、好友等自行组织了莎士比亚研究会、近松研究会、朗读法研究会等,做好戏剧改革的前期准备。明治二十六年(1893年)10月,坪内逍遥发表了日本近代最初的戏剧评论著作《我国的史剧》,这部著作和《小说神髓》一样,在日本戏剧的近代化过程中具有开创性的意义。在他的戏剧评论中仍然延续了他在《小说神髓》中写实主义的主张,他批判了历史剧中荒诞无稽的内容,主张历史剧要接近史实,要注重人物性格刻画等,以此作为新时代戏剧改革的方向。不久,坪内逍遥通过杂志与高山樗牛围绕历史剧的本质究竟是客观史实和美的理想(艺术性)的问题展开了论战,先后发表了很多戏剧评论。虽然最后因高山樗牛的早逝无法判断论战到底谁胜谁负,但由此也给戏剧界带来了更多的思考。

　　明治二十七年(1894年)4月在东京专门学校的春季运动会上作为助兴活动,文学科的学生演出了二幕的短剧《地震加藤》,幕后指导的就是坪内逍遥。虽然演出赢得了全校师生的好评,但也遭到保守人士的指责,认为正派的教师和学生学戏子演戏简直不成体统。其后坪内逍遥虽然没有在学校筹划演戏,但是他并没有停止对戏剧的热情。其后,他创作了剧本《桐一叶》(1894年11月—1895年9月《早稻田文学》连载),发表了戏剧评论《近松的叙事诗特质》。与此同时,坪内逍遥还对日本的传统舞蹈、戏曲进行改革。1904年,坪内逍遥出版了《新乐剧论》和舞蹈剧本《新曲浦岛》。1905年,他的第二部新舞蹈剧《新曲赫映姬》发表。从1907年到1912年,《顶冠姬》《俄仙人》《金毛狐》《一休禅师》《夏日癫狂》等陆续发表。这些剧本配上谱曲、舞蹈动作后,被一一搬上舞台。由于坪内逍遥热爱戏剧,这影响了他的家人和亲戚,他的养子、外甥等都在他的周围学习日本传统舞蹈。坪内逍遥认为舞蹈和戏曲可以分为三大类，即歌舞伎系统（舞蹈为中心）、能乐系统（朗诵念白为中心）和西方歌剧系统（歌唱为中心）。他期望能够融合这三大系统，创出一种新的样式。当时，知识界也掀起了戏剧改革的风潮，森鸥外、小山内薰等人也撰写或翻译了一些剧本。1905年以坪内逍遥为中心成立了易风会。坪内逍遥的得意弟子岛村抱月从欧洲回国，一大批立志改革戏剧的文艺界人士汇聚在坪内逍遥周围。文艺协会成立的准备也紧锣密鼓开展起来。1907年，坪内的新宅落成，在他的新宅旁边建造了舞台。为了培养演剧的人才，坪内逍遥利用自己家的舞台开办了演剧研究所，招收学员，培养了很多优秀演艺人员。1906年在政界元老、早稻田大学创始人大隈重信的支持下，以改革文学、音乐、美术、演剧等为目的的文艺协会正式成立，坪内逍遥任会长，在经费匮乏情况下，坪内逍遥毅然倾其财产提供场地、经费，并且不辞辛劳地对学员手把手地教授演技。同年在坪内逍遥和岛村抱月指导下演出了《桐一叶》《威尼斯商人》等剧，次年排练演出了《哈姆雷特》，获得热烈的好评。1911年5月文艺协会演剧研究所的演员在帝国剧场第一次演出了《哈姆雷特》，第二次公演是岛村抱月翻译易卜生的《玩偶之家》，松井须磨子演的娜拉赢得了好评。由于岛村抱月和松井须磨子的恋爱和协会内部的一些矛盾，1913年演出了六幕剧《裘力斯·凯撒》之后，文艺协会解散了。在文艺协会的努力下，有文化教养的演员成长了起来，活跃了剧坛，改变了长期以来轻视演员的风气。文艺协会的成员日后都成为戏剧界的骨干，推动了日本戏剧的发展。1922年，在逍遥的倡导下，由早稻田大学出版了《家庭用儿童剧》第一集，翌年出版第二集。坪内逍遥共写出《狐狸和乌鸦》等40多篇儿童剧作。1924年9月，组建了"坪内博士直接指导儿童剧团"到各地巡回演出，儿童剧从而得到社会的肯定。由于坪内逍遥在日本戏剧近代化改革中的巨大贡献，1912年日本政府授予他"文艺功劳者"称号。

六、翻译家

文艺协会解散以后，尤其在岛村抱月和松井须磨子死后，坪内逍遥感到身心疲惫,他的好友、学生中也有些人相继去世。1909年,一直和坪内逍遥保持良好关系的二叶亭四迷去世了。大正十三年(1924年)坪内逍遥接受早稻田大学邀请重返校园担任若干课程,主要是英国文学、歌舞伎等方面。在他的倡议和他的学生、友人以及有识之士支持下,早稻田大学决定建造演剧博物馆。坪内捐出了他平生收集的歌舞伎的资料、物品等,按照莎士比亚时代的剧院样式建造。1928年10月,校方为了祝贺他迎来古稀之寿,同时也祝贺他完成了40卷《莎士比亚全集》的翻译,演剧博物馆开馆。现在这个博物馆被命名为"坪内博士纪念演剧博物馆"屹立在早稻田大学校园中,接待来自世界各地的参观者。

莎士比亚是世界上最伟大的剧作家和诗人,在世界各地到处都有对莎士比亚作品的译介,但把莎士比亚的所有作品悉数翻出,而且由一个人单独完成,这在世界文化史上也是罕见的。从明治二十四年(1891年)着手翻译《麦克白》到昭和三年(1928年)全部完成为止,历经35年之久。但如果从1884年他翻译出版《该撒奇谈·自由太刀余波锐锋》算起的话,就有44年之久了。坪内逍遥1875年在爱知英语学校在美国教师指导下开始学习莎士比亚作品直到去世,中间过程是断断续续的,莎士比亚伴随了他的一生。因此学者坪内士行指出,在坪内逍遥的一生中,莎士比亚成为他"心灵的家园",在逍遥变换多端的人生中不断成为新的出发点①。撰写《小说神髓》的原因之一就是受到莎士比亚作品《哈姆雷特》的刺激,而戏剧改良运动中也大量借鉴了莎士比亚戏剧的元素,有很多戏就是翻译莎士比亚的作品,可以说莎士比亚是坪内逍遥一生的事业。

坪内逍遥耗费半辈子的心血投入到莎士比亚作品的翻译中,其过程之艰巨非常人所能想象。对原文的调子、风格、气氛、语言色彩等,如何移译到日语,如果不是学贯东西的人是无法胜任的。坪内逍遥自小熟读日本古典和近代小说类作品,对日本演剧有很深的理解,同时在爱知英语学校和东京大学对英文的钻研,使他积累深厚的英语和文学的造诣。具备这些素质的译者不仅在当时,而即使在当今也很难找

---

① 福田清人、小林芳仁:『坪内逍遥―人と作品』,東京:清水書院,1985年,104頁。

到,所以坪内逍遥和莎士比亚的邂逅造就了世界文化史上的一个奇迹。坪内逍遥曾在《我对莎翁剧的翻译态度》一文中指出自己在翻译莎翁过程中经历了五个时期的变化。其一,在大学期间发表的《该撒奇谈·自由太刀余波锐锋》中主要采用模仿净琉璃(日本的木偶剧)台词的五七调,带有浓厚的江户文学气息。第二阶段,1891年《早稻田文学》创刊前后,坪内翻译《麦克白》并撰写《莎士比亚脚本评注绪言》,分别刊登在《早稻田文学》上。这些内容的读者是青年学生,所以译文偏重直译,遣词造句过于生硬。第三阶段是文艺协会时代,那是为了当时实际的演出时使用,译文既要适合演员演出又要考虑舞台效果,主要译出了《哈姆雷特》《威尼斯商人》《罗密欧与朱丽叶》等。第四阶段是对原来的译文进行重新整理,开始对《莎士比亚全集》进行尝试性翻译,时间在明治末年到大正初年(大约1910年以后),翻译时根据不同场合交替使用现代日语或古典日语。第五阶段是坪内逍遥翻译《莎士比亚全集》的主要时期,他提倡用现代日语口语(相当于我国的白话文)为中心来翻译的必要性,主张用活生生的语言表现人物的性格。但是对于原文优美的诗句和荡气回肠的台词绝不生搬硬套,而是采用灵活机动的表现手法,达到最高的艺术效果,这其中包含了坪内逍遥全身心的投入。

正因为《莎士比亚全集》翻译取得如此高的成就,所以当时有人怀疑不是坪内一个人所译,提出质疑,但后来在事实面前只好登报道歉。其实这样巨大的工作量,从初稿到反复的校对、誊写、修改,都是坪内一个人完成的。现在收藏在早稻田大学的演剧博物馆中的大量手稿可以看到坪内逍遥完成这项事业时认真和细致的态度。据坪内逍遥的传记记载他每次译完初稿,就认真修改,然后誊写一遍,接着一边小声读出一边红笔修改。改好了再校对,有时达到修改5—6次,直到送稿至出版社。其间完全没有任何助手帮忙。[①]坪内所译的文辞之优美广受各界的赞誉,如在译莎士比亚作品中的无韵诗(或作散文诗)时,他巧妙地运用了"七·五"音节的净琉璃调子加以翻译,使原作的韵味得到充分的体现。当然也有人提出反对意见:这种译法文采固然很

---

① 河竹繁俊、柳田泉:『坪内逍遥』,東京:富山房出版,1940年,730頁。

好,但也会使原来的"洋味儿"消失。但不容置疑的是,这部巨作是日本翻译史上的一座高峰,是日本的莎士比亚研究或翻译研究中必读的经典。另外,坪内的翻译中有一个与其他翻译家不同之处,那就是他有较多译作都考虑到舞台演出而进行了翻译,这一点与完全从文学方面翻译的方式有着很大不同。坪内翻译莎士比亚的目的之一就是为了改良日本的戏剧,他在1910年发表《振兴莎翁剧的理由》(《坪内逍遥选集》第五卷),1916年发表《为何日本人要纪念莎士比亚?》等文章,阐述其译介莎士比亚来振兴日本戏剧的原因。坪内逍遥对莎士比亚翻译的热情一直延续到他生命的终点,在他去世前还在修改《奥赛罗》的翻译,这成为他最后从事的工作。

七、人生的终点

由于长年从事各种繁杂的事务严重损害了坪内逍遥的健康,加上他本来身体也不是很强壮,从30岁左右他就患上了多种疾病,其中主要是失眠症和胃肠炎,到了晚年这些病情更加恶化。在他的日记中记载有很多因失眠晚上只睡几个小时的记录,但他又是当时的文化名人,有时后辈学者或学生来访,或是有关戏剧或文化方面请他指导的,他都以惊人的毅力面带笑容地给对方指导。但毕竟年事已高,身体逐渐衰老了。1934年夏的一天,他坐火车时受凉患上感冒,导致发烧并引起了肺炎,在医生的治疗下情况稍有好转。但他是闲不住的人,身体稍稍恢复就开始《奥赛罗》的改译,10月17日再次确诊为"肺浸润"。这时,他一直失眠,不断服用安眠药,身体日渐衰弱,日记也只记到了1935年1月27日。到了2月已经饮食不进,于是自己提出了料理后事问题,到28日在夫人、护士等人守护下去世,终年77岁。

八、一生简评

综观坪内逍遥的一生,他在日本文学(小说)、文艺批评、戏剧、音乐、舞蹈、美术、翻译、教育、伦理学等多个领域都有着重大开创性的贡献。如果一个人在以上的任何一项中有如此重大贡献已经可以堪称伟大了,而坪内逍遥以他天才般的能力集数项"日本第一"于一身,不愧为一代文化巨匠。《小说神髓》的出版对日本近代文学具有划时代的意义,而对坪内逍遥的一生来说也许只是众多事业的一小部分。由于坪内逍遥在创作完《妻子》以后不再进行小说创作,这不能不说是文学史上的一个遗憾。当然在此以后坪内逍遥通过在校内外的教学活动培养文学人才,同时还发表一些文学批评文章继续对文坛发挥了重要影响。虽然其后从事的一系列事业和文学或者说和小说没有直接联系,但坪内的一生还是可以找到一以贯之的主线。他在众多的领域所倡导的改革或改良,实际上是对日本文化全方位的近代化改革,而且他并不是像一个激进者那样,要把日本的传统文化推翻,彻底而全方位地代之以西方文化,而是力求"和汉洋三学调和"。从这一点来看,有很多学者认为他是一个保守主义者,他的诸多改革都是不彻底的。但是如果真正深入研究坪内逍遥的话,可以发现他的身上有着真正的近代人文主义精神。如在《小说神髓》中提出要改变以往小说只描写历史上帝王将相的伟业,或者荒诞无稽的奇人的创作倾向,而应该着眼于描写现实社会的普通人真实生活和情感。在他的戏剧改革中也持有同样的理论倾向。在他的伦理教育著作中也同样体现以平民为中心、提倡个性自由、反对强权和战争。这些思想的形成和他个人的性格有关,也和他幼年的生活环境和接受的教育有关。坪内逍遥给自己起的号叫"逍遥",这个名字出典于《庄子》的"逍遥游",有自由自在不受拘束的意义。他幼年生活环境比较宽松,又从他大量阅读的江户时代的叙事类文学中深受市民阶级(町人阶层)的文化的影响。而且他一生钻研的莎士比亚的人文主义思想也给他很多启示。在东西方文化交流和碰撞中真正理解西方深层文化的人并不多,因此在近代化过程中生吞活剥式地移植西方文化的现象屡见不鲜。在日本有很多知识分子为尽快实现日本的近代化而学习、研究西方文化和制度等,但当时无论是政府还是民间人士都怀着急功近利的态度,希望在最短时间内达到"富国强兵、殖产兴业、文明开化"的目标。知识分子中以福泽谕吉为代表主张全面西化,利用西方的政治、经济、文化等迅速使日本富强起来,他甚至提倡"脱亚入欧"的主张,赞成用西方殖民主义的手段对亚洲进行侵略。从明治维新到日本在二战中战败为止,西方的民主制度和人文主义理念并未在日本实现,社会的深层构造实际上还是前近代的。到了战后,以美国为首的盟军对日本进行了一系列民主改革,西方的民主主义制度才逐渐建立起来。日本在二战中的战败说明福泽谕吉提出的日本近代化道路走不通。相反,坪内逍遥从文学、文化出发提出了近代化的另一种选择。也许坪内逍遥本人未必有这样的自觉,但他所做的努力说明从人文关怀出发启发人性的自由,通过艺术教育提高人类的性情格调,实现人性的近代化等等,这些都超越了当时的时代和历史。在全球化日益深化的今天,我们回到近代的起始点才发现,坪内逍遥所提出的有关近代化的理想时至今日也并未真正实现,现代人们的思想也未必比一百多年前的坪内逍遥更具近代性,他的很多观点今天依然有新意、依然值得我们深思。

第二节 出版过程和版本

按照文学史上的一般说法,坪内逍遥的《小说神髓》于明治十八年9月到明治十九年4月(1885年9月—1886年4月)分九册由松月堂出版。经笔者参考坪内逍遥研究权威学者柳田泉和关良一、龟井秀雄等人的考证,综合三位学者一致的说法当时该书的实际情况是这样的:

坪内逍遥在明治十八年(1885年)3月前就将书稿交给书肆"东京稗史出版社",原计划分上下两卷于当年5月出版,并且已取得政府出版审核机关的许可,开始正式印刷了大半的内容。但由于"东京稗史出版社"突然生意失败而倒闭,后由另一家小书肆"松月堂"接手出版。因为该书的部分章节已经排版印好,所以沿用原来的版本和印好的部分分册出版。所以最初出版的第一册封面印有"文学士 坪内雄藏著""小说神髓""松月堂发兑",线装书装订时骑跨两页的边缝处印有"《小说神髓》上卷""东京稗史出版社"等字样,这些是原"东京稗史出版社"已经印好的部分。分册出版方式也是常见的,如福泽谕吉的《劝学篇》也是这样出版的。《小说神髓》开始预定分7册出版,后来在广告中宣传分10册出版,最终结果分为9册出版。在此期间也经历了

第一章 坪内逍遥和《小说神髓》概要

由于书的销路不好而多次被迫中断的过程,据作者坪内逍遥《日记》"明治十九年3月30日"记载:"中断的《小说神髓》从上周起又面世了。"[①]其原因是因为作者的另外一部作品《当世书生气质》的畅销而名声大振。其实这部被认为是按照《小说神髓》理论而创作的写实主义小说的成书时间比《小说神髓》稍晚,该书于明治十八年6月—明治十九年1月(1885年6月—1886年1月)分17册由书肆"晚春堂"出版,本来出版应晚于《小说神髓》,后来由于"东京稗史出版社"倒闭使两者出版的顺序颠倒了,也正是由于《当世书生气质》受到好评,使人们关注到作者的另一部作品,即《小说神髓》,使它的销路也打开了。明治十九年5月(1886年5月),"松月堂"又用最初的版面按上下卷出版。这个版本可视为第二版。以上两个版本通过日本的国立国会图书馆的网页可以看到这两种版本每一页清晰幻灯片。[②]筑摩书房于昭和四十四年(1969年2月)以9册本为底本,校正了误字和变体假名出版了《明治文学全集16 坪内逍遥集》。1968年,日本近代文学馆出版了9册本的复刻本。另外,春阳堂于昭和二年(1927年)11月出版了《逍遥选集 别册第三卷》,作者坪内逍遥曾对该版本校订。该版本把原书中对所有汉字标注假名的做法作了改变,只对部分难读汉字标注假名。同时标注句读、引用等符号,内容也有若干改动。角川书店出版的《近代文学大系3 坪内逍遥集》(1968年)所收的《小说神髓》也是依照春阳堂版本的,其理由是该版本是作者亲自修改的最终版本。同样理由,岩波书店的岩波文库版《小说神髓》(1936年10月)也采用春阳堂版本,该书由坪内逍遥的嫡传弟子柳田泉根据春阳堂《逍遥选集 别册第三卷》为底本加上作者的校订,并对与松月堂不同之处用括号加以注明。而且该书校订者还考证了《小说神髓》出版前后的具体事项,补订了后来坪内逍遥作为《小说神髓》补充说明发表在当时报刊上的一些文学评论文章。对研究《小说神髓》有着重要价值。由于岩波书店在日本出版界的权威性,而且重视书籍的普及性,出版了很多价廉的文

---

① 柳田泉:『「小説神髄」研究』,東京:春秋社,1966年,44頁。
② 日本国立国会图书馆网址:http://kindai.ndl.go.jp/ 由此用日语输入"小说神髓"即可检索。

库本,所以在一般读者层有极大影响力。应该说以上这些版本都是读者和研究者广泛使用的正规版本,虽然有些不同,但多半是文字表记的差异,对文章理解没有本质的不同。关良一①、龟井秀雄②等坪内逍遥研究的权威学者也对此持相同观点。笔者曾对以上这些版本做过对照比较,确实这些版本可以视为同一的文本,到目前为止,笔者尚未发现因版本问题而导致对原文产生重大歧义的。

笔者研究所用日语原版文本有5个:1.近代文学馆于1968年出版的名著复刻全集中的第6辑——《小说神髓》(1885—1886年的松月堂版,9册本)。这是《小说神髓》最初问世时的版本,由笔者托日本友人购得。2.《明治文学全集16 坪内逍遥集》(筑摩书房版,1969年,稻垣达郎编)收录的日文原版《小说神髓》;3.岩波书店的岩波文库版《小说神髓》。1936年10月版,1988年2月第17次印刷。该书前面附有柳田泉的解说,后面附有柳田泉编的《逍遥先生初期文艺论钞》共7篇。4.《政治小说、坪内逍遥、二叶亭四迷》,(《现代日本文学大系》1,筑摩书房,1974年)。5.《坪内逍遥集》(《日本近代文学大系》3,角川书店,1974年10月)。笔者本书引用时主要使用岩波书店版《小说神髓》日语原文进行了翻译,翻译时参考了我国近代日本文学研究权威、已故的北京大学东语系日语专业教授、日本文学专业首批博导刘振瀛先生翻译的《小说神髓》(人民文学出版社,1991年第1版),该译本为我国现在最好的译本,据译者书中说明,他采用日本岩波书店《岩波文库》1940年版译出。刘振瀛先生日语和文学造诣深厚,译文整体相当准确,文字也很优美,但有些部分为了汉语的通顺或照顾到对日本文学不熟悉的中国读者,刘振瀛先生译文中采取了意译的方法。笔者采取直译的翻法,虽然译文不一定有刘先生的那么优美,但读者也许能更清晰地了解日语原版文本的状态,对一些问题的说明会更容易让人理解。

---

① 関良一:「小説神髄」考,『逍遥·鷗外-考証と試論』,東京:有精堂,1971年,32頁。
② 亀井秀雄:「小説のイデオロギー」、参看:高田知波『近代文学の起源』,若草書房,1999年7月,7頁。

第三节　全书的内容梳理

为了更好地对《小说神髓》全书有一整体概念,并进一步为该书进行横向研究(即对该书的内容按专题来分析研究)作铺垫,笔者首先想通过对《小说神髓》的整体细读对全书的内容作如下简单的梳理。

（上卷）

一、绪言(约2040字)
1. 日本小说的历史
   上古、中古、德川时代的全盛(小说的堕落、小说戏作、被社会轻视;文学成为妇孺的玩物)。
2. 明治以后一时衰微,现在全盛。但伪劣的翻案之作盛行。旧小说的拙劣。
3. 作者写作目的:改良日本的小说,使之最终能凌驾于西方小说之上。

二、小说总论(约6315字)
1. 小说是美术(艺术)——何为美术——美术的本义
   美国某博识之士(费诺罗萨)的观点。
   另一位先生的观点(大内青峦)——人文发育的思想。
2. 著者的批评
   娱目悦心——入神之极致。
   出于自然非人为的"目的"。
3. 美术(艺术)的形式
   有形——无形:主脑所在是赏心悦目。
   例如:诗歌、戏曲。其主脑在于心,即人的情感。
4. 诗歌论
   东方的诗歌和西方的诗歌(poetry)。
   西方诗歌的本质(多叙事诗、与日本小说相近)。

东方诗歌的改革——新体诗的出现。

5. 小说论

小说是诗歌的变体——无韵之诗。

小说的主髓和诗歌相同(不在押韵而在神韵)。

小说是最大的美术(艺术)。

6. 引用《修辞及华文》说明小说是诗歌的变体,而且更易表现人的复杂情感。

三、小说的变迁(约13226字)

1. 历史与小说同源

   神代史——传奇(romance)——寓言(fable)——寓意小说(allegory)——传奇(romance)的复杂化(出现描写人情的作品)。

2. 演剧和传奇(romance)

   演剧的特点。

   时代进步和演剧的不利种种。

   小说优于演剧之理由。

   小说(novel)兴起的必然性,最终取代传奇。(进化论)

四、小说的主眼(约7696字)

1. 小说的主脑是人情,世态风俗次之。(最主要的论点)

2. 人情的含义。(与情欲相近)

3. 描写的优劣比较。(优者在于揭示人情的机微)

   举例:马琴的《八犬传》之失——以劝善惩恶为目的,心理描写不真实。

   小说应该采取旁观式如实地描写。(客观描写)

4. 小说创作的要素(与实录比较)

   小说是出于虚构,要符合自然规律。

   小说应模拟人情达到逼真。

   小说是艺术,揭示人生的因果奥秘——批评人生。(引英国学者约翰·莫利语)

5. 本居宣长《源氏物语·玉之小栉》
物哀论(不是以劝善惩恶为目的)。

五、小说的种类(约2496字)

1. 根据主要用意来分可以分为:
   (1) 劝善惩恶小说:讽喻劝世。
   (2) 模写小说:描写人情世态。
2. 按事件性质分为
   往昔(历史)小说(如"读本")。
   现世小说(如《源氏物语》、人情本)。
3. 按内容分为政治小说、宗教小说、军事小说、航海小说等。
4. 分类的总结:
   虚构物语:
   (1) 一般世俗故事、小说(novel)
       按内容分为:劝惩类、模写类。
       按时代分为:现世(世俗)小说、往昔(历史)小说。
       按描写社会阶层:上层社会、中层社会、下层社会。
   (2) 奇异谭、传奇(romance):分为严肃类和滑稽类。
       特别强调描写现世的小说。

六、小说的裨益(约11339字)

1. 小说是艺术,故不能提供实用。有所裨益是自然而然的结果。
2. 小说的裨益分为两类(直接、间接)。
3. 直接的裨益——娱悦文心—美妙的感觉=人生批评。
4. 间接的裨益(分为4点)
   (1) 使人品位趋于高尚。
   (2) 劝奖惩诫、自然反省。
   (3) 正史的补遗。
   (4) 文学的师表。

（下卷）

七、小说法则总论(约2412字)
1. 法则及小说法则的必要性和可能性。
2. 小说法则举例：结构布置、起伏开合、情节中有波澜顿挫、叙事中有精练繁简、模写情态有斟酌之法等。有法则但不必拘泥。
3. 用做菜比喻法则是手段，应临机应变。
4. 告诫读者小说创作主要靠天赋，法则只提供"一字之师"的作用。

八、文体论(约20518字)
1. 文体选择的必要性：中国、西洋大体言文一致而日本不一致。
2. 日本写小说有三种文体：雅文体、俗文体、雅俗折衷文体。
3. 雅文体：委婉古雅
   不适合表现时代小说、现世小说。
   举例：六树园的《都城的穷汉》、式亭三马的《浮世澡堂》(以上滑稽本)、
   《源氏物语》：若紫卷、葵卷、杨桐卷、须磨卷等。
4. 俗文体：
   （1）生动活泼但俚鄙粗俗。适合世态小说，不适合时代小说。
   （2）引用马琴的话说明。
   （3）必须使用得当。有必要对国语进行改良。
   （4）用雅文体和俗文体折衷。
5. 雅俗折衷文体
   （1）分成2类：稗史体(雅多、俗少)、草册子体(雅少、俗多)。
   （2）稗史体：叙述部分——雅七八分，会话部分——雅五六分。时代小说最适合。文章举例2个。4种转换法。
   （3）草册子体(又名草双子体)：俗语多，汉语少。
       最适合世态小说。不适合时代小说。举例若干。
   （4）作者观点：时代小说到江户时代已经到达顶峰，现在应该着力进行世态小说创作，把草册子体改革成新的文体。

（5）附录：明治时代文体改良的两个方向：罗马字化（全部拼音化文字）、文字假名化。

世界将来为一大共和国（改进党的理想）。

文字也会万国通用。日语有可能改为罗马字体，因此有必要改革草册子体。

九、小说的情节安排法则(约12892字)

1. 法则的必要性。
2. 创作小说原则之一：脉络通透。前后照应、因果关系。（与实录对比）
3. 马琴的"小说七法则"。
4. 坪内的点评。
5. 小说写作要分清悲哀小说(tragedy)和快活小说(comdy)。

若干例子（日本、英国）。
6. 快活小说：未来小说的目的不是取悦妇孺，而要述诸有识之士。摒除下流，提倡高尚（但有必要时可适当描写）。

强奸和男女情事等描写不宜直露。
7. 悲哀小说不宜过悲，宜适当加些快乐成分。
8. 小说创作11种弊病

1. 荒唐无稽；2. 构思单调；3. 重复；4. 野鄙猥琐；5. 爱憎偏颇；6. 特殊庇护；7. 相互龃龉；8. 炫耀学识；9. 拖沓停滞；10. 缺少诗趣；11. 使用人物叙述过去复杂的身世。

十、时代小说的情节安排(约4805字)

1. 时代小说与历史（书）的异同：

（1）时代小说补史书的阙漏

（2）虚构内容

（3）心理剖析

（4）刻画细节

（5）补充风俗史

2.时代小说三弊:年代的龃龉;事实的错误;风俗的谬写。

十一、主人公的设置(约5958字)
1.主人公的定义与作用
2.分类:单复;男女;几组;主次等。举例若干。
3.主人公的特性:卓越非凡。
邪恶丑陋的主人公亦可,但应有良好的主人公与之相对。
4.主人公创作的方法:现实派、理想派。
5.现实派:
6.理想派:
　(1)先天法:将已有定论的、理想上的性格加以仔细分析解剖来塑造。马琴多用此法。
　(2)后天法:把世上应该有的人物性格通过想象加以塑造。司各特、李顿受此影响。
　(3)现实·理想两派比较:
现实派入门易登堂难,理想派入门难登堂易。
　(4)再次提醒塑造人物时要把作者本人的个性隐藏起来。

十二、叙事法(约1478字)
1.叙述法定义:小说中的叙述部分。
2.叙述要详略得当,勿使读者厌烦。
3.叙述还要描写自然界的情态(环境)。
4.描写人物性格的两个手法:
阴手法:通过言行举止塑造人物性格。
阳手法:直接通过语言叙述揭示人物性格。
(结尾)著者告读者语。(全书完)

在以上的各章的题目名后面都一个字数表示,那是笔者对该书作的一个简单的数字统计。笔者从日本的"里实文库"网站免费下载了

《小说神髓》全文。[①]由于《小说神髓》各种版本有所不同，假名表记法相差很大，因此以上数字仅仅是运用电脑 Word 软件的统计功能做出的一种初步统计，但其误差不会超过正负 100 字，对我们研究有一定参考价值。

该书全文九万一千多字，上卷约三万五千字左右，而下卷五万六千字左右。上卷中集中了坪内逍遥的小说理论的精华部分，很多给后世带来重大影响的主张大都出自上卷。下卷主要内容是小说的具体写作方法和技巧，历来为一般研究者忽视，但从字数来说却大大超过了上卷，因此有必要对其重新加以认识，这也是笔者努力开拓的研究新领域。

第四节　结构与思路分析

上节是笔者反复整体细读《小说神髓》后，采用如中学语文课分析段落大意的方式对全书每个部分的内容和结构进行的归纳梳理，笔者在对《小说神髓》的先行研究进行收集过程中发现，这些成果大多是对《小说神髓》中的某一论点进行考证、比较、分析，而鲜有对全书进行整体细读、对整个结构与体系进行分析的。只有柳田泉的《<小说神髓>研究》（春秋社，1966 年）有类似提纲，但没有标清每段的层次和概括出大意。《小说神髓》全书分上下两卷，包括绪言共十二个部分，但作者没有列出"第一章""第二章"，笔者查阅各种版本，从第一版到以后各种版本均是如此。笔者为了便于读者能全景式了解全书的脉络，故特意标注"一""二""三"至"十二"。在每个部分又按内容的层次用"1、2、3、4……"等标注，如在此下位的内容再用（1）（2）（3）……标注。通过这种方法可以更清晰地了解该书的结构和坪内逍遥的思路。

一、《小说神髓》的结构

对于《小说神髓》是否是体系完备、逻辑清晰、理论严密的论著，历来有不同的说法。有很多学者认为这部文学理论如果从其个别观点

[①] http://bunko1.satobn.net/syoko/kindai/syoyo/sinzui/ss00.htm.

来看,如揭示了小说是艺术、批判劝善惩恶的封建道德、提倡描写人的真实情感等,都具有划时代的意义。但是如果不进行整体细读的话,粗粗一看似乎这部作品并没有贯穿始终的理论或思想体系,各个部分似乎也没有一种有机的联系。这是因为有些内容是单独写的,在该书出版前后分别发表在一些杂志上。坪内逍遥写作过程中也确实把一些旧文编辑起来,再补充一些新的内容加入书中。因此,坪内逍遥的嫡传弟子、著名近代文学研究学者柳田泉在《<小说神髓>研究》中指出:"'小说总论'也许是最后写的,所以这一章条埋比较清晰。而'小说的变迁'一章大量引用《大英百科全书》中'romance'条目的内容,应该是条理清晰的。但逍遥写的时候又插入其他版本的文学史的内容,对劝善的传奇部分叙述显得较乱,其后又加入演剧和小说(novel)进来就更加散乱了。大体的内容可以理解,但是如果好好阅读细节的话可以看出其中的脉络不是很清晰。"[①]柳田泉是坪内逍遥的学生,同时他也是严谨的学者,他的话确实比较客观,这一点细心的读者和研究者都能体会到。然而我们不能用今天的眼光来看待一百多年前的作品。我们现在撰写论文时结构和内容越来越条理化、格式化,似乎有种八股文的趋向。这也许是受到自然科学研究方法的影响吧。如果我们把现在奉若神明的"大师"们的论文拿来分析一下,也许也能发现很多不合现代人的逻辑、条理的。即使康德、黑格尔等哲学巨匠的论文也被后世指出有前后矛盾、概念不清的地方。但这并不妨碍他们为人类思维发展做出巨大贡献。因此笔者认为不可以现代人的逻辑思维方式来衡量前人。

日本著名近代文学专家关良一通过对坪内逍遥创作《小说神髓》以前的知识结构进行了考证,他引用越智治雄的《<小说神髓>的母胎》、坪内逍遥的《回忆漫谈》、柳田泉的《年轻时的坪内逍遥》等材料认为坪内逍遥在上东京大学之前就已经阅读了江户时代的叙事类作品达一千部以上,这里包含的汉学(中国文化)、和学(日本文化)的学问非常丰富,而且坪内逍遥十四岁就进入名古屋的英语学校学习英语,进入东京大学后,由于当时分科并不像现在那样细,他学习的内容基

---

① 柳田泉:『「小説神髄」研究』,東京:春秋社,1966年,46頁。

第一章 坪内逍遥和《小说神髓》概要

本相当于现在的人文科学,除了英语和英国文学以外,还修了政治学、经济学、心理学、哲学等课程,他在当时学到了各种最先进思想,也接受了多年的西方化教育,具备了十分全面的知识素养。因此从他的知识结构和思维水平来说,在明治时代可谓数一数二,在他的论著中这些也得到了体现。①虽然坪内逍遥的《小说神髓》事实上也确实不是作者一气呵成写出来的。有的段落是以前写的,有的段落是重新誊抄的时候又修改的,所以有很多部分不连贯。但是最后决定出版的时候作者还是重新整理了一下。现在我们看到的这部作品,笔者认为还是结构完整、体系完备的。例如:"小说总论"以"小说是美术(艺术)"开始,把小说的最本质的概念——"艺术"(美学)提出来,把其他的艺术种类加以比较分析得出小说的特质和优越。再从宏观上看,全书分为上卷(原理篇)、下卷(小说技巧篇),既有理论又有实际操作,不可谓不完备。论述概念时从上位至下位、从总论到各论,层层推进、力求做到环环相扣。因此,龟井秀雄认为即使在近代小说的诞生地英国,当时也没有体系化的小说理论,有的只是一些修辞学的论著。②小说家和批评家们仍然为了小说的正名而作着艰难的努力。英国的正统文人视小说为洪水猛兽,认为阅读小说是有害无利的③。1884年4月25日,英国小说家兼历史学家贝赞特(Walter Besant)在伦敦皇家学会发表了演讲,后整理成小册子出版,题名为《小说的艺术》(*The Art of Fiction*)。同年,亨利·詹姆斯发表同名的论文《小说的艺术》(*The Art of Fiction*),批驳贝赞特的某些观点,这些可视为西方小说理论的滥觞。而它们几乎与坪内逍遥撰写《小说神髓》在同一时代,这说明即使在西方社会对小说的艺术地位尚未确立,而在19世纪末的日本,坪内逍遥能够把小说提到艺术的高度来认识,确实超越了时代。笔者认为正确的解读方法在于首先从宏观上把握全书的中心脉络,再从微观上细细品味各章节,不是用吹毛求疵的态度而是努力积极、正面地体会著者想表达的思想。有些内容确实有很多跳跃性,有些甚至是矛盾

---

① 関良一:『小説神髄』考,『逍遥・鷗外―考証と試論』,東京:有精堂,1971年,36—74頁。
② 亀井秀雄:『「小説」論』,東京:岩波書店,1999年,3頁。
③ 殷企平:《英国小说批评史》,上海:上海外语教育出版社,2001年,第66页。

的。这种矛盾一方面是由于作者自身原因造成的,如思路混乱、语言表达不清;也有很多是因为我们离开那个时代太远,明治时期的一般人看得懂的内容而现在的日本人也看不懂,更不必说当代的中国人了。

二、《小说神髓》的思路

从《小说神髓》的成书过程可以知道,这部书不是一开始由坪内逍遥有计划的写作的,据坪内逍遥的传记和他自己的《回忆漫谈》的介绍,《小说神髓》是由于英文学史课考试时,霍顿教授出了要求分析《哈姆雷特》中王后的性格问题,而坪内逍遥不知其所以然,按日本传统的说法加以分析,结果得了低分。坪内逍遥由此刺激发奋阅读英国文学作品和理论著作,后来他还写了一些批评的小论文。在《小说神髓》出版前后坪内逍遥发表的论文有:

明治十六年(1883年)9月—10月发表《小说文体》(《明治协会杂志》),署名蓼汀迂史,该论文与《小说神髓》下卷的文体论内容相似;

明治十八年(1885年)2月,发表《开卷悲愤 慨世士传》前言,这篇文章已经形成了小说改良的主要思想,是《小说神髓》的雏形;

明治十八年(1885年)3—5月,发表《假作物语的变迁》(《中央学术杂志》)和现行版本的"小说的变迁"一章内容相当;

明治十八年(1885年)8月、发表《小说论一斑 小说的主眼》(《自由灯》),相当于现行本的"小说的主眼"。

虽然论文本来都是独立的,但是不能据此说《小说神髓》就是这些论文拼凑起来的。据坪内逍遥的传记中记载在交给出版社之前,坪内逍遥至少修改和誊写了两遍以上。我们如果仔细读一下还是可以看出这部书作者写作的思路。

绪言首先阐述了日本小说(物语)的历史、从江户时代末期到明治维新后小说的繁荣状况,然后指出小说创作存在的问题,最后说明改良小说和撰写该书的目的。从正文的第一章"小说总论"中,作者首先讨论小说的艺术性问题,是从理论高度对小说理论的阐述打下了基础,相当于一般理论构建中的本体论部分;第二章"小说的变迁"中论述了各种文学样式的发展轨迹,民谣—诗歌—戏剧—小说等历史演变,其中小说中又经历了传奇、寓言、小说等多种样式的演变,通过运用进化论的理论阐述了小说优于其他文学样式的理由,说明小说的盛行是必然规律决定的。这也是作者提高小说地位、树立新的小说理论必需的铺垫。第三部分"小说的主眼",这是全书最精华的部分,该章开头的"小说的主脑在于人情,世态风俗次之"①就是这一脍炙人口的名句,由此掀开了日本近代文学的序幕。在这部分里作者阐述了"人情"的内涵、描写人情的理由和方法,作者用较多篇幅详细论证了这些写实主义的主张。第四部分"小说的种类",这章篇幅较短,内容的理论性也不强,有些内容和前面几章有重复之处,为多数学者忽视,实际上这章作者要着重说明的是:虽然前面提到了很多种类的小说,但特别提倡的"描写人情"的小说是指当今社会、普通人为主角的"现世小说",是上一章内容的展开,因此也具有很重要的作用。第五部分"小说的裨益",这章内容被一些学者认为是坪内逍遥理论不彻底的表现:在"小说总论"中坪内逍遥反复阐述艺术不应该有功利性目的,但在这章用很大篇幅(约11000字)阐述了作者认为是四个间接的目的(而且是功利性的目的),即裨益,这一矛盾反映了坪内逍遥的理论体系不统一。但笔者认为这章作者特意用很大篇幅论述,是由于作者意识到第一部分"小说总论"中艺术无功利性目的的美学理念和第四部分"小说的主眼"中提出描写人情的主张有些裂缝,因此,坪内逍遥特别在上卷最后设一章来调和两者关系。这恰恰说明《小说神髓》不是一些互不相干的若干论文的拼凑而是一部比较有体系的理论著作,至少作者有一种理论的自觉性。

下卷的结构条理也非常清晰,一开始第一部分"小说法则总论",作者阐述了小说创作的根本规律和灵活运用的必要性,相当于下卷的序言,以此自然地引出以后的章节。下卷第二部分的"文体论"是全书篇幅最长的一章,2万多字。贬低《小说神髓》的学者据此认为该书上卷是阐发写实主义主张而下卷小说创作理论中仍重复着江户时代的

---

① 坪内逍遥:『小说神髓』,东京:岩波书店,1936年10月第1版,1988年2月第17刷,58页。

小说手法,是理论不彻底的表现。而且大量篇幅论述文体论,所以本质上《小说神髓》是"一部修辞书"。①实际上,在言文不一致的明治初年,如何用新的语言表达新的事物、新的思想是个很重大的文学问题。坪内逍遥并没有提出"言文一致"的口号,但是他提出改良日语表达形式,主张用雅文体和俗文体加以融合形成新的表达方式,这些观点在当时还是比较进步和理性的。关于文体的详细内容,笔者在后章有详细表述,请参考第四章。总之,文体改革也属于小说改良的课题之一,直接促进了日本近代文学的形成和言文一致运动的展开,二叶亭四迷的《浮云》就是接受了坪内逍遥的影响而开创了用口语体来创作小说的先例。以后的下卷第四、五章"小说的情节安排""时代小说的情节安排"对小说的构思、情节布置等方面的原则进行了阐述,强调作品的完整性和逻辑性。这些都是近代文学所必需的形式上的要素。第六部分论述了主人公的设置和人物性格的描写技巧,在这个部分中,坪内逍遥指出比起故事情节来说更要突出人物性格,这一点也是以往小说所忽视的,它是上卷"小说的主脑在于人情,世态风俗次之"主张的具体实现方式。最后一部分是"叙事法",这里的"叙事"是指小说的叙述部分,这部分内容虽然很短,但也不乏精彩的观点。如提出注重环境描写、人物性格刻画有阴手法、阳手法等。在这部分内容的最后坪内逍遥说:"书肆催促甚急,以有限之时日行无限之议论,想来难以周全,故此暂且搁笔。"②据柳田泉考证,这大概是当时坪内逍遥和东京稗史出版社已经签约,必须迅速交稿,所以作者有这样的说法。

  从整体来看,《小说神髓》的结构和思路是很清晰的,有较强的逻辑性和体系性,上卷内容和结构比较严密,下卷稍显松散,但从行文中还是可以看出作者一直在努力使他的理论体系构建得比较完满、周全。当然客观上讲,这部作品也确实很不完美,有些问题论述比较抽象、有些问题谈得过于简单,但毕竟这部作品是在一百多年前写的,在

---

① 吉田精一:『現代日本文学の世界』,東京:小峯書店,1968年,52頁。
② 坪内逍遥:『小説神髓』,東京:岩波書店,1936年10月第1版,1988年2月第17刷,182頁。

当时无论文化和经济都不发达的日本，可以参考的资料也严重匮乏，而作者完全凭他在文学艺术上积累的深厚功底，用他在东京大学形成的知识结构建构了全书的体系，在世界上尚未出现体系完备的小说理论之前，独立完成了具有近代意义的小说理论著作，为日本近代文学的发展指明了方向。判断是否把这部著作看作有比较完整的结构和体系的作品，对真正理解这部作品有举足轻重的作用。如果认为这是一部杂乱无章的论文集，那么其中的论点和论证也许都是随意的感性的批评，并没有很高的价值；而认为这是一部作者精心创作的、有完备理论体系的作品来看的话，那么就会有很多新的发现。

三、内容的横向梳理

以上笔者对《小说神髓》一书作了一个纵向的梳理，归纳总结了全书的体系和结构。但这样解读还不能完全理解这部作品，因为有的文艺思想或文学主张分散在不同的章节里，按照顺序解读还不能清晰地了解全书中各种主张和观点相互的关系。需要对该书作一个横向梳理，才可以对全书有一个逻辑的体系的理解。通过这样的工作使坪内逍遥的文艺思想和主张可以更清晰地呈现在我们面前，重新认识《小说神髓》的意义和价值。

在《小说神髓》中坪内逍遥广泛地讨论了艺术、文学、小说以及小说的具体写作技巧和方法，如果把这些内容进行再整合就会发现，坪内逍遥在《小说神髓》中表现出来的各种主张和思想并不是杂乱无章的，虽然个别地方有些矛盾，但总体上还是有着符合逻辑的脉络的。从下一章起，笔者把《小说神髓》中坪内逍遥的文艺思想和小说理论分为：美学思想、写实主义文学理论、叙事理论、互文性研究、《小说神髓》的延长线等进行论述。

第二章

美学思想

　　《小说神髓》对于日本近代文学的重要贡献之一就是书中提出了"小说是艺术"的主张,使原来被认为是猥琐低俗的小说一跃为文学的正统样式,取得了登堂入室的地位。而之所以达到如此效果是与坪内逍遥在书中指出的小说蕴含着美的性质有着密切关系,这种把文学提升到美学的层面进行讨论的方式是日本以往从没有过的,因此仅此一点在文学史也具有划时代的意义。以往关于《小说神髓》在美学上的贡献研究并不多,日本有一些研究成果,但也多为考证《小说神髓》中的美学思想的片段来源于何处等方面。我国学者从美学方面展开的研究也不多,王向远认为《小说神髓》"未能建立起近代的新的世界观、哲学观和美学观"①。笔者经过对《小说神髓》的整体细读,发现在《小说神髓》"小

---

① 王向远:《王向远著作集》第五卷,《中日现代文学比较论》,银川:宁夏人民出版社,2007年,第19页。

说总论""小说的主眼""小说的裨益"三章中蕴含着比较丰富的美学思想,以下结合日本学者的观点及笔者细读文本的体会对该书的美学思想进行探讨。

第一节　审美与功利——《小说神髓》之目的论

"小说总论"的开头以驳论的方式起笔:"如欲阐明小说之为艺术(美术[①]),首先必须了解何为艺术(美术)?而如欲阐明何为艺术(美术)则必须首先驳斥世之谬论。"[②]接着他引用两位学者关于艺术的论点,批判了他们关于艺术的目的是实用的观点。坪内逍遥没有说出这两位学者的姓名和著作,经很多学者考证一致认识他们分别是费诺罗萨(Ernest Francisco Fenollosa,1853—1908)的《美术真说》[③](龙池会[④],1882年)和大内青峦(1845—1918)在《大日本美术新报》第一号发表的社论(1883年11月)。[⑤]这两位学者的观点总结起来都认为艺术对促进社会发展和人文发育有着妙机妙用,而坪内逍遥立刻加以批判"他们关于艺术(美术)的本义难免逻辑上错误,现在让我阐述自己的观点表明疑问所在。所谓艺术(美术)原本不是实用的技能,而是以娱人心目、入其妙神为其目的。由于入其妙神,观者自然感动,忘记贪吝之欲、脱却刻薄之情,使之乐于其他高尚之妙想。这是自然的影响,不可说是艺术的'目的'。"[⑥]坪内逍遥又通过实例指出在艺术创作时,如果心存促进人文发达等目的之心就难以专心致志达到出神入化的境界,因此,"不应说是艺术(美术)的目的。因此所谓艺术(美术)的本义,应该除去目的二字,只说艺术(美术)在于悦人心目并使人气品高尚就可

---

① 明治初年日本部分学者把艺术统称为"美术",故日语原文为"美术",这里加括号标注。
② 坪内逍遥:『小説神髄』,東京:岩波書店,1936年10月版,1988年2月第17刷,25頁。
③ 实际上由大森惟中把费诺罗萨在龙池会主办的美术讲演会的原稿加以整理翻译出版的,在翻译过程中有些地方可能和原义有出入。
④ 龙池会是明治初年成立,以保护日本传统美术为宗旨的团体,是日本美术协会的前身。
⑤ 菅谷広美:『小説神髄』とその材源,収録:日本文学研究資料刊行会編,『坪内逍遥・二葉亭四迷』,東京:有精堂,1979年,15頁。关良一和柳田泉也作相同的考证,结论是和菅谷广美一致的。
⑥ 坪内逍遥:『小説神髄』,東京:岩波書店,1936年10月第1版,1988年2月第17刷,25—26頁。

以了。"① 坪内逍遥虽然承认艺术有"悦人心目并使人气品高尚"的作用,但认为那是"偶然的作用"②。坪内逍遥极力反对和回避的是艺术有"目的",尤其反对功利性的目的。所谓功利性目的就是在《小说神髓》中坪内逍遥所要着力批判的,即江户时代和明治初期的大量劝善惩恶的文学,这些作品很多是由中国明清小说的内容加以改写(日语称为"翻案",关于日本翻案文学可参阅笔者有关论文)③,内容老套,以封建道德说教做幌子,实际内容"一味杀戮残酷,或是非常淫秽猥琐"④。坪内逍遥在此不仅要批判这些低俗的作品,他更进一步要批判如道德说教、人文发育、社会进步等功利性的目的,他认为如果以这些为前提来创作必然损害艺术的独立性。他说:"如果以我的说法为非,那么世上被称为艺术家的人们,不管是雕刻家还是画家,都必须首先在他们创作之前先造出一个促进'人文发育'的模式来,只限制在这个范围内从事他们的构思和创作。这岂不是非常不合道理的吗?"⑤他认为艺术创作必须还原到艺术的本质上。

日本文化长期深受中国文化影响,文学也不例外。中国文学在传统上很强调政治教化功能,如《论语·阳货》云:"诗可以兴,可以观,可以群,可以怨。迩之事父,远之事君。"⑥这些都是强调诗歌的道德教育作用,同时诗歌的"美刺"(讽喻)的功能也不可忽视。如《诗经》中的《小雅·节南山》云:"家父作诵,以究王讻。"⑦不仅诗歌如此,一般散文同样如此,如曹丕在《典论·论文》中说:"盖文章,经国之大业,不朽之盛事。"自古以来中国的统治者、思想家、文学家、理论家都推崇文学的教化作用,到明清时代市民阶层的成长使传统的儒家道德观发生了动摇,但文人创作小说时仍要以道德教育为幌子,以劝善惩恶为宗旨来

---

① 坪内逍遥:『小説神髄』,東京:岩波書店,1936年10月第1版,1988年2月第17刷,26頁。
② 上揭書,28頁。
③ 潘文东:《从译介学的角度看日本的"翻案文学"》,《苏州大学学报》2008年第3期。
④ 坪内逍遥:『小説神髄』,東京:岩波書店,1936年10月第1版,1988年2月第17刷,17頁。
⑤ 坪内逍遥:『小説神髄』,東京:岩波書店,1936年10月第1版,1988年2月第17刷,27頁。
⑥ 刘宝楠:《论语正义》,《诸子集成》1,上海:上海书店,1986年,第374页。
⑦ 周振甫:《诗经译注》,北京:中华书局,2002年,第293页。

贯彻作品,以求得小说生存的一席之地。如明代瞿佑在《剪灯新话》序中指出:"《诗》《书》《易》《春秋》,皆圣笔之所述作,以为万世大经大法者也;然而《易》言龙战于野,《书》载雉雊于鼎,《国风》取淫奔之诗,《春秋》纪乱贼之事,是又不可执一论也。今余此编,虽于世教民彝,莫之或补而劝善惩恶,哀穷悼屈;其亦庶乎言者无罪,闻者足以戒之一义云尔。"① 如《金瓶梅》《肉蒲团》等一些被认为内容淫秽的小说也在开篇即大书劝诫之意,以避诲淫诲盗之嫌。正统的"文以载道"的思想主宰了几千年的中国文学,虽然中国也有"诗缘情"之说,在历史上也有很多阶段出现了一批批浪漫主义文学家,但是在儒家思想占有统治地位的中国始终成不了气候。文学始终关注着政治、社会生活,最终成为政治、道德、宗教等的附庸。"纯艺术派"的文学一般都不会持久,这种情况到了近现代仍然没有改变。我国著名美学家朱光潜先生对此这样指出:"在中国方面,从周秦一直到西方文艺思潮的输入,文艺都被认为道德的附庸,这种思想是国民性的表现。中国民族向来偏重实用,他们不欢喜把文艺和实用分开,也犹如他们不欢喜离开人事实用而去讲求玄理。'文',只是一种'学',而'学'的目的都在'致用'。"② 而且他认为中国的诗歌也是功利性很强的,他说:"诗是一种'教',它的教义是'温柔敦厚'。儒家在历代都居独尊的地位,向来论诗文者大半只是替孔子所说的几句话下注脚。"③

这种情况不仅中国是这样,在近代以前的欧洲情况也很相似。在古希腊苏格拉底认为美与善是一致的,他说:"因为凡是善的,也就是对它所适应得好的目的来说是美的。"④ 亚里士多德认为诗歌具有"净化""陶冶"的功能。古罗马的贺拉斯则要求"寓教于乐"。狄德罗说诗人、艺术家是人类的教导者、人生痛苦的慰藉者、罪恶的惩罚者、德行的酬谢者。以上种种可以看出东西方古典文艺理论在艺术的道德功能上有惊人的一致,艺术一直成为道德和政治的附庸。文艺复兴以后

---

① 瞿佑:《剪灯新话》,《韩国藏中国稀见珍本小说》第2卷,中国大百科全书出版社,1997年,第156页。
② 朱光潜:《朱光潜全集》(第一卷),合肥:安徽教育出版社,1987年,第294页。
③ 同上书,第295页。
④ 周辅成编:《西方伦理学名著选辑》,北京:商务印书馆,1964年,第51页。

逐渐有人开始提出艺术的本质是美,具有自身的独立性。真正使艺术摆脱知识、道德束缚,推动艺术独立起来的是康德,他在《判断力批判》中指出:"艺术作为人的熟巧也与科学不同(能与知不同),它作为实践能力与理论能力不同,作为技术则与理论不同(正如测量术和几何学不同一样)。"[①]这样就把艺术从人类的实用性的实践活动中分离出来,认为艺术的目标不是知识和道德理念。康德在《判断力批判》的"审美判断力的分析论"中的"美的第一契机"中明确表明:"那规定鉴赏判断的愉悦是不带任何利害的。"[②]明确提出审美的无利害性。其后的黑格尔却走了与康德不同的道路,他把科学、哲学和艺术都要统括在他的"绝对理念"中,受到后世学者的强烈批判。19世纪英国唯美主义文学代表人物王尔德主张:"艺术除了表现它自身之外,不表现任何东西。它和思想一样,有独立的生命,并且纯粹按自己的路线发展。"在欧洲掀起了唯美主义的风潮,倡导"为艺术而艺术",强调艺术的非功利原则。进入20世纪,有识之士认识到科学文明带来的弊病和危害,不少人提出用艺术来拯救人类的主张。因此坪内逍遥当时提出艺术应该除却实际功利性的主张,使日本文学摆脱被"劝善惩恶"的封建道德束缚而进入近代,具有重大的历史意义,而且人性被现代文明压抑日盛的当今,仍可为人们指明一条通向自由的道路,这也是最近十年日本文学研究者从研究坪内逍遥的《小说神髓》中不断得到新的启示,因此是有极大的现实意义的。

  关于坪内逍遥的这种目的论的来源目前没有定论。一种可能性是来自西方思想的影响,当时德国的唯心主义哲学,如康德、谢林、黑格尔等人的哲学已经通过各种渠道传入日本。坪内逍遥在东京大学就学时的几位任课老师,如费诺罗萨就是深受黑格尔哲学影响的美国人。还有英国文学中主张艺术以审美为价值、有独立的意义的文学或文艺理论也通过学者、文人或报纸杂志进入日本。但是笔者参考众多日本学者研究成果,没有发现确实证据表明坪内逍遥的艺术目的论是受到具体某一位思想家或作家、学者的影响的。但这并不能否认西方

---

① [德]康德:《判断力批判》,邓晓芒译,北京:人民出版社,2002年,第146页
② 同上书,第38页。

的影响的存在。另外一种可能性在于日本传统文化的影响。日本文学虽然长期受到中国文学的影响,但是在中国文学的"泛政治化"和"泛道德化"倾向并没有对日本的民族文学①起很大作用,原因在于在日本文学中存在着两种不同的文学形式:一种是以和歌为中心的日本固有的民族文学——"和文学";还有一种是汉文学,即日本人用汉语模仿中国人写的汉诗文。日本从奈良时代到近代的明治维新之前,汉文一直作为官方的正式文体,汉文学也是作为贵族、文人公共交际的手段,有关于政治和道德的内容通常运用汉文学来表达,而"和文学"一直作为个人性、情感性、民间性的文学手段,这两种文学的并存使日本文学整体有远离政治和道德的倾向。因此在一千多年的日本文学史中,日本的"和文学"(如和歌、俳句等)中鲜有表达政治、道德内容的,一些随笔、物语等也以表现人性的情感为中心,这些文学理念在日本古典名著《源氏物语》中得到了集中的表现,后世学者本居宣长把它归纳为"物哀",这成为日本文学的核心理念之一。日本文学自古以来远离政治、道德,在这种文学传统下,坪内逍遥提出去除文学的功利性(主要是政治和道德功能)是对日本古典文学传统的回归,当然,这种回归不是简单地回到过去,而是在吸取西方近代文明基础上的再创造,由此文学可以大胆摆脱以儒教为中心的封建思想和道德,进入个性逐渐解放的近代,可以说是掀起了一场日本的"文艺复兴"。

第二节 美的本质——《小说神髓》之妙想论

坪内逍遥的艺术目的论中虽然排斥功利性目的,但对"娱人心目、入其妙神"和"自然的影响"还是肯定的。他在"小说总论"中指出:"所谓艺术(美术)原本不是实用的技能,而是以娱人心目、入其妙神为其'目的'。由于入其妙神,观者自然感动,忘记贪吝之欲、脱却刻薄之情使之乐于其他高尚之妙想。这是自然的影响,不可说是艺术的'目

---

① 文学这一概念是近代以后出现的,在东亚古典文学中"文学"的概念基本和"人文学"相当。日本当代著名文学批评家铃木贞美提出对文学定义和概念的再认识来重新考察日本文学。(铃木贞美:「『日本文学』の成立」,東京:作品社,2009年10月)

的'。"①他在阐述过程中极力回避用"目的"的说法而用"本义"或"主脑"等词汇。如:"因此所谓艺术(美术)的本义,应该除去目的二字,只说艺术(美术)在于悦人心目并使人气品高尚就可以了。"②又如:"但如问其主脑所在则不外乎使人赏心悦目而已。"③在"小说的裨益"一章中,坪内逍遥谈到小说的本质时说:"艺术家所期望的在于给人以美妙的感觉,使人感到愉悦……小说的目的在于愉悦'文心'。那么何为'文心'呢?曰美妙之情绪是也。"④对于艺术或作为艺术的小说的目的,即艺术的本质,坪内逍遥在书中用了不同的表达方式阐释了它的内涵:"娱人心目、入其妙神""使人气品高尚""高尚之妙想""愉悦'文心'""美妙之情绪"等。

在明治初年人们对"艺术"的这一概念还没有形成,而"艺术"一词在汉语的古籍中,"艺"是指儒学的基本素质,如《周礼·保氏》:"养国子以道,乃教之六艺:一曰五礼,二曰六乐,三曰五射,四曰五驭,五曰六书,六曰九数。",而且儒家还把"六经"作为"六艺"。"术"一般指技能、方术等意。日本幕末著名思想家佐久间象山(1811—1864)在其墓志铭上留有"东洋道德,西洋艺术"的字句。这说明在明治维新前后"艺术"一词相当于"技术"。"美术"一词用于艺术最早见于1873年明治政府为了招募企业参加维也纳万国博览会时发布的布告上,是根据德语词汇 Kunstgewerbe 和 Bildende Kunst 翻译而来。⑤同时,鸦片战争以后,英美的传教士大量来到上海,他们在上海把《圣经》以及其他的西方的书籍进行了翻译,西方的艺术概念,如英语中的"art",或者"fine art"也译为"美术"。这些书籍通过贸易或其他方式进入日本。柳田泉认为把诗歌纳入"美术"的概念是在明治十五年到十六年左右。⑥1877年左右坪内逍遥所用的"美术"一词其实也与费诺罗萨的《美术真说》有关。费诺罗萨毕业于美国哈佛大学,1878年作为明治政府花巨资实

---

① 坪内逍遥:『小説神髄』,東京:岩波書店,1936年10月第1版,1988年2月第17刷,27頁。
② 上揭書,28頁。
③ 上揭書,28頁。
④ 上揭書,77頁。
⑤ 鈴木貞美:『「日本文学」の成立』,東京:作品社,2009年,112頁。
⑥ 柳田泉:『明治初期の文学思想』下,東京:春秋社,1965年,50頁。

行的"雇佣外国人"计划引进的高级人才进入东京大学任教授,担任政治学、理财学(经济学)、哲学等课程,他被精湛的东方的艺术折服,鉴于当时日本人盲目崇拜西方,废弃日本固有传统的倾向,他致力于复兴日本传统艺术,其中主要是绘画、雕刻等,保护很多濒临损毁的艺术文物。1882年5月费诺罗萨在龙池会主办演讲中阐释了他对艺术和美学的一些意见,他的演讲后被整理并翻译为日语,书名为《美术真说》。这部书对日本的美术界和美术家以及整个文化界带来很大的冲击。1886年起费诺罗萨和冈仓天心开始筹备创立东京美术学校(东京艺术大学的前身),后冈仓天心任校长、费诺罗萨担任教职,为日本美术的振兴、美术教育和西方艺术理论的传播做出的重大贡献。《美术真说》中所说的美术主要指绘画、雕刻等,也把诗歌、音乐等归入其中。龙池会和费诺罗萨在19世纪80年代在日本美术界和文化界均享有很高的声誉,《美术真说》中的"美术"和"妙想"等术语成为当时通行的艺术用语。

虽然明治初年"美""美学"等概念也未完全形成,当时一些学者翻译或接受西方美学思想后撰写的著作中也论述了"美"的问题。如著名翻译家兼启蒙思想家西周(1829—1897)于1870年在他的私塾给学生上课讲义汇编而成的《百学连环》中,他把西方的aestheteics翻译为"佳趣论"。后来他根据西方的美学理论撰写了《美妙学说》(约1872年左右),把美学称为"美妙学"。大森惟中在翻译费诺罗萨的《美术真说》中也借用了西周的一些词语意象,他把费诺罗萨论及的美的本质翻译为"妙想"。这个词的翻译和费诺罗萨的原义可能有些距离,但由于当时日本人还是通过日文版的《美术真说》了解费诺罗萨的,因此"妙想"成为构成当时美学思想必要的理念。"小说总论"中坪内逍遥引述大内青峦的文章中就有"当人逢着幽趣佳境或与神韵雅致相对,则不禁悠然唤起清绝高远之妙想。此谓艺术之妙机妙用。"[①]坪内逍遥在"小说总论"和"小说的裨益"两章中共计还使用了"妙想"4次。

由于入其妙神,观者自然感动,忘记那些贪吝之欲、脱却刻薄

[①] 坪内逍遥:『小説神髄』,東京:岩波書店,1936年10月第1版,1988年2月第17刷,26頁。

之情,使之乐于那些高尚之妙想。①

其妙在乎通神,使看者不知不觉中如神飞魂驰般感得幽趣佳境,此乃本然之目的,乃艺术之为艺术也。然以其气韵高远、其妙想清绝而提升人之素质只是偶然的作用。②

人类脱离野蛮时代起就无不以风流之妙想为娱、无不爱高雅之现象。③

看一看那些蒙昧野蛮的民族,一味沉湎肉体之欲而不懂得以妙想为乐。④

由以上的例子可以看出坪内逍遥所认为的艺术的"本义"(本质)是通过"娱人心目"使欣赏者"自然感动"或"神飞魂驰"来乐于"高尚之妙想"。所谓"妙想"也就成为艺术的终极目的或归宿。而与此相近的表现方式还有"幽趣佳境""气韵高远""高雅""妙神""美妙之情绪"。这些美学范畴和意象都是和中国传统的诗学一脉相承的,如刘勰《文心雕龙》的"神思"、张彦远的"凝神遐想、妙悟自然,物我两忘、离形去智"、严羽的"妙悟"。明治时代的日本文人也深受这些思想的影响,在翻译西方美学范畴时努力地从中国古典诗学中寻找和借鉴。大内青峦在《大日本美术新版绪言》"杂记"中明确指出"严沧浪论诗特拈提'妙悟'二字,王阮亭云诗尚'神韵',皆谈所谓美术之妙想也。(中略)毕竟画与诗互有长处,诗难以言尽之处画为之,画难以写尽之处诗可自在言之。共谓唤起超天真而惊造化之妙想。"⑤由此可见"妙想"一词在当时日本的文化界广为流传,大体和中国传统的审美观的某些倾向相通,尤其与刘勰的《文心雕龙》中"神思"和严羽在《沧浪诗话》中所云的"妙悟"特别相契。

从以上笔者引用《小说神髓》中坪内逍遥关于艺术本质"妙想"的阐述中所用的词组群中可以看出它的内涵具有以下特征:

---

① 坪内逍遥:『小説神髄』,東京:岩波書店,1936年10月第1版,1988年2月第17刷,28頁。
② 上揭書,27—28頁。
③ 上揭書,77頁。
④ 上揭書,79頁。
⑤ 大内青巒:『大日本美術新報』第1号、1883年11月30日、17頁。

1. 具有审美的愉悦性。坪内逍遥在各章反复提到"娱人心目""以妙想为乐"。他在"小说总论"中指出"所谓艺术(美术)原本不是实用的技能,而是以娱人心目、入其妙神为其'目的'。"①在这里目的加上了引号,说明坪内逍遥竭力避免用"目的"的说法来强调艺术是不带功利性的目的,但它还是带有某些类似目的性的功用,如"娱人心目",这一点坪内逍遥还是不否认的。这似乎他自己讲的艺术审美不应该有目的或实际的功用的说法有所矛盾。甚至在后面专门加了一种"小说的神益",有人据此认为这是坪内逍遥理论的矛盾。其实我们看一下康德的《判断力批判》一些论点就可以了解坪内逍遥的苦心了。康德在《判断力批判》中的"美的第一契机"中分析了三种愉悦(快适的愉悦、善的愉悦、美的愉悦)后总结说:"在所有这三种愉悦方式中惟有对美的鉴赏的愉悦才是一种无利害的和自由的愉悦;因为没有任何利害,既没有感官的利害也没有理性的利害来加以赞许加以强迫。"②这样就把艺术审美中的愉悦和生理快感或善的愉悦相区别,使艺术审美愉悦成为超越一切功利的自由的愉悦。康德的对美的愉悦的论断为近代美学的诞生开辟了道路。

2. 超越现实生活,具有高尚、典雅、幽趣等特性,其对立面为"贪吝之欲""刻薄之情""肉体之欲"等,是人类高层次的精神活动,是日本近代化中"文明开化"的追求的目标之一。

3. 具有超越时空、自由驰骋的特性。如《文赋》云:"精骛八极,心游万仞"③,又如"观古今于须臾,抚四海于一瞬。"④审美者通过艺术作品思维全面展开,无拘无束自由驰骋,翱翔于艺术意象的天国。这些和中国古人所谓的"神思""逸想"相似。

4. 艺术表象和审美情感合一,主观和客观相互交往而到达统一,即所谓"物我两忘"的境界。刘勰《文心雕龙·神思》:"吟咏之间,吐纳

---

① 坪内逍遥:『小説神髄』,東京:岩波書店,1936年10月第1版,1988年2月第17刷,27頁。
② [德]康德:《判断力批判》(第2版),邓晓芒译,北京:人民出版社,2002年,第45页。
③ 郭绍虞:《中国历代文论选》,上海:上海古籍出版社,2001年,第66页。
④ 同上书,第67页。

珠玉之声；眉睫之前，卷舒风云之色。"①这种境界也与严羽的"妙悟"相仿佛，在《沧浪诗话·诗辩》中严羽指出"大抵禅道惟在妙悟，诗道亦在妙悟。且孟襄阳学力下韩退之远甚，而其诗独出退之上者，一味妙悟而已。惟妙悟乃为当行，乃为本色。②"又说"诗者，吟咏情性也。"③严羽的《沧浪诗话》"以禅喻诗"，运用禅宗悟道的心理过程来阐释艺术的创作和审美过程，在这一过程中不经逻辑推理、判断、分析而直接感知对象，通过主体的直接观照，直见心性、不假外求、以心传心、直入宇宙自然人生社会之奥秘。克罗齐在《美学纲要》中说"我愿意立即用最简单的方式来说，艺术是幻象或直觉。艺术家造了一个意象或幻影：而喜欢艺术的人则把他的目光凝聚在艺术家所指示的那一点上，从他打开的裂口朝里看，并在他自己身上再现这个意象。"④

以上通过论述可以看出坪内逍遥"妙想"和当时日本文化界所用的"妙想"的意义相近，而大森惟中所创译的这一词汇可能是中国诗学中"神思"（想象、逸想）和"妙悟"的意象相结合的产物。但有一点却是中国诗学不同的：中国诗学所论的都是以艺术创造者（作家、诗人）为中心的，所论是创作的美学过程，而坪内逍遥所论大多站在"看者""观者"（欣赏者）的角度的审美过程。

关于坪内逍遥在《小说神髓》中所表达的以"妙想"为中心的美学思想，坪内逍遥的学生、著名近代文学研究学者柳田泉在《明治初期文学思想和黑格尔美学》一文中认为《小说神髓》中引用的"美国的某位博识"学说就是出自费诺罗萨的《美术真说》的开头部分："该篇介绍了（他的）须用的装饰和美术的善美等论点。而且从《小说神髓》第一章'小说总论'内容来看，可以说它是总体上以《美术真说》中关于美的论点以及美学论述为基础加以发挥而成的。将两者对比阅读就能一目了然了。（坪内逍遥）在这一章以及其后的几章多次用到'妙想'一词，

---

① 郭绍虞：《中国历代文论选》，上海：上海古籍出版社，2001年，第84页。
② 郭绍虞：《沧浪诗话校释》，北京：人民文学出版社，1962年，第10页。
③ 同上书，第24页。
④ [意]克罗齐：《美学原理·美学纲要》，朱光潜译，北京：人民文学出版社，1983年，第209页。

第二章　美学思想

这毫无疑问就是从《美术真说》那里学来的。"① 柳田泉认为坪内逍遥的美学理论基础是来自费诺罗萨的《美术真说》,而费诺罗萨的美学思想来自美国化的黑格尔的美学思想。同时,费诺罗萨也是坪内逍遥在东京大学多门课程的任课老师,其中有一门课"近世哲学"是由费诺罗萨主讲的,据早稻田大学演剧博物馆收藏的"坪内逍遥大学时代的笔记"中有坪内逍遥学习黑格尔哲学笔记残片,因此柳田泉认为坪内逍遥《小说神髓》中有黑格尔美学的影响。

很多学者对此提出不同观点,本间久雄在《明治文学史》中认为《小说神髓》是以《美术真说》为绪论展开自己的学说的;而大久保利谦在《日本近代文艺》指出《小说神髓》从批判《美术真说》开始阐述其理论的。而关良一认为坪内逍遥在《小说神髓》中对费诺罗萨的批评是由于坪内逍遥未能正确理解费诺罗萨的《美术真说》,是对该书的误读。②在《小说神髓》中引用《美术真说》开头部分,"……在艺术领域中的善美正是艺术(美术)之为艺术的本旨云云……"③继而坪内逍遥批驳说:"所谓艺术(美术)原本不是实用的技能,而是以娱人心目、入其妙神为其目的。由于入其妙神,观者自然感动,忘记贪吝之欲、脱却刻薄之情,使之乐于其他高尚之妙想。这是自然的影响,不可说是艺术的'目的'。"④关良一认为其实坪内逍遥引用的只是《美术真说》的开头部分,而在其后的部分中,费诺罗萨引用了关于艺术的三种错误的观点(技术说、快感说、自然模仿说),然后加以驳斥,提出了"妙想之存否是区别美术和非美术的标的"⑤。即作品中是否存在妙想是判断该作品是否是艺术的标准。就日语译文和"妙想"在当时日本文化界的理解来看,这和坪内逍遥的观点并没有本质的不同,《美术真说》中虽然很强调艺术的社会效能,但也说了:"概美术以其妙想为主要。"⑥

然而,如果我们把费诺罗萨的英语原文和日语译本的《美术真说》

---

① 柳田泉:明治初期文学思想とヘーゲル美学,『明治文学』第6号,1938年,61頁。
② 関良一:『逍遥・鴎外—考証と試論』,東京:有精堂,1971年3月,67—72頁。
③ 坪内逍遥:『小説神髄』,東京:岩波書店,1936年10月第1版,1988年2月第17刷,26頁。
④ 上掲書,25—26頁。
⑤ 関良一:『逍遥・鴎外—考証と試論』,東京:有精堂,1971年3月,64頁。
⑥ 上掲書,66頁。

对照来看,大森惟中所译的"妙想"在英语原文为 idea,ideal,ideality 等。①在日语译本《美术真说》中,在"妙想"旁边标注了日语片假名"アイジア"以表明来自英语 idea。费诺罗萨在《美术真说》中用到"妙想"的例子还有很多,如:"像这样的,(事物)各部分中保持其内在的关系并始终相依、永远产生的完全唯一的感觉,即所谓美术的'妙想'。"②以上这句是根据日语原文直译的,可能有点拗口,大意是艺术的本质不在外部而在其内在本体中。因此郑炳浩认为:"费诺罗萨在《美术真说》中以'理念'来定义'美术'的艺术论具有先驱的意义,确实给当时的美术界产生了极大的影响。"③从费诺罗萨的学术背景和《美术真说》的文章内容来看,他的"妙想"确实和坪内逍遥相去甚远,费诺罗萨认为的"妙想"并不是坪内逍遥认为的那种艺术审美者通过审美活动产生的个人的情感,而是审美对象本身内部所具有的绝对性质的"美的理念"。黑格尔在《美学》中提出了"美是理念的感性显现"④。这里的理念和黑格尔哲学中绝对理念的意义是相通的,黑格尔认为绝对理念是世界的本原和本质,而"美本身应该理解为理念,而且应该理解为一种确定形式的理念,即理想"⑤。费诺罗萨的美学观点虽然和黑格尔的相近,但毕竟和黑格尔本人的唯心主义美学思想还存在着很大的不同,但都认为这种美的理念是先验的(apriori),审美过程中体验到的"美"是理念的外在化或感性显现。坪内逍遥所认为"美"(妙想)却是通过经验而得的后天的(aposteriori),文学就是通过直接观察人情世态来感知并表现人情的奥义,读者通过想象力再现作家的思想到达审美的愉悦。所以关良一等很多学者认为坪内逍遥只是借用了一下费诺罗萨的《美术真说》中的"妙想"一词而已,并非完全与费诺罗萨的原义相同。坪内逍遥的"妙想"中所表达出来的美学主张与其说与受了黑

---

① 髙田美一:フェノロサの「美術真説」解読続編,『跡見学園女子大学紀要』第16号,1983年,100頁。
② フェノロサ:「美術真説」,『日本近代思想大系17 美術』,東京:岩波書店,1989年,43頁。
③ 鄭炳浩:文芸用語として＜妙想＞のスペクトル,『文学研究論集』19,筑波大学比較・理論文学会,2001年,130頁。
④ [德]黑格尔:《美学》第一卷,朱光潜译,北京:商务印书馆,1979年第2版,第142页。
⑤ 同上书,第135页。

格尔的影响还不如说和康德更接近,因此可以说坪内逍遥用当时学术界最新颖的词汇阐释了东方美学理论的观念。

第三节 美的理想——《小说神髓》之人生论

坪内逍遥在《小说神髓》的"小说总论"中通过批驳两位著名学者的论点提出了艺术不应有目的、即艺术无利害性的主张,认为艺术的目的是"悦人心目""以妙想为乐",认为这就是艺术的本质。但是作者撰写"小说总论"这一章却并非完全为讨论艺术的本质,论述艺术本质的目的还是在于论证"小说是艺术"这一全书的核心论点。传统的艺术样式都具有类似"气韵高远""幽趣佳境"等特性,这些形容词描述绘画、音乐或诗歌比较合适,但是形容小说似乎不合适,于是坪内逍遥就笔锋一转:"诗歌、戏剧又有所不同,由于它们主要诉诸心灵,所以其主脑不在色彩、不在音响而在于另一种所谓既无形也无声的人的情感……如果要问世上什么最难描绘?恐怕没有比人的情欲更难描写了。"[①]通过这个转折,坪内逍遥开始对各种艺术样式进行比较,他认为小说可以表现世界上最难表达的"人的情欲",这些是戏剧、诗歌都无法完美表现的。小说是"无韵的诗、不限字数的歌"[②]。所以坪内逍遥指出小说和诗、歌一样,"立足于艺术的殿堂",不仅如此,而且"那种完美无缺的小说,它能描绘出画上难以画出的东西,表现出诗中难以言尽的东西,演出戏剧中无法表演的隐微之处。因为小说不仅不像诗歌那样受字数限制,而且也没有韵律之类的桎梏。它与演剧和绘画相反,是直接诉之于读者的心灵为特质的,所以作者可进行构思的天地是十分宽广的。这也许就是小说之所以能在艺术中取得地位的缘故,而且终将凌驾于传奇、戏曲之上,成为文学中唯一的、最大的艺术的理由吧"[③]。从上文看来坪内逍遥认为小说是文学中最高的艺术形式,原因在于小说在各方面均优于其他文学样式,它有其他文学所没有的本

---

① 坪内逍遥:『小説神髄』,東京:岩波書店,1936年10月第1版,1988年2月第17刷,29頁。
② 上揭書,31頁。
③ 上揭書,32頁。

领,即表现世界上最难表现的东西——"人的情欲",进一步说:"小说用奇异的构思编织出人的情感,以无穷无尽、隐妙不可思议的原因十分美妙地编织出千姿百态的结果,描写出那些恍如洞见人世因果奥秘,使那些隐微难见的事物显现出来,这就是小说的本分。"①在"小说的主眼"中坪内逍遥提出:"小说的主脑是人情,世态风俗次之。"其后又解释道:"人情即是人之情欲,所谓一百零八种烦恼是也。"②坪内逍遥在这一章提出小说要描述"人情"后,接着指出这不仅仅停留在表面的描写,而是最终的目的或主旨落实到人情的真实后面的"人生的奥秘"。他说:"人生有各式各样的乐趣,但是没有比探察人生秘密和因果道理更为有趣了……文坛中那些艺术上占有较高地位的作者无不以领悟人生之奥秘为其主旨和目的。宗教、诗歌、哲学虽然名称不同,形式各异,但如追问其主旨所在,则都是与'人'有关……"③"小说的主眼"中开头广为人们熟知的"小说的主脑是人情,世态风俗次之"并不是作者认为的小说(或者说作为文学中最高艺术的小说)的最高原则,因为描写的"人情"是表面的、肤浅的,文学应该表现的是人情、人的内心的深处以及背后的人生和宇宙的奥秘。

在前两节,笔者顺着坪内逍遥的思路对美(艺术)本质进行了追问,艺术本质上是无利害的、以到达"妙想"境界为目的。这种"妙想"的境界不是黑格尔或费诺罗萨的"美的理念"的显现,而是后天的经验感知到的"人生秘密和因果道理"。要到达这种境界还必须有一种实现的方式,诗歌、音乐虽然是艺术,但未必能够到达作者所期望的目的。而小说作为文学中最高的艺术,是完全能够实现这种目的的。在"小说的变迁"中坪内逍遥从进化论的角度再次论证的这一论点,因此我们可以认为这就是作者对小说寄予的一种理想。通过这个可以反映出坪内逍遥的人生观、世界观。他在"小说的主眼"中借用日本将

---

① 坪内逍遥:『小説神髄』,東京:岩波書店,1936年10月第1版,1988年2月第17刷,31—32頁。
② 上揭書,58頁。
③ 上揭書,67頁。

棋①的棋子做比喻来描绘人生和世界:"着棋者就是造化翁,棋子好比是人。造化的着法是不可思议的,与观棋者的想法大不相同。如果误认为'金将'马上会走到那里,并可能要'将''王将'的军了。但事实上'金将'很可能为一步卒所阻,连退路都没有了。"②坪内逍遥用这个比喻说明人是棋子,而下棋者就是造化翁,旁观者是小说的作者,在创作小说时作者应该像观棋者一样把复杂的人生客观地、毫无私心地进行模拟,作者不可以轻易介入文学作品中。"造物主创造天地万象而无私……造化翁所创造的鲜活世界极其广大无边,规模宏大,因此以凡夫俗子幼稚的眼力难以察觉事物的前因后果。"③在以上引文中"造化翁""造物主"意思相近,可以放在一起考察。"造化"在古代汉语里从其字面意义来说有自然界自我发展演化之意,如《淮南子·原道训》:"乘云陵霄,与造化者俱。"④又如《庄子·大宗师》:"今以一天地为大鑪,以造化为大冶。"⑤都是指自然界。在春秋战国以后到佛教传入我国之前,由于生产力的提高人们对自然的认识逐步提高,虽然也不否认神的存在,但并不当作主宰世界的具有人格的、万能的超越存在。到了唐宋以后虽然由于佛教的影响,有了类似主宰天地一切的神佛概念,但都不是和西方基督教那样创造并主宰天地万物的唯一神。如苏轼的《前赤壁赋》中:"惟江上之清风,与山间之明月,耳得之而为声,目遇之而成色,取之无禁,用之不竭,是造物主之无尽藏也,而吾与子之所共适。"⑥从这样的用例来说,虽云"造化""造物主",实际上并不具有西方宗教意义的"神"的概念,多半是指具有自化能力的自然。

从《小说神髓》的多处例子来看,通过坪内逍遥对"造化翁"和"造物主"的特性反映了他的人生观和世界观:人是被某种绝对的超越的存在所支配的,人的成功失败、富贵贫穷等并不和人的善恶贤不贤有

---

① 日本将棋据说由唐宋时期中国传入日本的象棋后发展而来,着法有很多和国际象棋类似的地方。"金将""王将""桂马"等是棋子的名称。
② 坪内逍遥:『小説神髄』,東京:岩波書店,1936年10月第1版,1988年2月第17刷,62页。
③ 上揭书,68页。
④ 高诱:《淮南子注》,《诸子集成》3,上海:上海书店,1986年,第3页。
⑤ 王先谦:《庄子集解》,《诸子集成》7,上海:上海书店,1986年,第43页。
⑥ 苏轼:《苏轼选集》,刘乃昌选注,济南:齐鲁书社,2005年,第252页。

必然的联系。在《小说神髓》几乎同时成书并作为该书理论的实践之作《当世书生气质》的跋中,坪内逍遥指出:"年轻学生们的变化是什么呢？曰:其习癖其行为之变化也。例如年轻时轻率浮躁之人经过岁月的变迁日渐沉着。年轻的浪子以后成为真诚踏实之人。毕业时碌碌无为或者不学无术而其后的变化万态千状不一而足,描写种种情形其趣无穷。"[1] 坪内逍遥在《小说神髓》的上卷中反复强调小说要着重描写人情,即人的情欲,而通过这个最终要揭示的是"人生因果的秘密""人生的大机关"[2]等。这就是坪内逍遥想探究的终极的"美的真理"。日本学者石田忠彦认为"逍遥承认现象界中存在着美的事物,也承认美的事物中体现着美。但是不承认把美作为内在化的美的理念或者作为个别化、特殊化的美的理想,而是认为通过对现象的直接观察感知现象的本质(真理)中存在的美。这种是后天由经验而得来的美……逍遥的文学观认为文学就是作家通过对人情世态的直接观察来感知人情的奥秘,然后作家把自己的观念(真理)通过想象力再现出来,给予读者美的快感。"[3] 石田忠彦认为坪内逍遥对美的把握和费诺罗萨或黑格尔的唯心主义美学是大相径庭的,逍遥的观点更加接近唯物主义。另一位学者越智治雄通过查阅坪内逍遥在东京大学在学期间的有关档案资料,梳理出坪内逍遥在创作《小说神髓》之前受到各种学说的影响的情况。从所修科目和撰写的文学评论文章来看,坪内逍遥主要受到倍因的心理学和边沁的功利主义、斯宾塞的进化论的深刻影响。由此越智治雄认为:"我们可以在逍遥中发现他的功利主义、对实在的不可知论、对认识的相对主义。"[4] 需要说明的是这里的功利主义主要是指边沁主义中"快乐和幸福就是善""最大多数的最大幸福"原则。坪内逍遥在政治寓言小说《京童》(1886年6月)中借助人物之

---

[1] 坪内逍遥:『当世書生気質』,『明治文学全集16 坪内逍遥』,東京:筑摩書房,1969年,163頁。

[2] 坪内逍遥:『小説神髄』,東京:岩波書店,1936年10月第1版,1988年2月第17刷,67頁。

[3] 石田忠彦:逍遥の文学理論における美の真理について,『鹿児島大学法文学部紀要人文学科論集』19,1984年,166頁。

[4] 越智治雄:「小説神髄」の母胎,日本文学研究資料刊行会編,『坪内逍遥・二葉亭四迷』収録,東京:有精堂,1979年,6頁。

口道出了他对人生相似的看法:"人生终极的大目的,这个很难讲清。那么,姑且叫做最大数的最大幸福吧。幸福是什么呢?说到底就是快乐。"①

坪内逍遥对美的理想的论述也反映了明治初年相当一部分知识分子的世界观和人生观。日本政府主导的近代化主要通过全面的西洋化来实现的。西方的各种思潮一下子进入日本,与日本传统的思想在社会上相互激烈地碰撞,同时也在个人内心引起了激荡,要真正说清坪内逍遥思想形成的来龙去脉实在是难题。但从以上分析和举例来看,首先可以肯定坪内逍遥在《小说神髓》中的思想和费诺罗萨或黑格尔的唯心主义所谓的"绝对理念"相去甚远,但要说是唯物主义似乎有些牵强。笔者同意越智治雄"对实在的不可知论"的说法,在《小说神髓》中作者多次谈到人生和世事的难料,而作为文学家他并不想把自己当作神,把宇宙和人生的奥秘揭示给读者,他引用英国评论家约翰·莫利评论乔治·艾略特的话指出:"清清楚楚地描绘出事物的因果,一切褒贬取舍交给读者自己去思索。"②坪内逍遥认为:"以凡夫俗子幼稚的眼力难以察觉事物的前因后果。"③这看来似乎有点消极,但笔者认为对人类的能力作这样比较客观的定位未必不是明智之举。西方近代哲学就是从怀疑论和不可知论开端的。而坪内逍遥对世界的本原(即美的本原)采取一种比较合理的态度还是值得肯定的,他批判了"善有善报,恶有恶报"等封建道德和宗教思想,对江户时代以马琴为代表的创作理念加以否定。这些思想一方面受到了江户后期本居宣长的"知物哀"思想的影响;另一方面也是由于科学主义、唯物主义的影响,同时在明治时期新旧体制和思想转换中,新的思想还没有确立起来,形成百花齐放、百家争鸣的局面。明治时期著名思想家德富苏峰在《新日本之青年》(1886年)上说"明治的世界是批评的世界,是怀

---

① 坪内逍遥:京わらんべ,『明治文学全集16 坪内逍遥』,東京:筑摩書房,1969年,272頁。
② 坪内逍遥:『小説神髓』,東京:岩波書店,1936年10月第1版,1988年2月第17刷,68頁。
③ 上揭書,68頁。

疑的世界。"二叶亭四迷也说:"我是怀疑派。"①这些都是近代化过程中出现的必然现象,它促使人们对新的艺术进行更开放的、更深刻的思考。

第四节　美学思想综述

坪内逍遥《小说神髓》中蕴含着丰富的美学思想,他的美学思想主要集中表现在第一章"小说总论"里,后面的"小说的主眼""小说的裨益"等章节也有补充。坪内逍遥运用他在东京大学学习过程中形成的知识体系构建其美学的结构。也许他本人对其中的逻辑条理自己未必有清晰的自觉,但通过以上的梳理我们发现坪内逍遥在《小说神髓》中的美学思想表述中思路还是很清晰的。

他从艺术的无功利性入手直接进入美学的核心问题——美的本质是什么?即艺术的本质是什么?坪内逍遥认为到达或获得"妙想"的境界即是美的本质。这种"妙想"的境界具有愉悦性、高尚、典雅、"神飞魂驰""幽趣佳境""气韵高远""物我两忘"等等性质。这些语言的表述带有东方式神秘色彩,用西方的美学语言来说可以理解为用艺术的直觉来感知艺术,达到与作品交融的境界。但是坪内逍遥并没有更多论述"妙想"到底是主观还是客观的,或者在存在还是意识上讨论,而是在"妙想"的基础上进一步地追溯到出"美(艺术)的本原"——"人生的奥秘",这样坪内逍遥的美学思想进入本体论的层面。美的本质是在于"妙想",但它是否是最终的本原呢?坪内逍遥提出了什么是世上最难描绘的疑问。他回答说"恐怕没有比人的情欲更难描写了。如果只从表面上去表现喜怒哀惧爱恶欲七情也许不太难。但是如果想表达出它的神髓,虽有画家的本领也力所不及的。不,即是俳优的表演也很难刻画出。"②那么这个人情的神髓又是什么呢?笔者认为也就是坪内逍遥反复讲到的"人生的奥秘。"在"小说总论"和以后几章中

---

① 鈴村藤一:坪内逍遥の文学理論—小説神髄前後—,『名古屋大学国語国文学』3,1959年,9頁。

② 坪内逍遥:『小説神髄』,東京:岩波書店,1936年10月第1版,1988年2月第17刷,29頁。

多次从进化论的观点论证小说超出其他艺术而成为"凌驾于传奇、戏曲之上,成为文学中唯一的、最大的艺术"①。在这里坪内逍遥把美的本原归结为"人",他指出:"宗教、诗歌、哲学虽然名称不同,形式各异,但如追问其主旨所在,则都是与'人'有关……"②这种说法正如康德所说的:"既然这个世界的事物作为按照其实存来说都是依赖性的存在物,需要一个根据目的来行动的至上原因,所以人对于创造来说就是终极目的;因为没有这个终极目的,相互从属的目的链条就不会完整地建立起来;而只有在人之中,但也是在这个仅仅作为道德主体的人之中,才能找到在目的上无条件的立法,因而只有这种立法才使人有能力成为终极目的,全部自然都是在目的论上从属这个终极目的的。"③康德的"人是终极目的"的论断和"美是道德的象征"的观点直接相关,与坪内逍遥否定美学(艺术)的道德功能相矛盾,但他们都把对"人"的观照放到了第一位,说明两者的理论贴近现实社会的特性。

  坪内逍遥是否直接受到康德哲学的影响,目前还没有确凿的证据,但自文艺复兴以来西方崇尚人性解放的思潮一直绵延不绝,构成了近代化的一个要素。莎士比亚是文艺复兴以来最伟大的文学家,他的作品中洋溢的人文主义的思想,著名的《哈姆雷特》中那段著名的台词:"人是一件多么了不起的杰作!多么高贵的理性!多么伟大的力量!多么优越的仪表!多么文雅的举动!在行为上多么像一个天使!在智慧上多么像一个天神!宇宙的精华!万物的灵长!"④这种人文主义是莎士比亚作品中最主要的思想,它提倡尊重人性、主张以人为本的世界观,反对中世纪以神为中心的世界观,反抗封建道德和神的权威。它反对宗教的苦行禁欲思想,提倡积极进取、享受现世欢乐的生活理想。在《小说神髓》中没有提到莎士比亚,但是如果我们回顾一下《小说神髓》写作的契机却是因为在英籍教师霍顿教授在文学课

---

① 坪内逍遥:『小説神髄』,東京:岩波書店,1936年10月第1版,1988年2月第17刷,32页。
② 上揭书,67页。
③ [德]康德:《判断力批判》(第2版),邓晓芒译,北京:人民出版社,2002年.第291—292页。
④ [英]莎士比亚:《莎士比亚全集》第5卷,朱生豪等译,北京:人民文学出版社,1994年,第327页。

程的考试中出了道分析《哈姆雷特》中王妃的性格的题目,坪内逍遥因为按照日本传统的道德观进行了一番评论,结果出乎他的意料,老师给他很低的分,由此导致他留级和失去了官费的助学金。这促使他钻研西方文学理论,开始探索新的文学理念。因此本间久雄认为:"事实上《小说神髓》是逍遥研究莎士比亚的第一部、或者说偶然的最初的著述。"①坪内逍遥在《小说神髓》出版的前一年,即1884年5月全文翻译莎士比亚的《裘力斯·凯撒》,书名为《该撒奇谈·自由太刀余波锐锋》。也正是因为坪内逍遥感到日本文学所反映的内容和深度无法和西方相比,促使他决意著述《小说神髓》,对日本的小说进行改良。

而对文学中重视对"人"或者对"人情"的观照这种思想同时还与日本传统的文学理念一脉相承。日本文学早在平安时代就出现了"物哀"的文学理念,代表的文学作品有著名的《源氏物语》等,这些作品倾向对人情和世事进行如实描写而不做道德评判。坪内逍遥在"小说的主眼"中引用江户时代国学派学者本居宣长在《源氏物语·玉之小栉》的话:"物语不是像儒、佛那种阐明严肃的道理、破除迷津引人开悟的教示,由于它只不过是世上的故事,且不管那些世上的善恶议论,只将那些能使人理解'物哀'优点提示出来就可以了。"②

坪内逍遥通过艺术的"目的论""妙想论""人生论"探讨了艺术的功利性、美的本质以及美的理想,把小说提高到人所景仰艺术的层次,又通过从艺术论转入小说论,揭示出"人生的奥秘"作为艺术、文学,尤其是小说的终极归宿,推翻了江户时代以"劝善惩恶"等封建思想为中心的旧文学理念,极大地推动了日本文学的近代化和社会的进步,而正是这一点也使坪内逍遥的美学思想更加体系化和完整。

---

① 本間久雄:『坪内逍遥—人とその芸術』,東京:松柏社,日本図書センター,1993年,102頁。

② 坪内逍遥:『小説神髓』,東京:岩波書店,1936年10月第1版,1988年2月第17刷,70頁。

第三章

写实主义文学理论

　　1885年坪内逍遥在出版的《小说神髓》一书中批判了江户时代以曲亭马琴为代表的"劝善惩恶"的封建主义文学观，提出了"小说的主脑是人情，世态风俗次之"的写实主义文学主张，揭开了日本近代文学的序幕。《小说神髓》的写实主义或他的小说创作理念——"人情观"是《小说神髓》最核心的内容，所以也是学者们研究最集中、争议最大的部分。笔者也广泛收集和阅读了中日两国学者丰富的研究成果，获得了良多启发，也发现了研究的不足。笔者发现对坪内逍遥的"人情观"和他的写实主义的研究过于集中在"小说的主眼"这一节的部分段落，而没有把视野融合到整个章节、全书和坪内逍遥整个文艺思想转变过程以及明治初期日本社会、文学的发展状况来把握，因此论域只能局限在坪内逍遥的文学主张是否开启了日本近代文学的意义、还是不彻底的等方面。笔者尝试用多维视域融合的方式更开放地更深入地探讨《小说神髓》中坪内逍遥的近代小说观、人情观、写实主义等问题,我们对《小说神髓》的理解更加全面、更加立体化。

第一节 近代小说观

在中国和日本传统的观念中,小说一直不被看作是高雅的文学。"小说"一词最早见于《庄子·外物》:"饰小说以干县令,其于大达亦远矣。"小说本来的含义是"琐屑之言,非道术所在"[1]。《汉书·艺义志》把春秋战国时代诸子百家的最具代表性的学说、流派分为九流十家,即"儒家、道家、阴阳家、法家、名家、墨家、纵横家、杂家、农家、小说家。"而且还说"诸子十家,其可观者九家而已。"也就是说小说家是不入流的,所以小说一直被认作是文之小道、末技,难登大雅之堂。同时《汉书·艺文志》还认为"小说家者流,盖出于稗官,街谈巷语、道听途说者之所造也。"东汉经学家桓谭的《新论》中,对小说这样评论:"若其小说家,合丛残小语,近取譬论,以作短书,治身理家有可观之辞。"中国的小说开始就是神话、传说、民间故事等形式出现的,另外也有政府(稗官)采集民间故事作为正史的补充所以小说类的叙事又叫"稗史"。另一方面我国自古以来对史书的编撰非常重视,而且像《左传》《史记》等很多史书的记载详细又生动,一定程度具有近代小说的特性。中国的小说和历史有着千丝万缕的联系。按鲁迅在《中国小说史略》的说法,我国小说经历了从上古时代的神话、传说、民间故事到魏晋的志怪小说、唐宋传奇、宋人话本直至明清小说。这种发展方式和西方的文学发展有着很大不同。浦安迪认为西方文学发展轨迹是"史诗"——"罗曼史"——长篇小说;而中国文学发展的轨迹是"诗三百"——"骚"——乐府——律诗——词曲——小说。[2]

日本文学的发展和中国类似,也是由神话传说、诗歌(和歌)发展到神怪传奇然后发展到叙事类文学的。但是有趣的是日本很早就出现了个人创作的小说,而且是世界上最早的长篇小说——《源氏物语》。考察其中原因笔者认为是由于中国文化的传入和汉语在主流社

---

[1] 鲁迅:《中国小说史略》,上海:上海古籍出版社,1998年,第1页。
[2] [美]浦安迪:《中国叙事学》,北京:北京大学出版社,1996年,第10页。

会占主导地位等原因使日本文学形成了"双轨制"的局面。即公共性文书或严肃类文学由汉语或汉文调文体来作为表达手段的"汉文学"来承担,而表达私人性的情感性的内容由"和文学"来承担。所以日本在平安时代(794—1192)物语文学就很发达,涌现出大量优秀的作品。到了江户时代,由于日本的社会比较安定、商品经济日益发达,町人阶层(主要是商人和手工业者,类似于西方的市民阶层)逐渐成长、印刷和出版产业极其发达,日本的叙事类文学呈现空前繁荣的景象。这些叙事类作品的名称也是五花八门,但都不叫"小说",而采用如"假名草子""浮世草子""读本""洒落本""人情本"等名称。假名草子是用日语假名书写的通俗读物,主要内容有故事、怪谈、名胜介绍等,著名作家有浅井了意,重要作品有《浮世物语》《御伽婢子》等。浮世草子是元禄年间在大阪为中心的区域流行的、以描写町人的现世生活的叙事文学形态,它比假名草子更具文学性,情节较完整和人物形象较鲜明,著名作家有井原西鹤,代表作有《好色一代男》《好色五人女》《日本永代藏》等,由于这类作品中"好色物"占有相当比例对社会造成不良的影响,故后来被幕府政府禁止了。其后,江岛其碛的《世间子息气质》也有较大影响。"气质物"是讲述相同职业、年龄、爱好等人们的故事,多用夸张和滑稽的手法,是一种通俗的娱乐性读物。坪内逍遥的《当世书生气质》的书名就是模仿了《世间子息气质》而起的。17世纪末,日本开始流行"草双纸"的读物,那是一种带假名书写、文字简易的图画书,以儿童和妇女为读者对象。初期有赤本、黑本、青本等,名字按其封面颜色而定。后来又出现黄表纸、合卷等形式。黄表纸的作家有山东京传(1761—1816),作品有《江户生艳气桦烧》。合卷是把多册的小册子合为一卷的意思,是一些长篇的作品,代表作有柳亭种彦(1783—1842)的《偐紫田舍源氏》。草双子的作家还同时从事其他类型的叙事文学创作。如山东京传还撰写大量的洒落本。洒落本与草双子不同,以文字为主,图画为辅,文体多用会话体,内容多涉及青楼男女风流情事,也兼描写一般人们的生活世相。代表作有《通言总篱》等。18世纪中叶,名为"读本"的读物开始流行。这些读物的题材大多是"翻案"(即改编)中国明清的白话小说。这种读物分前后两期,前期

(18世纪中后期)著名的作家和作品有都贺庭钟的《古今奇谈英草纸》(由《三言二拍》翻案)、上田秋成的《雨月物语》(由《三言二拍》改写而成),后期(19世纪前期)的作家作品有山东京传的《忠臣水浒传》(由《水浒传》改写而成)、曲亭马琴的《南总里见八犬传》(借用《水浒传》中很多情节)。①其中对这些作品都贯穿着劝善惩恶、因果报应等封建思想,文体是和汉混交体,比之江户时代其他的文学形式有较高的文学价值。这些文学作品的影响一直延续到明治初年,所以坪内逍遥把马琴作为猛烈批判的对象。除了"读本"外,在江户时代中后期滑稽本也非常流行,它是用幽默滑稽的表现手法描写町人阶层的生活,著名的作品有十返舍一九的《东海道中膝栗毛》(中文译为《东海道徒步旅行记》)、式亭三马的《浮世风吕》(中文译本周作人译为《浮世澡堂》)。人情本是江户时代中后期出现的通俗文学,这些文学主要描写市井男女的恋爱和生活,以赢得读者的眼泪为要旨,所以又叫"泣本"。为永春水自称是"江户人情本元祖",代表作《春色梅儿誉美》。江户时代的这些文学反映町人阶层的生活、多色情和低俗内容,由于大多都不符合正统的意识形态,所以这些作品都冠以"草子"等名称。"草子""草双纸"等词在日语有"随便的""非正规"的意思,也就是通俗读物之义,而作家们大多出身于中下级武士,由于种种原因被排挤出统治阶层,虽然他们幼时都所受过正统儒教思想教育,所以写作这些背离儒教思想的作品时他们自称"戏作",这些作品就被称为"戏作文学"。

以上列举的情况可以从一个侧面说明江户时代小说繁盛的景象,其原因在于:一、日本印刷技术的普及和出版产业的发展;二、基础教育的普及和读者人口急剧增多;三、町人阶层的力量不断壮大,要求有反映他们生活的文学。柳亭种彦的《修紫田舍源氏》自1829年开始出版以来全38编共发行了1万部以上。由于江户时代租书行业比较发达,一般的庶民可以从租书屋借来阅读,坪内逍遥幼时常去的"大野屋总八"是当时日本最大的租书屋,其中大部分的书籍就是江户时代各类叙事文学,《小说神髓》绪言中坪内逍遥这样说:"自己幼时起酷爱稗

---

① 潘文东:《从译介学的角度看日本的"翻案文学"》,《苏州大学学报》(哲学社会科学版),2008年第4期,第95页。

史,若得有暇必披阅稗史。浪费宝贵时光已及十余年。"①据坪内逍遥的学术传记记载:"逍遥的好友市岛春城说他曾看到坪内逍遥给他看过一份书目,上面有一千多种小说,据说是坪内逍遥借阅'大野屋总八'的书目。"②

明治维新以后由于教育的普及使读者人数进一步剧增,同时出版产业进一步发展,人们的思想更加开放,叙事类文学的发展更加繁荣。正如坪内逍遥在《小说神髓》的绪言说的:"我国广行于世的物语类作品十分发达。远的说有《源氏物语》《狭衣物语》……近的说有西鹤、其笑、风来、京传等人,他们相继著有物语,博得一世的名。此后小说愈发盛行于世,世上持狂放之才操觚流者皆竞相写作稗史。(中略)现今流行于我国的小说、稗史之类,其种类、其数量多不胜数,真可谓汗牛充栋。"③虽然数量上超过了以往任何时代,"实为小说全盛的未曾有的时代。"④可是坪内逍遥认为和江户时代相比当时(明治初年)的小说之作无论优劣一律都受到欢迎而大行于世,真是不可思议,可是没有一部够得上真正的小说。他在绪言中指出日本的小说之所以"越发拙劣"是因为一直把劝善惩恶作为"小说的主眼","于是制造出一种道德模式,极力想在这个模式中安排情节,虽然作者并不一定想去拾古人的糟粕,但由于写作范围狭窄,自然也就只能写出趣意雷同、如出一辙的稗史。"⑤

除了由江户时代发展而来的"戏作文学"以外,坪内逍遥在《小说神髓》中还提到"不论是翻案之作还是翻译作品,也不论是旧著的翻刻还是新著出版,全都玉石不分……",当时还盛行翻译小说和政治小说。其中翻译小说因为是翻译欧美文学作品自然是受到社会上有识之士,尤其是青年知识分子的欢迎。但由于西学东渐之初精通西方文

---

① 坪内逍遥:『小説神髄』,東京:岩波書店,1936年10月第1版,1988年2月第17刷,20頁。
② 河竹繁俊、柳田泉:『坪内逍遥』,東京:富山房出版,1940年,52頁。
③ 坪内逍遥:『小説神髄』,東京:岩波書店,1936年10月第1版,1988年2月第17刷,17頁。
④ 上揭书,18頁。
⑤ 坪内逍遥:『小説神髄』,東京:岩波書店,1936年10月第1版,1988年2月第17刷,18頁。

化的毕竟少数,一些粗通外语或对外语一知半解的人士也竞相翻译,有些作品翻译很不准确,又加上自己的想象,更有甚者把别人的翻译又进行改编,他们用的笔调和文体都是江户时代戏作文学式的。坪内逍遥就曾把司各特的《兰玛穆阿的新娘》的一部分内容翻译,取名《春风情话》出版了,他用的是曲亭马琴的笔调。另外,政治小说是在日本明治初年的政治民主运动中,一些政党和政治活动家为了宣传政党或个人的政见使用的手段。这些作品也是受到江户时代文学影响,形式类似戏作文学,同时为了宣传政治主张不惜胡编乱造情节。戏作文学、翻译小说、政治小说被称为日本近世文学向近代过渡时期的"三大文学"样式。因此坪内逍遥作为熟悉江户时代文学又接受西方先进文化教育的先觉者感到自己有责任"从现在起将我国的小说逐渐改良进步,殷切希望最终能凌驾于欧土小说(novel)之上。"[①]而要达到这一目的首先要对名目繁多的小说做一个界定。

在《小说神髓》中坪内逍遥并没有用现在的方法从理论上进行论证,而是通过梳理西方小说的发展史来加以说明。这部分内容主要集中在"小说的变迁"中,该章被认为是坪内逍遥参考了 Encyclopedia Britannica 中 romance 条目(中文译名:《大英百科全书》第8版,第6版为司各特撰写,第8版为后人在司各特的文章的基础上作了一定的修改。)[②]从顺序来说,这一章位居在绪言、小说总论之后,相当于正文的第二章,在第一章"小说总论"中作者论证了艺术的本质、小说是艺术的论点。那么第二章"小说的变迁"的出现似乎很唐突,笔者认为坪内逍遥的逻辑还是很合理的,有其特别的用意。在第三章"小说的主眼"正式论述其文学主张之前首先要把小说的定义界定清楚,以有利于下一步阐述。

小说在英语中类似的称呼有 romance、fable、fiction、novel 等,这些说法在19世纪之前没有统一的界定,经常混为一谈。19世纪以后英语圈中,一般把中世纪的传奇和空想故事称为 romance;寓言、神话等

---

① 坪内逍遥:『小説神髄』,東京:岩波書店,1936年10月第1版,1988年2月第17刷,20頁。

② 菅谷広美:「小説神髄」とその材源,日本文学研究資料刊行会編『坪内逍遥・二葉亭四迷』収録,東京:有精堂,1979年,31頁。

称为fable,它的篇幅较小、结构简单;fiction是指虚构的作品,novel是依据现实虚构的文学作品。殷企平认为"英语中'novel'一词直到18世纪末、19世纪初才被确切地赋予'小说'这一含义——此前'novel'和'romance'以及'secret history'等词往往被混淆,而且'novel'常常用来指'novella'(中篇小说)。"①正如前述,在日本对于叙事类作品的说法也很繁多,平安时代起开始流行的"物语"、后来又有"说话"、江户时代有"假名草子""浮世草子""读本""洒落本""人情本"之类的称呼。坪内逍遥在《小说神髓》中也常把小说、物语、稗史等混用,他在书中主要通过以西方小说的历史变迁作为参照,运用当时流行的进化论理论指出小说是由古时的神话演变为物语或传奇、罗曼司(romance),进而由于"随着文明的进步,世人对这种传奇(romance)的荒唐无稽,自不能不感到厌倦,于是传奇随之衰颓。兴起了严肃的物语(novel)"②。(注:原文作"真成的物语")演变而来的。与此传奇流行的同时,还有寓言文学(fable)也在盛行,后来又发展成带有宗教色彩的寓意小说(allegory),西方著名的作品有《仙后》《天路历程》等,东方的著名作品有《西游记》,这些作品也带有劝善惩恶的内容。坪内逍遥批判了江户时代的劝善惩恶的小说并非真正的小说,真正的小说是那些能够栩栩如生描绘世态人情作品。他说"那种完美无缺的小说,它能描绘出画上难以画出的东西,表现出诗中难以曲尽的东西,描绘出戏剧中无法表演的隐微之处……这也许就是小说之所以能在艺术中取得地位的缘故,并终将凌驾于传奇、戏曲之上,被认为是文学中唯一的、最大的艺术的理由吧。"③坪内逍遥通过"小说的变迁"把小说(novel)和传奇(romance)、寓言(fable)、寓意小说(allegory)等作了区别,这是通过对历史的演变纵向加以说明的。另外,他又在"小说的种类"一章中横向的对小说进行了分类,"小说从其主要用意来看,可以区分为两类:即一

---

① 殷企平:《英国小说批评史》,上海:上海外语教育出版社,2001年,第14页。
② 坪内逍遥:『小説神髄』,東京:岩波書店,1936年10月第1版,1988年2月第17刷,41頁。
③ 上揭書,32頁。

是劝善惩恶，一是模写。"①坪内逍遥还把小说的分类绘成图表。②

表 1

虚构物语	一般世俗故事、小说(novel)（劝惩）（模写）	现世（世俗）小说	上层社会
			中层社会
			下层社会
		往昔（历史）小说	
	奇异谭(传奇 romance)	严肃	
		滑稽	

　　上表是笔者根据原书的图重新制作的表格，从中可以看出作者的思路，"我国广行于世的物语类作品十分发达。"③这说明坪内逍遥认为"物语"是叙事类作品的总称，坪内逍遥通过对物语类作品分类和排除法，否定了荒诞无稽的传奇(romance)，否定了劝善惩恶的小说，所以他提倡创作模写小说中的现世小说(novel)。他认为当时日本没有称得上的现世小说，如果说勉强够格的作品如写下层社会的为永春水的人情本、山东京传描述中层社会的世俗小说，而"紫式部的《源氏物语》、大貳三位的《狭衣物语》都能称得上是专写上层社会情态的最佳世俗小说。④"在《小说神髓》书中，和"小说"相随相伴的还有一个词——"稗史"。这个词来自中国的《汉书·艺文志》，在中国历史上也常和小说等混为一谈。1870年日本启蒙思想家翻译家西周编译西方文化的书籍《百学连环》中把西方的 romance 翻译为"稗史"，把 fable 翻译为"小说"。坪内逍遥在《小说神髓》"小说总论"中引用出版于1879年5月的菊池大麓译的《修辞及华文》中有："从中古的小说发展到近来的人情话的情况，都需要精细的阐释……"⑤很明显是"中古的小说"应为

---

① 坪内逍遥：『小説神髄』，東京：岩波書店，1936年10月第1版，1988年2月第17刷，71頁。
② 上揭書，74頁。
③ 上揭書，17頁。
④ 上揭書，76頁。
⑤ 上揭書，34頁。

(romance)传奇而"人情话"是"novel"。另外,与《小说神髓》出版时间相近、由中江兆民翻译的《维氏美学》(1883—1884)中没有出现"小说",而译为"稗史"了。所以从以上例子看出,"稗史"和"小说"在《小说神髓》出版前后用法经常混用没有明确的区别。坪内逍遥在《小说神髓》中对以上两个词的区别还是非常清楚的,如在"小说的种类"中:

"小说由其篇中叙述事件之性质区分,又可分成两种:曰往昔、曰现世。往昔物语以记载既往事迹为本,或以历史人物为主人公而构成一篇的情节;现世物语以现世的人情世态为材料而设定其情节。我国小说概为往昔物语,亦即时代小说。说到马琴之作更不必说,俗称'稗史'的'半纸本'都是这类作品。而紫式部的《源氏物语》、为永春水的'人情本'等则应归现世物语之类。"①

如果结合表(1)和上文来看,"稗史"是指历史题材的小说。由此可见《小说神髓》中的"小说"一词也有多重意义,笔者姑且分为三种:(1)广义的"小说":和书中的"物语"之义相同,指的是叙事类散文体文章或书籍的统称。如绪言中"实为小说全盛的未曾有的时代。"②(2)中义的"小说":这个概念和神话英雄传、荒诞无稽的"传奇""罗曼司"(romance)相对,指描写世间人情风俗为主旨、一般世间可能有的事实为素材的叙事作品,这个概念中也包含了"稗史"。(见"小说的分类"或以上表1)。如果参照西方的说法可以叫作"novel"。而且作者为了区别广义的"小说",在汉字"小说"边上小字标注日语片假名"ノベル"或者"那ベル"。③(3)狭义的"小说":这个词和"稗史"相对,是在(2)的概念中按题材的时代来划分:现世题材的作品为"小说",而历史题材的作品为"稗史"。所以坪内逍遥在书中经常把两者并列,如"现今流行于我国的小说、稗史之类,其种类、其数量多不胜数,真可谓汗牛充

---

① 坪内逍遥:『小説神髄』,東京:岩波書店,1936年10月第1版,1988年2月第17刷,74頁。
② 上揭書,18頁。
③ 当时日本书籍的排版是竖排,即在"小说"两字右边标注假名。

栋。"①坪内逍遥在书中真正要提倡的是狭义的"小说",即现世题材的小说。在"小说总论"和"小说的变迁"中作者运用当时流行的进化论指出"文化发达了,人的知识也进入高的层次,人的情感也必然有所变化,变得复杂起来。"所以原来三十一音节的日本短歌就难以表达复杂的情感,其他的艺术形式如戏剧、绘画、音乐等也难以承担此种职能,只有小说因为有种种优点可以表现当世复杂的社会和人情,因此"这也许就是小说之所以能在艺术中取得地位的缘故,并终将凌驾于传奇、戏曲之上,被认为是文学中唯一的、最大的艺术的理由吧。"②

虽然坪内逍遥提倡描写现世的人情的小说,但他并不完全排斥历史题材的"稗史",在论述小说时总不忘把"稗史"也放在后面一并论述,甚至他还在下卷中单独列一章"时代小说的情节安排"。其原因是在于:其一,作为西方先进文学的代表的英国小说也没有反对写历史小说,他作为榜样的作家如李顿、司各特等都有历史小说的作品;其二,他本人也是很爱好历史,曾写过历史小说,因为不太理想所以暂时搁置,后来坪内逍遥在进行戏剧改良时把它改编成了戏剧。虽然坪内逍遥并不否定历史题材,但是还必须符合真正小说的一些要求,如描写人情世态、写实主义等。这些在后文再论述。总之,坪内逍遥通过把日本的物语(叙事类作品)按西方的说法进行分类,再用排除法把不合条件的——剔除,最后真正的小说(novel)概念就清晰地显露出来了。他在"小说的种类"中说:"小说即是novel,它以描写世间的人情与风俗为主脑,以平常世间有可能之事为材料来展开情节的。"③由此,坪内逍遥通过对"小说"概念的界定,成功地把西方的novel转化为日本的"小说",使"小说"这一顺应近代社会需求的艺术形式在正确的方向指引下迅速发展起来了。加之在上一章中论述到坪内逍遥通过论证"小说是艺术"把小说提升到艺术殿堂的最高端,使文学青年更加理直气壮地投身于文学事业,开创出一片灿烂的天地。

① 坪内逍遥:『小説神髄』,東京:岩波書店,1936年10月第1版,1988年2月第17刷,17頁。
② 上揭書,32頁。
③ 上揭書,36頁。

第二节 人情与世态

"小说的主脑是人情,世态风俗次之",这一振聋发聩的文学口号是学习和研究日本近代文学的人们耳熟能详的。由坪内逍遥提出的小说要描写"人情世态"的文学主张全面否定了江户时代和明治初期以"劝善惩恶"为中心的陈旧的文学理念,解放了文学发展的束缚,开阔了文学家的视野,使小说独立于意识形态成为完全自律的艺术,为日本文学的近代化开辟了道路。因此坪内逍遥的《小说神髓》的"人情说"成为无论是日本的学者还是中国的学者研究近代文学的核心课题。但是由于种种原因对于这一课题的研究实际上并没有想象的那么充分,其中甚至还有很多误读。

日本著名文学研究学者小田切秀雄认为"《小说神髓》否定了封建的儒教伦理和摆脱了民权运动的政治影响,主张文学的独立,指出文学本来的任务在于对'世态人情'的写实。这本身是伟大的,而且以后这也被认为是'写实主义的宣言',同时也被学术界认为是开启了明治四十年代(20世纪90年代)以后自然主义文学的先河。然而就其理论整体来说还只是借用了外国文学的理论,对于关键的写实主义的内容部分,如写实的目的和理想等论述得很暧昧,其理论的实践作品《当世书生气质》也表现出戏作的情节和主题的缺乏性,所以只能停留在近代文学以前的程度。"①由于小田切秀雄等学者的批判,进入战后在与二叶亭四迷的对比中贬低坪内逍遥而提高二叶亭四迷的论点成为主流。②另一位学者广桥一男也认为坪内逍遥提倡的心理描写和写实主义的主张虽然在推动日本的近代化上有一定功绩,但是他又指出:"单纯强调心理描写使小说失去了为社会的利害关系做出贡献的权利,使日本文学的发展走向了私小说和心理小说,写实主义变成了不彻底的、带有条件的东西。另外由于对现实社会发展的必然性缺乏认识导

---

① 小田切秀雄:『現代文学史』上,東京:集英社,1975年,33頁。
② 関良一:『逍遥・鴎外―考証と試論』,東京:有精堂,1971年,108頁。

致情节安排成为观念性的产物。"①和田繁二郎虽然认为坪内逍遥的《小说神髓》在否定"好人坏人"的旧文学模式和儒教的人生观,提倡真实、肯定"人情"的价值等主张是具有划时代意义的,但也指出坪内逍遥缺乏问题意识和对作品主题未加论述是该书的一大缺陷。②以上列举的日本代表性的文学评论家的观点,基本都肯定了坪内逍遥的"人情观"在日本文学史上的开创性贡献,但也指出了其缺陷或不足、不彻底性,主要问题在"人情说"中只提供了描写人的心理的方法,而对小说表现的主题以及对社会的问题没有论及或谈得比较含糊,因此日本学者多数认为《小说神髓》的现实主义还不能说是真正具有近代性,至少是不彻底的。

中国学者对坪内逍遥《小说神髓》中的"人情观"的评价也深受传统文学理论和日本学者的影响,基本上认为《小说神髓》有很大的局限性。已故著名日本文学专家、《小说神髓》中译本的翻译者刘振瀛在《小说神髓》译本序中认为:"这对打破封建文学加在一般作者头上的枷锁,当然起着具有鲜明针对性的批判作用。但是坪内的主张具有很大的局限性,由于他对小说人物的塑造,只是以是否脸谱化,是否写出人的情欲和内心的复杂烦恼来判断其优劣。换句话说,坪内的主张在很大程度上是在告诫小说作者应掌握写真实的技巧。因此,对文学作品与时代精神的关系,真实与典型的关系,作者的主体与现实的关系等都置之不理……"③又如叶渭渠认为坪内逍遥强调写人的"情欲",主张文学论和心理学原理结合来模写人的内心,但在文学方法论上没有说明如何运用心理学原理来创作。④王向远认为:"《小说神髓》对小说的探讨仅仅局限在小说的写法上,未能建立起近代的新的世界观、哲学观和美学观,所以他没有论及近代新小说与传统小说在思想意识上的本质区别,没有论及究竟如何描写社会和人、如何描写和反映人与社会的关系,一般与个别、个性与共性的关系、现象与本质的关系、理

---

① 広橋一男:小説神髄と小説総論,東京:《文学》,1948年,参照:関良一:『逍遥・鴎外—考証と試論』,東京:有精堂,1971年,108頁。
② 和田繁二郎:『日本の近代文学』,京都:同朋舎,1982年,15頁。
③ [日]坪内逍遥:《小说神髓》,刘振瀛译,北京:人民文学出版社,1991年,第7页。
④ 叶渭渠、唐月梅:《日本文学简史》,上海:上海外语教育出版社,2006年,第143页。

想与写实的关系等。"①另外,青年学者关冰冰发表了题为《坪内逍遥的'人情说'初探》一文专题讨论《小说神髓》的"人情观"。该文从西方文化和日本传统文化对坪内逍遥的影响论述了作者提出"小说的主脑是人情,世态风俗次之"主张的原因,指出历来研究集中在"这一命题的前半部分"(即"小说的主脑是人情"),而对后半部分(即"世态风俗次之")研究不够充分。他认为:"坪内逍遥的这一命题的前半部分可以使日本文学的写作范围扩大化。只要小说的主旨是以人情为主,那么,以前的那种价值取向单一化的思维模式,即道德的崇高与完善的价值取向就会被打破,而具有与生活原型的真实性、多样性、丰富性相对应的思维模式便会产生。而这一命题的后半部分由于轻视社会对人情的影响,所以有可能造成在以这种主张为主导的小说过于注重个人描写而忽视社会因素的情况,从而难以形成社会批判的局面。"②

以上这些观点都是中日两国的日本文学研究的权威学者做出的权威性论断,按照现有的传统文艺理论来说,他们的观点确实很精辟,无论在理论和逻辑上都有极其充分的合理性。但是如果转换一下思路,运用现代的最前沿的理论和逻辑来审视一下的话,也许会不得不承认支撑以上这些观点的哲学基础和美学基础仍然是传统的在场的形而上学。如果我们融合"多维视域"来看也许对《小说神髓》的"人情观"有一个更新的认识。以下笔者想通过对《小说神髓》的"人情观"真正内涵、人情观的本质和哲学(美学)基础、人情观的意义三方面进行更全面地更立体的论述。

要真正理解坪内逍遥在《小说神髓》提出的"小说的主脑是人情,世态风俗次之"③文学主张首先要搞清这里的关键词"人情"的真正内涵。坪内逍遥在《小说神髓》"小说的主眼"中承接上面那句著名的论断对"人情"作如下的解释:"人情到底是什么呢? 曰:人情者即是人的情欲,所谓一百零八种烦恼是也。"④

---

① 王向远:《东方文学史通论》,上海:上海文艺出版社,1997年6月第2版,第209页。
② 关冰冰:《坪内逍遥的"人情说"初探》,《日本学论坛》,2002年Z1期,第23—27页。
③ 坪内逍遥:『小説神髄』,東京:岩波書店,1936年10月第1版,1988年2月第17刷,58頁。
④ 上揭書,58頁。

又如:"如果要问世上什么最难描绘? 恐怕没有比人的情欲更难描写了。如果只从表面表现喜怒爱恶哀惧欲七情也许不难。"①越智治雄认为人情是"情欲",而情欲是心理学中 passion 的译词。据东京大学的档案资料,这个词在外山正一的1879—1880年度东京大学心理学课程考试的试卷中出现,而坪内逍遥当时也正修习外山正一的心理学这门课。而且据越智治雄考证,坪内逍遥在1885年8月《自由灯》杂志发表的《小说的主眼》中在"情欲"的旁边标注了假名"パッション"(即英语的 passion)。②这个词有性欲等意。另外,在坪内逍遥实验其理论的小说《当世书生气质》的第五回中有:"人的快乐不就是情欲吗?"③在"情欲"上标注了假名"セックス"(即英语 sex)。虽然坪内逍遥很突出情欲中的"性欲",但并不能据此认为坪内逍遥主张小说应该只描写人的性欲。首先坪内逍遥在提出"人情即是人的情欲"之后又指出虽然善人和恶人都有情欲,但善人可以利用道德和良心的作用抑制情欲。人在内心存在着劣情和理智的争斗。"要洞穿人情之奥秘,不仅揭示贤人君子的人情,而且要把男女老幼、善恶邪正的人物的内心世界巨细无遗地刻画出来,做到周密精细、使人情灼然可见,这正是我们小说家的职责。"④坪内逍遥要求小说的作者要按照心理学的规律来反映人物的真实细致的"人情"。

另外,坪内逍遥对"人情"的理解还与江户时代"人情本"所描写的人情有一脉相承的联系。坪内逍遥虽然对江户时代以曲亭马琴等的"读本"、式亭三马为代表的滑稽本以及为永春水为代表的"人情本"有诸多批判,但在《小说神髓》中有很多概念却沿用了江户时代戏作文学的说法。这并不说明坪内逍遥理论不彻底,而是在当时新的文艺话语体系尚未形成之前必须要用当时文艺界通行的语言,否则所论难以得

---

① 坪内逍遥:『小説神髄』,東京:岩波書店,1936年10月第1版,1988年2月第17刷,29頁。
② 越智治雄:「小説神髄」の母胎,早稲田大学「比較文学年誌」第9号,1973年3月。
③ 坪内逍遥:『当世書生気質』,『明治文学全集16 坪内逍遥』,東京:筑摩書房,1969年,85頁。
④ 坪内逍遥:『小説神髄』,東京:岩波書店,1936年10月第1版,1988年2月第17刷,59—60頁。

到他人的认同。在《小说神髓》中的关键词"人情"也是一个典型的例子。"人情"一词不宜理解为现代汉语的"世故人情"或"托人情"等,也不能理解为现代日语的"义理人情"等,而应该放到江户末期与明治初年的语境中来理解其意义。当时小说类作品之一"人情本"的名称是由为永春水提出的,他在《春告鸟》(1837年)一书的自序中自称"东都人情本的元祖",在他的"人情本"作品中主要反映男女的恋情,其中有很多是反映妓女的恋情,为永春水认为恋爱中最能反映人的真情,但同时他也认为"人情"不仅仅是恋情,在他的作品中把"人情"扩展到一般市井庶民的感情生活,如父母与子女的亲情等。麻生矶次认为:"人情本以人间的自然情感为内容展示真实的人情之美,对一般平民、弱者不采取以往其他小说讽刺取笑的态度,而是寄予一定的同情,细致描写为情所困的人物酸甜苦辣的感情。"[1]虽然花街柳巷的妓女和客人之间的情感一般认为虚伪的、没有什么值得表现的,按传统的道德观来说那些地方的人们都是应该受到谴责的,而人情本中有很多作品表现了妓女的真诚的恋情。江户时代后期,这种表现生活在生活底层的人们的情感却作为文学的一大题材而广泛流行,这反映出日本江户时代后期日本町人阶层(相当于西方市民阶层)的成长,他们希望摆脱压抑人性的封建道德、伸张个人自然的本性。这一点与西方"文艺复兴"以来文学、艺术发展的历史趋势是相一致的。西方近代小说的先驱——卜伽丘的《十日谈》(1348—1353)中揭露批判封建神学的虚伪,反对禁欲主义,大胆歌颂男女情爱的正当,提倡人性解放。而拉伯雷的《巨人传》更加大胆地提倡人们感官的享乐,甚至达到了纵欲的程度。而到了16世纪,莎士比亚等人认识到矫正过枉作法的不当,逐渐把人性的解放提高到美学的层次,充分反映出人本主义倾向。中国的明清小说中出现了有很多大量违背社会主流意识形态(儒学)的艳情小说,如《金瓶梅》《肉蒲团》《姑妄言》等,尤其在明朝末年,处于向近代过渡的转折点,这些作品反映了中国的资本主义萌芽时期新兴市民阶层反抗封建礼教、崇尚人性解放、纵情享乐的风气。

纵观东西方文学,在近代以前都出现了类似的文学倾向或社会风

---

[1] 麻生磯次:人情本,久松潜一等编,『日本文学史・近世』,東京:至文堂,1968年,736頁。

气,即人们通过肯定人的自然本能来摆脱封建旧道德的束缚、张扬个性、确立自我、追求更高的理想,而这些成为近代化所追求的目标。如果说近代化在经济方面表现为产业化、工业化、资本主义化,在政治上表现为法制化、民主化,那么文学艺术上则表现为自我的确立和人性的解放。西方的"文艺复兴"就是在13世纪的资本主义萌芽开始,新兴的市民阶层通过复兴古代希腊和罗马的人文艺术精神,冲破中世纪的宗教桎梏,要求赢得人的自我尊严和自由平等。因此雅各布·布克哈特(1818—1897)认为文艺复兴最重要的表现和特征在于人的觉醒,他说:"在中世纪,人类意识的两个方面——内心自省和外界观察都一样——一直是在一层共同的纱幕之下,处于睡眠或者半醒状态。这层纱幕是由信仰、幻想和幼稚的偏见织成的,透过它向外看,世界和历史都罩上了一层奇怪的色彩。人们只是作为一个种族、民族、党派或社团的一员——只是通过某些一般的范畴,而意识到自己。在意大利,这层纱幕最先烟消云散;对于国家和这个世界上的一切事物做客观的处理和考虑成为可能的了。同时,主观方面也相应地强调表现了它自己;人成了精神的个体,并且也这样来认识自己。"①

江户时代的"人情本"也是在商品经济高度发达的基础上町人阶层文化的反映,它的特点是个人性、现世性、实在性。坪内逍遥沿用了人情本的"人情"概念,同时又与西方的"文艺复兴"以来的带有人文精神的"人情"概念相结合,创造出近代文学、或者说是近代小说的"人情观",成为日本近代文学发展的方向。

坪内逍遥的"人情观"主要在《小说神髓》的"小说的主眼"中进行了详细的阐述,当然其他章节也有论述或补充。在"小说的主眼"中作者首先提出的结论是"小说的主脑是人情,世态风俗次之。"②然后对"人情"的内涵进行解释,正如本节开始谈到的,这种"人情"就是"情欲",也就是人的本能的情感和欲望。日本学者关良一用"人情=人的

---

① [瑞士]雅各布·布克哈特:《意大利文艺复兴时期的文化》,何新译,北京:商务印书馆,1979年,第125页。
② 坪内逍遥『小説神髄』,東京:岩波書店,1936年10月第1版,1988年2月第17刷,58页。

情欲＝一百零八烦恼＝（与道德相对的）劣情"①加以描述,给人一目了然之感。通过这个等式可以看出坪内逍遥在讲"人情"时更加强调与道德冲突的"劣情"。如前所述,根据《小说神髓》全文的内容来说,笔者认为坪内逍遥并不是希望小说家光写有违社会道德的卑劣情感,而是因为以往的小说都没有加以揭示,所以好人坏人都是脸谱化的。好人都如圣人一般,恶人都是十恶不赦的。坪内逍遥认为:"人这样的动物表现在外面和行为和藏在内心的思想原本是两种不同的现象。"②因此特别指出要动态地描写人情,要描写"人情与理智在内心的冲突"③。坪内逍遥认为曲亭马琴的《八犬传》人情写得不成功就是因为把八位犬士写得个个完美无缺,完全不符合心理学的规律。因此他说:"即使写人情,如果只写其皮毛还不能说它是真正的小说,须穿其骨髓方能看出小说之所以为小说。"④这些就是坪内逍遥对"人情"一词的理解。

然而坪内逍遥的"人情说"的意义还不止于此,他的主要观点基本很完整地表达在"小说的主眼"中了。如果把"小说的主眼"一章作为一篇结构完整、逻辑分明的论文来看的话,坪内逍遥的阐述"小说的主脑是人情"时一共分为三个层次:(1)"人情"的内涵;(2)主张要写人内心深处的人情,尤其是内心的冲突;(3)揭示人生的奥秘。笔者认为这是坪内逍遥由浅到深地阐述"人情"的三个层次,先是人的情欲或本能的情感和欲望,然后是正邪善恶的内心冲突,最后是揭示人生的奥秘。据笔者调查以往对"人情观"的研究,一般的研究者大多都在"人情"的第一层次徘徊。日本学者对于这一课题的研究从渊源考证居多。主要论文有菅谷广美的《<小说神髓>及其材源》⑤和越智治雄的《<小说神髓>的母胎》⑥(以上两篇认为人情即是情欲,而情欲是心理学

---

① 関良一:『逍遥・鴎外—考証と試論』,東京:有精堂,1971年,132頁。
② 坪内逍遥:『小説神髄』,東京:岩波書店,1936年10月第1版,1988年2月第17刷,59頁。
③ 上揭書,61頁。
④ 上揭書,59頁。
⑤ 菅谷広美:「小説神髄」とその材源,日本文学研究資料刊行会編,『坪内逍遥・二葉亭四迷』収録,東京:有精堂,1979年。
⑥ 越智治雄:「小説神髄」の母胎,早稲田大学「比較文学年誌」第9号,1973年。

中英语passion的译词)。还有考证《小说神髓》的人情观与本居宣长的《玉之小栉》的两者关系的,主要论文有本间久雄的《<小说神髓>源流考》[①]、藤平春男的《小说神髓与国学的文学论》[②]、吉田精一的《小说神髓与玉之小栉》,还有和田繁二郎在《<小说神髓>试论》认为坪内逍遥的"人情观"片面强调用心理学(或者是科学主义)规律来描写人情,忽视作品的思想性。中国学者关冰冰在论文《坪内逍遥的'人情说'初探》中专门讨论了坪内逍遥的"人情说",但可惜没有对"人情"一词作深入梳理,也没有对"小说的主眼"一章作细致的分析,主要就坪内逍遥倡导"小说的主旨是人情"和"世态风俗次之"的原因进行了分析论述,他认为坪内逍遥倡导"小说的主旨是人情"的原因有二:(1)西方文化、文学的影响:西方叙事文学传统是描述真实而不是劝善惩恶;(2)坪内逍遥的主观方面原因:由于受到"劝善惩恶"的文学理念影响,明治初年小说的题材过于狭窄,而且文艺复兴以后,在全世界范围以人中心、提倡人情成为时代的潮流。同时关冰冰还认为坪内逍遥倡导"世态风俗次之"的原因也有二:(1)西方的影响:尤其是进化论的影响,使坪内逍遥认为人更加接近动物性,所以没有过多关注社会;(2)受日本文学的影响,这里仅指明治初期的戏作文学,这些文学开始关注社会,但仅仅是社会表相而缺乏对社会本质的探讨。因此他的结论是前一命题给日本文学发展提供了新的题材而第二命题使日本文学缺乏对社会的批判。

由此可见很多学者在研究某一课题时往往古今东西、旁征博引,但恰恰少了对文本的整体细读,笔者就该课题现有的研究成果来看,能够看破整个这篇论文结构的寥寥无几,所以对于坪内逍遥的"人情说"论来论去就是那句最有名"小说的主脑是人情,世态风俗次之"不能深入的原因是很多学者只把坪内逍遥引用约翰·莫利评论艾略特作品的话和最后引用本居宣长的《玉之小栉》的部分当作是说明"人情"的内涵的例子。而坪内逍遥在本章中最终的落脚点在于"人情"的第

[①] 本間久雄,『坪内逍遥―人とその芸術』,松柏社,東京:日本図書センター,1993年,62—79頁。

[②] 藤平春男:小説神髄と国学的文学論―「小説神髄と玉の小櫛」おぼえがき―,『国文学研究』25,1962年。

三个层次"人生的奥秘"。坪内逍遥借用约翰·莫利评论艾略特作品的话阐述道:"古时识者曾云一切文学的意义及目的皆是对人生进行批评。小说本应称为艺术界最美妙的艺术表现,为何一直反遭轻视而居于最底下的地位呢?我想这可能是由于称得上对人生进行批判的小说十分稀少的缘故。(中略)用奇思妙想的丝线巧妙编织人世间的情感之网,将其隐微奇妙的因缘所招致的变化多端、复杂多歧的结果编织成美丽的文字,充分地揭示出人生的因果奥秘的著作十分稀少。"[①]而现在这种稀少的著作也正是坪内逍遥心中理想的小说。同时,他在"小说总论"和"小说的变迁"两章中也提出揭示人生的奥秘是小说优于其他文学样式、成为最大的艺术的理由。他说:"那种完美无缺的小说,它能描绘出画上难以画出的东西,表现出诗中难以言尽的东西,演出戏剧中无法表演的隐微之处。因为小说不仅不像诗歌那样受字数限制而且也没有韵律之类的桎梏。它与演剧和绘画相反,是直接诉之于读者的心灵为特质的,所以作者可进行的构思的天地是十分宽广的。这也许就是小说之所以能在艺术中取得地位的缘故,而且终将凌驾于传奇、戏曲之上,成为文学中唯一的、最大的艺术的理由吧。"[②]这是坪内逍遥追求的"美的理想"。

由此可见,"人生的奥秘"不仅是小说的最终归宿也是艺术的最高境界。坪内逍遥在"小说的主眼"开头提出"小说的主脑是人情,世态风俗次之。"如果死死抓住这句话不放,不顺着作者的思路往下看的话,那么我们理解的坪内逍遥的小说主张只能达到肤浅的"人情"那样的程度。但是如果我们好好把这一章整体分析一下的话就可以看出作者的思路是"人情"——"内心世界的冲突"——人情背后的"人生的奥秘",只有看到了第三个层次才可以说真正理解了坪内逍遥的"人情说"。坪内逍遥在"小说总论"论述美学思想(或者说文艺思想)的思路和"小说的主眼"的思路是一致的,都是由表及里、由外到内的。在本书第二章"《小说神髓》的美学思想"中,笔者论及美学思想时指出坪内

[①] 坪内逍遥:『小説神髄』,東京:岩波書店,1936年10月第1版,1988年2月第17刷,66—67頁。

[②] 上掲書,32頁。

逍遥由艺术的"目的论"谈到艺术的本质——"妙想",最后谈到人生论。而在这一点上主要是阐述作为最高级的艺术——小说就是表现"人生的奥秘"。坪内逍遥认为艺术的最高境界就是表现"妙想",而最高境界的"妙想"就存在于人生的奥秘之中,在所有艺术中唯一能够到达如此境界的只有小说,其理由是小说"直接诉之于心"。如果我们借用一下坪内逍遥在"小说的主眼"开头的那句名言归纳一下坪内逍遥的小说主张的话,应该是"小说的主脑在于人情、在于人们心灵深处的冲突、在于揭示人生的奥秘"更为贴切吧。

关于"人生的奥秘"的内容笔者在本书第二章中已有部分论述,这不仅是坪内逍遥认为的最高艺术的小说所要揭示的终极归宿,同时这也是坪内逍遥认为的艺术的"美的理想"所在。在"小说总论"和"小说的主眼"中,坪内逍遥还用了如"无限无穷隐妙不可思议的因源""人生的因果秘密""洞穿人性的秘蕴、明察因果的道理""人世大机关"等不同的说法来进行描述。[①]那么它究竟是什么呢?关于这一点笔者在第二章认为它不是来自某种绝对理念(idea),而是某种难以言状、变化多端的神秘的东西。正如坪内逍遥在"小说的主眼"中谈到的"造物主创造天地万象而无私……造化翁所创造的鲜活世界极其广大无边,规模宏大,因此以凡夫俗子幼稚的眼力难以察觉事物的前因后果。"[②]越智治雄认为坪内逍遥对这个"人生的奥秘"或者说"美的真理"的持有不可知论。[③]坪内逍遥的这种思想一方面来自日本传统的"真实"的文学理念,到了近代直接受到本居宣长的"知物哀"的影响(详细内容在本章第四节专门论述)。另一方面,西方的人文主义精神对坪内逍遥的影响也极大,其中最大的就是莎士比亚。坪内逍遥从大学就学期间到晚年一生不间断地研究莎士比亚,他的各个时期的文艺思想中也都有莎士比亚的影子。其实坪内逍遥并不像哲学家那样想要揭示出宇宙的真理给读者看,他认为"以凡夫俗子幼稚的眼力难以察觉事物的

---

① 坪内逍遥:『小説神髄』,東京:岩波書店,1936年10月第1版,1988年2月第17刷,66—67頁。
② 上揭書,68頁。
③ 越智治雄:「'小説神髄』の母胎,日本文学研究資料刊行会編,『坪内逍遥·二葉亭四迷』収録,東京:有精堂,1979年,6頁。

前因后果。"①他翻译和引用约翰·莫利评论艾略特的话来指出小说家的作用在于"清清楚楚地描绘出事物的因果,一切褒贬取舍交给读者自己去思索。"②

总之,坪内逍遥在"小说的主眼"中阐述了关于小说的"人情观"的三个层次,其落脚点在于"人生的奥秘",这是与他的美学思想一致的。坪内逍遥在论述"美的本原"和小说的"主脑"(也就是最主要的、根本性的关键)都归结为"人",他指出"宗教、诗歌、哲学虽然名称不同,形式各异,但如追问其主旨所在,则都是与'人'有关……"③以往研究《小说神髓》时把"小说的主眼"的开头一句作为该书最重要的精神来理解,认为它促使文学独立起来、拓展了日本文学的题材,或者由此提供了写实主义的小说理论基础等等,这些论断也是有一定道理的,而笔者认为《小说神髓》的真正伟大是在于改变了旧式文学把以客观事件为中心,或者以主观的某种理念(包括道德)中心的模式,而提倡出"以人为中心"的新式的文学。我国学者深受"文以载道"思想的影响,至今对《小说神髓》提出小说理论的关键点还没有真正认识。倒是九十多年前的上世纪初五四时期的周作人对日本文学的这种变化有深刻理解的。他在1918年4月北京大学所作题为《日本近三十年小说之发达》的讲演中着重谈到《小说神髓》对于当时的中国小说界的重大意义,他认为中国小说界的当务之急,就是需要一部《小说神髓》似的理论著作④。同年12月他在《新青年》上发表《人的文学》一文,提出了"人的文学"的口号。虽然在此之前有胡适的《文学改良刍议》和陈独秀的《文学革命论》等提倡文学改良或革命的文章尖锐地批判中国的旧文学,但是文章中也多是抽象空洞的理念,新文学应该写什么还处于蒙昧状态。周作人的"人的文学"历数中国旧文学的虚伪,把中国的叙事类文学列出了十类,如:"色情狂的淫书类""迷信的鬼神书类"

---

① 坪内逍遥:『小説神髄』,東京:岩波書店,1936年10月第1版,1988年2月第17刷,68頁。
② 上揭书,68頁。
③ 上揭书,67頁。
④ 周作人:《日本近三十年小说之发达》,《艺术与生活》,上海:上海文艺出版社,1999年,第150页。

"奴隶类书"等等,指出"这几类全是妨碍人性的生长,破坏人类的和平的东西,统统应该排斥。"①周作人的《人的文学》无异于中国的《小说神髓》,它高扬人性的大旗,以摧枯拉朽之势配合"五四运动"促进了新文学的实现了转换。刘峰杰指出:"正是'人的文学'的发生,使二十世纪中国文学批评区别于传统;也正是'人的文学'的发展,才使二十世纪中国文学批评显示了它的创造性,从而使二十世纪中国文学构成了一个充满活力的整体。至于其他各派批评观点,均无以取代人的文学而成为二十世纪中国文学的标志,它们是对'人的文学'的不同阐释模式。"②

在文学内容实现转变的同时,"以人为中心"的文学(小说)进一步带来了创作模式的改变,小说的叙事模式由"故事小说"(以情节为中心)逐渐向"人物小说"(以人物为中心)转变。在实现文学近代化转换的过程中,中日两国的文学逐渐摆脱了章回小说等以故事为中心的叙事模式,叙事时间、叙事空间、叙事视点等发生了根本性的变化。在《小说神髓》影响下由二叶亭四迷创作的《浮云》无论文体还是叙事方式就是以描写人情为宗旨而发生了巨大的变化,由此创造了写实主义小说的成功的范例,被公认为日本近代文学的开始。在此以后文学家们更重视对人物的塑造和心理的描写,改变了原来小说以事情的"开始—发展—高潮—结尾"的千篇一律的叙事模式。这种小说叙事方式的转变在世界文学史,或者说小说发展史上也是具有划时代的意义的。因此,英国诗人及小说家埃德温·缪尔(Edwin Muir)在《小说结构》(1938年)中认为:"人物小说也许是小说艺术的一个最重要的发展。"③

以上这些对《小说神髓》中新的意义进行了尝试性的发掘,也只有通过运用多维视域,在更开放的理论和视域下才能实现的。如果用亚里士多德时代或者黑格尔时代的哲学或美学观来审视《小说神髓》必然有种种指责,因此长期以来《小说神髓》以及其中的"人情观"一直没

---

① 周作人:《人的文学》,原载《新青年》第5卷第6号,1918年,严家炎编:《二十世纪中国小说理论资料》(第二卷),北京:北京大学出版社,1997年,第67页。
② 刘锋杰:《'人的文学'的发生研究刍议》,《文艺理论研究》,1999年02期,第2—11页。
③ Edwin Muir, *The Structure of the Novel*, London: Hogarth,1938, P.23.

有得到应有的重视和正确解读。近年来包括中国、日本,世界范围内对以逻各斯中心主义为代表的传统的形而上学进行反思,出现了"生命哲学"和人类的终极关怀的思潮,人类的心灵受到更多的关注,也许当代学术的诸多因素和《小说神髓》又有契合之处,在日本《小说神髓》成为学术界研究的焦点,逐渐改变了长期以来贬低《小说神髓》而抬高《浮云》的成见。同时近年来叙事理论的新突破也给我们正确解读《小说神髓》提供了启发。因此,"人情观"中提倡的对"人情"、人性、人心以及对"人的文学"的探索对21世纪的中国文学仍有重大的启示。

补记:

在坪内逍遥关于"人情观"的名句"小说的主脑是人情,世态风俗次之"中有两个命题,关于"小说的主脑是人情"已经有无数的论述,而正如我国学者关冰冰所说的坪内逍遥对于第二命题的"世态风俗次之"并未多加论述,由此造成后世小说家多注重人情而不重视世态风俗(即世界和社会),因此日本近代文学缺乏对社会现实的批判。坪内逍遥在"小说的主眼"中,就该章结构来说,正如上面论述过的,完整地论述了"人情观"的三个层次,但确实没有论述"世态风俗次之。"因此造成了学者们的争论在所难免。笔者认为坪内逍遥所认为的"人情"是和"世态风俗"密不可分的,不能单纯认为"人情"是个人的感情,而"世态风俗"是社会。在"小说总论"中坪内逍遥对比日本和西方的诗歌(poetry)时他说日本的诗歌以短歌为主,只能表达一刹那的"感情",而随着文化发达"人进入高的层次,人世的情态也必然有所变化,变得复杂起来。"[①]日本学者和田繁二郎认为"'小说的主脑是人情,世态风俗次之。'中的'次之'并不意味着世态风俗与人情是两个层次的概念,在描写人情过程中自然就会扩展到世态风俗,这是必然展开的。"[②]虽然坪内逍遥在"小说的主眼"中没有论述,但在"小说的种类"中加以补充,他说"模写小说(artistic novel)与所谓劝善惩恶小说的性质完全不

---

① 坪内逍遥:『小説神髄』,東京:岩波書店,1936年10月第1版,1988年2月第17刷,30页。
② 和田繁二郎:「小説神髄」試論,『立命館文学』150・151,1957年,140页。

同,它的宗旨是描写世态。(中略)这类小说中并没有必要包含劝善惩恶的寓意而歪曲情节,只是将全部的力量用于描写世上必有的情态,使之宛如实有一般,着力写出天然的富丽、描绘出自然的跌宕,使读者于不知不觉之中翱翔在作者虚构的艺术世界中,使之体察出隐妙不可思议的人生大机关。"① 由此可见,坪内逍遥所谓的"人情"和"世态风俗"应是一体的,而之所以把它分开并加以区分,指出"世态风俗次之"是因为"世态小说"或"风俗小说"本来就有,这些都是表现外在的、表面的情态,作者认为日本小说所缺的是对人内在的"人情"的挖掘,把以往小说以外在的、表面的、公共的内容转变为表现近代文学特有的内在的、深层次的、私人性的内容上来,由于世态风俗以往作家已表现过的,②所以坪内逍遥未加过多强调。《当世书生气质》和《小说神髓》出版以后引起文坛的震动,挂名"人情世态小说"成为一种时髦的小说样式风靡一时,与当时政治小说同时成为明治初年最畅销的小说类型,这也说明当时人们也把人情世态作为一体的概念来理解的。

第三节 写实主义的创作观

坪内逍遥在《小说神髓》中批判江户时代以来"劝善惩恶"的戏作文学和以启蒙宣传为目的的政治小说,提出了"小说的主脑是人情,世态风俗次之"的主张,揭开了日本近代写实主义文学的序幕,这一说法已经成为日本文学史的一般常识。然而正是由于坪内逍遥提出的小说创作原则被冠以"写实主义"这一名称具有多种含义,它的真正内涵容易被人们误读,对他小说理论和意义也产生了不同的评价。如小田切秀雄认为逍遥的写实主义与其说是追求其批判性还不如说在追求其技巧的详细化。③吉田精一认为《小说神髓》本质上是一部小说的

---

① 坪内逍遥:『小説神髄』,東京:岩波書店,1936年10月第1版,1988年2月第17刷,72—73頁。
② 明治初期描写成岛柳北的《柳桥新志》和服部抚松的《东京新繁昌记》等描写明治维新后社会的世态和风俗的笔记类文学成为轰动一时的畅销书。这类作品并不是小说也没有对人情进行深入的描写。
③ 小田切秀雄:『近代日本の作家たち・坪内逍遥』,東京:法政大学出版局,1962年。

'作法书'。①我国学者也大多同意这些论点,如叶渭渠认为"他的写实理论是朴实的现实反映论,只停留在现象的、凡俗的写实方面,(中略)其缺陷是:(一)只强调把握真实的技巧,主张如实地描写现实的外表现象,而没有提到深入地写出内在实质和典型环境中的典型人物,忽视了真实与典型的关系。(二)强调对现实的真实描写,却又认为作家不应解释自己所描写的现象,更不应该评判它,从而排斥了现实主义的表现理想,将现实与理想对立起来。"②以上这些论点虽然有一点道理,但笔者觉得还不够全面,本节将从"写实主义"的语义、《小说神髓》中作者提出的"模写"的创作理念的内涵和意义并结合世界小说(尤其是英国小说)叙事发展的历史揭示《小说神髓》所开创的写实主义文学的真正内涵以及在日本文学史上的意义。

"写实主义"(realism)的概念来自于西方,在我国也有"写实主义""现实主义""批判写实主义"等不同的称呼。伊恩·P·瓦特认为"'现实主义'一词公开使用是1835年,它被作为一种美学的表述方式,指称伦勃朗绘画的'人的真实',反对新古典主义画派的'诗的理想'。"同时瓦特认为由于这个词的多义性会产生一些误解。③实际上它一般是指19九世纪中期英国、法国、德国等国兴起的注重事实或现实描写,反对理想主义或作家个人情感的文学思潮。而在现实主义文学之前还有浪漫主义文学,它兴起于18世纪90年代到19世纪30年代,浪漫主义反对的是强调理性、秩序、服从、机械的古典主义,通过强调想象来表达理想和希望,通过强调自然来表达主观感受和情绪,因此韦勒克说浪漫主义文学"就诗歌观来说是想象,就世界观来说是自然,就诗体风格来说是象征与神话。"④无论浪漫主义文学还是现实主义文学都是伴随着资本主义高度发展而发展起来的文学,都反对中世纪以来压抑个性和自由的旧道德和世界观,两种文学思潮并非相互对立,从时间上说,浪漫主义诞生较早,现实主义稍晚,从文学体裁来说

---

① 吉田精一:『現代日本文学の世界』,東京:小峯書店,1968年,56頁。
② 叶渭渠:《日本文学简史》,上海:上海外语教育出版社,2006年,第143页。
③ [英]伊恩·P·瓦特:《小说的兴起》,高原、董红钧译,北京:三联书店,1992年,第2页。
④ [美]韦勒克:《文学史上的浪漫主义概念》,载:韦勒克:《批评的概念》,北京:中国美术出版社,1999年,第155页。

浪漫主义文学作品以诗歌为主,而现实主义文学作品以小说居多,有时不同的文学史对欧洲这两大文学思潮的作家作品进行举例时,出现有的作家被 A 书认为是浪漫主义作家,而有时又被 B 书认为是现实主义作家。例如被很多文学史和文学评论认为是法国浪漫主义作家的雨果,在他的作品《巴黎圣母院》《悲惨世界》中也真实地反映了19世纪中叶法国动荡的社会和各阶层人们的生存状态,而且他的浪漫主义文学成就主要表现在其诗歌方面。因此这两种文学思潮并不是截然相对的,有时是可以共存对方的元素。它们共同的对立者其实是中世纪的僵化、绝对的古典主义。因此如果对坪内逍遥的"写实主义"只进行概念性的分析不能真正理解坪内逍遥《小说神髓》的"写实主义"的含义,只有对该书进行整体细读才能得出接近正确的答案。

在上一节笔者论述了坪内逍遥的"人情观",即"小说的主脑是人情,世态风俗次之。"①对其"人情—内心冲突—人生的奥秘"那样由浅入深的内涵有了深入的探讨,那么坪内逍遥在《小说神髓》对如何实现小说的主脑、即"人情"也作了详尽地论述。笔者认为可以分为三个方面加以论述:

一、模写的方法

在《小说神髓》中坪内逍遥其实并没有提出"写实主义"的说法,他提出的是"模写"。如在"小说的种类"开头,坪内逍遥说:"小说从其主要用意来看可区分为两类:曰劝善惩恶、曰模写(原文汉字作'摸写')。"②在下面他又指出劝善惩恶类小说在英国称为"didactic novel",而模写小说称为"artistic novel"。③在《小说神髓》成书一年后出版的二叶亭四迷著的《小说总论》(1886)中说:"小说有劝惩、模写二种,因种种缘故模写为小说之真面目也。"④由此可见模写(摸写)一词是当

---

① 坪内逍遥:『小説神髄』,東京:岩波書店,1936年10月第1版,1988年2月第17刷,58頁。
② 上掲書,71—72頁。
③ 原文分别用片假名:ダイダクチックノベル、アーチスチックノベル标注,可以还原为英语。
④ 二葉亭四迷:『二葉亭四迷集』,日本近代文学大系4,東京:角川書店,1971年,407頁。

第三章 写实主义文学理论

时西方概念 artistic 的通用的说法。在《小说神髓》中关于很多论述模写的地方,从中我们可以窥出坪内逍遥所谓"模写"的意义。

> 不应根据自己的想法来刻画善恶邪正的感情,必须抱着客观地如实地进行模写的态度。①

> 例如诗歌不一定要以模拟为主眼,而小说却一定要以模拟为其整体的根据,模拟人情、模拟世态,尽力使模拟的东西到达逼真。②

从上面的例子可以看出坪内逍遥的"模写"的意义基本就是模拟或者说是模仿,即小说用模拟现实来表现"人情"和"世态。"而坪内逍遥在"小说的主眼"中着重阐述了从"人情"到"人情的深处"以及"人生的奥秘"由浅入深的三个层次的内容,但人情及人生的奥秘是难以看到的、难以模拟的。如何通过模拟的方法来表现,两者就存在着断层,坪内逍遥也意识到这一点,所以在《小说神髓》中反复提到要"将难以看到的显示出来"。

> 最终,诗歌是将难以描写的、难以看到的情态细腻地描写出来,使人恍如历历在目加以欣赏。③(小说总论)

> 用奇思妙想的丝线巧妙编织人世间的情感之网将其隐微奇妙的因缘所招致的变化多端、复杂多歧的结果编织成美丽的文字,充分地揭示出人生的因果奥秘的著作十分稀少。④(小说总论)

> 小说就是要使读者洞见难以看见的事物,使暧昧的事物清晰起来,将人的无限的情欲网罗到有限的小册子中,使玩味其中的读者自然有所反省。⑤(小说的主眼)

---

① 坪内逍遥:『小说神髓』,東京:岩波書店,1936年10月第1版,1988年2月第17刷,62頁。
② 上揭書,65頁。
③ 上揭書,29頁。
④ 上揭書,66—67頁。
⑤ 上揭書,68頁。

中村完认为所谓"将难以看到的显示出来"就是把"人世间的秘密"转化为"人情世态",在心理和视觉上的表现加以描写出来,这样才能揭示出"人生的大机关。"①也就是说把"难以看见的东西"视觉化的方法就是"模写"。具体的操作方法来说坪内逍遥这样说:

> "如欲创造、写出人物的情感则首先应假定这个人物已经具有情欲这种东西,而后细致地进行挖掘:如果发生了如此这般的事件受到这样那样的刺激,那么这个人物会产生什么样的感情呢?(中略)使他没有表露于外的内面的情感能显示出来。"②(小说的主眼)

坪内逍遥提出首先要假设,然后通过某种途径使人物的"情感显现出来",在这里坪内逍遥在《小说神髓》松月堂第一版中用了"撈り寫す"③一词,这个词现代日语一般写作"探り写す",刘振瀛先生翻译为"探索",笔者翻译为"挖掘",但似乎还是难以全面表达日语原义。这个词字面上分析为"探索并写出",语义似乎更接近"推理"。这一过程也可认为是想象,但是坪内逍遥在书中一直强调反对凭空想象,他特意不用"想象"这个词而主张要依据心理学的规律进行"挖掘"(推理)。

> 稗官者流应如心理学家那样,按照心理学的规律来塑造人物,如果根据自己的设想硬要塑造有悖于人情的人物,或者虚构有悖于心理学规律的人物的话,那么他笔下的人物已非人世间的人,只是作者想象中的人物……④(小说的主眼)

除了运用心理学的规律进行推理,坪内逍遥还提出可以运用观察、收集素材等方法,他说:"据说态度认真的油画家会亲自到刑场去,

---

① 中村完:『坪内逍遥論』,東京:有精堂,1986年,7頁。
② 坪内逍遥:『小説神髄』,東京:岩波書店,1936年10月第1版,1988年2月第17刷,65頁。
③ 坪内逍遥:『小説神髄』第三册,東京:松月堂,1885年,廿三裏。(原书为日文线装书复刻本)
④ 坪内逍遥:『小説神髄』,東京:岩波書店,1936年10月第1版,1988年2月第17刷,60頁。

不但仔细观察那些死刑犯的面目和姿态,而且还仔细观察刽子手的腕部动作以及筋骨的隆起状态,小说的作者也应如此……"①或者也可以"到各处收集各种人的性格的素材将其融合成一个人的性格……"②这种文学创作的方法完全和19世纪中叶在欧洲兴起的现实主义相似。欧洲19世纪上半期哲学取得了重大发展,康德的先验的批判哲学、黑格尔的辩证法、孔德的实证主义,同时自然科学方面的新成就和实验科学的流行也给文学创作带来了重大影响。很多现实主义文学的作家都以科学的方法来认识人和社会,并把它融入自己的文学作品中,他们都注重心理和细节描写以求更如实地更精确地表现真实,有时甚至不惜繁琐。例如福楼拜为了写一个普通村庄或峭壁下一条人行小道,他必定事先亲自去进行观察。坪内逍遥在《小说神髓》中提到司各特"在描写作为强盗巢穴的山洞情景时,作者特意离家到强盗住过的山洞去仔细观察过那一带的景色……"③坪内逍遥对此表示赞赏。越智治雄认为坪内逍遥在《小说神髓》中也明显受到科学主义的影响,尤其重视心理学,他认为是坪内逍遥从心理学课程中学到了对人的认识,不仅如此,他在东京大学所学课程一起构成一个大的知识体系,例如倍因的心理学、斯宾塞的进化论等。④19世纪后期欧洲的现实主义文学进一步发展为自然主义,代表作家有法国的左拉等人。英国文学也受到影响,从时间上说,正好处于坪内逍遥写作《小说神髓》前夕,一些文艺杂志进入日本。因此有日本学者据此认为坪内逍遥受到左拉为代表的自然主义文学的影响,但川副国基在其论文《关于<小说神髓>——文学革新期和英国的评论杂志》中通过收集坪内逍遥有可能看到的英国杂志来驳斥这一观点,认为坪内逍遥看到的杂志中有很多关于现实主义、进化论、实证主义等思潮,但还没有明显的自然主义倾

---

① 坪内逍遥:『小説神髄』,東京:岩波書店,1936年10月第1版,1988年2月第17刷,66頁。
② 上揭書,64頁。
③ 上揭書,54—55頁。
④ 越智治雄:「小説神髄」の母胎,早稲田大学「比較文学年誌」第9号,1973年。日本文学研究資料刊行会編『坪内逍遥・二葉亭四迷』収録,東京:有精堂,1979年,5頁。

向的杂志。①日本文学评论界一般以小杉天外于1900年发表的《初姿》或1902年发表的《流行歌》作为自然主义的开端的。然而,其实无论坪内逍遥是否当时直接或间接受到自然主义的影响并不重要,在19世纪后期到20世纪初对科学和实证的崇拜是一种普遍现象,自然主义只不过走得更过度一些。

总之,坪内逍遥在《小说神髓》中提出的"写实主义"、即"模写"的创作方法强调用科学的方法,如观察、实验、推理等手段"模拟人情、模拟世态",运用心理学的规律表现出"人情"深处"内心的冲突",揭示出背后的"人生的奥秘"。虽然突出了科学和心理学的作用,但坪内逍遥并没有走到自然主义的程度,他还是一定程度承认作家事前的构思,但"必须设一个限度,尽量不要超出人情之外。"②坪内逍遥认为要描写的也不是和实际完全相同的情况,他认为小说要"写实"而不是"写真"。

二、写实主义与艺术加工

坪内逍遥鉴于明治初年流行的戏作小说和政治小说等曲解人情、编造情节以及书中多鄙陋卑猥内容等问题提出了小说要以人情为主脑的写实主义主张,他在《小说神髓》中论述了"模写"的创作原则,后来二叶亭四迷沿用了"模写"的说法,在他的小说理论《小说总论》中曾用过"主实主义",后来也用了"写实主义"。有相当多的学者望文生义认为坪内逍遥的"写实主义"就是如实的描写实际发生和存在情况的小说主张。如著名近代文学评论家和田繁二郎指出:"根据他(坪内逍遥)的写实理论,小说必须要把人情世态的原原本本的情况进行描写。"③另外也有一些学者认为《小说神髓》是开启了自然主义的先河,为自然主义在日本的发展打下了基础,或者说留下了不良的影响。如

---

① 川副国基:「小説神髄」について—文学革新期と英国の評論雑誌,『現代日本文学大系』1,東京:筑摩書房,1974年,408—414頁。
② 坪内逍遥:『小説神髄』,東京:岩波書店,1936年10月第1版,1988年2月第17刷,64頁。
③ 和田繁二郎:坪内逍遥における文学意識と啓蒙意識の相剋,『論究日本文学』13,1960年,12頁。

我国已故日本文学研究权威、《小说神髓》中译本的翻译者刘振瀛先生认为:"坪内的主张,实际已为后来接受西方自然主义文学理论埋伏下了可能性。"①这些论点都出自一些有名的学者,所以在中日两国的学术界有很大影响,有些观点甚至被编入文学史的教科书成为一种"常识"②。正如黑格尔所说的"熟知非真知",其实我们仔细阅读《小说神髓》文本就会发现坪内逍遥的观点并非像专家们指出的那样。

① 演剧的本质精神并非一定要逼真,倒不如说它应当超越"真"。换言之,并不是模拟真的事物作为主脑,而是应该模拟"真实加上某种东西"(reality plus something)③作为主脑。比如上演一出男女情事或是一场武打戏,如果不像真的那当然不行,但如果和真的一模一样也会索然寡味。④(小说的变迁)

② 例如诗歌不一定要以模拟为主眼,而小说却一定要以模拟为其整体的根据,模拟人情、模拟世态,尽力使模拟的东西到达逼真。(中略)如欲创造、写出人物的情感则首先应假定这个人物已经具有情欲这种东西,而后细致地进行挖掘:如果发生了如此这般的事件受到这样那样的刺激,那么这个人物会产生什么样的感情呢?⑤(小说的主眼)

③ 小说本身是作者通过想象虚构出来的产物,因此整个构思如果毫无法则那就必然会一味以写真为主眼,想到哪里就写到哪里,导致前后错乱,情节不备,事序纷杂……⑥(小说的情节安排)

④ 粗野猥亵的爱情故事、残忍的故事虽然没有必要把它们

---

① 刘振瀛:《由破戒想到的——略论日本近代文学的发展与挫折》,《外国文学研究》,1979年第2期,第53页。
② 佐藤昭夫:坪内逍遥の写実主义—「小说の主眼」を中心として,『成城文芸』11,1957年8月,40頁。
③ 作者在书中在日语词汇旁边加片假名注音:リヤリチイ・プラス・サムシング即 reality plus something。
④ 坪内逍遥:『小説神髓』,東京:岩波書店,1936年10月第1版,1988年2月第17刷,50—51頁。
⑤ 上揭书,65頁。
⑥ 上揭书,137頁。

完全从作品中排除出去,但是应该尽量加以省略,不要像我国过去的作者那样一味描写低级的故事,以免使读者生厌。①(小说的情节安排)

　　以上引用了四处《小说神髓》中论述有关"模写真实"的段落,坪内逍遥认为的"真实"并非自然主义所追求的与现实不差毫厘的"真实",同时也不同于日本自然主义作家们暴露自己私生活的倾向。第一段虽然说的是戏剧中的"真实",坪内逍遥借此说明"写实"并非描写和实际一模一样,而是"真实加上某种东西",即"超越真实",达到所谓"艺术的真实"。在第三段中坪内逍遥指出如果完全按真实的情况来编排小说情节那么会导致混乱,不堪卒读,必须要经过艺术加工和编排。对于粗野猥亵或残忍的故事也不因为要表现"真实"而大肆渲染。坪内逍遥认为"由此看来,可以了解取悦一时一地是很容易的,而成为真正的艺术却很难。"②这说明坪内逍遥对"艺术的真实"和"现实的真实"的区别相当清楚,他认为小说要最终达到艺术的境界——"妙想"。在第二章笔者论述到这个"妙想"并不是某种抽象的"美的理念"(idea),带有某种客观、自然的性质。虽然作者的世界观是不可知论,但在《小说神髓》中坪内逍遥还是给予一定更符合近代科学主义和合理主义要求的解释,同时也是符合小说艺术规律的。板垣公一认为"坪内逍遥的《小说神髓》整体组织体系通过运用进化论的说明、规律性的总结、生物学的说明、历史性的研究方法等形成了完整的科学性,叙述中到处都注意用科学性来点缀。"③虽然有学者认为坪内逍遥的写实主义的理论导致文学缺乏思想性,但正是这种看似无目的的写实主义理论给后人开辟了进入近代文学的道路,使后来的文学发展有了更多的可能性。所以坪内逍遥的"模写理论"并不是所谓"机械地如实地模拟实际的"写实,而是以现实状况和科学规律为基础进行的艺术创造,提升了小说这种文学艺术的层次,不仅如此,书中反复提到运用"真正的艺术

---

　　① 坪内逍遥:『小说神髓』,東京:岩波書店,1936年10月第1版,1988年2月第17刷,137頁。
　　② 上揭书,146頁。
　　③ 坂垣公一:坪内逍遥の「小说神髓」の写実理論,『日本文芸研究』21—4,1969年,44頁。

具有深刻的激动人心的力量,在暗默中使人气韵高尚",这对于社会和日本近代文学的健康发展也是有正面影响的。

三、客观旁观的态度

在坪内逍遥的模写理论中主张作家在创作中应采取客观旁观的态度,这也是实现"模写真实"的必要途径,也是《小说神髓》中写实主义理论的重要组成部分。客观旁观的态度是坪内逍遥针对江户时代以来的戏作文学以及明治初期流行的政治小说为了宣传政治主张、为了灌输道德理念而胡编乱造情节和人物、作家对小说情节和人物的发展介入过多等弊病而提出的。他的主要论述集中在"小说的主眼"一章。

> ①在描述人物的感情时,不应根据自己的想法来刻画善恶邪正的感情,必须抱着客观地如实地进行模写的态度。(中略)着棋者就是造化翁,棋子好比是人。造化的着法是不可思议的,与观棋者的想法大不相同。如果误认为"金将"马上会走到那里,并可能要"将""王将"的军了。但事实上"金将"很可能为一步卒所阻,连退路都没有了。(中略)所以在写作小说时如欲洞穿人情的奥秘,得到世间的真实就应该像观看别人下棋,或者向其他人讲述棋局一样。哪怕只有只言片语的"支招",这棋局就变成了作者的棋局了。(中略)作者必须改变这种主观主义,只有客观地将它描绘出来才称得上是小说。①(小说的主眼)
>
> ②艾略特女士的小说是引导读者走上这种认识的捷径。而女士并不喜欢武断的态度向读者指出这一行为是好的,那个行为是不好的。她只是清清楚楚描绘出事物的因果,一切褒贬取舍交给读者自己去思索。②(小说的主眼)

以上第①段中由于坪内逍遥用日本的将棋来比喻客观描写的创

---

① 坪内逍遥:『小説神髄』,東京:岩波書店,1936年10月第1版,1988年2月第17刷,62—63頁。

② 上揭書,第68頁。

作态度,字数比较多,所以笔者省略了一部分内容,通过这个比喻作者阐述了采取客观旁观的态度的必要性和重要性。在本论文第二章中笔者也引用过第①段的部分内容,阐述了坪内逍遥的世界观是不可知论的。笔者认为这种态度是很可取的,在明治维新以后日本开始一切向西方学习的过程中,西方各种哲学、思潮进入日本,而各种纷繁复杂的学说理论中选择出符合科学或合理的实在是很难的,必须要独立思考反复验证才有可能实现。在无法做出正确选择时选择存疑不失为一种明智的选择,而自以为掌握了真理的人反而容易误入歧途。承认人的局限性,把作者的地位仅仅作为一个旁观者,而不是充当全知的上帝,用如实模拟的方法描述故事和人物是符合科学和合理的原则的。这一点是坪内逍遥研究莎士比亚中得到的启发,以后坪内逍遥把他的思想发展为"没理想"的文学主张,由此还与森鸥外进行了文学理论的争论。第②段引用的是坪内逍遥参考当时引进的英国杂志中约翰·莫利有关乔治·艾略特作品的评论翻译的,坪内逍遥在翻译中进行了很多意译和发挥,其内容与约翰·莫利的原义有一定距离。①虽然如此,坪内逍遥采用的客观旁观的创作态度完全否定了江户时代中后期到明治初期作家充当全知的上帝,把作者、作品中的人物、读者混淆在一起的套式以及完全按照作者自己喜欢随意安排情节和人物的做法。19世纪中期,在现实主义盛行的欧洲,文学家也多按照科学、实证方法来观察和分析人和世界,作家在创作中要坚持客观中立。法国著名作家福楼拜(1821—1880)提出文学创作要"客观而无动于衷",反对作家在作品中表现自己,他主张作家要保持平静的态度,客观地再现事件过程,不可盲目地干涉作品中的人物和事件。他认为无论如何都不要使作者凌驾于作品之上,只有这样才能体现出作品的细腻、真实和完美。这些和《小说神髓》的主张也是一致的,在"主人公的设置"中坪内逍遥指出:"在塑造小说的人物时最需注意的是必须将作者本人的个性隐蔽起来,不让它流露在作品人物的行动上。"②虽然笔者没有

---

① 中村完:『坪內逍遥論』,東京:有精堂,1986年,32頁。
② 坪內逍遥:『小説神髄』,東京:岩波書店,1936年10月第1版,1988年2月第17刷,177頁。

找到坪内逍遥直接受到福楼拜的影响的证据,但这些创作原则已经在当时的欧洲成为一股影响颇大的思潮,在很多作家身上或多或少地存在着。除此以外,巴尔扎克、司汤达、莫泊桑、狄更斯等都具有类似的倾向。

俄苏文学家高尔基认为现实主义文学应该具有批判性,他提出了"批判现实主义"说法,他认为这种文学批判和揭露了资本主义社会的丑恶。这种理论对日本无产阶级文学以及以后的文学评论都有很大影响。这种理论在中国的影响更大,我国很多文学理论家认为现实主义经历了"写实主义—现实主义—批判现实主义"三个阶段,他们把福楼拜、巴尔扎克、司汤达、莫泊桑、狄更斯等都称为批判现实主义作家。如杨周翰主编的《欧洲文学史》中认为"1856年发表的《包法利夫人》是他(福楼拜)第一部批判现实主义小说,体现了巴尔扎克提出的小说家必须面向当代生活的创作原则。"① 而这个观点却正好和福楼拜本人的意愿相反,批判也许并不是福楼拜的本意,只不过是坪内逍遥认为的"偶然的作用"② 而已。按照这一理论来分析只有批判揭露资本主义社会、歌颂劳动人民就是好的文学。这种文学理论随着中国的改革开放已经逐渐被淘汰了,但是其思维模式还在,依然影响着中国学者,据此批判坪内逍遥所谓的"客观旁观"的态度是"放弃了对理想的追求,屈从了现实。"③ 日本也有很多学者对坪内逍遥《小说神髓》持有批评态度就是因为其没有揭露社会的本质,如小田切秀雄说他之所以认为《浮云》是日本近代最初的文学作品,是因为二叶亭四迷深刻揭示了明治时期社会的本质以及在近代化过程中"自我"和社会的冲突。④ 所以战后日本很多学者据此把二叶亭四迷的《小说总论》作为日本第一部有体系的小说理论论文,《浮云》是第一部写实主义作品,而把坪内逍遥的《小说神髓》和实践作品《当世书生气质》作为江户时代文学和日本近代文学过渡性质的作品。而20世纪80年代以后受到西方后

---

① 杨周翰、吴达元、赵萝蕤:《欧洲文学史》下,北京:人民文学出版社,1985年,第144页。
② 坪内逍遥:『小説神髄』,東京:岩波書店,1936年10月第1版,1988年2月第17刷,28页。
③ 叶渭渠:《日本文学简史》,上海:上海外语教育出版社,2006年,第143页。
④ 小田切秀雄:『現代文学史』上,東京:集英社,1975年,37页。

现代主义思潮影响,对坪内逍遥和二叶亭四迷的评价发生了逆转。这说明坪内逍遥的写实主义理论中所包含的丰富的内涵和真正的价值在不断阐释的过程中不断显现出来。因此,前田爱指出"贴在《小说神髓》上'写实主义'的标签似乎掩盖坪内逍遥原来思考过程中编织的多重声音式的语境(context)。"①这些只有通过真正整体细读才能感觉到的,如果只看文学史上的简单的、概念化的结论的话,就无法体会《小说神髓》在文学史上的意义。

第四节 传统与创新

谈到日本的文学审美理念总会提到"物哀",不少学者也把"物哀"作为日本特色的文学理念来理解。实际上,很多人因"物哀"一词而望文生义,其实这个词里包含着丰富的内容。日本在汉字传入日本之前没有文字,有一种说法认为"あわれ"一词来自原始日语的感叹词,后来日本人借用汉字写成"阿波礼"、又写为"哀""怜""悯"等,后来就习惯写为"哀",主要表达对事物的感动和喜怒哀乐之情。这种"哀"或者"物哀"的文学意识在《源氏物语》中得到了发扬光大,由于《源氏物语》中弥漫着佛教无常观的悲剧气氛,同时汉字"哀"的影响,使人不自觉地认为"物哀"就是日本文学的"悲情美",实际上"物哀"所包含的意义比悲哀要更广。而且确实这种"以悲情为美"的文学观念一直影响到以后的日本文学直至近现代文学。诺贝尔文学奖获得者川端康成在获奖发言《我在美丽的日本》中称《源氏物语》是"从古至今日本最优秀的一部小说",并认为"在《源氏物语》之后延续几百年,日本的小说都是憧憬或精心模仿这部作品的。"川端康成的代表作《雪国》也被认为是日本古典文学传统和西方现代技巧的完美统一。②以上这种观点在学术界和一般人中有很大的影响。研究"物哀"的学者和论文很多,笔者仅从中国知网的期刊查阅平台检索发现有60多篇论文,其他如专

---

① 前田爱:『小説神髄』のリアリズムとはなにか,『国文学:解釈と教材の研究』23—11,1978年,33页。

② 余惠琼:《传统物哀文学与现代派技巧结合的典范——谈川端康成〈雪国〉》,《重庆邮电学院学报》,2002年第2期,第93页。

著也有很多。著名的专著有叶渭渠的《物哀与幽玄》(广西师范大学出版社,2002年)。

虽然把"物哀"作为日本古典文学代表性的审美观已经作为定论,但笔者认为在《源氏物语》成书之前,日本古代文学发端之时就形成了"真实"(日语为"まこと")的文学理念,这才是日本文学的核心理念。这种文学意识是古代日本人长期生产、生活以及宗教活动中逐渐形成的,主要内容是指在叙事或抒情时力求描绘真实的事情、抒发真实的情感。叶渭渠认为"日本古代文学意识从萌芽到发生的全过程,都是以'真实'为基底,在不同历史时期分别融合在比如古代前期的'物哀',古代后期的'幽玄''空寂'和'闲寂'等文学意识中,成为不易的日本文学精神,流贯于各种日本文学思潮之中,成为日本文学的河床。"[①]"まこと"在日语中可以用汉字写为"真""诚""实"等,在古语中"ま"为"真",而"こと"可理解为"事"或"言"。在日本借用汉字之前,这两者没有区别,因此在《古事记》中将"こと"写作"事"的有120次,写作的"言"有50次。无论写成"真事"或者"真言",都体现出追求"真实性"的日本原始的文学意识。而这种原始的朴素的文学意识是与日本民族宗教——神道相通的。日本的神道属于原始宗教,它没有像佛教等创始宗教那样有明确系统的教义,但在古代祭祀等宗教活动中形成了尊重"清明正直"的观念,《古事记》中提到"心之清明"、《日本书纪》记录中有"心明净"等。因此古代的日本人,无论统治阶级或一般民众的内心都渗透着讲求真实的道德观。同时在古代日本还盛行"言灵"的信仰,即认为语言中包含着神灵,说美好的话语会带来好运,相反口吐恶言或说不吉利的话会招致厄运。古代国家的祭祀中,对神的赞美和祈祷时也必须心怀真诚之心,这些带有宗教色彩的文学叫作《祝词》和《宣命》,相当于我国《诗经》中的"颂",这些是日本最初的文学,而最早的创作者就是掌握文化话语权的天皇、贵族、神职人员或御用文人。日本最初的书籍同时也是最早的文学作品《古事记》的编辑者安万侣在序言中讲道:"帝纪及本辞。既违正实。多加虚伪。当今之时。不改其失。未经几年。其旨欲灭。斯乃邦家经纬。王化之鸿基焉。故

---

① 叶渭渠:《日本文学思潮史》,北京:经济日报出版社,1997年,第100—101页。

惟撰录帝纪。讨核旧辞。削伪定实。"①《日本书纪》继承了《古事记》的传统,在编纂过程中强调"定本定说"。这两部记录日本国家建立和皇室传说、历史的书籍中还记录了一些民间歌谣,这些被称为"记纪歌谣",歌风质朴自然,直抒胸臆,反映了在民间也广泛地存在着的这种朴素自然、追求"真实"的文学意识。

　　《万叶集》是日本最早的诗歌总集,收录4500首和歌,作者从天皇到庶民约260人。前期的和歌作者很多是天皇、贵族,后期作者多文人,也有很多作者不明,有可能是一般庶民。江户时代的国学家贺茂真渊把《万叶集》的歌风归纳为"ますらをぶり",意即感情率直、雄浑壮美、充满力量。与《古事记》《日本书纪》等叙事类文学不同,《万叶集》的作品都是表达个人情感的诗歌,所以更注重主观情绪的抒发,超越了原来"真事""真言"的水平,文学内容由客观描写转为主观抒情,逐渐形成了所谓"哀"的文学意识。这种"哀"是表现的是对现实生活的情绪感动,其中不少作品带有感伤色彩,也有乐观愉悦的作品,所以这种文学意识不能仅从汉字"哀"就认为是以悲哀为美。这种以个人情感为中心的"哀"是扎根于"真实"的精神土壤。日本学者久松潜一指出"万叶歌的感动是真实的感动。但所谓真实的感动可以说就是以'真实'为基础的'哀',也可以说《万叶集》的精神是'真实'的感动。"②《万叶集》后期以及以后文学在不断发展过程中又衍生出"物哀"的意识,这种意识原来"哀"前面加了"ものの"成为"もののあわれ"(用汉字写作"物之哀"),它所表达的情感由简单、纯粹的个人主观性的感情发展为复杂的"物心合一"的情趣性感情。集大成而又直接推动"哀"与"物哀"的文学意识发展的作品就是紫式部的《源氏物语》,她在作品中运用精妙的艺术技巧,成功地塑造了各种不同的人物形象,淋漓尽致地表现了人间世相的喜怒哀乐。根据内容主要可以分为三大类:第一,人间的情感,主要是男女间的哀感;第二,对社会世事的感叹;第三,对自然界四季变化的感触。这些"物哀"的情感都把感情所指向的对象充满了爱怜,由对象的变化产生了喜悦、悲伤、怜惜、愤怒之情。

---

① 　[日]安万吕:《古事记》,邹有恒、吕元明译,北京:人民文学出版社,1979年,第1页。
② 　久松潜一:『日本文学評論史』(総論、歌論),東京:至文堂,1976年,407－408頁。

之所以能够充分表现如此复杂的"物哀"完全依赖作者"真实"的文学观。《源氏物语》25萤卷(第3章)集中表现了紫式部的文学观。"源氏道:'只当我胡乱评议罢了。其实,亦有记述真情的。像神代以来的《日本记》等书,便详细记录着世间大事呢。'止不住又笑起来,道:'小说所载,虽非史实,却是世间真人真事。作者自己知晓体会后犹觉不足,欲告之别人,遂执笔记录,流传开来,便成小说了。欲述善,则极尽善事;欲记恶,则极尽恶事。皆真实可据,并非信笔胡造。'"紫式部在进行创作时努力做到描写真实,反映社会、人生的真实情况。她描写的宫廷生活是根据自己的真实经历或所见所闻进行艺术加工的,很多故事也依照当时的真人真事。日本学者岛津久基认为《源氏物语》的所描绘的宫廷、贵族的生活完全反映了当时的实际状态,可以说这些都是宝贵的文化史料。[①]紫式部不仅描写真实的社会状况、各种事件等,更可贵的是她还深刻地挖掘人性、人情的真实,大量地对人物的心理进行描写,使"物哀"的情感有了真实的根基。

不仅是叙事类文学,《源氏物语》以后的日本诗歌文学中一直贯穿着"真实"为本的理念,并由此产生了"幽玄""空寂""闲寂"等中世的和歌理念。中世伴随着贵族阶级的衰落,武士阶级的兴起以及禅宗在日本的流传,日本的诗歌类文学由古代的"物哀"走向了深奥虚无和朦胧的境界。"幽玄"由纪贯之在《古今和歌集》真名序中提到"或事关神异,或兴入幽玄"而引入文学评论界。后由藤原基俊以及藤原俊成、藤原定家父子在歌论中大力提倡而蔚然成风。"幽玄"的内容可归纳为追求余韵和象征,表达难以用言语表达的境界。"空寂"是与"幽玄"同时兴起的理念,表示孤寂、枯淡,而"闲寂"表示恬静、古雅等意境。虽然这三个理念侧重点有所不同,并且意义互相重合,这些都是追求禅宗的"无"的境界。而要达到这种境界必须依靠禅宗所提倡的恢复人的"本来面目",凝神内省、澄心于一境,达到"物心一体"的状态,这些也是"真实"的文学意识创作时所必需的。只不过诗歌类文学更强调把现实的东西提高到美学的高度。因此,主张"闲寂"的代表作家松尾芭蕉在他的俳论中说:"万代有不易,一时有变化。究于二者,其本一也。

---

① 島津久基:『源氏物語評論』,岩波講座日本文学,東京:岩波書店,1932年,22—32頁。

其风雅之诚了。"①也就是说,虽然"幽玄""空寂""闲寂"在当时很盛行,但这些都是一时的变化,而万世不易的就是对自然、人生中"风雅"之"诚"(まこと)。

　　紫式部的《源氏物语》虽然现在被认为是日本历史上最伟大的文学作品,它的写实主义传统和写作技巧不断被后代效仿,而在历史上很长一段时间对它的评价也经历了一些波折。成书于12世纪的《今镜》从佛教的立场痛斥该书"狂言绮语",认为其罪应该"堕地狱"。安藤为章的《紫家七论》从儒家道德的立场对书中的好色内容进行批判,认为它是"诲淫之书"。②一举扭转这种局面,使人们对《源氏物语》的认识趋于客观,而且发展到现今的状态的是江户时代著名的国学家本居宣长。到了江户时代,随着日本在吸收中华文化过程中逐渐形成了民族特色的文化,而且不断成熟,所以到了17世纪,一股恢复上古时代日本固有文化的热潮开始兴起。他们主张依据日本古典《古事记》《日本书纪》极力反对中国儒家思想和佛教思想,指出日本上古时代的神道才是真正的"日本精神"的体现。本居宣长花了大半辈子的时间用于注释《古事记》,宣扬日本皇国和日本民族的优越性。在文学上,提倡和歌和《源氏物语》的本质是"知物哀"。关于这些内容在本居宣长的很多著作中阐述,如《安波礼辨》③(1759年)、《紫文要领》(1763年)、《玉胜间》(1793年)、《源氏物语·玉之小栉》(1796年),而其中最集中反映他的"知物哀"理论的就是在他69岁时写的《源氏物语·玉之小栉》。叶渭渠把本居宣长的"知物哀"的理论分为五点:1.强调"知物哀"在文学上的独立价值,把握文学独立于道德之外的本质。2.主张"知物哀"是以尊重人性中的情的因素、人情中的真实性为根本的,文学应该如实地传达人之心的真实。3.主张恋爱是最能表现出人情的"真实",物哀在恋爱上是最深邃的。4.赋予"哀"的种种感动体验以更为广泛更为深刻的内容;5.批判儒佛之道的功利性目的,将文学同伦

---

①　转引自:《一叶集》芭蕉遗语(叶渭渠:《日本文学思潮史》,北京:经济日报出版社,1997年,第224页)。
②　小谷野敦,「源氏物語」批判史序説,《文学》,東京:岩波書店,2003年。
③　安波礼即是"あわれ"即"哀"。

理道德区别开来,否定文学的社会功能,部分地承认其认识价值。①日本学者加藤周一指出:"本居宣长关注的不是佛教的彼岸性,而是日本人的世界观的此岸性。他所探求的不是儒教的善恶,而是土著文化传统的调和。"②也就是说本居宣长所追求的不是文学在道德上的完美而是在现实的合理性。

通过论述本居宣长的文学理论的过程中,我们可以惊奇地发现以上这些观点和坪内逍遥的《小说神髓》多么相似。前文论述到《小说神髓》的核心内容有三个:1.对小说的界定;2.小说作为艺术应该独立于政治与道德;3.以人情为中心的写实主义文艺主张。这三点都是和本居宣长的"知物哀"的理论相通的。叶渭渠在《日本文学思潮史》中举了很多本居宣长著作的例子。这里我们只要看一下《小说神髓》中坪内逍遥引用本居宣长《源氏物语·玉之小栉》中的段落就可以略见一斑了。本居宣长借用《源氏物语》蝴蝶卷中的话说:"所有的物语都写的是世上的情况和人的种种精神状态,读了它自然能懂得世上的一切状况,了解到人的行为和心理现象,我认为人们正是为此才读物语的。"③这也是逍遥认为真正的小说是那些能够栩栩如生描绘世态人情作品,虽然没有用当今的语言下个定义,但其对小说的内容的叙述应该一目了然了。第二点,即小说独立论。这在《源氏物语·玉之小栉》中也有相似的表达:"物语不是像儒、佛那种阐明严肃的道理、破除迷津引人开悟的教示,由于它只不过是世上的故事,且不管那些世上的善恶议论,只将那些能使人理解'物哀'优点提示出来就可以了。"④这些主张是与中国的"文以载道"或者江户时代盛行的"劝善惩恶"的封建道德文艺观完全不同的,在当时的历史背景下具有一定前瞻性和近代人文主义色彩。第三点,以人情为中心的写实主义文学手法。《小说神髓》中坪内逍遥引用本居宣长《源氏物语·玉之小栉》中这样写道:"物语既然是以理解'物哀'为主旨,因此关于它的故事情节,有许多地方是违

---

① 叶渭渠:《日本文学思潮史》,北京:经济日报出版社,1997年,第184—189页。
② 加藤周一:『日本文学序説』,『加藤周一著作集』(5),东京:平凡社,1982年,175页。
③ 坪内逍遥:『小説神髄』,东京:岩波书店,1936年10月第1版,,1988年2月第17刷,69页。
④ 上揭书,70页。

背儒、佛的教义的,首先它在人情有感于物这一点上,在各种善恶邪正当中,一般是不会与那些道理相悖的事物产生共感的。但是情这种东西有时就连自己也不能尽随自己的意,它会自然而然使自己感到控制不了。"①本居宣长在文中提出应该按照情节的发展"自然而然"地、如实地描写人情而不是按照道德的要求来编造情节。日本学者本间久雄在论文《小说神髓源流考》中通过把坪内逍遥的《小说神髓》和本居宣长《源氏物语·玉之小栉》进行了对照,得出了结论说坪内逍遥的《小说神髓》虽然也受到西方文艺思潮的影响,但主要还是直接受到本居宣长《源氏物语·玉之小栉》的影响。②笔者认为本间久雄的观点有一定参考价值,但说就是受本居宣长《源氏物语·玉之小栉》一书的影响未免有点武断,实际上,本居宣长不仅在《源氏物语·玉之小栉》中,而且在其他的一些著作,如《紫文要领》《石上私淑言》《玉胜间》都表达了和《小说神髓》相似的观点。所以说坪内逍遥受到本居宣长多方面的影响也许更合理吧。

如果我们把视野再放宽一些,在17—18世纪,日本兴起了复兴以《古事记》《日本书纪》为代表的日本固有文化的思潮,后世把他们的研究叫作"国学",又叫"古学派",开创者为契冲,后有荷田春满、伊藤仁斋、荻生徂徕、贺茂真渊的传承和发展,最后到本居宣长集大成。契冲在《和字正滥钞》的汉文序中写道:"于心无伪曰末古古吕(まごころ),于言无伪曰末古登(まこと)。"主张"真实"的文学。伊藤仁斋继承了契冲的思想,提出了"人情之至即道也",认为日常人伦才是道的本意,在文学上主张以情为本,强调人情的真实表现。他说"诗本于性情,故贵真,而不贵乎伪。苟不出于真,则虽极其殚巧,要不足观焉。"③荻生徂徕是古学派承前启后的人物,他主张恢复古代原始文化的自然本性,在其《辩名》中指出:"情者,喜怒哀乐之心。不待思虑而发者。各

---

① 坪内逍遥:『小說神髓』,東京:岩波書店,1936年10月第1版,1988年2月第17刷,69頁。
② 本間久雄:『坪内逍遥—人とその芸術』,東京:日本図書センター,1993年,63—79頁。
③ 松尾芭蕉:《蕉臞余吟序》,载:叶渭渠:《日本文学思潮史》,北京:经济日报出版社,1997年,第239页。

以性殊也。(中略)凡人之性皆有所欲。而所欲或以其性殊。故七情之目。以欲为主。顺其欲则喜乐爱。逆其欲则怒恶哀惧。是性各有所欲者见于情焉。故曰情欲。曰天下之同情。皆以所欲言之。性各有所殊者亦见于情焉。故曰万物之情。曰物之不齐物之情也。"①把七情的根源归到"欲",指出"心能有所矫饰,而情莫所矫饰"。本居宣长继承了荻生徂徕为代表的人性论,指出"人情受感动的事物中有善恶邪正之分,虽其中违反道理的事不应感动,而情为我心所无法控制、无法忍受的情况而不禁感动"②。(《源氏物语·玉之小栉》)

通过以上的阐述可以看出以"真实"为中心日本文学传统源远流长,贯穿于日本文学的诞生到不断形成、发展到成熟的过程,日本写实主义文学传统也是沿着"记纪文学—源氏物语—本居宣长—坪内逍遥"的轨迹发展到近代,坪内逍遥在《小说神髓》中所阐述的写实主义的理论实际上并不完全是外来文化影响的结果而更多的是日本文学自身内在逻辑发展的必然结果,当然外来的文化也起了刺激和推动的作用。正如叶渭渠在《日本文学思潮史》中指出:"古代文学,从'真实→物哀→幽玄→劝善惩恶'等各自独立的观念形态的文学思潮发展的全过程,根植于本土世界观的原初文学意识是根深蒂固的,外来文学思潮只不过是作为新的刺激剂,助产出新创造的活力,是本土与外来的文学思想达成完善的融合,并且超出彼此的差异而走向成熟。"③所以坪内逍遥在《小说神髓》中所主张的以人情为中心写实主义有明显的日本色彩——即文学的本质在于描写独立于道德之外的人情、人性的真实,其中尤其突出了对人物内心世界的挖掘,而对现实社会的深刻分析和批判却未提及,所以这也被很多评论家认为这是坪内逍遥理论不够成熟和彻底的地方。如小田切秀雄认为:《小说神髓》的"写实的目的和理想却是不明确的",又如我国日本文学评论家刘振瀛认为"坪内站在改良主义立场所起的启蒙作用,还缺少西方资产阶级文学启蒙阶段的那种理性的审判力量,缺少反封建的战斗性和彻底性。"④

---

① 龟井秀雄:『「小説」論』,東京:岩波書店,1999年,272页。
② 上揭书,151页。
③ 叶渭渠:《日本文学思潮史》,北京:经济日报出版社,1997年,第63页。
④ [日]坪内逍遥:《小说神髓》,刘振瀛译,北京:人民文学出版社,1991年,第8页。

又如叶渭渠认为该书"未能提出对人生和社会的批判的基准,(中略)强调对现实的真实描写,却又认为作家不应解释自己所描写的对象,更不应评判它"[①]。因此,无论是日本还是中日两国学术界的传统观点几乎都认为《小说神髓》虽然提出了写实主义的文学主张,但是它的理论是很肤浅的,而且侧重在小说具体的技巧上,在认识论和方法论没有新意,仍然带有江户时代戏作文学的影响。而二叶亭四迷继承了坪内逍遥的文学主张并受到俄国批判现实主义作家和理论的直接影响,创作了《浮云》。由于《浮云》在文体上率先创立的"言文一致"的文体并描写了具有近代意识的个人和明治社会的冲突的现实,塑造了内海文三这样"多余人"的艺术形象。而且二叶亭四迷学习俄国文学理论,主要是别林斯基的理论,补充了坪内逍遥的不足,写出了小说理论论文《小说总论》,他提出"所谓描写就是借助实相写出虚相"[②]。所以日本真正的近代文学应该从《浮云》开始。长期以来,日本文学史界一直有轻坪内逍遥而重二叶亭四迷的倾向。但是20世纪80年代起,日本学术界开始对以往凡是都以西方话语作为判断标准的做法进行反省,方法上也逐渐摆脱了理性/感性、先进/落后、影响/被影响的旧方式,从日本文学的内在逻辑结合西方理论进行阐释。因此对坪内逍遥的《小说神髓》进行了重新评价。如北海道大学教授龟井秀雄,他在1989—1994年连续在《北海道大学纪要》上发表对《小说神髓》的专题系列研究论文,共10篇论文。1999年在这些论文的基础上出版了《<小说>论》。他认为坪内逍遥的《小说神髓》是与西方小说理论几乎同时独立完成的,甚至坪内逍遥还要早于西方小说理论著作——亨利·詹姆斯《小说的艺术》。从这点来说也具有伟大的意义。而且《小说神髓》虽然运用到了一些西方的文艺理论,但实质上内核仍然是日本式的。这些成果对我国的日本文学研究有很多启示,笔者在本书中也参考了很多他们成果。通过以上的论述笔者认为可以得出以下的结论:坪内逍遥的《小说神髓》将日本的叙事类文学的传统观念与西方文艺理念对日本的小说进行了梳理和总结,对"真实"为中心的日本文学传统进行

---

① 叶渭渠:《日本文学思潮史》,北京:经济日报出版社,1997年,第324页。
② 犬养廉等编集:『详解日本文学史』,东京:桐原书店,1987年,126页。

了发扬。坪内逍遥所提倡的写实主义的重心在描写人情,而不是中国或者欧美所提倡的社会、政治等。写作的方法上重视对个人内心"真实"的挖掘,而不是对社会、历史进行考察。日本传统的"真实"所反映的是日本人对现实肯定的态度,具有"此岸"的性质,所以日本自古到近代都很少有批判现实主义的作品,这也是日本文化的特色之一。

事实上,从日本近代文学史的发展来看,日本文学并没有按照传统的文学评论家的想法发展。《浮云》虽然很符合西方话语的标准,成为第一部具有近代意义的小说。但由于二叶亭四迷进入官方翻译局,不久他放弃了写作,《浮云》最终没有写完。这一点很多文学评论家和学者大为不解同时也颇感遗憾。虽然《小说神髓》有种种不足和问题,日本近代的文学却是朝着坪内逍遥《小说神髓》的方向发展。明治二十年代(1886—1896)日本文坛被具有"国粹派"色彩的砚友社所占据,形成了红·露·逍·鸥(尾崎红叶、幸田露伴、坪内逍遥、森鸥外)的时代。而这些作家的作品带有江户文学的色彩。其后随着时代的发展,日本真正意义的写实主义文学也不断成熟,岛崎藤村的《破戒》标志着日本近代文学的确立。这部作品有批判现实的内容,但也有很多解剖个人内心的成分。明治四十年代以后日本文坛又成为"自然主义文学"的天下,这种文学思潮正是继承了坪内逍遥《小说神髓》的思想,主张描写人们内心的"真实",不久又形成了"私小说""心境小说"等。这些都是日本独特的文学样式。因此笔者曾撰文认为:"这些从另外一个侧面说明日本文学并没有因为日本的近代化、西洋化也改变其发展的方向,而是依照其内在的逻辑发展。日本现代文学家川端康成和大江健三郎分别在20世纪60年代和20世纪90年代获得诺贝尔文学奖,他们虽然运用了很多现代文学的表现方式,但是在其核心仍然着重深刻挖掘人情、人性的'真实',带有浓厚的日本色彩。"[①]这两位日本作家的获奖说明有鲜明特色的日本文学正逐渐为世界的人们承认。

[①] 潘文东:《真实与人情:坪内逍遥〈小说神髓〉理论评析》,《外国文学评论》,2010年第1期,第37页。

第四章

叙事理论

　　叙事学理论和研究模式来源于结构主义,诞生于20世纪60年代的法国,后来很快扩展到其他国家,现已成为全世界文学批评中重要的理论和方法之一。叙事学关注文本、文学系统自身的价值和规律,将文学作品视为独立自足、自成一体的艺术品,探讨文学作品内部的结构规律和各种要素之间的联系,是一种形式主义的批评模式。这种研究模式简单来说就是用语言学的方法研究文学作品,具有很强的跨学科性、综合性。自从叙事学理论诞生传入我国,给我国的文艺研究和批评带来了一股新风,开阔了研究者的视野,提高了研究的水平。由于这种研究理论和模式理论体系严密、可操作性强,所以运用叙事学研究文学的热潮依然呈现出方兴未艾的势头。

　　笔者近年在学习叙事学理论和研究时深切感到这一点,特别是研究《小说神髓》时发现运用叙事学理论确实能挖掘出一些被以往学者忽视的地方。笔者在第三章中论述到有很多日本学者认为《小说神髓》只是一部小说技巧书。[①]叙事学所研究的具体内容如叙事结构、叙事时间、叙事视角、情节与人物、文体等在传统的文学研究中属于修辞学的范围,偏重于文学的技巧讨论长期为人们忽视。我国叙事学研究的著名学者申丹认为:"尽管不少小说家十分关注小说创作艺术,但20世纪以前,小说批评理论集中关注作品的社会道德意义,采用的往往是印象式、传记式、历史式的批评方式,把小说简单地看成观察生活的镜子和窗户,忽视作品的形式技巧。现代小说理论的奠基人如法国作家福楼拜和美国作家、评论家亨利·詹姆斯,他们把小说视为自律自足的艺术品,将注意力转向了小说的形式技巧。"[②]因此笔者从这个角度来理解,说明《小说神髓》同时还是一部近代日本最早的叙事学理论书。日本文学研究界长期以来一直局限在作家作品论,而且偏重对史实考证研究。但20世纪80年代以来受到西方结构主义叙事学的影响,从语言学、叙事学等角度展开文学研究的学者也逐渐增多,就《小说神髓》研究而言,也有不少通过叙事学(日语叫作"物语论")研究的成果。著名的学者龟井秀雄在《北海道大学文学部纪要》(1989年9月—1994年3月)发表了10篇论文,后经作者修改汇编成《<小说>论——<小说神髓>与近代》(岩波书店1999年9月),其中有几篇就是从叙事学的角度进行的研究。小森阳一、小濑千惠子等学者也有从叙事学角度对《小说神髓》研究的成果。笔者在本章主要参考中国学界、英语国家学界和日本学界的叙事理论以及运用叙事理论对《小说神髓》研究的成果,对《小说神髓》中的文体论、叙事结构、情节与人物、作者和读者等问题进行探讨。

第一节　文体论

西方的文体学(stylistics)最早的历史可以追溯到古希腊、古罗马的修辞学,而现代文体学在20世纪60年代伴随着结构主义的兴盛和叙事学发展起来的独立的学科。申丹认为文体学和叙事学两者不仅

[①] 吉田精一:『現代日本文学の世界』,東京:小峯書店,1968年,56頁。
[②] 申丹:《叙述学与小说文体学研究》(第3版),北京:北京大学出版社,2004年,第6页。

在基本立场上有不少共同点,而且在研究对象上也有重要的重合面。她在《叙述学与小说文体学研究》前言的注释中引用普林斯(Gerald Prince)《叙事学辞典》(Univ. of Nebraska Press, 1987年)将英文的"narratology"在中文中的不同译法"叙事学"和"叙述学"及其意义作了廓清,她认为"narratology"有广义和狭义之分,广义的是研究不同媒介的叙事作品的性质、形式和运作规律以及叙事作品的生产者和接受者的叙事能力,探讨的层次包括"故事"和"话语"和两者关系,这时可译为叙事学;狭义的是无视故事本身而聚焦于叙述话语,这个时候可以译为叙述学。她为了突出与文体学的关系而采用了叙述学的名字。但是也探讨了叙述故事,所以难以两全,但为了使该书文内一致性故统一采用"叙述学"。① 本文不采用叙述学的说法,叙事学采用广义的概念,加上文体学与叙述学又有重合的地方,所以把文体学作为叙事理论的一部分来处理。

对于文体学的分类,笔者参考了很多资料发现由于在研究对象、理论模式等的不同分类方法也纷繁复杂,由此还出现了激烈的争论②,主要问题在于划分类别的出发点、参照系、作业面、划分的层次是否应该统一,同时中国学界、国际学界的提法、由于历史造成的约定俗成的名称等问题也夹杂其中,使貌似简单的问题复杂化了。笔者认为要搞清文体学的分类必先搞清文体的内涵。中国古典文论中"文体"一词有多重意义,如:"体裁""语体""风格"等含义。③ 宇文所安认为:"'体'这个词即指风格(style)也指文类(genres),以及各种各样的形式(forms)……"④ 魏育邻根据日本的文体学者将文体分为"个人文体"和"类型文体"的分类法把文体分为"个人文体""语言文体""体裁文体"三类。⑤ 申丹认为文体分为广义和狭义两种:狭义是指文学文体,广义是指一种语言中各种语言变体。笔者综合各家分类法再结合日语的

---

① 申丹:《叙述学与小说文体学研究》(第3版),北京:北京大学出版社,2004年,第1页。
② 如徐有志的《文体学流派区分的出发点、参照系和作业面》(《外国语》2003年第5期)、申丹的《再谈西方当代文体学流派的区分》(《外语教学与研究》2008年第4期)。
③ 申丹:《叙述学与小说文体学研究》(第3版),北京:北京大学出版社,第77页。
④ [美]宇文所安:《中国文论:英译与批评》,王柏华等译,上海:上海社会科学出版社,2003年,第3页。
⑤ 魏育邻:《日语文体学》,长春:吉林教育出版社,2002年,第2页。

特点认为文体可以分为语言文体和文学文体,语言文体以下的分类根据不同标准而包括了多种相对的类别,如由于交际媒介不同而产生的口语语体和书面语体;根据语言特点而区分的"汉文体""和文体""欧文体"(翻译文体);根据体裁不同而区分的诗歌、戏剧、小说、电影等;根据社会功能不同而区分的新闻语体、法律语体、书信体、广告语体、科技语体等;因交际场合不同而产生的"敬体""简体"等。以上语言文体的划分和申丹所说的广义的文体概念,相当于魏育邻的"语言文体""体裁文体"的类别。文学文体从语言、书写、词汇、语法、篇章结构等各个层面所反映的文本的艺术性、艺术风格、流派特征和其他社会意义。由此,文体学也可以分为普通文体学和文学文体学,这些观点上也与申丹的文学文体概念相通,但笔者与申丹观点不同的在于以上虽然认为文体可以分为语言文体和文学文体,文体学分为普通文体学和文学文体学,但现代学术发展呈现不断交叉融合的趋势,而且哲学或文学研究也出现"语言学转向",只是为了便于分析和叙述做的权宜之计。本章所论《小说神髓》的文体论主要内容包括:"雅文体""俗文体""雅俗折衷体"等,按以上分类应该属于语言文体学,通过分析《小说神髓》中的文体论相关章节解读出坪内逍遥如何通过语言表现形式来实现写实主义的文学主张和小说改良的理想。

　　小说是语言的艺术。因此,坪内逍遥对小说的语言置于相当高的地位,他在"文体论"开头说"文章是思想的工具,也是思想的装饰。"①关于小说语言运用的观点主要集中在《小说神髓》的下卷"文体论"。下卷主要内容是关于小说的写作技巧,下卷第一部分"小说法则总论",相当于下卷的序言,叙述了小说法则的必要性和可能性以及读者阅读下卷的注意事项,基本没有什么实质内容。而下面一章,即下卷第一章就是"文体论",从中可以看出坪内逍遥把"文体论"作为小说技巧中最重要的(至少是相当重要)。不仅如此从篇幅和字数来看,"文体论"有2万多字,是共9万多字的《小说神髓》中篇幅最长的章节。

　　《小说神髓》的下卷作为小说创作的指导书,除了后面讲到的小说

---

① 坪内逍遥:『小說神髓』,東京:岩波書店,1936年10月第1版,1988年2月第17刷,101頁。

情节的安排和人物塑造外,坪内逍遥把语言运用技巧都归入文体论。其原因一方面他自己解释道:"中国以及西洋诸国大体是言文一致,所以没有必要去选择文体。而我国则不同,文体有种种差异,各有一得一失。能否产生好的效果,因其运用如何而异。这就是写小说必须选择文体的原因。"①另一方面文体是语言各种要素,包括语音、词汇、句法、篇章等综合体。尤其在明治初期的日本文体(按照坪内逍遥的说法如雅文体、俗文体等)的选择对语音、词汇、句法等有决定性的作用。对于文体论,历来有很多学者认为反映了坪内逍遥写实主义不彻底和保守性。一些学者甚至认为在《小说神髓》上卷坪内逍遥反对"劝善惩恶"的封建旧文学提出了具有进步意义的写实文学的主张,但在下卷开始却不断褒扬他在上卷批评的曲亭马琴的文学,指出马琴文学的技巧精妙,而且对言文一致也持消极态度。柳田泉在《政治小说与<小说神髓>》中对坪内逍遥未能改革俗文体和提倡言文一致提出了批评。②

要对坪内逍遥和《小说神髓》关于文体论方面做出比较客观和接近事实的结论必须要对当时日本的语言的历史和状况进行分析。前面提到坪内逍遥说中国和西洋的语言是言文一致的,其实事实并不是这样的,中国的言文也是不一致的,但中国明清时代出现的白话小说却是很多与一般的口语相差无几了。但日本的情况就要复杂得多。原因首先是日本起先原来没有文字,所以借用汉字作为表音文字,以后又在汉字基础上发明了日语的字母——"假名",也开始运用本民族文字创作文学。但长期以来汉诗文一直是统治阶层和知识分子必要的修养,形成了"汉文学",很多公用文书等都用汉文或者经过日语改造的变体汉文书写流通,而由本民族的文字构成的"和文学",一般用于私人性、娱乐性的文学,并且"和文"中汉语的词汇也不能完全排除,形成了"和汉混淆文"。这在世界语言史上也是奇特的现象。龟井秀雄指出在从江户时代到明治初年当时并没有一种可以称为共通的物

---

① 坪内逍遥:『小説神髄』,東京:岩波書店,1936年10月第1版,1988年2月第17刷,101頁。

② 関良一:『逍遥・鴎外—考証と試論』,東京:有精堂,1971年,144頁。

语文体,还没有形成全国统一的标准语。①这一点上和中国有很大不同,虽然中国明清时代社会生活中运用的文体主要是文言文,但是白话小说、语录等还是基本和口语相同,而且基础词汇、语法等也大体一致的。《水浒传》和《红楼梦》虽然年代相差几百年,但是白话文的特征还是很相近的。但是日本近世、近代的语言现状比较混乱。汉语、汉文、日语文言文(奈良时代的各种物语、和歌为其典范,但其后每个时代的语言有所变化)、口语混杂在一起。如果加上方言、各阶层用语(如贵族用语、武士用语、僧侣用语等)就更复杂了。当时的作家们依靠自己的努力根据需要调整各种语言要素的比例形成各具特色的文体。明治维新以后又有了新的变化,由于大量翻译西方各类文献出现了翻译文体。

坪内逍遥把当时的现成的文体分为"雅文体""俗文体""雅俗折衷体"等。坪内逍遥对这些文体进行了分析:"所谓雅文体,即是指倭文。"②他认为雅文体"其质优柔闲雅、婉曲富丽",但缺乏"活泼豪宕之气"。其代表的作品是紫式部的《源氏物语》,适合描写当时年代、当时人物的人情,作为描写现代的小说不合适。"所谓俗文体是用通俗的语言直接写成的文体。文字平易好懂,而且有生动活泼之力。"③另外还有简易明快的性质和峻拔雄健的气势,如与音调、气韵相协调可以表现内心深处感情之妙。但是由于日语的口语未经规范,直接写入文章失之于粗俗,缺乏美感,需要改良。所以最后坪内逍遥提出雅俗折衷体,即将雅文体和俗文体加以折衷改良,取长补短形成一种新的文体。

在论述俗文体时,坪内逍遥就谈到小说的会话部分用俗文体有绘声绘色的效果,但叙述部分的还是以雅文体比较好,也就是要加以折衷。因此在坪内逍遥根据雅语和俗语在叙述和会话部分的占的比例把雅俗折衷体分为两种:(甲)稗史体(叙述部分使用七八分的雅语,会

---

① 亀井秀雄:『「小説」論』,東京:岩波書店,1999年,179頁。
② 坪内逍遥:『小説神髄』,東京:岩波書店,1936年10月第1版,1988年2月第17刷,101頁。
③ 上揭书,108頁。

话部分使用五六分的雅语）；（乙）草册子体①（多用近代俗语少用汉语）。这两种区分对于熟悉江户时代叙事类文学的比较好理解，一般的日本人现在也不太好理解。前一种"稗史体"基本上是历史题材的小说，坪内逍遥在文中主要把曲亭马琴和他的《八犬传》和《美少年录》作为例子。由此造成一些没有对全书整体细读的研究者认为坪内逍遥在下卷很多地方赞美马琴，和上卷相矛盾，由此得出坪内逍遥的文学仍然停留在旧时的文学。同时，在论述"草册子体"时坪内逍遥认为山东京传、柳亭种彦是"草册子体"的典范，还举了《偐紫田舍源氏》的一些段落，他认为"草册子体"适合表现现代题材的小说，但不适合时代物语的写作。虽然坪内逍遥对两种"雅俗折衷体"举的例子都是他在上卷批判的江户时代戏作文学，但是他也分别在论述"稗史体"和"草册子体"时加以说明："笔者只不过是为了说明雅俗折衷文体的具体情况才引用了马琴的文章，并非主张以马琴的文章师表。马琴实为雅俗折衷文体的大家，但是那种马琴式的文章是他独擅胜场的文体，是后人难以学到的文体，要是勉强去学反受其害。如果要学雅俗折衷体的话，只需一心专注在雅言和俗语上考虑如何折衷，临机应变地运笔写作。"②坪内逍遥还引用了他的朋友的话，这位"朋友"据考证就是他的大学同学、著名文艺评论家高田早苗，他说："要模仿马琴的话即使得其真髓也不过是第二个马琴，难出其上。如果能汲取往古小说文章的长处，创出一种新的折衷文体，那么他的文笔就会自成一家，而非别人的文字，可以和马琴相抗衡，还可以压倒他，这种事岂不快哉。"③在论述完"草册子体"后，坪内逍遥再次重申："草册子体是最适合写世态小说的，并且也是最容易改良的文体。我们将来的小说作者应当悉心改良这种文体，努力写出完美无缺的世话物语。"④由此可见坪内逍遥对马琴和种彦的文体并没有完全赞赏，而是希望现代的作家能够加

---

① 又叫"草双子体"，日语发音一样但汉字标注不同。
② 坪内逍遥：『小説神髄』，東京：岩波書店，1936年10月第1版，1988年2月第17刷，127頁。
③ 上揭書，128頁。
④ 上揭書，134頁。

以改良。他在《回忆漫谈》中谈到因为没有现成的雅俗折衷体例子,所以只能用以前时代的作品来举例了。①由此坪内逍遥根据日本当时的语言状况总结出将雅俗折衷体加以改良创造出一种新的文体来表现"人情为主脑"的新小说。

在雅俗折衷体中,坪内逍遥尤其重视"草册子体",他说:"虽然世间目光短浅的伪学者贬斥草册子体为极端鄙俗,其实不过是出于不理解小说为何物的谬见。小说的目的在于活灵活现地写出人情和风俗以打动读者,即使文字中夹杂俚言俗语,只要文章出神入化就可以说它是比之绘画、音乐、诗歌毫不逊色的伟大艺术。"②这一点和坪内逍遥在上卷的主张是一致的。柳田泉认为坪内逍遥在明治小说中把世话小说作为第一,以写实主义为理想。③坪内逍遥自己还对以上两种雅俗折衷体进行试验。龟井秀雄指出坪内逍遥在写作《小说神髓》前翻译了一些作品,如《春风情话》《春窗绮话》《自由太刀余波锐锋》等是运用了稗史体加以尝试,但不太成功,所以在《小说神髓》"文体论"中对稗史体的评价是"现在的小说作者即使写这种时代物语也很难超越马琴,还不如放弃写这种时代小说,专心致意去创作世态小说,研究如何写出前人未曾有的小说来。"④因此坪内逍遥在创作《当世书生气质》时就用"草册子体"。龟井秀雄认为"坪内逍遥对各种文体的有效性进行探讨,而且实际去尝试,积极地探索场面表现的方法,像这样的人除了坪内逍遥以外没有其他人了。""因此逍遥的努力与其同时代的人相比无疑是出类拔萃的。"⑤

虽然坪内逍遥对小说的文体选择和改良提出了大体的方向,但是还面临着有一些其他的问题。如汉语⑥、汉文的问题。坪内逍遥在"文

---

① 坪内逍遥:『坪内逍遥集』,『日本近代文学大系』3,東京:角川書店,1974年,442頁。
② 坪内逍遥:『小説神髄』,東京:岩波書店,1936年10月第1版,1988年2月第17刷,134頁。
③ 柳田泉:『「小説神髄」研究』,東京:春秋社,1966年,222頁。
④ 坪内逍遥:『小説神髄』,東京:岩波書店,1936年10月第1版,1988年2月第17刷,134頁。
⑤ 亀井秀雄:文体、伝統との癒着と乖離,参照:日本文学研究資料刊行会編,『坪内逍遥・二葉亭四迷』,東京:有精堂,1979年,66—72頁。
⑥ 日语中所指"汉语"不是在中国所指的"汉语",而是由中国传到日本的古代汉语演变成的用汉字来表记的词汇。

体论"中提出的三种文体中没有谈到"汉文体"。实际上当时的文体不止坪内逍遥提出的这三种。矢野龙溪在《经国美谈》(1883—1884)后编自序中谈到文体时认为当时的文体分为：汉文体、和文体、欧文直译体、俗语俚言体。这四种文体各具特点，创作小说时应该巧妙加以混合运用创出一种新文体。坪内逍遥在这里没有把汉文体加入其中，小濑千惠子认为是因为坪内逍遥论述文体时把范围仅限于可以用于小说的文体。①笔者认为有一定道理，而且汉文体在历史上和明治初年一般用于正式场合，如官方的文书、论说文还有一些翻译书籍、政治小说等。但"雅文体"或者说"和文体"也有很多汉语式词汇，但句子的结构和语法主要是日本式的。坪内逍遥在论述"稗史体""草册子体"时提到适当的时候加一些汉语以弥补"和文体"的豪迈之气的不足。

　　除此之外，坪内逍遥还注意到方言的问题与标准语的问题。在谈到不能完全照搬生活口语时，坪内逍遥指出"我国与西方国家不同，各地的语言差异变化非常大，即使是数百里以内其语言差异也如同英语法语的差别。"②而且当时全国相通的"标准语"或"国语"还没有形成。还有一个因素，日本自792年定都京都以后，一千多年来京都语一直是相当于标准语的语言，一千多年以来的文学作品也是以京都作为语言的故乡的，到江户时代前期日本的文学作品的俗语也是以京都和大阪为中心的关西方言，到了18世纪以后江户的文化发达起来，以江户为中心关东方言逐渐抬头，但文人们仍然认为京都语是高雅的语言。1868年5月，幕府倒台，江户和平开城，江户由新政府控制，同年9月江户被改名为东京，称为日本的新首都，东京成为日本政治经济文化的中心，东京语逐渐代替京都语成为日本的标准语。因此，坪内逍遥认为"东京已经成为皇国的首都，理所应当出现这种变化。另一原因是在报纸上连载的读物尽管内容空洞无稽，但总要写得像真有其事，所

---

① 小瀬千恵子：「坪内逍遥」，参照：根岸正純編，『近代小説の表現』1，『表現学大系各論編』9，東京：教育出版センター新社，1988年，30—31頁。
② 坪内逍遥：『小説神髄』，東京：岩波書店，1936年10月第1版，1988年2月第17刷，109頁。

以自然要用世间通用的东京语来描述人物的口吻。"①虽然在作品中夹杂东京语在江户时代后期也有,但明治以后有增多的趋势,这种文体更接近为永春水的俗文体。虽然坪内逍遥认为这种趋势是合理的,也认为将京都语转为东京语的必要性。但他并没有直接提出"言文一致"的主张,还对日本当时出现的对文体和语言更为激烈的变革主张——废除汉字使用假名或像西欧一样用"罗马字"②,表示了讥讽。中村完在角川书店版的《小说神髓》注释中认为:"坪内逍遥对当时日本社会出现的过激的西洋化现象虽然没有做出肯定或否定的表示,但从文字中透露出来的语气来说他希望能够保持传统,这是与他通过温和稳健的方式进行欧化和文体改良的方向是相关联的。"③因此坪内逍遥在"文体论"的最后得出结论:"所谓草册子体的文章最为平易流畅,只要稍加改进说不定就能成为一种表述万般事物的好文体。"④

坪内逍遥说"草册子体"多用"近代俗语"和完全的"言文一致"还是有一定距离。所谓坪内逍遥说的"近代"即是我们现代人说的近世,即江户时代前期。语言的规范也是以"草册子"(草双子)等为基础,其中也有很多雅语,坪内逍遥仍然认为叙述语用适当的雅语,会话语可以用接近社会用语的俗语,但不是完全的"言文一致"。关良一认为坪内逍遥没有完全提倡"言文一致"还有一个重要原因在于他想保持江户时代的"趣"。⑤坪内逍遥在"小说情节安排"中说:"总之,最近的新作中既缺少当前世情的真实情况的妙处,也缺少表现恋情缠绵的美妙佳境,情态与情趣均缺乏,自然就淡而无味了。"⑥坪内逍遥在次年的发表在《中央学术杂志》(1886年5—7月)上的《文章新论》中谈道:"我的观点说起来大体和言文一致主义没有什么不同,(中略)但言文一致并

---

① 坪内逍遥:『小説神髄』,東京:岩波書店,1936年10月第1版,1988年2月第17刷,135頁。
② 即不用汉字和假名,用西方的拉丁字母,相当于日语文字的拼音化文字。
③ 『坪内逍遥集』,中村完注釈,『日本近代文学大系』3,東京:角川書店,1974年,128—129頁。
④ 坪内逍遥:『小説神髄』,東京:岩波書店,1936年10月第1版,1988年2月第17刷,135—136頁。
⑤ 関良一:『逍遥・鴎外 考証と試論』,東京:有精堂,1971年,145頁。
⑥ 坪内逍遥:『小説神髄』,東京:岩波書店,1936年10月第1版,1988年2月第17刷,150頁。

非我的关键,我只觉得唯有把感情表达出来作为文辞的关键。"①

关于"言文一致"和近代文学的起源近二十年来一直是日本学术界争论的焦点,战后日本学术界认为二叶亭四迷的《浮云》成功地描写了近代的"自我",并且在语言上实现了"言文一致",因此认为二叶亭四迷是日本近代文学的开端或起源。20世纪80年代,被称为日本后现代主义评论家的柄谷行人曾在西方学术界游弋多年,深受西方学术影响并在西方也有一定影响,我国学者也对其大加推崇,认为"可以说是一个兼具结构、解构主义、现象学和西方马克思主义思想于一身的学者。"②他于1980年发表《日本近代文学的起源》,这部书后来被翻成多国文字并多次再版,在书中他认为"言文一致"是日本近代化过程的产物,是和日本近代国家、国民、国语形成等政治过程有密切关系。他认为先有了国家对"言文一致"的推动然后才有了"内面""风景"的发现。

另一后现代主义批评家小森阳一也提出来相似的观点,他认为"言文一致"是近代文学的产物,是一种"事后编造的神话"。③这些观点虽然在20世纪90年代很有影响,而现在已经受到越来越多学者的批判。其中当前活跃在日本学术界的铃木贞美教授在《"日本文学"的成立》一书中指出:"明治时期的言文一致是指放弃使用日语文语中'5·7'调、汉文调的对句表现形式和受汉文语法影响的一些句型、同时也不排除一般老百姓口语中粗俗的用语而创造一种有一定格调的标准文体的过程。"④因此"言文一致"并不是简单地把"言"(口语)和"文"(书面语)统一起来。而且事实上"言文一致"在江户时代中后期已经在广泛展开了,正如坪内逍遥所说的柳亭种彦、为永春水等人在草双子和人情本把当时的俗语写入书中。只不过在句尾的表现还比较混乱。坪内逍遥提出写小说应该在江户时代雅俗折衷体基础上创出一

---

① 坪内逍遥:『小説神髄』,東京:岩波書店,1936年10月第1版,1988年2月第17刷,203頁。
② 魏育邻:《"语言论转向"条件下的当代日本近代文学研究》,《广东外语外贸大学学报》,2002年第1期,第52页。
③ 小森陽一:『小説と批評』,東京:世織書房,1999年,53頁。
④ 鈴木貞美:『「日本文学」の成立』,東京:作品社,2009年,139頁。

种新文体,他不主张完全口语化,而是类似"草册子体"的文体,即在口语中加一些文语(即雅语)的成分,重要用于叙述部分,会话可以口语化。坪内逍遥自己也进行了试验,用"草册子体"写了《当世书生气质》,后来二叶亭四迷又把句尾定为"だ",山田美妙把句尾定为"です",尾崎红叶在《多情多恨》中创出了"である"体。这些文体在日俄战争期间逐渐为官方接受并形成了日语的标准文体。从日语发展史来看,明治二年(1869年)前岛密提出《关于国文教育的建议》,开始从官方对日语文体进行改革。1895年帝国大学博言学讲座教授上田万年提出要制定标准语的建议,1897年在帝国大学内建立国语研究室。1902年国语调查委员会成立,当时制定了几个方针,其中内容有:不采用音韵文章、文章采用言文一致体等。到这时言文一致的运动基本完成,这时已经是日俄战争时期了。因此,柄谷行人和小森阳一的说法就不攻自破了。铃木贞美指出:"老实说,柄谷行人既没有理解欧洲的精神世界和日本文化的存在方式的区别,也没有搞清从江户时代到明治时期日本思想发展的脉络,同时语言表现领域,对作家们的努力的足迹视而不见,而只是卖弄欧洲的一些蹩脚的理论而已。"[①]铃木贞美还指出柄谷行人的所谓"风景"的理论也只是中村光夫的文学史观的翻版而已。

由此可见,坪内逍遥在"文体论"中提出的小说运用语言的主张虽然比较保守和稳健但事实也证明其可行性,对他的批判也是站不住脚的。在当时从官方到民间对语言的发展还看不清楚情况下,对现有的文体进行改良还是比较实际的,他提出不要因袭前人的文体,要勇于创新,这种主张也是积极的。当然,具体如何改良,他也进行了试验,也取得了一定的成果。二叶亭四迷、山田美妙、尾崎红叶等一大批作家就是在受到他的影响下不断实践,逐渐形成了有民族特色的日本近代文学的小说文体或语言,认为由一个人创造历史的观点是荒谬的。

---

① 鈴木貞美:『「日本文学」の成立』,東京:作品社,2009年,151頁。

第二节　论叙事内容

坪内逍遥在《小说神髓》中提出"小说的主脑是人情,世态风俗次之"的主张,开创了日本写实主义文学的新天地,使文学摆脱了道德教训的束缚,成为独立、自律、自足的艺术,描写的内容也从外部转向了内部。因此这种转变必然带来叙事模式的连锁变化,在叙事模式的转变中其中转变最大的就是叙事内容了。

传统小说理论认为小说三要素是:故事(情节)[①]、人物、背景,它们是小说的根本内容,其中故事是最为重要的。英国著名小说家和批评家福斯特在《小说面面观》中说:"小说的基本层面就是讲故事的层面"[②]。世界上几乎所有民族的叙事文学,如神话、传说、志怪等都是从讲故事开始的,而且多追求故事的新奇怪诞,人物的刻画是白描的、表面的。中国唐宋时期兴起的"传奇小说"和"话本小说"开始注意对人物的刻画,明清小说中不乏刻画人物性格成功的作品,如《三国演义》《水浒传》《红楼梦》等,但还是把故事情节作为小说的根本部分。西方的情况和中国相似,在文艺复兴时期,被称为欧洲早期的小说《十日谈》讲了一百个故事,抨击了贵族的腐朽和教会的虚伪,赞扬人性、自由、平等。其后出现了巨著《巨人传》也是以讲故事见长,很多故事来自民间故事。英国作家埃德温·缪尔在《小说结构》(1938年)中把这类小说叫作"行动小说","行动"即是"事件",连续的"行动"构成了故事、情节。

日本传统的物语类作品的叙事模式也和中国、西方一样。《源氏物语》是日本古典文学最具代表性的小说,作者紫式部的构思也借鉴了中国"史传"的传统,在构思和意境上参照了白居易的《长恨歌》《白氏文集》等中国文学作品,虽然其中也很多景物和心理描写,体现了日本文学的"物哀"的理念,但仍然居于次要地位。在此以后,著名的叙事文学如《平家物语》,作者不详,由民间盲艺人琵琶法师说唱整理而成,书中讲述了在12世纪的日本,平氏、源氏两大武士集团相互争斗、最

---

① 故事和情节在叙事学中是两个概念。
② [英]E.M.福斯特:《小说面面观》,冯涛译,北京:人民文学出版社,2009年,第22页。

后平氏失败灭亡的过程,作品展现了宏大的战争场面、刻画了众多的英雄人物,被称为"伟大的民族画卷"。这部作品也是由一个一个战争的开始、发展、结束构成的,是典型的"行动小说"。到了江户时代,日本普及教育的发展和印刷出版业的发达,日本的小说创作达到了高峰,很多作品是中国明清小说的翻译、翻案(即改编),然后不断有人把翻案的作品再翻案,或再和其他作品拼凑改写。①江户时代最有名的小说家曲亭马琴的长篇巨著《南总里见八犬传》,也是一部著名的翻案小说,这部小说九辑53卷,历时28年,至1841年才全部出齐。这部作品凝聚了作者一生的心血,创作晚期作者失明,最后在其家人的帮助下才完成。作品主要讲述了室町时代房总南部的诸侯里见,在八位义士(其姓名中都带犬字)的辅助下得以兴盛的故事,全书192回,约200万字,其结构宏伟壮观,情节波澜壮阔、惊心动魄,语言瑰丽多彩、寓意深刻,是继《源氏物语》后又一鸿篇巨制。作品构思、人物设计、情节安排以及语言主要模仿了《水浒传》,如开篇的伏姬切腹自杀后伤口冒出怨气,直冲颈上八颗念珠顿时散向天空,与《水浒传》的洪太尉误放36天罡72地煞类似。犬江亲兵卫船载着财宝出使京城的一段明显是《水浒传》中杨志押送生辰纲的翻版;犬山道节卖剑是杨志卖刀的翻版;信乃、现八和小文吾劫法场救庄助的情节明显是梁山好汉乔装打扮混进江州,劫法场救出宋江和戴宗的一段;武松在景阳冈打虎在《南总里见八犬传》改写成亲兵卫的降伏妖虎和小文吾的打野猪了。但是马琴的翻案不仅仅是模仿了《水浒传》一部作品,在《南总里见八犬传》中还借鉴《三国演义》《西游记》以及其他明清小说的情节和文学手法。②这种翻案、拼凑的小说泛滥现象一直延续到明治初年,坪内逍遥在《小说神髓》绪言中对此大为不满:"甚至连报刊上也将十分陈腐小说加以翻案刊登出来。"说明没有新的叙事意识无法创作优秀的小说,"行动小说"已经走到了绝路。

---

① 坪内逍遥:『小説神髄』,東京:岩波書店,1936年10月第1版,1988年2月第17刷,17頁。
② 潘文东:《从译介学的角度看日本的"翻案文学"》,《苏州大学学报》(哲学社会科学版),2008年第4期,第95页。

因此,坪内逍遥提出"小说的主脑是人情,世态风俗次之"①的主张是具有巨大的革命性,他的主张完全颠覆了传统小说理论中的三要素,即情节、人物、背景,指出小说任务不是"讲故事",而是要挖掘"人心""人性"。以往的小说,作家们为了吸引读者总是编出曲折的情节、众多的人物、激烈的冲突,从而更充分地表现社会生活、人物形象和性格。而坪内逍遥提出的主张:"作为小说的作者首先要集中精力在刻画心理上。"②又如:"要洞穿人情之奥秘,不仅揭示贤人君子的人情,而且要把男女老幼、善恶邪正的人物的内心世界巨细无遗地刻画出来,做到周密精细、使人情灼然可见,这正是我们小说家的职责。"③在当时日本小说深受中国明清小说的影响,不仅受到劝善惩恶的封建道德的束缚而且叙事内容也是以情节为中心的,而且模仿中国的明清小说作家中很多就是为了求新求奇,胡编乱造情节,即使构思精巧,但事实上和现实社会相去甚远。完全抛弃了自古以来日本"真诚"(まこと)的文学传统和《源氏物语》的"物哀"的理念。坪内逍遥在《小说神髓》中强调人情、心理描写,一方面是受西方小说理念的影响,另一方面也是创造性继承了日本文学的传统。而当时因为受故事为中心的叙事观念影响,坪内逍遥在书中对具体如何描写人情和心理没有清楚地、系统地加以阐述。不久一些对坪内逍遥的主张一知半解的作家写出了一些所谓的"写实主义"的小说引起了有识之士的不满。1887年4月1日,《读卖新闻》刊登了一篇题为《小说论使小说淡而无味》的文章,文章批评心理小说,指出心理小说只注重性格描写,而把其他事情统统抛光,由此产生不少弊害。1888年10月17日,该报又发表一篇署名"落花漂如"、即中西梅花的评论,批评幸田露伴的小说《风流佛》:"两三年前,春之舍胧先生(笔者注:即坪内逍遥)在小说界开创了一种新文体,为书生小说的始作俑者,投其时好以书生为主人公,凭薄弱的想象立无聊之趣向,使用卑近的语言。使小说走上末路的不是书生小

---

① 坪内逍遥:『小説神髄』,東京:岩波書店,1936年10月第1版,,1988年2月第17刷,58頁。
② 上揭書,61頁。
③ 上揭書,59—60頁。

说家还有谁？"①这些说明《小说神髓》的写实主义在二叶亭四迷等人发展下成功地使日本的文学走上了近代化道路，但是也受到一些人的误读。

　　坪内逍遥其实也谈到情节、人物和背景的写作方法，只不过分散在各章中。他在"时代小说的情节安排"中谈到小说和正史的区别："小说之所以不同于历史，在于小说可以随意补足脱漏和表现作者身临其境的感觉。"②接着坪内逍遥谈到历史学家无法剖析人物的心理、描写人物具体细微的动作等。他举出拿破仑的例子说明只有小说才能表现人情的长处。"时代小说的情节安排"这一章一般为学者忽视，在前一章"小说的情节安排"中坪内逍遥并没有具体谈到情节描写和人物的刻画，而这一章里他却谈到了情节、人物、环境等问题。由于条理性有点散，笔者初步总结出坪内逍遥的几条主张：(1)小说要描写私人性、个人性的情节。例如拿破仑和约瑟芬皇后离异之前，他们之间的对话、约瑟芬的满腔幽怨、几番用袖子拭去盈眶等等。以往的小说也有表现人物性格和情感，但多是群像，而现在应该表现个人性的内容。(2)要注意细节描写。坪内逍遥说作为历史书无法记录一些琐碎的事情，而巨细无遗地描写出细节正是小说的拿手好戏。③描写环境（风俗、衣饰、饮食等）要符合史实和实际，而且要细致。(3)注重人物心理刻画。这是历史书无法涉及的领域，小说正好可以发挥其长处，把描写深入到人物的内心。(4)要尽量客观地描写，作者不要介入作品中，即"作者的隐退"。当时可能这些主张没有很明晰地写出来，使人一目了然，所以没有引起当时人们的注意。这些主张笔者很难一下子考证出是来自日本传统文学还是受到外国文学的影响，或是坪内逍遥自己思考出来的。但是很巧合的是，英国的小说创作和理论在这一时期也非常重视以上的几点。

　　首先，关于近代小说的私人性或个人性。伊恩.P.瓦特在《小说的

---

①　鈴村藤一：坪内逍遥の文学理論—小説神髄前後—，『名古屋大学国語国文学』3，1959年，18頁。

②　坪内逍遥：『小説神髄』，東京：岩波書店，1936年10月第1版，，1988年2月第17刷，163頁。

③　上揭書，164頁。

兴起》中指出这与笛卡尔的怀疑一切以及探索真理完全是个人的事等思想有关。瓦特认为"小说是最充分地反映了这种个人主义的、富于革新性的重定方向的文学形式。"①笛福的《鲁滨孙漂流记》典型地反映了个人主义,由于资本主义崇尚个人奋斗、个人在经济、社会生活等各方面的独立,使私人性和个人性成为社会的重要课题,这些在文学中也有明显地反映。其次,对于人物细节和环境细节的描述也是19世纪中叶英国小说家以及评论家关心的焦点,例如顿勒普在提出小说的特性时指出:"诗歌……所能表现的细节太少……可是在小说中我们能够明察秋毫而不失分寸,能够细致入微而不流于猥琐。"②具体的例子我们可以从奥斯汀、狄更斯等作家的小说中找到很多,作家为了通过细节告诉读者自己写的内容的真实性,有时甚至过于繁琐。第三,注重心理描写也是当时英国小说家的一般常识。如狄更斯《远大前程》中匹普的心理描写、奥斯汀在《傲慢与偏见》中对待嫁姑娘的心理刻画都是活灵活现、令人叫绝的。第四,"作者的隐退"在19世纪中叶也是大部分作家和评论家的共识。殷企平认为19世纪初司各特是这一思想的主要推动者。司各特在评论玛利亚·埃奇沃思的小说《庇护》时说"作者之手丝毫不露痕迹"。还有一些评论家也发表相似观点,因此殷企平得出结论说"作者引退"不仅作为理论已在19世纪中叶前后得到广泛讨论,而且已被普遍地用作小说批评实践的一条标准。③

因此坪内逍遥通过参考英国的小说作品和评论,在融合日本小说的传统创造出来的小说理论在某些方面可以说到达和英国小说的相当的水平了,但是也许太超前了,当时能真正理解的人不多。而且,《小说神髓》作为理论著作不能完全代替小说的实际操作,即使理论层面认识到,但到了真正付诸实践——即小说创作,还是有一定的距离,这种实践也不是一个人、一代人能完成的。有些事情要经过历史长河的洗刷才能看清楚。

20世纪初,五四时期中国作家们受到西方小说和日本文学改良的

---

① [英]伊恩.P.瓦特:《小说的兴起》,高原、董红钧译,北京:三联书店,1992年,第6页。
② 殷企平:《英国小说批评史》,上海:上海外语教育出版社,2001年,第73页。
③ 同上书,第76—77页。

影响逐渐认识到:"小说可以有各种各样的做法,不一定要讲故事,不一定要有头有尾,不一定要有高潮有结局,不一定要布局曲折动人。一句话,不一定以情节为结构的中心。"①虽然情节、人物、背景是密切联系的有机体,但由于这种思想的传入无疑对小说的发展是一种思想的解放。埃温德·缪尔指出:"人物小说也许是小说艺术的一个最重要的发展。"②在《小说神髓》中坪内逍遥提到的菲尔丁、司各特、狄更斯等人都是人物小说的代表作家。缪尔认为小说在情节结构方面显得有些"松散",但是实际上是这一叙事传统的一个常规特征。而在人物小说中,情节设计主要为了展示人物。③这种倾向也影响着日本文学,陈泓撰文认为:"日本近代文学的主流中大致可以归纳提取出如下四个特征。一、情节结构的松散性、不完整性;二、内容题材的个人性、自传性;三、叙述视角的平面性;四、审美意蕴的哀怨性、淡寂性。"④坪内逍遥在写作完《小说神髓》后为了实践自己的"人情观"的理论,又撰写了《当世书生气质》,当时和后来很多文学评论家评论说这部小说的情节松散、人物形象不鲜明,因此对此持否定的意见的学者很多。但随着后现代主义的兴起和人物小说的盛行,注重人物心理而淡化情节、环境、人物形象的现代小说比比皆是,如伍尔夫、乔伊斯、普鲁斯特等。因此现在对坪内逍遥的《小说神髓》和《当世书生气质》进行重新认识的呼声也不断增多。其实坪内逍遥的理论实际上是他在阅读19世纪中后期的英国小说家以及一些杂志的过程中敏锐地发现了英国小说发展的趋势,他立刻与日本文学的传统相结合融合出一套极具现代性的小说理论,至今我们仍能得到很多启发。

第三节　论叙事结构

虽然坪内逍遥认为"小说的主脑是人情",小说要以人物的情感和

---

① 陈平原:《中国小说叙事模式的转变》,北京:北京大学出版社,2003年,第102页。
② Edwin Muir, *The Structure of the Novel*, London:Hogrth,1938, P.23.
③ 申丹等:《英美小说叙事理论研究》,北京:北京大学出版社,2005年,第175页。
④ 陈泓:《中国文学的现实主义情结》,载王琢编:《中日比较文学研究资料汇编》,杭州:中国美术学院出版社,2002年,第247页。

心理为中心来展开,但笔者认为他还并不具有后现代主义的思想,应该说他的小说理论虽然在叙事内容上突破了以往的窠臼,但本质上还是相当传统的。叙事的内容的存在于叙事结构中,这里的结构包括叙事各内容之间以及整体与部分的相互联系。

叙事结构在《小说神髓》中也占有重要的地位,主要分布在下卷的"小说法则总论""小说脚色的法则""时代小说的脚色""主人公的设置"中。日语原文中"脚色"一词原意据《广辞苑》解释为把小说等改编为戏剧(日本歌舞伎和狂言)剧本,包括写入具体的舞台装置、台词、解说词等①,刘振瀛把日语"脚色"译为"情节",基本符合原义,但从叙事学的观点来看,可以理解为叙事内容的安排,即叙事的结构安排。但是这样翻译就会使人以为坪内逍遥具有了当代叙事学的认识了,所以以下笔者行文中"脚色"仍译为"情节安排"。

从探讨叙事结构的四章的分量来说,占了下卷的大半(粗略统计约26000字)。如果按章的名称看"小说情节安排法则"和"时代小说的情节安排"分别探讨了一般小说(坪内逍遥认为现时应该提倡的是描写现代生活的"世话小说")和历史小说,但笔者认为应该两章结合起来一起看,在"小说情节安排法则"中如何安排叙事结构,主要内容有马琴的"稗史七法则"、悲哀小说与快乐小说、小说十一病等。在论述马琴的"稗史七法则"时,谈到第一"主客"时说"第一点关于主客的议论笔者将另设一项,在此略而不述,只就其他各项加以说明。"②

他另设的一节应该就是"主人公的设置"一节。在"时代小说的情节安排"中坪内逍遥也没有提出历史小说在结构和构思上有特别的法则而是论述了小说叙事的具体技巧。通过以上的梳理,可看出坪内逍遥在《小说神髓》中论述叙事结构的思路。

坪内逍遥从小说的叙事内容打破了束缚文学发展的条条框框,但却不认为法则和规律是不重要的,他在"小说法则总论"和"小说情节安排法则"论述了法则和规律的重要性,接着他提出小说的叙事结构

---

① 新村出:『広辞苑』第二版補訂版,東京:岩波書店,1976年,551頁。
② 坪内逍遥:『小説神髄』,東京:岩波書店,1936年10月第1版,1988年2月第17刷,139頁。

中最重要的问题:"在创作小说时最不可等闲视之的是脉络通透。"他解释了脉络通透的含义以后却引用了一段马琴的"稗史七法则",接着又对其作了一定的批评,这些批评是夹在叙述中间的,态度也不是很激烈。有学者据此认为坪内逍遥虽然对马琴的"稗史七法则"有所批判,但大体上还是认同的,因此坪内逍遥的写实主义是不彻底的。著名文学研究者久松潜一认为:"尽管(坪内逍遥)在目的论上否定了劝善惩恶主义,但结果论上又加以肯定。"①这样的观点现在已经成为一般的认识。实际上坪内逍遥对马琴的"稗史七法则"采取了非常客观而合理的态度,总体来说是否定的。

马琴的"稗史七法则"是日本近代以前最系统的小说叙事结构理论,主要分为"主客""伏线""衬染""照应""反对""省笔""隐微"等七点。其实这些法则是马琴根据中国明清小说的理论加以改造而成的,其中主要是金圣叹对《水浒传》的评点中的小说理论,坪内逍遥也在解释"衬染"时也提到了金圣叹,不过名字写成了"金瑞",应为"金人瑞"。坪内逍遥批判了"稗史七法则"的七种手法分类在逻辑有问题,他指出:"东方昔时的学者尽管博闻强记,但由于不懂得如何综括事理加以命名,所以总是截取一部分事理,各自附上其名。所谓'伏线'也好,'衬染'也好",说到底都是为了使构思不要离开脉络而已。这些原则和'脉络通透'这个大的原则相比只是微不足道的一部分。"②而且认为第四的"照应"和第五的"反对"(即反面照应)不过是追求新奇的繁琐技巧,有损于描写人情世态。龟井秀雄认为:"逍遥通过学习西方19世纪的思维方式,认识到首先要确定第一原理然后再推演其他的个别性、部分性的法则,从这个角度来说日本和中国的思维方式还没达到体系化的理论的层面,所以只有各种杂乱无章规则的罗列。逍遥从这种思维方式出发认为西欧的文明开化(civilization)和东方的半开(half-civilization),可以说这也是逍遥尝试对当时的文明开化意识自

---

① 久松潜一:坪内逍遥の文学評論,『国語と国文学』,1922年,载:関良一:『逍遥·鴎外—考証と試論』,東京:有精堂,1971年,103頁。

② 坪内逍遥:『小説神髄』,東京:岩波書店,1936年10月第1版,1988年2月第17刷,140頁。

我认证。"①因此坪内逍遥指出"像第四的'照应'和第五的'反对',都可以说是以文章为主脑的中国作家的规律,并不是我国小说家必须遵守的法则。"②从这点讲坪内逍遥从思维方式或者从哲学层面对小说创作提出了改良的意见,这些主要得益于他在东京大学接受的西式教育,使他形成了一个比较完备体系的知识结构,运用科学和逻辑方法推动日本文学的发展,这也是坪内逍遥《小说神髓》中最具近代化意义的地方。

在否定了马琴的叙事结构原则后,坪内逍遥提出了他的原则,但是他用否定的方式来表现的,这些都是他长年阅读以马琴为代表的江户时代戏作文学后得出了结论,即"小说十一病。"具体内容是:1.荒唐无稽;2.趣向一辙;3.重复;4.野鄙猥琐;5.爱憎偏颇;6.特殊庇护;7.相互龃龉;8.炫耀学识;9.拖沓停滞;10.缺少诗趣;11.使用人物叙述过去复杂的身世。坪内逍遥所举出的这十一条小说创作的弊病中,有些是马琴在有关小说批评的著作中已有的论述,如:"构思单调"和"重复",马琴以前也有论述,而"荒唐无稽""爱憎偏颇"等是坪内逍遥批评马琴作品的缺点。这些弊病反过来理解就可以看出坪内逍遥对叙事模式的正面主张:一、提倡写实主义的"真实性"(反对"荒唐无稽");二、主张小说结构的完整性,即脉络通透(反对"相互龃龉""炫耀学识""拖沓停滞");三、主张客观描写(反对"爱憎偏颇""特殊庇护");四、叙事结构的多重性(反对"趣向一辙""重复");五、提高艺术性(反对"野鄙猥琐""缺少诗趣"),以上主张有些是叙事结构上的、有的是涉及叙事话语的、有的是涉及叙事策略的、有的是涉及叙事内容的,真正涉及叙事结构的就是"二、主张小说结构的完整性"和"四、叙事结构的多重性"。

"叙事结构的多重性"在坪内逍遥在叙事结构中认为的另一个值得重点关注的问题,坪内逍遥在"小说的情节安排"中指出了小说创作的十一项弊病,其中第 2 条是和第 3 条都是指作者重复同一或相似的情节或手法。其中第 2 条是日语原文为"趣向一辙"、第 3 条是"重

---

① 龟井秀雄:『「小説」論』,東京:岩波書店,1999年,111頁。
② 坪内逍遥:『小説神髄』,東京:岩波書店,1936年10月第1版,1988年2月第17刷,140頁。

复",从日语原文来看两者似乎意思很接近。第 2 条"趣向一辙",作者的解释是:"几乎相同的'趣向'数次连续。"而第 3 条"重复"作者解释道:"与前面的相同'趣向'再次出现。"①这里对"趣向"一词的理解成为关键。据日语辞典《大辞泉》的解释:"在歌舞伎、净琉璃(日本木偶戏)中,在传统戏剧的固定的人物、时代背景下,对戏剧内容做出的某些创意。"②刘振瀛把"趣向"译为"构思"或"情节",也有一定合理性。光从字面上看似乎第 2 条和第 3 条相同,通过细读上下文可以看出第 2 条是指同一情节的内容一直持续,没有变化,而第 3 条"重复"是指相同或相似的情节在后面再次出现。这些弊病都是坪内逍遥反对的,那么作为正面的理解就是要使情节的内容变化多端、丰富多彩。关于这一点坪内逍遥在"主人公的设置"一章中作了归纳,他说:"这些都是根据这种需要构思出来的,主要是因为必须把情节写得复杂的缘故。不只是小说的情节需要如此,一切美妙的技术(笔者注:可以理解为艺术)都需要情节的统一和构思的复杂多样。即使情节安排得十分周到,全篇脉络通透,如果构思缺乏复杂性或者连篇累牍地写那些邪恶的人物或者连续写那些卑鄙的歹徒的事情,那么读者毕竟要生厌的。"③日本学者龟井秀雄考察了 19 世纪中后期英国修辞学界关于小说或文学创作的经验和理论,发现在英国修辞学界也流行相似的说法,如 Adams Sherman Hill 的 *The Principles of Rhetoric and Their Application* 中提出了"思想的统一性和方法的多样性相结合"(The Principles of Unity in Design Conjoined with Variety in Methods),因此,坪内逍遥通过融合日本江户时代小说创作的经验和 19 世纪中后期英语圈文学创作经验,总结出在"脉络通透"的前提下要努力做到"情节的多样性"(日语原文作:"趣向杂驳")。④

综上所述,通过整体细读《小说神髓》下卷各部分可以发现坪内逍

---

① 坪内逍遥:『小說神髓』,東京:岩波書店,1936 年 10 月第 1 版,1988 年 2 月第 17 刷,153 頁。
② 松村明:『大辞泉』(增補新裝版),東京:小学館,1998 年,1272—1273 頁。
③ 坪内逍遥:『小說神髓』,東京:岩波書店,1936 年 10 月第 1 版,1988 年 2 月第 17 刷,172 頁。
④ 龜井秀雄:『「小說」論』,東京:岩波書店,1999 年,114—115 頁。

遥通过学习西方近代的思维方法,同时又结合自己多年阅读日本江户时代的体验总结出来"脉络通透"和"情节的多样性"相结合的叙事结构理论。所以《小说神髓》的下卷并不是像有些学者认为的那样,是和上卷相矛盾、肯定了江户时代戏作文学的创作方法。

第四节　论叙事话语

很多结构主义叙事学家通常把小说分为"故事"和"话语"两个层面,前者为故事内容,后者为表达故事内容的方式。[①]有的叙事学家,如热奈特把作品分为三个部分:故事、叙述话语、叙述行为,因此在叙事学中由于有众多的流派和学说,所以对叙事话语的理解和划分也不尽相同。笔者参考多种叙事学论著尽量采取他们的最大公约数,在本节内讨论与坪内逍遥《小说神髓》有关的观点。叙事话语按其字面来理解就是作品文本语言学层面的内容,主要包括叙事视角、叙事声音、频率、节奏、叙事时间等,笔者所研究的对象并不是小说文本,而是小说理论著作,文本没有涉及的问题就不硬性附会了,所以以下主要就《小说神髓》中有关叙事视角、叙事声音、作者的位置等问题进行探讨。

一、叙事视角

叙事理论的哲学基础是结构主义,在其理论发展过程本身就是纷繁复杂的,所以对于叙事视角的理论上没有一个各方共识的定论。传统理论认为在叙事文学中叙述者采用何种角度对故事进行叙述被称为视角,它对于文本意义的阐释,叙述效果的产生起到了至关重要的作用。对小说的视角分析是叙事学研究的重要内容之一,近代小说诞生以来一般的小说批评理论多关注小说的道德价值而忽视其形式技巧,对叙事的方式一般也笼统地分为第一人称、第三人称叙事方式。20世纪以来的各种新兴的文学批评理论中对叙事视角进行了激烈的理论探讨和争论,他们各自采用了独特的术语来构建叙事理论体系,对叙事视角提出了各种不同的见解。笔者基本按照热奈特的三分法,

---

① 申丹:《叙述学与小说文体学研究》(第3版),北京:北京大学出版社,2004年,第175页。

但名称采用传统的提法:(1)全知视角(即零聚焦);(2)限制视角(即内聚焦,不采用热奈特再下分的三小类,因为视角转换和视角越界是常见的文学手法,固定型和变换型只是相对的。故下面只分第一人称、第三人称视角);(3)纯客观视角(即外聚焦),这样更为简易明了。

我国的叙事类文学,从神话传说、志怪、传奇到明清小说大体都是采用全知视角的。这种现象在日本也很普遍,尤其在江户时代深受中国明清小说影响,而且以劝善惩恶为主题的作品中,作者以全知全能的上帝式的视角叙事,带有由上而下发号施令的语气,不仅对作品中人物的命运随意操控,而且还对读者都是一如统治者式的道德教训。曲亭马琴是其中最具代表性的一位作家,他的作品气势宏大,整体结构从宇宙天地开始,明显效仿中国的章回小说,而这种叙事视角往往给人"假大空"的感觉,与近代的社会理念和读者的接受方式格格不入,更不有利于表达坪内逍遥主张的"人情"。因此,坪内逍遥在"主人公的设置"中举了江户时代梅亭金鹅的《七偏人》(意译为"七个怪人",1857年)的例子说:"《七偏人》中的浪荡子中除了和二郎以外其他人性格相似,几乎使人认为是同一个人。(中略)因为整部作品中人物的言行都是如出一辙的,感觉不出这是七个人的言行,简直就像作者个人的独白。"[①]因此他认为"小说不像其他的写作,只要将作者本人的思想感情如实地写出来就可以了。小说的本领在于作者必须将自己的思想感情尽量地掩藏起来,避免流露出来,写出别人的千变万化的情感,并把它刻画得栩栩如生。"[②]这些观点和上卷的思想是一致的,在上卷的"小说的主眼"中也有多处谈论到作者要尽量避免介入作品中而要努力做个旁观者来观察和表现人情。虽然在《小说神髓》中没有谈到小说作家应该运用何种叙事视角,但是从他的主张中可以看出肯定不是以往的全知视角,而是限制视角,如第三人称限制视角,或者是把自己客观化的第一人称限制视角。也就是通过人物自己的视角来观察事物、展开情节,他认为"在描述人物的感情时,不应根据自己的想法

[①] 坪内逍遥:『小説神髄』,東京:岩波書店,1936年10月第1版,1988年2月第17刷,178頁。

[②] 上揭書,179頁。

来刻画善恶邪正的感情,必须抱着客观地如实地进行模写的态度。"①坪内逍遥采取的方法是模写,也就是自己站在人物的角度来模拟人物的思考,他认为这是小说创作中最重要的事情,所以在"主人公的设置"的结尾他写道:"这本来是掌握小说的眼目的秘诀,从事小说创作的人不可等闲视之。"②

二、叙事声音

叙事声音就是叙事者的声音,当叙事视角是全知型的时候,叙事声音就是叙述者发出的声音,叙述视角观察的内容和叙述声音是来自同一主体;而当叙述者放弃自己的视角让位给作品中的人物时,叙事声音和叙事视角分离,小说的发展由作品中的人物根据他的视角来展开了。这种叙事视角并不是固定的,有的作品把某个人物作为视角人物,以他为中心进行叙述,有的作品中会出现视角在多个人物间转换,由此产生多重声音的效果,自然地展现人情的"真实性"。这些现象在现代小说中屡见不鲜,如福克纳的《喧哗与骚动》就是明显的例子。坪内逍遥在《小说神髓》中认识到在小说叙事中,作家应该跳出作品,他认为:"在描述人物的感情时,不应根自己的想法来刻画善恶邪正的感情,必须抱着客观地如实地进行模写的态度。(中略)着棋者就是造化翁,棋子好比是人。造化的着法是不可思议的,与观棋者的想法大不相同。如果误认为'金将'马上会走到那里,并可能要'将''王将'的军了。但事实上'金将'很可能为一步卒所阻,连退路都没有了。(中略)所以在写作小说时如欲洞穿人情的奥秘,得到世间的真实就应该像观看别人下棋或者向其他人讲述棋局一样。哪怕只有只言片语的'支招',这棋局就变成了作者的棋局了。(中略)作者必须改变这种主观主义,只有客观地将它描绘出来才称得上是小说。"③在《小说神髓》的下卷中这样的观点也比比皆是,如在"主人公的设置"一章坪内逍遥说:"在塑造小说的人物时,最值得注意的是必须将作者本人的个性隐

---

① 坪内逍遥:『小説神髄』,東京:岩波書店,1936年10月第1版,1988年2月第17刷,62頁。
② 上揭書,179頁。
③ 上揭書,62—63頁。

蔽起来,不让它流露在作品人物的行动上。"①这种尽量不介入作品内部的做法使作品尽量按人物自己性格来发展,采取限制性的叙事声音。但这并不排除作家作为旁观者的叙述者发出叙事声音。《当世书生气质》是坪内逍遥试验其小说理论的小说,在一定程度上为写实主义小说的创作做出了范例。在这部小说的第一回作者写道:"年龄二十二岁,瘦瘦的中等个(中略)他的服装说起来那天是星期天又有赏樱花的事,看起来穿着珍藏的盛装,衣服是薄棉袄应该是他的父亲给他的衣服,套裙是旧的,也许是他母亲的外套给做的吧。其证据是下摆处已经磨破了。从他的服装来看他不是有钱人家的孩子。要不是外地人的话也可能是东京府下小官吏的孩子。(中略)这些都是作者的旁观的独断。"②这一段是小说主人公灿尔出场是的一段描写,这里作者通过主人公的服装推测了他的家境,这是从作品外的叙述者视角发出的声音,但是作者坪内逍遥注意避免用全知视角来发出声音,而是作为作品中旁观者的角度进行了观察并发出了叙事声音。龟井秀雄认为《当世书生气质》的这一段文字说明了坪内逍遥放弃了全知全能型的视角,把"作者"仅仅限定在纯粹的旁观者的资格上出现在文本内,这是坪内逍遥把作家现世化了。而在被"历史化"的现实为背景的小说的世界中,作者的这种现世化还是很有必要的。③这里的"作者的现世化"笔者认为就是指作者在作品中和一般的人物一样,没有什么特权或超越的能力。

三、作者与读者

在坪内逍遥的《小说神髓》和《当世书生气质》出版以前,日本小说的作家一直处于非常低的地位,在江户时代实行严格的身份等级制度,把社会分为"士农工商"四个阶层。文学在日本历史上主要是指诗歌,诗是指汉诗、歌是指和歌。日本的和歌除了短歌还有很多变化形态,如连歌、俳谐、俳句等等,这些文学的创作者主要是贵族、武士以及

---

① 坪内逍遥:『小説神髄』,東京:岩波書店,1936年10月版,1988年2月第17刷,177頁。
② 坪内逍遥:『当世書生気質』,『明治文学全集16 坪内逍遥』,東京:筑摩書房,1969年,61—62頁。
③ 亀井秀雄:『「小説」論』,東京:岩波書店,1999年,114—115頁。

相关的文人。小说是町人阶层（手工业者等，相当于西方的市民阶层）的文学，这些文学的在江户时代有五花八门的名称，笔者在前面已经论述过了。这些文学实际是一般老百姓的普及文学，所以文字比较浅显，内容比较杂乱，有迎合低级趣味的倾向，有色情、暴力、滑稽、怪诞等。所以这些文学都被称为戏作文学。作者大多是中下级武士出身或是町人、农民出身，由于日本没有科举制度，这些拥有一定知识的人无法进入统治阶级，一般只能靠卖文糊口。由于日本印刷和出版的发展，写作成为谋生的手段之一。但是由于幕府政府对人们思想统治极严，一些有名的作家如柳亭种彦因文祸而受到政府惩罚。所以他们为了躲避政府的处罚，创作时大多自称戏作，虽然内容有很多淫秽鄙俗的东西，但还把劝善惩恶作为幌子。因此在这种创作环境下难以出现优秀的文学作品。

　　明治维新开始，产业的发展和教育的普及又为小说的发展提供了广阔的空间。大量农民破产成为产业工人进入城市，他们的业余需要娱乐，具备一定的识字能力的人们通过读书来消遣。同时学生人数不断增多也使阅读需求大增。坪内逍遥在《小说神髓》中形容当时小说创作和出版发达的状况："现今流行于我国的小说、稗史之类，其种类、其数量数不胜数，真可谓汗牛充栋。"①小说的数量也超过了以往任何时代，"实为小说全盛的未曾有的时代"②。但日本小说的质量难以满足社会的需要，因此坪内逍遥等作为时代的先知先觉者认为有必要对小说加以改良。虽然很多研究认为《小说神髓》是坪内逍遥在大学三年级因霍顿教授英国文学课程考试失败而发奋写出的。但实际上这种解释是片面的，只能说那次失败是促使坪内逍遥开始认真思考日本和西欧小说的差异的一个契机。和田繁二郎认为："《小说神髓》的执笔动机完全是站在研究的立场，然而要把它发表却是另一层次的事了。因为他必须通过研究发现新的文学应该是什么样的。他作为一个先觉者认识到这一点，于是他迫切地希望作为一个指导者把新的知识给予更多的人，也期待新的文学能够成长起来。也就是说他是被启

---

① 坪内逍遥：『小説神髄』，東京：岩波書店，1936年10月第1版，1988年2月第17刷，17頁。
② 上揭書，18頁。

蒙的热情所驱使。"①明治维新以后日本全国上下掀起了学习西方的热潮,启蒙思想家著书立说宣传西方的先进思想和理念,福泽谕吉的《劝学篇》(1872年)、《文明论之概略》(1875年)、中村正直的《西国立志篇》(1871—1872)等成为明治初期最畅销的书籍。1880年代以日本国会设立为契机,自由民权运动风起云涌,一些政治家为建立政党政治积极活动,政治小说也是配合这种运动而兴起的。坪内逍遥周围有很多人也积极投身此项运动中,他的好友高田早苗协助大隈重信组建了立宪改进党,坪内逍遥曾在立宪改进党的机关报上发表了政治戏文《清治汤讲释》(1882年),他基本赞同改进党的政治主张,倾向改良主义。在《小说神髓》下卷"文体论"中提到了"将来宇内万国一统,成立一大共和国"②,这就是立宪改进党的政治主张。但坪内逍遥对直接参与政治活动没有兴趣,从他的笔名"逍遥游人"就可以知道他是个不喜欢拘束的人,喜欢自由自在的生活方式,实际上他的一生也基本是远离政治的。虽然因为留级,他的学习时间比原来延长了一年,毕业以后他并没有像他很多同学那样走上仕途,而选择从事文学。在好友高田早苗的推荐下他进入了东京专门学校(早稻田大学的前身),在那里一边从事教学一边从事文学创作。1885年6月起他的实验小说《当世书生气质》出版了,署名"文学士春之舍胧先生戏著"。该书的出版引起社会各界强烈的反响,改变了原来以旧文人为中心的创作主体。当时东京大学是日本唯一的大学,文学士处于当时学术金字塔的顶端。据说启蒙运动倡导者、著名学者福泽谕吉对此评论说:"文学士也写那些鄙俗的小说岂不怪哉。"以年轻学子为主体的读书阶层对此却有着热烈的反响,当时还是学生以后成为明治时期重要作家的正冈子规、幸田露伴、内田鲁庵等人对这部作品大加赞赏。坪内逍遥的弟子、日本近代文学研究的著名学者本间多雄在1935年出版的《明治文学史》中认为《当世书生气质》的功绩之一是提高了作家的地位。由于该书的畅销和《小说神髓》被年轻的学子们阅读,一些优秀的人才也积极投

---

① 和田繁二郎:坪内逍遥における文学意識と啓蒙意識の相剋,『論究日本文学』13,1960年,11頁。
② 坪内逍遥:『小説神髄』,東京:岩波書店,1936年10月第1版,1988年2月第17刷,135頁。

身文学,使作家整体的素质大幅提高。著名文学评论家、作家内田鲁庵在《昨日今日》一文中描写由于《当世书生气质》和《小说神髓》出版带来的变化:"原来贱为戏作的小说一下子成为贡献于天下人文的大文学,是堂堂学者从事的事业,完全没有必要羞耻的工作、是个体面的工作。天下的青年发现充满荣光的新世界,翕然觉醒一齐奔向文学。山田美妙、尾崎红叶等立志投身文学,其动机皆由春廼舍(笔者注:春廼舍为坪内逍遥的笔名,"廼"与"之"在日语里发音相同。)的活动而萌发。"①他认为文学士写小说这一事件本身的意义要超过小说在内容、技巧等方面对旧文学的突破。

以上所述的情况当然发生在《当世书生气质》和《小说神髓》出版之后,然而这些和坪内逍遥在《小说神髓》中对作者和读者的积极改造有着密切的联系。在《小说神髓》中,他十分重视"作者"——"文本"——"读者"三者的关系。例如在"绪言"中讲到他写作《小说神髓》的目的时说:"笔者自幼酷爱稗史,只要得暇,总要披阅,将宝贵时光用在这方面已达十余年之久。(中略)对稗史的眼目究竟何在自信也多少有所体会,因此虽感自不量力,但仍愿将笔者的主张公之于世,以解看官之惑,兼启那些作者之谜,以期我国小说从现在起逐渐改良和进步。笔者殷切希望我国物语最终能凌驾西方小说之上。②"在这里坪内逍遥表明了他要与"作者"——"看官"(读者)一起努力改良日本的小说,反映了坪内逍遥有很强的读者意识。在书中还有很多坪内逍遥对作者、读者的关注的论述。

> 同时它与演剧、绘画相反,是以直接诉之于读者的心灵为其特质的,所以作者进行构思的天地十分广阔。③(小说总论)
> 因此小说中,由于读者的想象力是否丰富,所感也有所不同。有的会意于文外,有的则只能感受文字表面的某种境界。④(小说的变迁)

---

① 関良一:『近代作家の誕生』,参照:吉田精一編,『現代日本文学の世界』,東京:小峯書店,1968年,62頁。
② 坪内逍遥:『小説神髄』,東京:岩波書店,1936年10月第1版,1988年2月第17刷,20頁。
③ 上揭書,32頁。
④ 上揭書,54頁。

第四章　叙事理论

(作者)不应根据自己的想法来刻画善恶邪正的感情,必须抱着客观地如实地进行模写的态度。①(小说的主眼)

小说就是要使读者洞见难以看见的事物,使暧昧的事物清晰起来,将人的无限的情欲网罗到有限的小册子中,使玩味其中的读者自然有所反省。②(小说的主眼)

写小说的方法和厨师制作菜肴是一样的。(中略)写小说的秘诀也是如此。以打动读者为主,规定法则来构成故事是为了不让读者感到厌倦、获得读者的赞赏。③(小说法则总论)

换言之,必须是对于一个具有一般鉴赏水平的读者在初次阅读时就能充分领会这种转换的用意所在。即使最巧妙、最复杂的转换也必须是读者重读一遍稍加体会就能了解才行。否则即使这种转换再巧妙,如果读者难以领会作者的用意所在,那就无趣了。④(文体论)

以往学者对《小说神髓》的研究主要课题是坪内逍遥的写实主义的主张、艺术观、与英国文学的关系、与日本传统文学的关系等,内容大多集中在上卷,而对下卷以及《小说神髓》反复提到的"作者"——"文本"—"读者"的关系几乎是空白。在现代文学研究中,接受美学和叙事交流语境研究给我们深入研究很多启示。美国学者西摩·查特曼在结构与话语一书中把叙事交流活动作了如下图示:⑤

叙事文本
现实中的作者→ 隐含作者→(叙述者)→(受述者)→隐含读者
→现实中的读者

这个图示很好地显示了叙事交流活动的整个过程和参与者,其中把作者分为现实中的作者(又叫"真实作者")和隐含作者,把读者分为隐含读者和现实中的读者(又叫"真实读者"),能够使我们对文学创作

---

① 坪内逍遥:『小説神髄』,東京:岩波書店,1936年10月第1版,1988年2月第17刷,62頁。
② 上揭書,68頁。
③ 上揭書,99頁。
④ 上揭書,122頁。
⑤ Seymour Chatman: *Story and Discourse,* Ithaca: Cornell Univ. Press, 1978, P.151.

过程和文本解读过程有更深入的理解。其中"隐含作者"是由美国学者韦恩·布斯在1961年在《小说修辞学》一书中提出来的,布斯对"隐含作者"的基本定义是这样的:"隐含的作者是作者的一个理想的、文学的、创造出来的替身,他是他自己选择的东西的总和。"①关于"隐含作者"的概念国内外学术界争论不休,笔者认为"隐含作者"就是处于创作状态的作者,读者可以通过文本推导建构出来的"作者"。他虽然是由"真实作者"而来,但处于一般生活状态的作者是有所不同的,不完全是按照作家生平记录来认识的那个作者。曹禧修认为:"隐含作者的人格形象偏离生活实态作者形象的事例在中外文学史上并不鲜见。较典型的如果戈里,在实际生活中卑劣、自私、虚伪,但这并不妨碍他在作品中以伟大和崇高的姿态来嘲笑卑劣、自私和虚伪。菲尔丁、笛福和萨克雷写了许多追求美德的小说,而他们自己却决不追求。"②

另外一方面,"隐含读者"的概念是由德国接受美学家沃尔夫冈·伊瑟尔在20世纪60年代提出的,他在《阅读行为》中比较明确地解析了它的含义:"如果我们要文学作品产生效果及引起反应,就必须允许读者的存在,同时又不以任何方式事先决定他的性格和历史境况。由于缺少恰当的词汇,我们不妨把它称作隐含的读者,他预含使文学作品产生效果所必需的一切情感,这些情感不是由外部客观现实所造成,而是由文本所设置。因此隐含的读者观深深根植于文本结构之中,它表明一种构造,不可等同于实际读者。"③简单地理解就是作家在文本创作过程中预想作品问世后可能或应该阅读这个作品的读者。这个概念的提出揭示了决定文学创作的重要因素之一,因为任何文学作品只有在读者阅读下才有意义,作者对"隐含读者"的预设有时决定了作品的主题和叙事话语、叙事结构等。

自古以来很多文学家都注意对"隐含读者"的预设,如唐代大诗人白居易以"老妪"为代表的一般民众作为"隐含读者",把他们"能解"作

---

① [美]W·C·布斯:《小说修辞学》,华明等译,北京:北京大学出版社,1987年版,第84页。
② 曹禧修:《小说修辞学中的隐含作者与隐含读者》,《当代文坛》,2003年第5期,第52页。
③ Wolfgang Iser: *The Art of Reading,* 转引自:朱刚:《论沃·伊瑟尔的"隐含读者"》,《当代外国文学》,1998年第3期。第152页。

为创作的标准,因此他的诗歌浅显易懂,广为流传。

在《小说神髓》中,坪内逍遥反复提到了"作者"和"读者",上面引用了几个段落,从中看出这里的"作者"就是指处于创作状态的"隐含作者",而"读者"也是坪内逍遥希望作家在进行创作时预想的"隐含读者"。坪内逍遥在《小说神髓》中阐述的种种主张和技巧都是为了建构新的"作者",他希望现在从事小说创作的作家或者将来有志于小说创作的人士"应该放弃崇拜马琴,在再不醉心春水,或者尊崇种彦为师,一味尝其糟粕。应该断然摆脱俗套,改良我国的物语,创作出可以耀辉于艺术领域一大杰作来。"①前文中笔者所论坪内逍遥关于小说创作的写实主义、客观描写的态度以及对文体、构思的要求等,都是坪内逍遥指出了"隐含作者"的种种弊病,殷切期望"隐含作者"达到的理想状态,在此笔者不多赘述。

"读者"长期以来一直被排除在文本创建过程,伊瑟尔提出的"隐含读者"的概念揭示了文本创建时"隐含作者"和"隐含读者"的对话与交往的作用。《小说神髓》对"隐含读者"的作用很重视。坪内逍遥在"小说总论"中论述艺术的目的时他说:"因此所谓艺术的本义,应该除去目的二字,只说艺术(美术)在于悦人心目并使人气品高尚就可以了。"②也就是要悦"读者"的心,使"读者"气品高尚。又如"小说法则总论"中说:"写小说的秘诀也是如此。以打动读者为主,规定法则来构成故事是为了不让读者感到厌倦、获得读者的赞赏。"③坪内逍遥在全书中极其重视预设的"隐含读者"的感受,强调要如何感动读者避免使读者感到厌烦,这种例子举不胜举,似乎坪内逍遥完全站在读者的角度上说话,尽量迎合"隐含读者"。实际情况并非如此。坪内逍遥并不是把"读者"作为上帝,一味地迎合他们,他其实还想改造这些被预设的"隐含读者"。首先他把小说的接受对象由以前的妇孺、即妇女和儿童扩大到社会上的广大有识之士。因为他认为小说是最高级的艺术,日本的小说没有达到艺术的境界,所以处于"将小说视为妇女童蒙的

---

① 坪内逍遥:『小説神髄』,東京:岩波書店,1936年10月第1版,1988年2月第17刷,58頁。
② 上揭書,26頁。
③ 上揭書,99頁。

玩具"的状态。①而西方的小说是对人生的批评记录,"这正是泰西诸国那些被称为大人、学士的人们争相阅读稗史以求快乐之故。"②以西方为榜样小说的"隐含读者"应该是"大人、学者",即社会上有地位、有见识的人(当然以男性为主)。这种转变并不是要把妇女儿童全部排除出"读者"范围,而是要让作品能够雅俗共赏。坪内逍遥说:"小说也是如此。如果父母和孩子无法一起开卷阅读的话就不能说是真正的小说。"③其次,坪内逍遥认为要改良日本小说不仅仅是要改变"作者"们的创作,还要大力改造"隐含读者"。他在"绪论"中认为:"出现这种情况,难道将罪过全都归于作者身上吗?不,这和缺乏有鉴赏能力的读者有很多关系。"④要改造"读者"就要创作出高尚、风雅的小说。在"小说的裨益"中坪内逍遥特别指出小说的四点裨益,其中第一条就是"使人的品位趋于高尚"。他认为人们如果像野蛮民族那样沉湎于肉体的欲念的话,就会受到劣情的支配。要制服劣情的支配,光靠道理的力量还不行。坪内逍遥指出:"当一个人的欲念极其强烈时难以用道理来制服,但如用温柔的艺术,诉之于'文心',唤起他美妙的感觉,逐渐排除卑劣的情欲,将其人之心诱导至俗世红尘之外,使其抱有一种微妙的感觉,则其气韵自然会变得高尚,自然能够脱离欲海。这就是艺术虽无实益,而仍有用处的缘故。"⑤"小说的裨益"中第二条裨益:"使人得到劝诫"。这一点看似和马琴的"劝善惩恶"的主张相同,但其实却是不同的。小说的作者以如实地模写人情世态的态度创作,"读者"阅读了要自我反省。这有赖于读者自身要有很高的修养。坪内逍遥反复指出"阅读这些稗史而起淫邪之心或萌恶念的人应归罪于那些读者本人的心灵,与稗史无关。"⑥因此坪内逍遥认为"大人、学者"应该是小说的主要"隐含读者。"

正如坪内逍遥在《小说神髓》绪言结尾处论述的:"因此虽感自不

---

① 坪内逍遥:『小説神髄』,東京:岩波書店,1936年10月第1版,1988年2月第17刷,78頁。
② 上掲書,78頁。
③ 上掲書,143頁。
④ 上掲書,19頁。
⑤ 上掲書,80頁。
⑥ 上掲書,84頁。

第四章　叙事理论

量力,但仍愿将笔者的主张公之于世,以解看官之惑,兼启那些作者之谜,以期我国小说从现在起逐渐改良和进步。笔者殷切希望我国物语最终能凌驾西方小说之上。"①坪内逍遥所构想的"文学改良",或者"小说改良"应该"作者"——"文本"——"读者"三方面的全方位地共同启动才能达到超越西方小说的理想。而他作为当时处于学术顶端的文学士、同时也是教育者(撰写《小说神髓》时已经是东京专门学校的教师了),以启蒙者的姿态对"作者"和"读者"进行教育和指导。因此,坂垣公一认为坪内逍遥"意识到读者大众,坪内逍遥和读者的关系只有在教育者和被教育者的状态下才成立,因此,《小说神髓》的体系来说,作者和读者的关系并不是对等的。从某种意义来说,《小说神髓》具有启蒙的性质。"②

通过以上论述可以发现,《小说神髓》不仅阐述了小说的美学本质和意义,还论述了小说的写实主义理论、小说叙事的内容和叙事模式等等小说文本创作时必要的因素,还把视野扩展到小说叙事交流模式的全过程。通过对"隐含作者"和"隐含读者"的改造,必然文学本身的理论、叙事模式等都要发生相应的变化,所以《小说神髓》的内容是极其丰富和深刻的。虽然坪内逍遥没有用现代学术语言进行解说,但他所阐述的内容和当代人用现代视域、用现代学术语言阐释的理论有很多契合之处。这也是现在《小说神髓》在日本的研究重新受到重视的原因。

---

① 坪内逍遥:『小説神髄』,東京:岩波書店,1936年10月第1版,1988年2月第17刷,20頁。
② 坂垣公一:坪内逍遥の「小説神髄」の写実理論,『日本文芸研究』21-4,1969年,33頁。

第五章

互文性研究

撰写于1899年4月,后收录在《文艺与教育》的一文中,坪内逍遥指出"外国的影响感化是文学研究的一个阶段。"这是日本学者首次正式提出了比较文学的说法。实际上据日本学者佐藤勇夫考证,早在1890年2月—1891年1月坪内逍遥在东京专门学校文学科第一学年后期到第二学年前期,前后一年开设的英文学史讲座中使用了"比照文学"的标题。① 法国学者马·法·基亚认为"波斯奈特(H.N.Possnett)《比较文学》(*Comparative Literature,* 1886)出版,才标志了比较文学的时代已正式开始。"② 斋藤一宽在《坪内逍遥与比较文学》一书中收录了坪内逍遥的学生纪淑雄的上课笔记,从中可以发现该笔记和波斯奈特《比较文学》一书在内容和结构上有惊

---

① 佐藤勇夫:日本比較文学の原点—坪内逍遥,『坪内逍遥研究資料』11,東京:新樹社,1984年,1頁。
② [法]马·法·基亚:《比较文学》,颜保译,北京:北京大学出版社,1983年,第2页。

人的相似,可以认定坪内逍遥上课时翻译和使用了该书。① 佐藤勇夫也认为坪内逍遥是日本比较文学的原点。

实际上,坪内逍遥在霍顿教授文学课程中的遭到了挫折后就认识到日本和西方文学的差异,由此发奋钻研西方文学,最终写出了《小说神髓》,因此,《小说神髓》其实就是一部通过比较文学的方法研究的成果,在其中融合的日本和英国文学的特色。而日本文学中又有"和""汉"之分,1890年5月,在坪内逍遥任教的东京专门学校成立了文学科,坪内逍遥成为实际的负责人。虽然该学科为了顺应时代要求教学以英文学为主,但坪内逍遥提出了"和汉洋三学调和"作为该学科的宗旨。《小说神髓》从某种意义上说也是坪内逍遥这种一贯思想的产物。

按照原定的写作计划,本节应该对《小说神髓》与西方文学或西方文化的影响作一梳理,然后对梳理结构进行分析并作出结论。这方面日本学者做出了非常细致入微的考证和分析成果,笔者也进行了充分地收集。然而随着研究的深入发现如果局限在传统比较文学的方法分析这种影响关系显得很不充分,不能充分反映出《小说神髓》蕴含的丰富的内涵。因此笔者受到"多维视域"的启发,尝试更加开放、更加开阔的视域——互文性理论对《小说神髓》进行阐释。

第一节 互文性文本概述

互文性,又叫文本间性,其理论是20世纪60年代最初由朱丽娅·克里斯蒂娃在《词语、对话和小说》(1966年)以及《封闭的文本》(1966—1967)中提出的,对于这一理论比较言简意赅的解释是克里斯蒂娃在《符号学》中的解释:"任何作品的文本都是像许多引文的镶嵌品那样构成的,任何文本都是其它文本的吸收和转化。"② 也就是说任何文本都处在若干文本的交汇处,都是对以前文本的重读、更新、浓缩、移位和深化。这一理论是克里斯蒂娃受到巴赫金的对话理论启发

---

① 斋藤一宽:『坪内逍遥と比較文学』,東京:二見書房,1973年。
② [法]朱丽娅·克里斯蒂娃:《符号学:意义分析研究》,载:朱立元:《现代西方美学史》,上海:上海文艺出版社,1993年,第947页。

而提出的,后经罗兰·巴特、里法特尔等人的发展在西方学术界逐渐成熟并成为有影响的理论。克里斯蒂娃的理论不仅仅局限于此,她认为任何一个文本都不是孤立的存在,它总是与先前的文本、现在的文本、未来的文本相互联系着,它们彼此照应、互相关联,从而形成一个无穷无尽的开放网络。她甚至还把这一理论扩大到整个宇宙,她认为社会、文化、历史也是广义的文本,除了文本与文本之外,文本与社会、文化、历史之间同样存在着互文性关系。由于这种理论发展到无限的极致,所以被称为"广义互文性理论"。而热奈特、安东尼·孔帕尼翁等学者坚持把互文性理论限定在文本间的相互关联上,其理论被称为"狭义互文性理论"。广义的互文性理论虽然可以开拓研究思路,但意义的无限扩大而有泛化之嫌,操作起来也难以把握。而"狭义互文性理论"坚持结构主义严谨的作风,对互文性现象进行具体的分类和研究。热奈特在《隐迹稿本》给出了互文性的定义:"一篇文本在另一篇文本中切实地出现"[1],他把广义的互文性称为"跨文性",而在其下面又分为五种关系:(1)互文性,即狭义的互文性;(2)类文性;(3)元文性;(4)超文性;(5)统文性。其中,热奈特对直白的互文性的手法分为:引用、抄袭、暗示等三种,而把派生性的超文性关系分为"简单转换"(以下简称"转换")或"间接转换"(以下简称模仿)[2]。而蒂费纳·萨莫瓦约在《互文性研究》中也列举了如"引用"(citation)、"暗示"(allusion)、"参考"(reference)、"仿作"(pastiche)、"戏拟"(parodie)、"剽窃"(plagiat)等互文性的手段。通过细分各自互文性现象加以分析研究可以让我们在无限广阔的文化和文明的时空中考察文本在历时和共时的关系,在各自互动交往的运动中激发新的创造。由于广义和狭义的互文性理论对实践都要很多的启发和指导意义,笔者融合两者精华,在研究思路上参考克里斯蒂娃派的广义互文性理论,而实际分析时借鉴热奈特等的狭义互文性理论。

如上所述任何一个文本都与先前或现在若干文本存在互文性关

---

[1] [法]热奈特:《隐迹稿本》,载:蒂费纳·萨莫瓦约:《互文性研究》,邵炜译,天津:天津人民出版社,2003年,第19页。

[2] 同上书,第21页。

系。《小说神髓》也不例外,在前几章的分析中可以看出,坪内逍遥在撰写《小说神髓》时参考了很多其他的文本来充实其内容,互文性的各种手段在文本中都有明显、隐蔽的表现。关于这一内容历来精于考据日本学者作了大量的基础工作,最著名的研究成果有越智治雄的《<小说神髓>的母胎》(《国语国文学》1956年2月号)、菅谷广美的《<小说神髓>及其材源》(早稻田大学《比较文学年志》第9号,1973年)。①

一、与《小说神髓》有明显互文性关系的文本概况

关于《小说神髓》对其他文本的引用和吸收,关良一在《<小说神髓>考》中做了一个统计表,把坪内逍遥在《小说神髓》中所有直接引用的作品和人名加以归纳。原文为竖排版,笔者对该表排列方向稍作变换。②

	人名	频度	作品	频度	总频度	百分比
古典文学	5	12	10	40	52	15%
近世文学	24	103	36	78	181	52%
明治文学	5	7	6	10	17	5%
中国文学	4	6	7	19	25	7%
西洋文学	24	61	12	14	75	21%
计	62	189	71	161	350	—

以上表格是关良一对于《小说神髓》大概统计,笔者也对照原文检查了一遍发现有些错误,所以以下的解说是更正了关良一的部分明显错误的结果。上表中古典文学是指从日本有文字记载(奈良时代)到江户时代(约17世纪),其中8次提到紫式部、18次提到《源氏物语》,加起来26次,也就是占古典文学次数的一半,说明《小说神髓》中参考的日本文学主要是近世文学、即江户时代的文学,而有些日本学者认为坪内逍遥对日本传统的古典文学并不熟悉,《源氏物语》也是大学时期

---

① 笔者参考以上两篇论文收录于日本文学研究资料刊行会编:『坪内逍遥・二葉亭四迷』,東京:有精堂,1979年。
② 関良一:『逍遥・鴎外—考証と試論』,東京:有精堂,1971年,83—84頁。

学习的,他的主要文学修养来自江户时代各种戏作文学。明治文学中主要有《新体诗抄》《修辞与华文》《春莺啭》《经国美谈》《花柳春话》《慨世士传》等以翻译类为主。在中国文学中引用《庄子》2次、《长恨歌》《琵琶行》各1次、李渔2次、《金瓶梅》4次、《肉蒲团》2次、金圣叹2次、张竹坡1次、《西游记》2次、《水浒传》4次、《翠翘传》1次。在上表中居于引用第二位的是西洋文学,而且主要是英国文学。《小说神髓》中仅仅提及作者或书名有《伊索寓言》、荷马的《伊利亚特》还有法国的仲马(大仲马)等,但都未展开讨论。坪内逍遥直接引用或加以解说的英国文学作品有 E.斯宾塞的《仙后》、班扬的《天路历程》,以及司各特的《威弗利》《海盗》、布尔沃·李顿的《花柳春话》(即中国译名为《欧内斯特·马尔特拉福斯》)、《里恩齐》、狄斯累利的《春莺啭》(中国译名为《康宁斯比》)、萨克雷的《四代乔治王传》《十八世纪英国幽默家传》、狄更斯的《匹克威克外传》共10部作品。按引用作家名字的次数多少次序来说,司各特9次、李顿8次、菲尔丁4次、狄更斯3次、乔治·艾略特3次、萨克雷2次、斯宾塞2次,其中最多的是司各特的历史小说和李顿的政治小说。虽然在坪内逍遥1884年曾以《该撒奇谈·自由太刀余波锐锋》的书名翻译出版了莎士比亚的《裘力斯·凯撒》,但在《小说神髓》中没有提及莎士比亚的名字。

对日本近世文学的引用在《小说神髓》中是最多的,限于篇幅在此省略具体作家、作品和次数。其中引用人名次数最多的就是马琴(46次)、引用次数最多的作品是《南总里见八犬传》(15次)。在关良一的《<小说神髓>考》中,作者统计出江户时代作家(包括一位明治初年戏作作家)共31位、作品31部。①以上统计数据都直接参考了关良一的论文的成果。这些数据未必很准确,例如:关良一统计的引用作品没有说明是只包括文学文本还是也包括非文学文本,如果仅指文学文本,那么统计中出现了如《修辞与华文》、本居宣长的《玉之小栉》是属于修辞类或文学评论。如果关良一统计的包含了非文学文本,那么可能还有一些遗漏,如约翰·莫利的关于艾略特的评论和"文体论"中提到的《朱子语类》等。但是笔者认为以上统计还是确实也可以说明一

---

① 関良一:『逍遥·鴎外ー考証と試論』,東京:有精堂,1971年,93页。

些问题。从以上数据可以知道直白式的引用就有350处之多,说明《小说神髓》是一部互文性特征非常典型的著作,进一步研究互文性特点可以发现《小说神髓》更多深刻内涵。

二、《小说神髓》中的互文性手法

1. 直接引用

热奈特对引用的定义:"其中最逐字逐句和最直白的形式,就是传统手法上的引用(citation,带引号)。"[①]按照现在学术规范来说,标准的引用不仅要带引号还要书名、出版社、版本、页码等,但一百多年前的日本当然没有这样的规范,人们也没有这样的意识,而且当时日本还没有统一规范的书写标准,西方的标点符号还没有普及,仍然沿用传统的"句读符号",所以有时直接引语和间接引语也不明显。如果以中译本来看,有很多引号而日语原版书中,尤其是第一版中,未必都是直接引语。有很多引用没有注明书名,只写了某某人说了等等。在《小说神髓》中大段引用而且内容比较重要、直接论证或通过批判提出主要观点的有如下几处:

小说总论:费诺罗萨的《美术真说》(大森惟中译,书中用"美国某博识"匿名加以引用)、大内青峦的《大日本美术新报》第一号社论、菊池大麓的《修辞与华文》

小说的主眼:约翰·莫利评乔治·艾略特、本居宣长的《玉之小栉》

小说的裨益:司各特论正史和历史小说、米拉论正史、萨克雷论小说、E.斯宾塞论文笔

文体论:式亭三马《浮世澡堂》、《源氏物语》若紫卷、葵卷、杨桐卷、须磨卷(3段)、末摘花卷、马琴论俗文体、松亭金水(未注书名)、马琴的《美少年录》(引用5段)、柳亭种彦《田舍源氏》(引用4段)

小说情节安排的法则:曲亭马琴论小说七法则(引自《八犬传·第九辑中帙附言》)

---

① [法]热奈特:《隐迹稿本》,载:蒂费纳·萨莫瓦约:《互文性研究》,邵炜译,天津:天津人民出版社,2003年,第20页。

以上引用的是较长篇幅的段落,大体可以找到引用的原文。从语言来说引用本国的内容时能基本原封不动的摘入文本,但是也有部分删节,而引用英文材料时就有翻译的中介。这里又有别人翻译和作者坪内逍遥自己翻译两种情况。如费诺罗萨的《美术真说》是日本人大森惟中翻译的,翻译时误译或曲解了其中一些意义。约翰·莫利评乔治·艾略特的文章是坪内逍遥自己翻译时,现在日本学者找到英语原文对照发现坪内逍遥译义的意思和原文有很多地方不一致。从引用目的来说有三种情况:(1)帮助论证自己的论点。如菊池大麓的《修辞与华文》、本居宣长的《玉之小栉》、司各特、米拉、萨克雷等人的论点等都是为了进一步依靠别的权威者来证明自己的观点正确。(2)通过批判别人的论点来树立自己的观点。如费诺罗萨的《美术真说》、大内青恋在《大日本美术新报》上的社论、曲亭马琴论"小说七法则"等,在引用时基本能保持原状引用,但有时也会有删节。(3)例证。仅仅是作为例子来显示给读者具体的情况。如文体论中的引用,坪内逍遥为了说明雅文体、俗文体、雅俗折衷体,分别使用了紫式部的《源氏物语》、马琴的《美少年录》和柳亭种彦的《田舍源氏》等文,也有若干其他的小说。但是似乎引用过多,而且基本没有解释,有掉书袋之嫌。

通过这些例子可以看出坪内逍遥在写作过程中对大量的先前的文本进行了吸收和合并,对有的文本也运用了裁剪删节,把不利自己论证的部分省略;有的引用在语境中恰到好处,有的引用有些生硬的拼凑;也有一些是批驳其他文本的论点,提出自己的观点。通过以上这些引用的手段作者整合出一个全新的文本。先前的文本和新的文本存在于两个不同的文本中,其互文关系十分明显。

2. 借用(抄袭)

抄袭是互文性常见手法之一,按热奈特的定义认为抄袭就是逐字逐句地引用时不注明出处。抄袭和剽窃在现实社会中都是不道德的,甚至是犯罪。但是在互文性理论来说所有的文本都是对其他若干文本的抄袭。正如博尔赫斯在《虚构》中所说:"我们认定天下文本一大抄,作者名无固定,时不具体。"①当然真正按逐字逐句的抄袭比较少,现在我们认为如果是论文的话,核心内容雷同就可以认为是抄袭了。当然文学作品如小说的认定又很难了,不在本文讨论范围之内。在《小说神髓》是否存在抄袭的现象呢?笔者认为如果按照互文性理论的概念可以认为有这种现象,但是如果把抄袭作为现代社会中故意窃取别人的知识成果的不道德和违反犯罪的行为来看,那么笔者认为不应该把"抄袭"或"剽窃"这样的帽子带到坪内逍遥的头上。在《小说神髓》中确实有一些部分是作者借用了某些文本而且没有注明出处,但是他并没有"逐字逐句"地借用而是作了一些转换。如"小说的变迁"一章,据多位日本学者考证这一部分是坪内逍遥大段借用了《大英百科全书》第8版(*Encyclopedia Britannica*)中romance条目的内容。②该书的第6版为英国著名作家瓦尔特·司各特撰写,第8版为后人在司各特的文章的基础上作了一定的修改。)作出考证的学者和论文有菅谷广美的《<小说神髓>及其材源》、关良一的《<小说神髓>考》等,现在这已经成为日本文学研究界的定论。在"小说的变迁"中,坪内逍遥要对小说(novel)和传奇(romance)发展演变的历史作出梳理,但是限于资料他不可能从具体的文本进行归纳也没有现成的文学史可以参考,而《大英百科全书》具有极大的权威性而且比较方便,于是坪内逍遥就以该书为蓝本进行了翻译。但实际上由于经过了翻译这一过程时原文的意义发生了一些改变,有些是误读、有些是为了修辞而作了语言性转变,也有一些是改写(或作"创造性背叛")。如龟井秀雄根据自己收藏的《大英百科全书》第八版和坪内逍遥的《小说神髓》"小说的变迁"的文章进行对照,坪内逍遥在"小说的变迁"中提出文学样式由古代的诗歌演变到近代的戏剧,以后戏剧不断衰微因此小说的兴起。而《大英百科全书》中只是提到戏剧的衰落和小说的兴起的时间是一致的,没有谈到两者的因果关系。③坪内逍遥根据进化论的优胜劣汰的规律,把它说成因果关系了,这是一种对原文的歪曲和篡改。即使这样

---

① [阿根廷]博尔赫斯:《虚构》,载:[法]蒂费纳·萨莫瓦约:《互文性研究》,邵炜译,天津:天津人民出版社,2003年,第39页。
② 関良一:『逍遥と鷗外—考証と試論』,東京:有精堂,1971年,55頁。
③ 亀井秀雄:『「小説」論』,東京:岩波書店,1999年,228頁。

如果按目前学术界的一般对抄袭的界定的话,把英语的百科全书上的大段文字、叙述结构都照搬入自己的文章中,不注出处,也许还是会被界定为抄袭吧。当然我们不可以用今天的学术标准来判断一百多年前的日本文学启蒙者,况且在日本,自古以来擅长对外来民族的优秀文化吸收并改良。在文学上,江户时代以来盛行的"翻案文学"就是对中国明清小说翻译改编而发展起来的。①日本传统上也不以借用别国文化为耻,在当时的历史条件下率先把别国的文化译介给国内还是值得赞许的事。

3. 暗示

国内有很多学者认为暗示相当于中国的用典。笔者理解两者有所不同,笔者认为暗示是不完整的引用,同时也不注明出处,它用只言片语暗示另一文本,要领会其中意义还有赖于读者有共同的背景知识。在《小说神髓》中也有大量的暗示的现象。"所谓寓意小说是什么呢?……如果举例来说《西游记》就是适当的例子。"②如果读者没有读过《西游记》可能会影响理解。又如:"因而这个时期的人常有种种所谓怪癖,既有可笑的怪癖也有可恨、可怜的、可恶的怪癖。有的可能像善六、丈八那种人物的卑猥无耻,也有的如有业那样极度呆傻。"③"善六""丈八""有业"都是江户时代戏作文学的人物的名字,它暗示了江户时代戏作文学文本,只有读者读过那些书才能完全领会作者的所指。当然这些例子还只是个别细节,还有一些是贯穿全书的暗示,如"经过这样的进化,小说自然而然地在社会上盛行起来并受到重视。这是优胜劣败、自然淘汰的规律使然,是大势所趋、无法抗拒的。"④在"小说的变迁"中作者根据斯宾塞的进化论思想说明小说最终战胜其他艺术形式成为"唯一的、最大的艺术。"坪内逍遥没有去论证和说明进化论,暗示了其推理过程受到进化论的支撑。因为这是从西方传来并在当时社会上有很大影响的思潮。一般当时读者可以理解其中意

---

① 潘文东:《从译介学的角度看日本的"翻案文学"》,《苏州大学学报》(哲学社会科学版),2008年第4期,第95页。
② 坪内逍遥:『小説神髄』,東京:岩波書店,1936年10月第1版,1988年2月第17刷,43頁。
③ 上揭书,49頁。
④ 上揭书,57頁。

义。从暗示的例子来说可以看出,坪内逍遥预设的《小说神髓》的"隐含读者"应该具有相当的学识:有日本一般知识阶层的基础知识、对江户时代文学比较熟悉、对西方文化有相当了解、有一定的英语基础。那么当时的大学生也许是最合适的人群了。

三、《小说神髓》的前文本

以上分析了《小说神髓》中互文性手法,这种分析还远远不能揭示《小说神髓》对其他文本的吸收、转化等丰富的互文性内涵。因为文本的互文性不仅仅局限在狭义范围内,正如克里斯蒂娃认为所有文本都是其他文本拼凑起来的、都是对其他文本的吸收和转化。热奈特在他的跨文性理论中的超文性就和这种意义相似。超文性是指某一文本(乙文本)通过"嫁接"前文本(甲文本)而得以产生,两者关系为"互文本"。这种思想扩展开来就形成了一种新的文学创作观,安东尼·贡帕尼翁认为:"所有的写作都是拼贴加注解,引用加评论。"[1]T.S.艾略特也认为一位诗人的个性不在于他的创新,也不在于他的模仿,而在于他把一切先前文学囊括在他的作品之中的能力,这样,过去与现在的话语同时共存。[2]因此回溯前文本对主体文本解读有重要意义。

我国学者冯寿农考察了以让·贝勒曼—诺埃尔为代表的法国渊源批判后指出:"渊源批评的诠释并不把正式文本视作一切手稿的归宿,而是把文本只视作一种可能、一种选择,把前文本视作一个独立的系统加以阐释。特别在诠释手稿时,必须区别前文本与文本的差别:前文本是复数的,而文本是单数的;前文本是游移的、动态的、未完成过去时的,而文本是固定的、静态的、过去完成时的;前文本是生产过程,而文本是一件出炉的产品。因而前文本与文本之间的关系决不能看成因果关系,也不全是目的论关系,而是相异性关系。前文本是一种潜在的文学,需要一种新的阅读方法。"[3]根据这一理论我们可以把作

---

[1] [法]安东尼·贡帕尼翁:《二手文本》,第32页。载:[法]蒂费纳·萨莫瓦约:《互文性研究》,邵炜译,天津:天津人民出版社,2003年,第24页。
[2] 程锡麟:《互文性理论概述》,《外国文学》,1996年第1期,第72—78页。
[3] 冯寿农:《法国文学渊源批评:对"前文本"的考古》,《外国文学研究》,2001年第4期,第12页。

家创作时参考的文献资料作为前文本的"外源",而作家手稿或已完成部分作为前文本的"内源"。

作为外源性的前文本,据菅谷广美的《<小说神髓>及其材源》中统计,可以考证出来坪内逍遥参考过的资料中,日本文献有曲亭马琴的《八犬传》各辑序、《读本朝水浒传并批评》《稗说虎之卷》《骈鞭》《稗史外题鉴批评》本居宣长对《源氏物语》的研究著作《玉之小栉》等,外国的文献有哈伯特·斯宾塞(Herbert Spencer)的 The Philosophy of Style,亚力山大·倍因(Alexander Bain)的 English Composition and Rhetoric,Hepburn 的 Rhetoric、Encyclopedia Britannica(《大英百科全书》)中 romance 条目、Henry Norman 的 Theories and Practice of Modern Fiction,大内青峦的《大日本美术新报》第一号社论(1883年)、费诺罗萨的讲演稿翻译而成的《美术真说》(龙池会刊行,1882年)、菊池大麓翻译的《修辞与华文》、外山正一的《新体诗抄》以及矢野文雄的《译书读法》、还有英国评论家约翰·莫利(John Morley)的 George Eliot's Novels(1866年)、麦考莱(T.B. Macaulay)的《论弥尔顿》、安东尼·特罗洛普(Anthony Trollope)的 Novel-Reading 等。

以上的结论是从《小说神髓》中透露的一些信息中考证出坪内逍遥参考过的前文本,而越智治雄从东京大学档案资料考察了坪内逍遥在东京大学所受教育,进而推论出更广义的前文本。坪内逍遥从爱知英语学校到东京开成学校学习,后来开成学校改制为东京大学,他被编入文学部。当时分科还不细,实际他所受到的教育比较杂,包括历史学、理财学、心理学、哲学、英文学等,心理学的老师是提倡诗歌改良的著作《新体诗抄》的作者之一外山正一,霍顿担任英文学课程、费诺罗萨担任理财学、政治学、哲学史等课程。越智治雄认为:"我们可以在逍遥中发现他的功利主义、对实在的不可知论、对认识的相对主义。"① 这是坪内逍遥在东京大学受到倍因的心理学和边沁的功利主义、斯宾塞的进化论的深刻影响构建起来的知识体系,形成了《小说神髓》广义的前文本。再进一步说,从坪内逍遥成长过程来说,少年时期

---

① 越智治雄:「小说神髓」の母胎,日本文学研究资料刊行会编,『坪内逍遥·二叶亭四迷』,東京:有精堂,1979年,6頁。

大量阅读江户时代文学、观看日本传统戏剧(歌舞伎等),青年时期在学校学习汉文、英语等,到了东京大学学习西洋文明(不仅是文学,在他课程中有很多西方法律、经济的课程),构成了他"和汉洋"融合的知识结构。在这个结构中,日本的传统文化是其深层,而且坪内逍遥的"和文学"是江户时代文学为中心的町人文化(或者说市民文化),具有通俗性、平民性和民主性。这与二叶亭四迷、森鸥外、夏目漱石不同的,他们的知识结构核心是以日本贵族文化为中心的日本古典文学。虽然坪内逍遥的知识结构有内向外呈现"和"—"汉"—"洋"的顺序,而在《小说神髓》中体现出似乎相反的倾向。虽然表面上有很多日本江户时代的内容而在深层蕴含着作者进化论、科学主义等思想,维持了全书脉络和体系基本完整。这几种知识结构或素质结构不是线性的,几种结构相互交叉隐藏在文本的各章节中。

除了外源性的前文本,坪内逍遥在《小说神髓》成稿前发表的一些论文构成了内源性的前文本。坪内逍遥在大学期间积极参加各种课外活动,他的好友高田早苗在学术和政治上都很积极,坪内逍遥受到影响很早就开始写作,明治十二年(1880年)他翻译了英国著名作家司各特的《兰玛穆阿的新娘》的一部分,取名《春风情话》出版了。1884年在高田早苗的帮助下翻译了司各特的《湖上的美人》(*The lady of the lake*),取名为《泰西活剧·春窗绮话》出版。同年5月全文翻译莎士比亚《裘力斯·凯撒》,书名为《该撒奇谈·自由太刀余波锐锋》。这些与《小说神髓》的关系有点远,但由于译介西方的文学对他的文学观必然对形成产生了影响。除了翻译以外,1883—1885年坪内逍遥撰写的小说理论有以下几篇:

(1)《小说的文体》,1883年9月,《明治协会杂志》。

(2)《<怪谈牡丹灯笼>前言》,1884年10月。

(3)《<慨世士传>前言》,1885年2月。

(4)《假作物语的变迁》,1885年3月,《中央学术杂志》。

(5)《神髓拾遗·时代物语论》,1885年5月,《中央学术杂志》。

(6)《诗歌的改良》,1885年5月,《读卖新闻》。

(7)《谢爱佗痴子大人》,1885年7月,《自由灯》杂志。

(8)《论小说及<书生气质>的主旨》，1885年8月，《读卖新闻》。
(9)《小说论一斑—小说的主眼》，1885年8月，《自由灯》杂志。

其中《小说的文体》《假作物语的变迁》《小说论一斑——小说的主眼》分别几乎全文进入《小说神髓》的"文体论""小说的变迁""小说的主眼"等几章，发表的原因是作为单行本的《小说神髓》因出版社和发行的问题，分册发行，其中因销量等问题中断了好几次。《神髓拾遗·时代物语论》《谢爱佗痴子大人》《论小说及<书生气质>的主旨》三篇虽然仍在《小说神髓》分册出版期间，但是《小说神髓》已经成稿，内容是评论的坪内逍遥的另一部作品《当世书生气质》的。

因此真正意义上和《小说神髓》有直接关联并构成前文本的主要有三篇：

《怪谈牡丹灯笼》是东京稗史出版社根据讲谈师（说书艺人）三游亭园朝演出的速记整理而成，虽然内容与《小说神髓》的主张多有不合，但是把口语变成文字的有益尝试，坪内逍遥对此给予一定的赞扬，因该出版社就是原计划出版《小说神髓》的东京稗史出版社，是熟人相托故写出了前言，《<怪谈牡丹灯笼>前言》的部分主张转化成文体论的部分论点。

《慨世士传》是1885年坪内逍遥翻译英国作家李顿（B.Lytton）的历史小说《里恩齐》（Rienzi）的书名，在前言中他批判了劝善惩恶封建道德，提出了小说应该描写人情的文学主张。这些主张都是《小说神髓》书中最关键的核心主张，这篇文章受到日本学者的极大重视，认为它是《小说神髓》的雏形。

《诗歌的改良》发表于《读卖新闻》，当时《小说神髓》已基本定稿，这部分内容和小说总论有明显互文关系，他提出诗歌应该抒发人情，随着时代的变化人情越来越复杂，所以诗歌由抒情诗向叙事诗发展、从有韵诗发展到无韵的诗。这些在"小说总论"上有相似的表现。

以上从互文性理论分析了《小说神髓》中互文性手法和与前文本的关系，从中我们可以看出《小说神髓》对其他文本的吸收、改编、拼凑和粘贴，从在场的词语暗示不在场的意义，发现这个文本是处于无穷无尽的文本网络所处的交汇。我们如果孤立地看待文本的话，那么就

第五章　互文性研究

无法真正领会这个文本的意义,只有在与其他作家和其他文本的交往和对话中才能揭示其开放的意义。

第二节　《小说神髓》与英国小说家

从上一节可以看出《小说神髓》受到西方文化的影响中主要来自英国。因为坪内逍遥学习的外语是英语,他通过英语直接了解西方世界,有些影响虽然不是来自英国本身的,但也通过英语文献的中介接受影响。另外一大英语国家——美国的文化还没有成气候,所以所谓西方文化主要还是来自欧洲的。本节笔者想收缩视线集中在英国文学界,因为从《小说神髓》中直接反映出来结果看,坪内逍遥在书中主要提及了司各特、李顿、菲尔丁、狄更斯、乔治·艾略特、萨克雷、E·斯宾塞、班扬等英国8位小说家的名字和一位评论家的名字约翰·莫利,按照本章第一节的统计,司各特被提及9次、布尔沃—李顿被引用8次,因此他们在书中都具有重要的地位。约翰·莫利虽然被引用了2次,但他的论点是评论艾略特的,直接与《小说神髓》的核心观点相关,所以这两位的作家也极其重要。其他作家基本上是论证部分细节时提及的,居于次要地位。在坪内逍遥的《回忆漫谈》中谈到在撰写《小说神髓》参考资料很少,除了东京大学图书馆的一些英国小说和新近到日本的英国综合杂志。英国小说基本上是距坪内逍遥生活的时代四五十年前的19世纪中叶,狄更斯是这些作家中较新的。下面主要考察一下司各特、李顿、约翰·莫利(包括乔治·艾略特)等人对《小说神髓》的具体影响方式和文本被吸收在《小说神髓》中存在的状态。

一、瓦尔特·司各特(Walter Scott, 1771—1832)

司各特是英国19世纪初最重要的小说家被称为19世纪英国小说的开创者。《剑桥英国文学史》评论说:"司各特具有突出的品质,那就是集幽默大师和传奇作家于一身,集老于世故的人和热爱大自然并崇拜历史的人于一身。对他来说,传奇主要不是爱情传奇,而是人生传奇,世人及其活动的传奇,特别是历史上的战争和历险的传奇。"[1]

在《小说神髓》中引用或提及司各特的地方有如下九处:

(1) 笛福是位在表现世界真实状况上适合使用史诗体文章的人,司各特、布尔沃等人在从事历史讲述时也使用这种文体。[2]
(2) 英国小说的大家瓦尔特·司各特所写的小说中有很多绵密的细节描写,在描写作为强盗巢穴的山洞时,作者特意离家到强盗住过的山洞一带的地方去仔细观察过……[3]
(3) 虽说近代小说的名家众多,如司各特、李顿、仲马、艾略特等人,如果要超越他们也非至难之事。[4]
(4) 英国大小说家司各特说:"历史小说对两种读者有益。"[5]
(5) 米拉说:"……但即使是这部历史与司各特的小说《威弗利》所描写的相比有许多当时的情态并未能反映出来……"[6]
(6) 就连大作家司各特在《海盗传奇》中也未能避免此病。[7]
(7) 比如瓦尔特·司各特是写作历史小说的大家,他经常以正史上的事件作为情节来创作小说,然而只要读一下他的作品,其与正史迥异之处灼然明了。[8]
(8) 司各特就是最能懂得历史小说精髓的作家。[9]
(9) 后天法(归纳法)与前面先天法(演绎法)不同,这是作者通过想象力选出世间应有的种种性格,经过适当概括来塑造人物的方法。(中略)英国的司各特以及18世纪其他英国小说家大多属于此派。[10]

司各特是坪内逍遥最喜欢的英国作家之一,1880年他翻译了《兰

---

[1] 刘文荣:《19世纪英国小说史》,北京:中国社会科学出版社,2002年,第31页。
[2] 坪内逍遥:『小说神髓』,東京:岩波書店,1936年10月第1版,1988年2月第17刷,35頁。
[3] 上揭書,54—55頁。
[4] 上揭書,58頁。
[5] 上揭書,89頁。
[6] 上揭書,90頁。
[7] 上揭書,157頁。
[8] 上揭書,163頁。
[9] 上揭書,166頁。
[10] 上揭書,176頁。

玛穆阿的新娘》(*The Bride of Lammermoor*)的一部分,取名《春风情话》出版了。1884年又翻译了《湖上的美人》(*The lady of the lake*),译本改名为《泰西活剧·春窗绮话》。可见当时他对司各特的钟爱,他在《坪内逍遥选集》别册第二绪言中说:"《里恩齐》和《艾凡赫》都是我最爱读的英国历史小说。"①在《小说神髓》中自然也作为日本学习的榜样之一,在以上引用的9处地方,除了(3)例举英国著名作家未加评论外,其余都是赞扬司各特小说的卓越之处。首先司各特擅于写作历史题材的小说(8),他运用史诗般的语言表现历史(1),但不是完全历史性的记录,注意表现艺术的真实(7)、(4)、(5),注重细节描写的真实(2),刻画人物用后天法(归纳法),也就是融合各种人物的性格特征(9)。司各特的缺点是喜欢炫耀学识,即坪内逍遥批评小说创作的11种弊病之八(6)。

我国英国文学专家刘文荣在《19世纪英国小说史》中对司各特的也作出了和坪内逍遥相似的评价:"做到历史真实和艺术虚构的统一,既尊重历史事件的本来面貌,又要在这个基础上进行加工,通过丰富多彩的故事情节和鲜明生动的人物形象描绘出一幅幅引人入胜的历史画面。""注重对环境、景物和风俗的描写,以此烘托作品的历史气氛。"司各特采用独特的小说结构,使真实的历史事件和虚构的人物形象有机结合在一起。""出色地描写普通人的生活和情绪,以及宏大的群众性场面,可以说是司各特历史小说中又一特点。""当然,司各特的小说并不是毫无缺点的。首先是他的小说还未完全摆脱18世纪传奇小说的俗套,……司各特有时写得比较冗长、庞杂,偶尔还夹杂陈腐的说教……"②

虽然在"小说的主眼"和《小说神髓》整体来看,坪内逍遥是提倡写当代现实生活题材的"现世小说"的,但也不排斥历史题材,况且坪内逍遥本人也很喜欢历史。之所以在《小说神髓》中9次提到司各特,其原因是他的文学突出人的地位,是通过历史来描写"人的文学"。这一点也是上文引用的《剑桥英国文学史》的观点。坪内逍遥的学生、日本

---

① 関良一:『逍遥と鷗外—考証と試論』,東京:有精堂,1971年,94頁。
② 刘文荣:《19世纪英国小说史》,北京:中国社会科学出版社,2002年,第36—39页。

著名文学研究学者本间久雄在"《春风情话》——司各特与马琴"一文中认为司各特选择历史题材实际上是在历史中追求人性。他还引用英国著名文学家托马斯·卡莱尔(Thomas Carlyle)的话说:"司各特的历史小说告诉我们一个明白的真理,而且是一般历史学家忽视的真理。那个真理不是依靠单纯的外交文书、官报式的年代志、抽象的事件,而是依靠活生生的人来体现的。告诉我们这个真理的司各特对历史的贡献是伟大的。"①由此可见坪内逍遥对司各特的文本的导入是非常有效的,在这部分论证中发挥了积极的作用。

二、爱德华·布尔沃—李顿(Edward Bulwer-Lytton, 1803—1873)

李顿是英国维多利亚时代最优秀的作家之一,他是司各特去世后到狄更斯前英国文坛的主将。他继承了司各特历史小说的传统撰写了著名的小说《庞贝的末日》(The Last day of Pompeii,1834年)和《里恩齐》(Rienzi — the last of the Roman tribunes,1835年),同时开始关注社会问题,开启了科幻小说的先河。《小说神髓》中引用或提及李顿的地方有以下八处:

(1) 笛福是位在表现世界真实状况上适合使用史诗体文章的人,司各特、布尔沃等人在从事历史讲述时也使用这种文体。②(同司各特)
(2) 虽说近代小说的名家众多,如司各特、李顿、仲马、艾略特等人,如果要超越他们也非至难之事。③(同司各特)
(3) 又如英国李顿的小说中,很多都是描写男女爱情的。《花柳春话》就是其中之一。(中略)作品虽然仔细刻画了男女痴情,不但没有写闺中细节,而且把所以涉及男女隐秘的行动统统加以省略。④

---

① 本間久雄:『坪内逍遥―人とその芸術』,東京:日本図書センター,1993年,95頁。
② 坪内逍遥:『小説神髄』,東京:岩波書店,1936年10月第1版,1988年2月第17刷,35頁。
③ 上揭書,58頁。
④ 上揭書,148頁。

(4)（小说创作11种弊病之八：夸耀学识）英国的李顿在其年轻时写的作品中也往往有此类过失。①
(5)李顿的爱情小说从其作品性质来看与我国为永派相似，但它没有受到社会的嘲笑，没有被认为是低级的。②
(6)情节复杂的稗史之类，会设置几组主人公。李顿在自己的《慨世士传》(《里恩齐》)中给男主人公里恩齐配上女主人公奈娜……③
(7)后天法（归纳法）与前面先天法（演绎法）不同，这是作者通过想象力选出世间应有的种种性格，经过适当概括来塑造人物的方法。（中略）英国的司各特以及18世纪其他英国小说家大多属于此派。④
(8)在描述人物性格时有两种手法，姑且叫做阴手法、阳手法。（中略）阳手法与之相反，首先把人物性格在叙述部分中明显写出，使读者清楚了解。西方作者一般都采用这种手法。（参见《慨世士传》奈娜的性格)⑤

从以上的例子可以看出，与司各特在描写人性和宏大气势相比，坪内逍遥对李顿的赞赏主要在艺术技巧上。其一是坪内逍遥是阐述描写人情时会遇到一个问题，即描写人情的话就难免会描写男女情事，如实描写就会流于淫秽，李顿的处理方法符合坪内逍遥的心意。其二是人物刻画时设置几对男女主人公的手法。其三，表现人物性格时运用后天派手法，叙述人物性格运用阳手法等。刘文荣评论李顿时这样说："其最大特点就是大量引入真实的历史人物。""布尔沃生前虽然不以社会小说出名，但他在这方面的涉足，客观上是有助于维多利亚小说朝现实主义方向发展的。""布尔沃主要使用两种方法来表明自

---

① 坪内逍遥：『小説神髄』，東京：岩波書店，1936年10月第1版，1988年2月第17刷，157頁。
② 上揭書，157頁。
③ 上揭書，169頁。
④ 上揭書，176頁。
⑤ 上揭書，181頁。

己的特点:一是把政治和社会背景处理得更加符合历史真实;二是更为大胆地采用想象力的浪漫化故事情节。""布尔沃的小说也有其明显的缺点,那就是,过分堆砌材料和过分注重奇异效果。"[①]对比坪内逍遥和刘文荣的观点,虽然说法不同但有些相通的地方,就是(1)注重历史小说的真实性;(2)李顿擅于运用高超的文学技巧;(3)开始创作现代题材。这几点是坪内逍遥在《小说神髓》中大力提倡的,反过来讲,也正是坪内逍遥接触到了司各特和李顿等人为代表的19世纪中期的英国文学才总结出西方小说的先进理念,指明了日本文学家向西方文学学习的方向。

三、约翰·莫利与乔治·艾略特

约翰·莫利(John Morley,1838—1923)在文学史上并不有名,他是当时英国的政治家和文学评论家,据川副国基考证在坪内逍遥阅读到的英国杂志 The Fortnightly Review 是约翰·莫利做编辑的时发行的,英国麦克米伦出版社1921年出过《约翰·莫利全集》15卷。1到6卷为评论集,评乔治·艾略特的文章也在其中。[②]《小说神髓》中引到约翰·莫利主要有两处,一处在"小说的主眼"篇幅较长,日文约970字左右,比较完整地阐述了观点。另一处在"小说的神益"是对前面的补充或重复,基本没有新的内容。因此这里重点分析一下约翰·莫利的观点,他认为古时识者曾说,一切文学的意义及目的都是为了对人生进行批评,并认为通过描写人情最终要揭示的是"人生因果的秘密""人生的大机关。"[③]

笔者在第三章曾论述过坪内逍遥在"小说的主眼"中提出了"小说的主脑是人情,世态风俗次之"[④]的主张,其实这只是坪内逍遥"人情观"的开场白,真正的结论在后面——作者认为小说要揭示"人生因果的秘密"。他通过三步推理论证了结论:"人情"——"内心世界的冲

---

① 刘文荣:《19世纪英国小说史》,北京:中国社会科学出版社,2002年,第92—95页。
② 川副国基:「「小説神髓」について—文学革新期と英国の評論雑誌」,载:『政治小説、坪内逍遥、二葉亭四迷集』,『現代日本文学大系』1,東京:筑摩書房,1974年,410頁。
③ 坪内逍遥:『小説神髓』,東京:岩波書店,1936年10月第1版,1988年2月第17刷,67頁。
④ 上揭书,58頁。

突"——人情背后的"人生的奥秘",只有看到了第三个层次才可以说真正理解了坪内逍遥的"人情说"。笔者认为这是《小说神髓》的真正"神髓"所在,其中约翰·莫利的观点对论证起了最关键的作用。"古时识者曾云一切文学的意义及目的皆是对人生进行批评。小说本应称为艺术界最美妙的艺术表现为何不断反遭轻视而居于最底下的地位呢?我想这可能是由于称得上对人生进行批判的小说十分稀少的缘故。(中略)用奇思妙想的丝线巧妙编织人世间的情感之网,将其隐微奇妙的因缘所招致的变化多端、复杂多歧的结果编织成美丽的文字,充分地揭示出人生的因果奥秘的著作十分稀少。"① 可是据多位日本学者查阅资料,发现约翰·莫利评艾略特的文章原文和坪内逍遥的翻译有很大差异。虽然约翰·莫利提到小说有批评人生的作用,但没有《小说神髓》的译文中出现的类似"一大奇想的丝线""人生大机关""隐妙不可言的因果"等词语。由此可见坪内逍遥在引用并翻译约翰·莫利评艾略特的论文时作了大胆的发挥。② 从两者意义来说,这并不是由于误读而产生的,而是有意的改动。在《小说神髓》中莫利的评论与坪内逍遥的观点达到了天衣无缝的融合,使读者感受到强大的说服力。

乔治·艾略特(1819—1880)是与狄更斯、萨克雷齐名的维多利亚时代最有名的作家之一,在《小说神髓》中坪内逍遥引用约翰·莫利的观点认为艾略特"只是清清楚楚地描绘出事物的因果,一切褒贬取舍交给读者自己去思索"③。这种评价也是很准确的。对于阐述坪内逍遥作家要做旁观者、要"作家隐退"等观点也是合拍的。也许坪内逍遥本人对乔治·艾略特的作品读得不多(或没有读过),只能借约翰·莫利来阐述艾略特的小说,坪内逍遥提到乔治·艾略特的地方共三处,还有两处分别是"虽说近代小说的名家众多,如司各特、李顿、仲马、艾略特等人,如果要超越他们也非至难之事"④;和"其他女作家乔治·艾略特

---

① 坪内逍遥:『小説神髄』,東京:岩波書店,1936年10月第1版,1988年2月第17刷,66—67頁。
② 菅谷広美:『小説神髄』とジョン・モーレイ,『比較文学年誌』19,1980年3月。
③ 坪内逍遥:『小説神髄』,東京:岩波書店,1936年10月第1版,1988年2月第17刷,68頁。
④ 上揭書,58頁。

也不乏史才"。①都没有正面介绍过乔治·艾略特。但是乔治·艾略特的存在对于《小说神髓》是举足轻重的。刘文荣这样评价:"确实,在乔治·爱略特之前,英国小说家和小说读者大凡都把小说仅看做一种娱乐性的文学体裁;也就是说,小说在他们眼里既不像诗歌那么崇高,也不像戏剧那么严肃,通常只是给人以愉悦的。所以,即使像狄更斯和萨克雷这样的大小说家,他们的作品在思想上虽然像诗歌一样崇高,像戏剧一样严肃,但在情节和语言方面,仍带有相当多的娱乐成分。然而,这种把小说当作娱乐文学的看法,到了乔治·爱略特进行小说创作的时候,已开始发生变化;或者说,英国小说惟有到了乔治·爱略特手里,才真正成为一种严肃的文学体裁,成为一种分析人性、解释社会和宣扬道德的手段,而乔治·爱略特恰恰就是凭这一点,才赢得声誉的。"②坪内逍遥和艾略特一样,在日本改变了当时小说作为"戏作""玩物",或是"驱赶睡魔和慰籍寂寥"的工具的地位,③把它提升到高雅艺术的至高境界,这对小说成为日本近代文学的主要艺术样式、实现日本小说话语的近代化转向、提高小说家的个人素质和社会地位、形成日本小说繁荣的局面形势有巨大的功绩。当然,坪内逍遥赞赏乔治·艾略特提出分析人生以及宣扬道德的文学主张并不是走江户时代的劝善惩恶的旧文学的老路,而是和艾略特文学的另一特征客观描写紧密联系在一起的。乔治·艾略特在小说《亚当·比德》中提出:"我直消把朴朴实实的故事说出,也就满足了。我不想把事物写得比它们真实的情况更好。"④约翰·莫利评论艾略特的小说那一段引用文章是《小说神髓》全书的灵魂所在,是"神髓之神髓"。以往的研究虽然注意到了《小说神髓》"小说的主眼"开始的那一句"小说的主脑是人情,世态风俗次之"⑤,而忽视了后面的"人生的奥秘";虽然注意到约翰·莫利对艾略特评论的那段话,但是把注意力集中到了约翰·莫利身上,没有对艾

---

① 坪内逍遥:『小説神髄』,東京:岩波書店,1936年10月第1版,1988年2月第17刷,162頁。
② 刘文荣:《19世纪英国小说史》,北京:中国社会科学出版社,2002年,第216页。
③ 坪内逍遥:『小説神髄』,東京:岩波書店,1936年10月第1版,1988年2月第17刷,78頁。
④ [英]艾略特:《亚当·比德》,张毕来译,贵阳:贵州人民出版社,1987年,第212页。
⑤ 坪内逍遥:『小説神髄』,東京:岩波書店,1936年10月,1988年2月第17刷,58頁。

略特的小说艺术特征深入挖掘,这无异于买椟还珠,舍本求末。

通过以上的分析可以看出《小说神髓》中映射出的19世纪多位英国著名小说家的各种文本的影子,而且也指出了它们在《小说神髓》中如何得到再现和重生,并在很多关键点上起到的关键作用。坪内逍遥在《小说神髓》中还化用了其他的英国作家的文本,如狄更斯、萨克雷,但篇幅较少,在此省略。以上三位英国作家与坪内逍遥《小说神髓》的渊源还有很多值得深入研究的地方,但限于篇幅和时间,在本章中只好点到为止了。

第三节 《小说神髓》与《小说的艺术》的比较

亨利·詹姆斯(Henry James,1843—1916)美国著名的小说家兼小说评论家,长期旅居英国,他被誉为西方现代小说理论的奠基人,他的《小说的艺术》(*The Art of Fiction*)被誉为英美小说理论走向成熟和系统化的著作,这篇论文发表于1884年9月《朗曼杂志》(*Longman's Magazine*)上,写作起因是1884年4月25日英国小说家兼历史学家贝赞特(Walter Bensant)在伦敦皇家学会发表了演讲,后整理成小册子出版,题名为《小说的艺术》(*The Art of Fiction*)。詹姆斯用相同的题目发表了批驳贝赞特观点的文章。美国学者布拉克默尔(Richard P. Blackmur)将詹姆斯的这篇论文和其他评论文章汇编,将批评屠格涅夫、巴尔扎克、福楼拜、乔治·桑、乔治·艾略特、莫泊桑等人的论文和小说的序合编为《小说的艺术》,我国学者朱雯、乔怭、朱乃长等人将这本书翻译为中文出版。

贝赞特和詹姆斯先后发表《小说的艺术》的时间来说是1884年,而坪内逍遥出版《小说神髓》是在1885年9月到1886年4月期间,而从史料来看,坪内逍遥成书时间应该在1884年之前。关良一认为坪内逍遥基本完稿应该在1883年夏天,因为该书的一部分"小说文体"以"蓼汀迂史"的署名发表在《明治学术杂志》25号至28号,也就是1883年9—10月。[①]同时,龟井秀雄也认为坪内逍遥的《小说神髓》和贝赞

---

① 関良一:『逍遥·鸥外—考証と試論』,東京:有精堂,1971年,204頁。

特、詹姆斯的《小说的艺术》完全是独立完成的,如果从坪内逍遥着手写作的时间来说,时间要比这两位都早,而且《小说神髓》兼具了贝赞特的小说写作技巧论和詹姆斯的小说原理论两部分内容。"如果换种思路来说,'小说是美术',即'小说是艺术'这种主张,无论是在日本还是在英国,都是超越时代的观念的提法。"① 由此龟井秀雄为代表日本学术界对以往凡事是都以西方话语作为判断标准的做法进行反省,方法上也逐渐摆脱了理性/感性、先进/落后、影响/被影响的传统思维方式,从日本文学的内在逻辑结合西方理论进行阐释,因此对坪内逍遥的《小说神髓》进行了重新评价。虽然《小说神髓》提出"小说是艺术"的主张要早于西方小说理论的奠基人詹姆斯,内容也要丰富,但最终《小说神髓》却并没有得到应有的评价。龟井秀雄继续评论道:"后世的研究者对于西方各国的文学知识量远远要比写作《小说神髓》时的坪内逍遥丰富,他们囿于作为后世的人的特权把自己熟悉的英国文学、法国文学毫无验证地作为'欧洲文学'的一般化概念,以此断定坪内逍遥理解的'不成熟',指责其'落后'。(中略)实际上逍遥的'落后'是后世学者自身的'落后'。这种滑稽的时间位置的倒错在他们中间不自觉的显示出来。"② 笔者也非常赞同龟井秀雄的观点,在本节中笔者想通过梳理一下詹姆斯《小说的艺术》(以詹姆斯发表于1884年9月《朗曼杂志》的论文为中心)的主要观点,对比一下两者观点,同时还想在龟井秀雄的研究成果的基础上运用互文性理论对两者作进一步评述。

　　詹姆斯的《小说的艺术》是一篇驳论文,他批判的对象是贝赞特在皇家学会的演讲《小说的艺术》,贝赞特提出了小说是艺术的主张具有一定的革命性,但在小说创作和批评理论方面有很多观点相当保守,詹姆斯针对贝赞特的多个论点进行了批判。但詹姆斯的论文距今一百多年了,写作方法和现在我们一般写作学术论文在格式、写法上有很大不同,逻辑条理不是很清晰的,我们必须仔细阅读方能理出脉络。我国学者殷企平认为詹姆斯的《小说的艺术》主要有三大论点:与

---

① 龟井秀雄:『「小説」論』,東京:岩波書店,1999年,3頁。
② 上揭書,5頁。

生活竞争、视点说、有机体论。①申丹、韩加明、王丽亚的《英美小说叙事理论研究》中认为《小说的艺术》主要有两点：一、小说——个人对生活的直接印象；二、关于形式与内容的总体思考。申丹等在叙述詹姆斯的叙事理论的后两节中还提出"作者的隐退与小说的戏剧化""人物视点与缩短线条法"等论点。应该指出的是殷企平和申丹等所指的《小说的艺术》并非詹姆斯在《朗曼杂志》上的论文，而是布拉克默尔加入其他论文编辑而成《小说的艺术》一书，其中关于视点说在1884年发表在杂志上的论文中没有详细阐述。以下笔者根据自己阅读詹姆斯的《小说的艺术》一文，同时结合先辈研究成果对该篇论文的主要观点作如下归纳。

1. 小说是艺术

"当皮赞特先生坚持认为小说是一种艺术，它理应得到迄今为止仅仅为音乐、诗歌、绘画、建筑方面的成功行业所保留着的一切荣誉和报酬的时候，他心灵想到的显然正是这一切。对于如此重要的一条真理，任你怎么坚持都不可能坚持得过了头。"②在19世纪中后期即使在小说发达的英国，小说家和批评家们仍然为了小说的正名而作了艰难的努力。正统文人视小说为洪水猛兽，认为阅读小说是有害无利的。③虽然贝赞特提出了小说是艺术的主张但还有点羞羞答答、自信不足。当时有些小说家也极力表白他的小说只是一个笑话而已，对此詹姆斯大胆地提出："在我看来小说是最为美妙的一种艺术形式。"④

2. 试图表现生活

"一部小说之所以存在，其唯一的理由就是它确实试图表现生活。"⑤这一点是《小说的艺术》重要的思想，据《小说的艺术》中译本注释说1884年发表在《朗曼杂志》时原文为"does compete with life"（与生活媲美），殷企平译为"与生活竞争"⑥。1888年该文收入 *Pratial*

---

① 殷企平：《英国小说批评史》，上海：上海外语教育出版社，2001年，第90—101页。
② [美]亨利·詹姆斯：《小说的艺术》，朱雯等译，上海：上海译文出版社，2001年，第7页。
③ 殷企平：《英国小说批评史》，上海：上海外语教育出版社，2001年，第66页。
④ [美]亨利·詹姆斯：《小说的艺术》，朱雯等译，上海：上海译文出版社，2001年，第26页。
⑤ 同上书，第5页。
⑥ 殷企平：《英国小说批评史》，上海：上海外语教育出版社，2001年，第91页。

*Protraits*时改为了"试图表现生活"(does attempt to represent life)。詹姆斯提出了他对小说的观点:"按照它最广泛的定义,一部小说是一种个人的、直接的对生活的印象;这印象首先构成了其大小根据印象的强烈程度而定的价值。但是,除非有着感觉和说话的自由,否则就根本不会有任何强度,因而也不会有任何价值可言。"① 从这段话中看出詹姆斯现实主义的文学观,注重现实生活的真实性。同时还主张文学的私人性、个性化,强调小说的艺术化反对道德对小说创作的束缚,他说:"我们在讨论'小说的艺术';艺术的问题(就最广泛的意义而论)是创作实践的问题;道德问题则完全是另一码事。"②

3.心理现实主义

詹姆斯强调个人对生活的印象,积极倡导心理现实主义的描写方法,也就是通过人物的心理变化来表现现实生活的复杂,他说:"在我的想象中,一个心理上的原理就是一件生动如画、令人位置神往的东西;把它的情状表现于丹青——我觉得这个想法或许会鼓励一个人去从事提香式的努力。"③

4.小说的创作法则

贝赞特在演讲的开头讲道:"小说的法则可以让人制订出来,并且进行传授,使之具有和绘画中的和谐、透视、比例的法则相同的精密性和精确性。"詹姆斯对这种观点进行了批判:"它们是具有启发性的,甚至是发人深思的,但是它们却并不精确。"④ 他认为作家应该具有举一反三是才能,"从已经看见的东西揣摩出从未见过的东西的能力、探索出事物的含义的能力……"他批驳了贝赞特认为创作必须完全依据作家个人的经验的说法,他认为小说注重细节的似真性,它不仅仅是讲述可能的发生的事,而且是那些在我们日常生活中极其可能发生的事。

---

① [美]亨利·詹姆斯:《小说的艺术》,朱雯等译,上海:上海译文出版社,2001年,第10—11页。
② 同上书,第28页。
③ 同上书,第26页。
④ 同上书,第13页。

5.小说的整体性理论

詹姆斯认为小说的创作和构成应该是完整的一个有机体,他说:"一部小说是一个有生命的东西,像任何一个别的有机体一样,它是一个整体,并且连续不断,而且我认为,它越富于生命的话,你就越会发现,在它的每一个部分里都包含着每一个别的部分里的某些东西。"① 这一点上和亚里士多德的诗学理论是一致的。不过亚里士多德强调道德的一贯性,而詹姆斯更强调艺术的自足性。

以上仅就詹姆斯的《小说的艺术》一文进行了简单的梳理,如果参考一下詹姆斯的其他评论和他自己的小说的话,论点可能会更丰富,但仅从那篇论文中我们可以看出其中表述虽然和坪内逍遥的《小说神髓》的说法有很大的差异,但是有些观点竟然如此相似! 如果回顾一下前面几章可以发现《小说的艺术》的核心观点也就是《小说神髓》的核心观点。首先,詹姆斯在贝赞特的基础上进一步肯定了小说是艺术的观点正是《小说神髓》"小说总论"的观点,这是《小说神髓》理论的出发点。第二,"试图表现生活"的观点和心理现实主义使人想起《小说神髓》那句著名的口号:"小说的主脑是人情,世态风俗次之。"② 当然在实质上还是有些不同的。第三,关于小说创作的法则,坪内逍遥在"小说法则总论"中指出:"所谓小说的法则以心传心,大多是不可言传的。"③ 反对死板的按照法则进行创作,要求作家要真实地"模写"人情世态,而且认为这种"真实"不是现实的原原本本的情况,而是一种艺术的美的境界。第四,和詹姆斯关于小说整体性的观点相同,坪内逍遥在"小说情节安排的法则"中批判了马琴的"小说七法则"的同时提出了最关键的法则是"脉络通透"。

从以上对比可以看出两者确实存在着诸多相同和相似的地方,按照前面龟井秀雄的观点,两者分别在不同的国度独立形成的小说理论,时间上坪内逍遥要更早些。因此从平行研究的方法研究其异同不失为很好的课题。但是,我们从无限广阔跨越时空的文本网络世界来

---

① [美]亨利·詹姆斯:《小说的艺术》,朱雯等译,上海:上海译文出版社,2001年,第17页。
② 坪内逍遥:『小说神髓』,東京:岩波書店,1936年10月第1版,1988年2月第17刷,58頁。
③ 上揭書,101頁。

想象的话,就会发现另外一种思路。

　　从前面几节可以看出坪内逍遥提到的英国小说家主要是司各特、李顿、菲尔丁、萨克雷等人,而狄更斯、艾略特读得不多,或者说读得不透。这些都是由于当时的历史条件下,书籍的流通不像现在那样方便,英国的小说流入日本完全会因为偶然的原因,所以坪内逍遥读到的基本上是距离他写作《小说神髓》的时代早30多年(1850年以前)的作品,这一点也是有些学者指出坪内逍遥"落后"的原因之一。但是据他本人自述:"参考了英国文学史(书名不记得了)两三种、杂志有Conteporary Review, Nineteenth Century, The Forum等。"(给木村毅的书信)①川副国基指出坪内逍遥阅读到的英国杂志还有"The Fortnightly Review"(当时是约翰·莫利做编辑)。川副国基进一步指出当时没有专门文学或小说的评论杂志,所以这些杂志都是综合杂志,刊登的文章有宗教、政治、经济、法律、社会、文学、哲学、美术、历史、地理、体育等内容,每期一般有10篇左右的文章。这些文章中反映实证性、科学主义的、进化论的评论比较多。英国社会学家赫伯特·斯宾塞(Herbert Spencer, 1820—1903)的文章在1880—1884年刊登比较多。被称为维多利亚时代三大文学批评家的卡莱尔、马修·阿诺德、约翰·拉斯金的论文也经常出现在这些刊物上。②因此坪内逍遥还是通过这些刊物接触和了解了英国,而且通过英国这个窗口了解西方的文学和文明。如果按照克里斯蒂娃广义互文性来看,每一个文本都是其它文本的镜子,每一文本都是对其它文本的吸收与转化,它们相互参照,彼此牵连,形成一个潜力无限的开放网络,以此构成文本过去、现在、将来的巨大开放体系和文学符号学的演变过程。③也就是说整个宇宙和历史都是文本,所有文本都处于互文性的网络中。当然《小说神髓》和《小说的艺术》也处于文本的互文性网络中,要说其联系必然是有的,但这种普遍联系是否过于泛化、过于牵强附会呢?笔者认为这种联系其实还有实实在在存在的。坪内逍遥撰写

---

① 関良一:『逍遥·鷗外—考証と試論』,東京:有精堂,1971年,187頁。
② 川副国基:「小説神髄」について—文学革新期と英国の評論雑誌,載:『政治小説·坪内逍遥、二葉亭四迷集』,『現代日本文学大系』1,東京:筑摩書房,1974年,408—415頁。
③ 赵一凡:《欧美新学赏析》,北京:中央编译出版社,1996年,第142页。

第五章　互文性研究

《小说神髓》参考了英国19世纪前期中期的小说以及19世纪后期的文学、文化评论杂志,而《小说的艺术》的作者詹姆斯虽是美国人,但是长期旅居欧洲,尤其是英国,也身处19世纪中后期的文化氛围中,两者通过这一共同的文化背景而发生联系,当然这种联系还是很模糊的、不确定的。《小说神髓》和《小说的艺术》并不是作者完全凭自己大脑的思考创造出来的,而是都建立在对19世纪中后期的小说的创作成果进行批评、对话的基础上的,这些前文本中必然有很多的相通之处。如对小说艺术性、客观性描写、作者隐退、表现生活等讨论,都是当时英国文学界面临的课题。

第四节　《小说神髓》与明清小说批评

坪内逍遥在《小说神髓》上卷大多引用西方文学实例相比,而下卷论证时所举实例大多是江户时代的戏作文学,而江户文学又与中国明清小说有着密不可分的联系,这些都被认为是过时的旧文学。因此有学者由此认为《小说神髓》上下卷是相矛盾的,下卷的思想又倒退到前近代的水平。本节尝试追溯一下中国明清小说批评与日本江户时代文学及对《小说神髓》的影响与变异关系,从中日文学近代话语转换的轨迹中考察《小说神髓》的叙事技巧的创新性及其现代性意义。

在《小说神髓》下卷第三章"小说情节安排的法则",逍遥提出作家在小说创作时首先要注意脉络通透。为了论证这一观点,他引用了江户时代后期著名文学家曲亭马琴的"稗史七法则":"中国元朝明朝的才子们所作的稗史自有法则,所谓法则者即为:一曰主客、二曰伏线、三曰衬染、四曰照应、五曰反对、六曰省笔、七曰隐微。"[①]这一段引文逍遥没注明出处,笔者查得该文出自曲亭马琴《南总里见八犬传》第九辑中帙附言(1835年),其中总结了小说作法"稗史七法则"。[②]曲亭马琴(1767—1848)本姓泷泽,后用过"曲亭主人""著作堂主人""蓑笠鱼隐"

---

① 坪内逍遥:『小説神髄』,東京:岩波書店,1936年10月第1版,1988年2月第17刷,138頁。

② 曲亭馬琴:『南総里見八犬伝』(中卷),東京:江戸文藝之部出版,1927年,469—470頁。

等别号，是江户时代后期代表性的大众小说作家，一生创作了读本类小说约四十种、黄表纸上百种、合卷七十多种，还有很多其他的随笔、评论、日记、书简、杂著等，加起来可谓卷帙浩繁。而仅《南总里见八犬传》一部小说，全书共九辑53卷192回，约200万字，自1818年第一辑出版起至1841年历时28年才全部出齐。这部作品凝聚了作者后半生的心血，创作晚期作者失明，最后通过向家人口述记录才得以完成。作品主要讲述了室町时代房总南部的诸侯里见在八位义士（其姓名中都带犬字）的辅助下得以兴盛的故事，其结构宏伟壮观，气势波澜壮阔、情节起伏跌宕、语言华丽多彩、寓意深刻悠长，堪称日本文学史上的一绝。这部作品的创作中，在整体结构、人物设计、情节安排以及语言运用上大量模仿了中国明清小说，其中模仿成分最多的是《水浒传》。例如作品开头伏姬切腹自杀后伤口冒出怨气，直冲颈上八颗念珠并顿时散向天空，最后化作八个义士，这与《水浒传》第一回洪太尉误放36天罡72地煞的情节相仿。又如犬江亲兵卫船载着财宝出使京城的一段明显仿照《水浒传》中杨志押送生辰纲的情节，还有犬山道节卖剑是模仿杨志卖刀的情节。

　　日本人自古以来就有学习和模仿中国文化的传统，在文学上这种倾向非常明显，例如日本著名长篇小说《源氏物语》的开头部分就是模仿中国唐代诗人白居易的《长恨歌》，作品的其他部分也有很多是直接引用或化用《白氏文集》的内容或意向。这种现象称为"翻案"，日本人对此不以为耻反而认为是一种时髦，这种现象到了江户时代更达到了登峰造极的程度。当时通过贸易等多种渠道，中国的明清小说大量进入日本，日本文人通过学习汉文的语法规则直接阅读或翻译，进而改写这些作品出版。江户时代商品经济高度发达促进了市民阶层的形成，教育的普及也带来极大的阅读需求，出版业也极其繁荣。一些文人只要把中国的小说略加改写即可出版谋利。在这些小说中，《水浒传》是被翻案最多的，除了冈山冠云的翻译本，还有很多一大批模仿《水浒传》的作品。如建部绫足的《本朝水浒传》（1773年）、山东京传的《忠臣水浒传》（1798年）、曲亭马琴的《倾城水浒传》（1825—1835）。另外还有《日本水浒传》《女水浒传》《伊吕波水浒传》等，在翻案过程中虽然小说结构、情节相似,但把人物姓名、时间、地点、细节等改换成日本的,再添加一些日本的史实、传说等。

虽然有很多日本作家大量粗制滥造地改写中国白话小说仅仅是为了维持生计,但也有一些作家在模仿抄袭过程中也进行了创作,这种创作开始是无意识的,后来他们也开始思考改良叙事的技巧。在传入日本的明清小说中有很多版本是当时中国文人评注的批评本,这些点评不仅帮助日本人理解更深入地中国作品,也为他们创作提供了很多理论指导。曲亭马琴自己不仅编译过《水浒传》,也以《水浒传》为基础创作了好几部翻案小说。如果每次都是照搬老的情节那将会失去读者、失去生计。按照当时的出版方式是一部分一部分出版销售,就像连载,如果没有新鲜的内容那么书就卖不出去,这样使得作家必须要提高文学创作水平来吸引读者。

从马琴在"小说作法稗史七法则"中提到评注《水浒传》的金人瑞(金圣叹)和李贽(卓吾)等人,可知这些法则可能来自中国明清时代的批评家。日本学者滨田启介认为马琴的"稗史七法则"可能来自金圣叹《第五才子书》、李渔的《闲情偶寄》词曲部结构第一、《毛声山评注琵琶记》《张竹坡评注第一奇书》《李卓吾批三国志演义》《李卓吾评忠义水浒全书》等,这些书中有"宾主""针线""衬染""省笔"等很多相似的说法。而采用七个法则是受到《闲情偶寄》词曲部结构第一中"七款"的影响。不过李渔的"七款"是评戏曲的,和马琴七法则的内容几乎都不一样。①

在对比众多的评注本中,《毛声山批评三国志》首卷的《读三国志法》中对小说的创作与欣赏有比较集中的论述。笔者根据东京大学东洋文化研究所藏"雍正十二年岁次甲寅四月"(1734年)的《毛声山批评三国志》与马琴的"稗史七法则"进行了对比,发现有六个法则可以在毛声山的《读三国志法》找到。《读三国志法》共25段,在第九段、第十七段、第十八段、第十九段、第二十段能看到"宾主""伏笔""渲染""省笔""照对""反对"的说法。

宾主:"三国一书有以宾衬主之妙。如将叙桃园兄弟三人先叙黄

---

① 浜田啓介:馬琴の所謂稗史七法則について,『国语国文』,1959(8),475—487頁。

巾兄弟三人,桃园其主也,黄巾其宾也。"① 中国明清小说批评中多用宾主之语,和"主客"意义相同,在日本江户时代文章作法的书籍多用"主客"的说法。马琴的"稗史七法则"中解释"主客"的意义时解释为相当于能乐中的主角、配角,而且既有全篇的主客也有各种章节的主客,主客在各部分还可以变换,这些和毛声山的观点相似。

伏笔:"三国之书有隔年下种先时伏着之妙。……曹丕篡汉在八十回,而青云紫云之祚早与三十三回一笔伏下。"② 马琴在"稗史七法则"中指出:"所谓伏线是指后面必然要发生的事在前几回先写上几笔。"③ 其义与《读三国志》相同,但在李卓吾、金圣叹、张竹坡等人的批评中多用"伏线""针线""线索"的说法,马琴应受此影响。

渲染:"三国之书有添丝补锦移针匀绣之妙。凡叙事之法,此篇所阙者彼篇补之,上卷所多者下卷匀之。不但前文不沓拖而后文亦不寂寞,不但前事无遗漏而后事又增渲染。"④ 马琴解释"衬染"是为了写出关键的部分(或高潮部分),在前面做铺垫。《第五才子书》也有类似说法:"写雪天擒索超,略写索超而勤写雪天者,写得雪天精神便令索超精神。此画家所谓衬染之法,不可不一用也。"(63回)⑤

省笔:"三国之书有近山浓抹远树轻描之妙。画家之法于山与树之近者则浓之重之,于山与树之远者则轻之淡之。不然林麓迢遥峰岚层叠岂能于池幅之中一一而详绘之乎。作文亦犹是已。如皇甫嵩破黄巾只在朱隽一边打听得来,袁绍杀公孙瓒只在曹操一边打听得来。……诸如此类亦指不胜屈。只一句两句正不知包却几许事情、省却几许笔墨。"⑥ 马琴认为把本来需要长长叙事的内容通过偷听或别人转述,可以节省笔墨使读者不感到厌烦。

照应:"三国一书有首尾照应、中间大关锁处。如首卷以十常侍为起而末卷有刘禅之宠中贵以结之。又有孙皓宠中贵以双结之,此一大

---

① 毛声山:《读三国志法》,《毛声山批评三国志》(卷一),清雍正刻本,1734年,第8页上。
② 同上书,第15页下。
③ 曲亭馬琴:『南総里見八犬伝』(中卷),東京:江戸文藝之部出版,1927年,470頁。
④ 毛声山:《读三国志法》,《毛声山批评三国志》(卷一),清雍正刻本,1734年,第18页下。
⑤ 金圣叹:《贯华堂第五才子书水浒传》(下),《金圣叹全集》(二),南京:江苏古籍出版社,1985,第431页。
⑥ 毛声山:《读三国志法》,《毛声山批评三国志》(卷一),清雍正刻本,1734年,第17页下。

照应也。"①马琴在"稗史七法则"中解释说"照应又叫照对,正如律诗中的对句,情节之间彼此对比照应。与重复相似但不是简单的重复。"②

反对:"三国一书有奇峰对插锦屏对峙之妙。其对之者有正对者、反对者,有一卷之中自为对者,有隔数十卷而遥为对者。"③马琴对于照应和反对解释有点含混,他举《八犬传》例子说明:"船虫与媪内被牛犄角挑死是与北越二十村的斗牛相照应的,而犬饲现八在停泊于千住河的船上格斗与在流芳阁上的格斗是反对,虽然两者相似但并不相同。照对是以牛对照牛、物同而事不同。反对是人同而事不同"。④这样的解释与《读三国志法》的解释也是相似的。"以国戚害国戚则有何进,以国戚荐国戚则有伏完(物同而事不同),李肃说吕布则有以其智济其恶,王允说吕布则以其巧行其忠(人同而事不同)。"⑤马琴于1815年发表的《论蜀解锢》中指出:"夫圣叹稗官者流,尝以三国志演义为外书,辩汉魏吴之正闰及武侯才德,详且尽矣。"⑥从此处可以看出马琴必然读过《毛声山批评三国志》卷首的《读三国志法》,但是马琴误认为该文是金圣叹所作,原因在于当时通行本的序言大多署名为金圣叹。

以上比较可以发现《读三国志法》中确实集中了马琴"稗史七法则"中的六个法则,但是没有与第七个法则"隐微"相似的说法。德田武认为《读三国志法》的第一段毛声山论述读三国要注意正统闰运僭国之别,其中已经隐含了"隐微"之意,因为第一段是对《三国演义》的总体性评述,毛氏要强调《三国演义》的主题。他认为"隐微"就是推动小说展开的"天机",或者说是天道盈亏的规律。⑦笔者认为此说有点牵强,因为马琴在"稗史七法则"对"隐微"的解释是:"作者于文外有深意,待百年之后知音能悟之。"⑧这与李贽论《水浒传》书名的深意时的

---

① 毛声山:《读三国志法》,《毛声山批评三国志》(卷一),清雍正刻本,1734年,第19页上。
② 曲亭馬琴:『南総里見八犬伝』(中卷),東京:江户文藝之部出版,1927年,470頁。
③ 毛声山:《读三国志法》,《毛声山批评三国志》(卷一),清雍正刻本,1734年,第17页下。
④ 曲亭馬琴:『南総里見八犬伝』(中卷),東京:江户文藝之部出版,1927年,470頁。
⑤ 毛声山:《读三国志法》,《毛声山批评三国志》(卷一),清雍正刻本,1734年,第18页上。
⑥ 德田武:馬琴の稗史七法則と毛声山の「読三国志法」,『文学』48(6),1980年。
⑦ 德田武:馬琴における<中国>—「隐微」の摂取,『国文学:解釈と教材の研究』31(2),1986年,52—57頁。
⑧ 曲亭馬琴:『南総里見八犬伝』(中卷),東京:江户文藝之部出版,1927年,470頁。

说法是一致的。"传不言梁山不言宋江,以非贼地,非贼人,故仅以'水浒'名之。浒,水崖也,虚其辞也。盖明率土王臣,江非敢据有此泊也。其居海滨之思乎?罗氏之命名微矣。"①在中国古典小说中经常以天地玄黄宇宙洪荒或者从佛教的因果报应六道轮回来开头的,这是因为中国文以载道的思想非常强烈,即使作品中有一些淫秽或反叛内容,小说开头也总是以教示世人的面目出现。表面上对封建道德的鼓吹是小说家必须的,否则书无法出版、即使出版了也会遭到处罚和迫害,作家要表达真正自己的深意必须通过隐微的方法才行。中国清代有严酷的文字狱,在日本德川幕府对意识形态监管也非常严,有很多作家因为文祸而获罪。因此"隐微"也是极其重要的一点。其实马琴在总结和吸收中国批评理论基础上归纳出来的法则并不是一下子形成的,一开始以分散形式出现,后来归纳为"六法则":"主客""伏线""照应""返对""衬染""重复",后来把"重复"删去换成"省笔",又加上"隐微",在《南总里见八犬传》第九辑中帙附言中最终形成了"稗史七法则"。

坪内逍遥幼年曾长期阅读江户时代的读本、黄表纸等大众小说类文学,熟悉这个作家的创作方法,然而在明治初年,东拼西凑、胡编乱造的翻译小说、翻案小说、政治小说达到了空前规模,作者们完全没有创作意识。坪内逍遥认为作家要创作出描写反映真实人情的小说(novel)必须要有一定的法则来指导创作,他首先提出第一原则是"脉络通彻",但是这个原则过于抽象、过于简单,无法指导实践,因此坪内逍遥就提出用江户时代马琴的"稗史七法则"供作家们参考。

逍遥在"小说情节安排"一章中引用了马琴的"稗史七法则"后逐一评点,第一条关于"主客",逍遥说:"笔者将另设一栏专项论述,在此暂且不作评论,先评其他法则。"②但是逍遥在《小说神髓》的后几章并没有另设一栏详细评述,与"主宾"相近的说法只有在"主人公的设置"一章中逍遥论述的主人公与非主人公、"叙事法"中阳手法、阴手法

---

① 李贽:出像评点忠义水浒全书发凡,施耐庵著、李贽评点《水浒传》,合肥:黄山书社,1991年,第4页。

② 坪内逍遥:『小説神髄』,東京:岩波書店,1936年10月第1版,1988年2月第17刷,139页。

等。对于第二、第三条"伏线"与"衬染",逍遥认为这些法则应服从于脉络通彻这一大原则的。对于第四、第五条"照应"和"反对",逍遥认为有追求奇巧之嫌,并认为是中国小说家的法则,不必遵循。对于第六条"省笔",逍遥在"小说情节安排"中未作详细解说,但在最后一章"叙事法"中对马琴的"省笔"作了肯定的评价。对于第七条"隐微",逍遥认为并不是很重要,只要能刻画出真实的情态、使读者感到美妙的作用即可。总体来看,逍遥对马琴的"稗史七法则"虽然并没有完全否定,但也认为这些法则并不是最重要的,只要作家领会这番意思就可以了。①

逍遥在下卷各章中主要讲小说的叙事技巧,而当时比较完整成熟的技巧就是马琴的"稗史七法则",它既为逍遥提供了参考的材料,也成为可以批评的靶子。马琴所谓的"首尾照应""伏线"等技巧也是逍遥赞同的,在"小说法则总论"中逍遥说"创作小说正如写一篇好文章,不可无结构布局之法,不可无起伏开合之则。"②也能看出马琴观点的影子。"伏线""衬染""照应""反对"其实就是为了使作品成为有机的整体而采用的技法,而逍遥仍然认为那是"繁杂"的技巧,因为他认为主人公的塑造才是问题的核心。他在"主人公的设置"一章开头说:"如果缺少主人公,那么这部小说就很难做到脉络通彻。"③接着逍遥举了一些小说主人公的例子,然后指出:"总体而言,当我们阅读小说时,与其说重视将来的情节发展,毋宁说总是关心主人公的性格(变化)。"④对于人物塑造,逍遥把分为两个流派:现实派与理想派,其中理想派又分两种,一种是先天派、一种是后天派。先天派从某种观念出发,通过演绎思维随意塑造人物,后天派通过归纳思维把现实中人物的性格进行概括集中来塑造人物。现实派和这两种有所不同,塑造的是真实存在于现实中的人,但具体如何塑造,逍遥未作详述。对以上划分笔者认为逍遥在此逻辑似乎有点混乱,从内容来看先天派和后天派似乎不

---

① 坪内逍遥:『小説神髄』,東京:岩波書店,1936年10月第1版,1988年2月第17刷,140頁。
② 上揭書,98頁。
③ 上揭書,169頁。
④ 上揭書,171頁。

应该是在理想派的下位,理想派中的后天派似乎和现实派相近,而理想派似乎与先天派相对应。我们姑且忽略这种表达的失误,其实逍遥想着力批判马琴《南总里见八犬传》中人物的过于虚假:"八个主人公个个宛若稀有的圣贤似的。这是他用哲学家的理论来进行创作造成的。"① 他认为:"主要以实验和观察为必须的手段,塑造构成人性的种种性格的人物。因此就不会像前面的先天派陷入空想、创造出不真实的人物了。英国司各特以及18世纪小说家均属此派。李顿似也受此影响。"② 而且他认为塑造人物时必须完全隐藏作家自己的思想感情,写出别人的情感变化,"这是关键的秘诀,作小说者不可等闲视之的大事"③。

中国明清小说和江户时代小说在传统的艺术手法日臻完备,描写技法更加细腻,发展到相当高的水平,但其局限性无法从自身突破。这些小说都是以情节为中心的,人物只是为情节服务的。这些小说往往有类似劝善惩恶的主题,惯用宏大叙事手法。而在英国,随着资本主义的高度发展孕育出近代小说的新特征,其中之一就是由以前注重公共性、外在性的、表面性的文学转变为关注私人性、内在性、深层性。重视人情人性、心理分析、旁观式的描写、人物为中心的叙事方式,这些都是当时英国小说的特点。逍遥对英国18世纪到19世纪中期的文学作过细致的研究,从《小说神髓》中提到8位英国作家的名字:司各特、李顿、菲尔丁、狄更斯、乔治·艾略特、萨克雷、E.斯宾塞、班扬,逍遥从英国文学中感受到新鲜的气息,他在《小说神髓》上卷"小说的主眼"一章提出了著名的"小说的主脑是人情,世态风俗次之"的观点,还倡导旁观式的客观描写,这些和下卷中反复强调主人公设置的重要性是互为表里的。

苏格兰诗人、小说家爱·缪尔把小说分为情节小说、人物小说、戏剧小说、纪年小说等,人物小说中情节的展开以人物为中心,"人物不

---

① 坪内逍遥:『小説神髄』,東京:岩波書店,1936年10月第1版,1988年2月第17刷,175頁。
② 上揭書,176頁。
③ 上揭書,179頁。

能视为情节的一些部分,反之,人物独立地存在,情节附属于人物"①。这种小说改变了以事件"开始—发展—高潮—结尾"式的千篇一律的叙事模式,在小说发展史上具有划时代的意义。爱·缪尔认为最典型的人物小说是萨克雷的《名利场》,他说:"《名利场》中人物自始就有这种不变性和完整性;而这也是人物小说中人物的基本特征之一。我们在斯摩莱特、菲尔丁和斯特恩的作品中,在司各特、狄更斯和特罗洛普的作品中,都可以找到这些人物。"②这些作家也正好有很多纳入了逍遥的视线中,逍遥成功地通过学习18世纪到19世纪中叶英国作家的写作技巧,在小说的人物刻画这一点找到了突破,为日本文学的近代化开辟了道路。

  虽然毛声山、金圣叹、李渔等批评家们为中国的叙事理论做出了很多归纳总结,但是由于多半只是感性的体会,无法为中国的小说的发展提供更大的指导和促进,所以到了近代中国小说似乎仍在原地徘徊,无法从传统的情节小说的窠臼突破。五四运动前夕,胡适提出《文学改良刍议》也只是仅仅局限在语言表达上进行改良,1918年4月周作人在北京大学作了题为《日本近三十年小说之发达》的讲演中,他指出《小说神髓》对于当时的中国小说界的重大意义,中国小说界的当务之急,就是需要一部《小说神髓》似的理论著作。③同年12月他在《新青年》上发表《人的文学》一文,提出了文学应该反映世间普通男女的悲欢成败,这和坪内逍遥提倡的人情本质上是一致的。这种带有开创性文学尝试使五四以后的中国文学发生了质的变化,当然这种启蒙主义思潮在此以后并未得到充分发展,不久又淹没在民族救亡的大潮里。新中国成立后以意识形态为主导的文学占据主流,直到改革开放以后,人性的主题才开始在文学中重新萌发。温儒敏认为莫言获得诺贝尔文学奖的重要原因之一就是莫言文学的"野史化"和"重口味",他指出:"莫言的叙史既酣畅又世故,却未能给读者类似宗教意味的那种

---

① [英]爱·缪尔:《小说结构》,中国社会科学院外国文学研究所,外国文学研究资料丛书编辑委员会编《小说美学经典三种》,上海:上海文艺出版社,1990年,第353页。
② 同上。
③ 周作人:《日本近三十年小说之发达》,《艺术与生活》,上海:上海文艺出版社,1999年,第150页。

悲悯与深思,而这正是中国文学普遍缺少的素质。"① 也许像这种"野史化"(远离意识形态)和"重口味"(对人性夸张式描写)等具有"人的文学"特征的要素正是中国文学走向现代化和国际化突破口。因此重新评估《小说神髓》的价值、重新考察日本文学近代化的脉络对当今中国文学发展仍然具有重要的参考价值。

第五节　多种文本的狂欢

本章通过融合了比较诗学和互文的视域对文本进行了考察,第一节对《小说神髓》的互文性的研究超出了原来比较文学的范围,是一种广域性的比较研究,而第二节、第三节、第四节运用传统的比较文学的方法,稍微结合了互文性理论的方法。经过这种考察使视域进入更加深刻的层次,看到了多重声音和诸多文本在此对话交流、激发出绚烂的火花,照耀着四方十界、照耀着过去、现在、未来,造就出一个文本狂欢的世界。

克里斯蒂娃认为在这种文本的世界中,作者消失了、成为一种缺席、否定的状态,因此她试图用互文性概念取代了主体间性的概念。虽然克里斯蒂娃的理论来源于巴赫金,但是巴赫金在积极关注文本的同时并没有忘记文本背后的人,他说:"文本的生活事件,即它的真正本质,总是在两个意识、两个主体的交界线上展开。……这是两个文本的交锋,一个是现成的文本,另一个是创作出来的应答性的文本,因而也是两个主体、两个作者的交锋。"② 我们不妨把巴赫金的视域扩大到一对多个文本、一对多位作者的交锋。哈罗德·布鲁姆在《影响的焦虑》中描述诗人创作的过程。他认为"强力诗人"在面对"诗的传统"这一父亲的形象开始进行创作时,必然和俄狄浦斯一样,身处先弑父后娶母的境遇。他对于前辈诗人总有一种迟到的感觉,所有重要的事物早已被人命名、所有重要的话语已经被人表达过了。他通过对这些传

---

① 温儒敏:《莫言历史叙事的"野史化"和"重口味"》,《中国现代文学研究丛刊》,2013年第4期。
② 秦海鹰:《人与文,话语与文本——克利斯特瓦互文性理论和巴赫金对话理论的联系与区别》,载《欧美文论研究》,北京:人民文学出版社,2003年,第28—29页。

统有意识无意识的歪曲和误读,从而压抑、摧毁这些前文本,树立自己的形象和权威。布鲁姆认为:"所谓诗人中的强者,就是以坚忍不拔的毅力向威名显赫的前代巨擘进行至死不休挑战的诗坛主将们。"①他借用古罗马诗人、哲学家卢克莱修的术语把强力诗人的创作过程称为"六个修正比"。(1)克里纳门(Clinamen)——对诗的误读:通过"创造性的校正"揭示前文本的不足。(2)苔瑟拉(Tessera)——续完和对偶:后代诗人把先驱诗人的文本打破成碎片,然后将先驱诗人的话语赋予新的含义加以修复,使自己的文本成为与之对立的"迟到的完成"。(3)克诺西斯(Kenosis)——重复和不连续:诗人运用换喻到达"倒退、取消、孤立化"的心理防御机制把前文本解构成空虚化的状态,使诗歌成为不安的表象。(4)魔鬼化或逆崇高(Daemonization):诗人运用夸张手法,压抑前文本的崇高幻想,把前文本的表现为低级的、魔鬼的力量。诗人发现前文本的超凡的力量并把它融入自己的文本中,从而否定前文本的独创性。(5)阿斯克里斯(Askesis)——自我净化:迟来的诗人自我放弃一部分人性的天赋来缩削了先驱诗人的天赋,这样就实现了和包括先驱诗人的他者脱离联系,通过这种自我净化达到孤独状态。(6)阿·波弗里达斯(Apophrades)——死者的回归:后代诗人通过僭越(metalepsis)或换喻的转义(transumption)吸纳前文本,以此表现前文本希望表现、却未能表现出来的幻想,使人感到前文本只有经过后来者才得到显现,似乎前辈诗人模仿了他们。

  布鲁姆的误读理论不仅在描述诗歌创作还可以在其他文学文本的考察中给人启示。和克里斯蒂娃、罗兰·巴特等人认为文本是由无数匿名文本拼凑而成的文本理论相比,布鲁姆的理论认为文本是后辈作家和前辈作者进行激励战斗的场所。融合这两种视域来看的话,《小说神髓》是一个"和""汉""洋"多种文化背景中无数文本的歪曲、改编、模仿、借用、剪贴、拼凑,同时也是作者——坪内逍遥和前辈作家、评论家殊死搏斗的战场。对于江户时代的文学巨匠——曲亭马琴,坪内逍遥深怀"俄狄浦斯情节",对他的批评总是欲言又止、欲说还休:"原来八犬士只是曲亭马琴理想上的人物,并不是当今世间上的人的

---

① [美]哈罗德·布鲁姆:《影响的焦虑》,徐文博译,北京:三联书店,1989年,第3页。

真实写照,所以才产生了这种不合情理之作。但由于马琴利用他那非凡的巧妙构思,掩盖了作品的牵强造作,因此读者对此毫无察觉,造成了称赞这部作品写出了人情奥秘的错误。话虽如此,我并不是说《八犬传》不是小说,只是为了举例方便所以姑且引用了他这部脍炙人口的杰作。"① 但是坪内逍遥在修正、位移和重构过程中终于征服和摆脱了"和汉洋"前文本网络中的权威,最后坚忍不拔地在这场挑战中奋力杀开一条血路,创出了一片新天地。

---

① 坪內逍遥:『小説神髄』,東京:岩波書店,1936年10月第1版,1988年2月第17刷,61頁。

第六章

《小说神髓》的延长线

在前几章中,笔者从各个方面和多维视域对《小说神髓》进行了比较全面的分析,在本章中探讨与《小说神髓》相关的一些文本和对后世的影响,上一章中笔者运用互文性理论对《小说神髓》的最终形成直接有关的前文本进行了分析,本章论述的是《小说神髓》完稿或出版以后的文本和人事物,从互文性理论来说应属后文本的世界,它是《小说神髓》生命的延续和重生。马克思也说:"人体解剖对于猴体解剖是一把钥匙。反过来说,低等动物身上表露的高等动物的征兆,只有在高等动物本身已被认识之后才能理解。"① 在本章中拟对《小说神髓》完稿不久,坪内逍遥为了实践其文学理论而尝试创作的小说《当世书生气质》进行分析,该书在前文中也有提

---

① 《马克思恩格斯全集》(第46卷),北京:人民出版社,1979年,第43页。

到,本章中更详尽地加以探讨;其次还有在坪内逍遥的《小说神髓》影响下,二叶亭四迷创作了《浮云》,还撰写了文学理论性文章《小说总论》,一般认为这两部作品完善和发展了坪内逍遥写实主义小说理论,使日本的文学真正开始走上近代化道路;第三,坪内逍遥在出版了《小说神髓》和《当世书生气质》以后成为当时文坛的主将,与二叶亭四迷等人的交往过程中他修正了自己在《小说神髓》中的部分观点,而且又形成了"没理想"的文学观,由此引发了与森鸥外的一场文学论战,对此的分析是对《小说神髓》阐释的补充;第四,在《小说神髓》影响下日本文学取得了重大进步,出现了众多的文学流派,形成了近代文学的传统。如私小说、自然主义文学等都被认为与《小说神髓》直接有关,对这些课题的探讨有助于更深入阐释《小说神髓》理论的内涵。

第一节 《当世书生气质》——《小说神髓》理论之实践

坪内逍遥的《一读三叹·当世书生气质》以"春之舍胧先生戏著"的署名于1885年6月起至1886年1月止,分17分册由晚青堂出版。按文学史的说法一般认为坪内逍遥写完《小说神髓》后就开始对自己的理论进行写作的实践,于是撰写了《当世书生气质》。本来坪内逍遥和书肆东京稗史出版社签约定于明治十八年(1885年)3月出版《小说神髓》,但由于书肆突然倒闭,《小说神髓》的出版延后至1885年9月由松月堂分册陆续出版,到1886年4月为止全部九册出版完毕。后写的小说《当世书生气质》反而比《小说神髓》早出版。所以大部分学者认为《当世书生气质》成书晚于《小说神髓》,应视为《小说神髓》的后文本。有很多学者又根据对《当世书生气质》的评价反过来批评《小说神髓》的理论是不彻底性。因此深入考察和客观评价《当世书生气质》对充分阐释《小说神髓》有很大的意义。

坪内逍遥在《当世书生气质》的前言中说:"予晚近著《小说神髓》大放厥词,今撰本篇亦未能实行其一半理论,对此深以为耻。"[①]正如一

[①] 坪内逍遥:『当世書生気質』,『明治文学全集16 坪内逍遥』,東京:筑摩書房,1969年,59頁。

般定论那样,《当世书生气质》是《小说神髓》理论的具体化。但是事实上《当世书生气质》的创作过程并非如一般想象的那样,即坪内逍遥写完了《小说神髓》就开始创作《当世书生气质》来实践他的理论。实际上,《当世书生气质》从构思到撰写以及出版有比较复杂的过程。据关良一根据柳田泉《年轻时代的坪内逍遥》的记录制作的年谱记载,1876年坪内逍遥被东京开成学校录取,和八代六郎、阿部直秀等八人一起由名古屋县(现爱知县)进京求学。坪内逍遥曾对他们八人在东京的生活为素材准备创作带有江户文学色彩的《游学八少年》并做了腹稿。[①]1884年6—7月坪内逍遥与东洋馆签约出版《游学八少年》,原来计划按江户时代"滑稽本"风格写作一部描写学生生活的纪实性小说,在其中也融合了一些他平时日记、随笔、游记等内容,因此没有小说那样连贯的情节。1885年为了实践自己的小说理论坪内逍遥决定按自己的新的小说理论对原稿进行修改重写,并把书名改为《当世书生气质》,同年4月坪内逍遥与东京稗史出版社签约出版《当世书生气质》,同年5月由于东京稗史出版社倒闭,版权转让给晚青堂,6月《当世书生气质》第一号正式发行。当时很多书籍都是分册出版,这种出版方式类似连载。第一版出版时书中有"每月三回发兑"的字样。从《当世书生气质》起稿时间和第一号出版时间来看,坪内逍遥当时还没有完稿,处于一边写一边出版的状态,这样客观上造成该书的一些硬伤。如情节连贯、出版社对作家创作的干涉等。这种出版方式要求每一分册是相对独立完整的故事,但对全书的整体性没有要求。这些使坪内逍遥未能做到《小说神髓》中说的"脉络通透"。

《当世书生气质》的创作经历了比较复杂而漫长的过程,作者创作的意图也经历了几次变化,所以其内容也包含着多种文学的因素。关良一认为《当世书生气质》包含了江户时代"读本""草双子""滑稽本""人情本"多重元素,其中能看出该书中充满着矛盾和裂缝。[②]最后坪内逍遥试图用《小说神髓》的理论加以弥合,但最终没有成功。坪内逍遥在该书的后记中认识到该书的不足:(1)本来计划写到明治十八到

---

① 関良一:『逍遥·鷗外—考証と試論』,東京:有精堂,1971年,227頁。
② 上揭書,230頁。

十九年(1885—1886)左右,实际主要描写明治十四到十五年(1881—1882);(2)由于篇幅关系小说只写了兄妹相会;(3)本来打算写学生们生活、癖好和各种行为,最终没能未充分展开。

　　现在来看这部小说有种种不足,但在当年该书出版以后受到超乎寻常的欢迎,这主要是由于明治维新以后读书人数大量增加有关,特别是年轻的学子。反响如此激烈还有一个原因就是原来小说家都是社会地位低微的,而作为日本唯一的大学——东京大学的文学士写的小说,自然就引起社会广泛关注,不久就成为当时的畅销书。《当世书生气质》的畅销也带动了人们对《小说神髓》的关注,使一度中断的发行重新开始,也使这部小说理论得以受到社会的注意,也可以说是《当世书生气质》救了《小说神髓》。这两部著作整体来说虽然写作时间和出版时间有先后,但两者同时由一位作家创作出来的,互文性关系特别明显,似乎是一对孪生子。《当世书生气质》的前身《游学八少年》中的某些部分可能在《小说神髓》之前,两者成为互为前后文本的关系。从当时社会接受的角度看,大部分读者是先读了《当世书生气质》然后再去找到《小说神髓》的,读者主要是青年学生,这些学生受到坪内逍遥的感召,立下了投身文学的志向。

　　《当世书生气质》出版后不久对其的评论也是毁誉参半,其中坪内逍遥的大学好友高田早苗(半峰)发表在1886年1月《中央学术杂志》的《当世书生气质之批评》是比较客观的,高田早苗说为了明治文学的进步,要首先对好友春之舍胧的《当世书生气质》进行批评。他还指出日本的读者习惯以辅助社会道德为目的的标准小说而不习惯社会小说,而《当世书生气质》应属社会小说,他认为《当世书生气质》是明治时期最优秀的小说,但是也有很多缺点。如在人物刻画上,虽然性格各异但多是些带有奇怪癖好的,如果去除这些奇怪癖好的话,人物就如木偶一般没有什么特征了。[①]当时还是文学青年、以后倡导俳句改革的著名俳人、歌人正冈子规这么评价:"马琴的小说、为永的人情本,或者当时千篇一律的新闻小说,我不知道还有其他什么小说。对于我

---

① 高田半峯:当世書生気質の批評,参照:『現代日本文学大系』1,『近代評論集』,東京:角川書店,1972年,50—65頁。

第六章 《小说神髓》的延长线

来说看到《经国美谈》都会感到异常惊叹,更何况读到坪内逍遥的《当世书生气质》时,无论是雅俗折衷的文体、写实的情节以及栩栩如生的描写、与以往不同的趣味等,没有一处不让我感到吃惊,原来世上还有那么有趣的东西。我独自欣喜不已并期待着下一册书的出版。"(《天王寺畔的蜗牛庐》,发表于《杜鹃鸟》杂志,1902年9月)①但到了明治时代后期,对《当世书生气质》的评价发生了变化,如岩城准太郎在《明治文学史》(1906年)中虽然认为《当世书生气质》是明治时代创造新纪元的作品,但也指出真正忠实体现《小说神髓》的作品不是《当世书生气质》而是二叶亭四迷的《浮云》。以后这种观点逐渐为大多研究者接受成为一种定论。

从《当世书生气质》的成书过程来看,它脱胎于坪内逍遥的戏作小说《游学八少年》,后来将它按自己的小说理论重写的,但毕竟受到原来构思的影响,所以就带有很多江户戏作文学的弊病。这部小说的创作似乎太仓促了,确实没有把《小说神髓》的理论精髓表现出来,但毕竟坪内逍遥也做出了努力,最终这部作品在突破旧文学开拓新文学道路上还是做出了很大贡献。笔者认为对近代文学的功绩有以下几点。

一、体现了描写人情世态的写实主义写作理念。《当世书生气质》主要情节是大学生小町田在学校运动会时偶遇失散多年的义妹田之次,义妹因战乱失去亲生父母成为孤儿,小町田的父亲收养了她,后来小町田家破落后,田之次为不增加小町田家的负担,自愿卖身进入妓院。这次偶遇后两人坠入情网。两人的恋情遭到恋慕田之次的吉住的嫉妒,他通过在小町田就读的学校工作的哥哥中伤小町田,小町田受到学校处分,他还受到父亲的斥责,为此小町田也萌生分手的意思,但田之次要坚持这份感情不愿分手,小町田的父亲的妾、小町田周围的同学守山等人也尽力撮合。守山本来有一个妹妹,因战乱失散,经过一些曲折守山终于发现他的妹妹就是田之次。最后田之次从良后改回本名阿芳,全书结束。在情节进行中,书中描写了小町田和他的同学们的生活场面:宿舍、牛肉火锅店、饭店、温泉、妓院等,用幽默的

---

① 冈保生:「当世書生気質」の意味,参照:三好行雄、竹盛天雄编,『近代文学』I,東京:有斐閣,1977年,172頁。

笔调展现了年轻学生的生活。这些生活描写是模拟坪内逍遥自己的大学生活的,给人非常真实的感觉。同时,坪内逍遥本人也和妓院的艺伎相恋最终结婚了。所以小说出版后社会上都猜测小说人物的原型,可见其真实性之强。作者都加以否定,同时指出人物性格是周围很多同学个性的糅合,并不是特定的某个人。

　　二、小说的题材是《小说神髓》所主张的现代题材为内容的,这部作品抛弃了以往作品描写英雄、奇人为中心的传奇式小说,而对普通人、有缺点的平凡人如实地加以模写,而且最终它没有以大团圆来结尾。

　　三、在文体上尝试运用《小说神髓》"文体论"中主张的雅俗折衷体,在叙述部分仍然很多地保留着江户时代戏作文学中雅文体的风格,在人物会话中按照如实记录的原则,运用口语体,忠实地再现说话的情境。在大学生的会话中插入很多英语、德语以及有时代感的流行语,给文坛带来了一股新风。

　　坪内逍遥的学生、著名近代文学评论家本间久雄在《明治文学史》中对《当世书生气质》的历史价值进行了归纳:一、《小说神髓》理论的具体化;二、没有"大团圆"的结局;三、时代的代言人;四、对社会风俗进行了充分的描写;五、提高了小说家的地位。[①]越智治雄认为《当世书生气质》中对书生们的心理描写开启了日本文学由外部向人心内部的转向。[②]柳田泉在学术传记《坪内逍遥》中总结了《当世书生气质》在日本文学史上的意义:一、《小说神髓》理论的具体化;二、叙述形式由以前戏作文学的说明主义向描写主义转变;三、在个性描写中取得了部分的成功;四、文章的新鲜味道;五、把知识分子形象写入小说的先驱;六、在结构上引入了西方文学的手法。因此无论如何也难以撼动"明治第一小说"的地位。[③]

　　《当世书生气质》作为《小说神髓》理论的具体化的作品,其评价随

[①] 岡保生:「当世書生気質」の意味,参照:三好行雄、竹盛天雄編,『近代文学』1,東京:有斐閣,1977年,177頁。

[②] 越智治雄:「書生気質」の青春,参照:日本文学研究資料刊行会編,『坪内逍遥・二葉亭四迷』,東京:有精堂,1979年,44頁。

[③] 河竹繁俊、柳田泉:『坪内逍遥』,東京:富山房出版,1940年,140頁。

着《小说神髓》的评价一道起起落落走过了一百多年,今天我们回头再来看《当世书生气质》,它有一个先天的不足。也就是它来自另外一个文本——《游学八少年》转化而来,而这部作品是坪内逍遥还未领悟到西方文学的精髓时的作品,要想把它改造成全新的文学,除非另起炉灶,别无他法。也许有当时作者要急于出版等原因。从这个意义上讲,这部小说未能真正显示出《小说神髓》,坪内逍遥也意识到这一点,在以后的创作中不断尝试、不断突破旧文学的框框,写出了真正体现其理论的作品。一般文学评论家认为真正体现《小说神髓》理论并在文学艺术上达到成熟的作品是1889年他在《国民之友》发表的小说《妻子》,但是由于种种原因这部作品未能引起大众和评论家的关注。这使坪内逍遥感到失落,从此放弃了小说创作,转向演剧的改良了。

《当世书生气质》自它诞生以来就饱受争议、毁誉参半,这部作品也确实不是作者呕心沥血、耗费长时间反复修改的作品,是在较短时间内对修改了另一文本而成的试验作品,书中还残留着很多江户时代戏作文学的倾向,也没有充分体现出《小说神髓》的理论。尽管如此,毕竟植入了新的元素,《当世书生气质》在当时产生了巨大的影响,给当时年轻学子们很大震撼,激励了一大批优秀青年投身文学,如二叶亭四迷、斋藤绿雨、嵯峨屋御室(矢崎镇四郎)等人特意去访问坪内逍遥,向他请教文学的问题。其他通过阅读坪内逍遥的《当世书生气质》和《小说神髓》而走上文学道路的人更不知其数。同时,坪内逍遥在东京专门学校文学科任教,在课内和课外积极开展文学启蒙和各种文学活动,创办杂志,形成了影响很大的文学势力,坪内逍遥成为当时文坛的领袖。奠定他的文学地位的就是《当世书生气质》和《小说神髓》这两部著作。当时的读者大多是先读了《当世书生气质》后再去找到《小说神髓》阅读,对这两部作品反复钻研,体会出小说的"神髓",而我们今天研究《小说神髓》时不应该忘记《当世书生气质》,要把它放在一起相互参照对比,才能互相有所发明。

第二节 二叶亭四迷和《浮云》
——《小说神髓》理论的体现和发展

在中日两国的日本文学史研究界,二叶亭四迷长期以来一直都被认为真正开启日本近代文学新时代的作家,而与之相对照的坪内逍遥是前近代的、新旧过渡式的人物。中村光夫认为:"(二叶亭四迷)从明治二十年起历时三年创作的《浮云》,以及其间发表的《邂逅》《猎人笔记》等介绍屠格涅夫的作品,光凭这些他在文化史上的意义是不朽的。他奠定了我国近代文学最初的、决定性的基石。"① 小田切秀雄也持相同观点,他认为日本的近代文学实质上的诞生是明治二十年(1877年)二叶亭四迷的《浮云》第一篇开始的。② 这种说法在战后成为一种定论,在中国的日本文学研究界也占据主流地位,如王向远认为二叶亭四迷是日本写实主义小说创作的奠基人。③ 而且二叶亭四迷在创作《浮云》之前,还发表了《小说总论》(1886年)的论文。对于有日本学者如岩城准太郎认为二叶亭四迷的文学理论受到俄国文学的影响而形成的。苏联日本文学研究学者艾尔·卡尔里纳也用充分的例证了二叶亭四迷文学理论来自别林斯基等人的影响。这些学者认为二叶亭四迷的文学理论与坪内逍遥的《小说神髓》无关,完全是受到了19世纪俄罗斯现实主义文学影响。当然也有学者认为《小说总论》是《小说神髓》的延伸、而《浮云》充分表现了《小说神髓》的理论,使写实主义走向成熟。因此二叶亭四迷和《浮云》《小说总论》是一面镜子,可以反过来折射出坪内逍遥及其《小说神髓》的文学的价值。

二叶亭四迷原名长谷川辰之助,1864年出生于江户市谷合羽坂的尾张藩上屋敷,父亲是中下级武士,幼年入汉学堂学习,后又进入名古屋藩学,从幼年的学习来看,与饱读江户戏作文学的坪内逍遥的不同,二叶亭四迷有深厚汉学修养。1881年5月进入东京外国语学校(东京外国语大学的前身)俄语科,当时俄语科的课程设置和上课方式与俄

---

① 二葉亭四迷:『二葉亭四迷、嵯峨の屋おむろ集』,東京:筑摩書房,385頁。
② 小田切秀雄:『現代文学史』上,東京:集英社,1975年,3頁。
③ 王向远:《王向远著作集》第五卷,银川:宁夏人民出版社,2007年,第21页。

国中学采用相同的方式,全部俄语教学,教授俄国文学史的是俄国人尼古拉·谷雷,他采用朗读等方法进行教学,还让学生用俄语写出人物性格分析,在对他的指导下辰之助喜欢上了俄罗斯文学。除了俄语和文学,还学习法律、经济、财政等学科,学习成绩优秀。不过后来明治政府采取重视实学的教育方针,1885年9月把露清韩语科并入东京商业学校(现在的一桥大学)附属语学部,不久又撤销该学部,完全并入东京商业学校,1886年1月辰之助愤然退学。在学校撤并期间,坪内逍遥《小说神髓》发行了三册,辰之助读到了的《小说神髓》,想亲自见一下坪内逍遥。1886年1月,在嵯峨屋御室(矢崎镇四郎)的介绍下,辰之助带着《小说神髓》到东京本乡真砂町的坪内逍遥宅拜访了坪内逍遥。坪内逍遥长二叶亭四迷五岁,和他也算是同乡,对他的才气和人品非常欣赏,二人从此开始持续一生的友好交往,不仅成为日本文学史上一段佳话,也是具有重大历史意义的事件。从此以后,辰之助几乎每周都要和坪内逍遥见面。畑有三在《〈浮云〉的评价》中指出:"如果不是这些偶然,《浮云》作者二叶亭四迷也不会诞生吧。"①在坪内逍遥的提携下,辰之助翻译了屠格涅夫的《父与子》的四分之一,改题名为《虚无党形气》。由坪内逍遥介绍到大阪的出版社出版,后因出版社倒闭未果。在坪内逍遥的指导和交往过程中,辰之助翻译了俄罗斯作家的一些作品,编译了别林斯基的美学著作的《艺术的理念》一部分取名《美术的本义》(未发表)。坪内逍遥请辰之助借鉴俄罗斯文学理论写一篇《当世书生气质》的评论文章,该文就是《小说总论》,1886年4月发表于《中央学术杂志》,用的笔名为"冷冷亭主人"。当时发表的位置并不醒目,所以没有很大引起反响。到了1928年编入《明治文化全集》第12卷中才引起人们的关注。在坪内逍遥的鼓励下辰之助决心用写实主义的理论写一部小说。经过近两年的努力,《浮云》第一篇终于在1887年6月出版。该书由封面和扉页标注文字:"坪内雄藏著 新编(小字)浮云 第一篇 东京金港堂梓",在卷头作:"春之舍主人、二叶亭四迷合作",第一次使用"二叶亭四迷"的笔名。坪内逍遥写

---

① 畑有三:『浮雲』の評価,参照:三好行雄、竹盛天雄編,『近代文学』2,東京:有斐閣,1977年,2頁。

了《浮云》第一篇序,辰之助以"二叶亭四迷"名义写了前言。《浮云》第二篇封面和第一篇保持一致,第三篇才单独署名为"二叶亭四迷"。当时的人们以为是坪内逍遥亲自写的描写"人情世态"的小说,所以在社会上获得了极大的反响。

虽然二叶亭四迷借用了坪内逍遥的名义,但这部作品确实给人耳目一新的感觉。很多评论家对《浮云》的评价和意义最集中的一点就是它充分地实现《小说神髓》的文学理想,使日本文学实质性地进入近代。如当时的著名综合杂志《国民之友》这样评论《浮云》:"近日小说的世界不可不谓有一种似乎飞跃性的发展。(中略)盖著者为极通人情者。与其谓通人情者毋宁说是观察人情者也。与其谓观察人情者毋宁说是解剖人情者也。然则一篇《浮云》即是人情解剖学,著者先生则是人情解剖之哲学家。"①和田繁二郎认为逍遥未能做到的人情的解剖二叶亭四迷做到了,通过解剖人情塑造了明治二十年代前后富有个性的知识分子的典型形象。②小田切秀雄在《现代文学史》中专设一节"为何这是最初的近代文学?"论述《浮云》的近代意义,他认为:"作者从人物的内部成功把握了明治社会的性质和近代的自我的存在对立的矛盾,栩栩如生地表现了现实,标志着日本近代文学和近代现实主义的真正诞生。"③唐木顺三也表达了相似的观点:"以主人公文三为中心的心理描写、人情的观察,也就是《小说神髓》的理想在作品中得到了实现。"④(《现代日本文学序说》1932年10月春阳堂)

其次,在战后有很多文学研究者从小说的主人公"文三"的形象入手指出这是真实地表现了日本明治初期中下层知识分子的境遇,塑造了日本的"多余人"的典型形象。猪野谦三在《二叶亭的路》(《现代人》1948年1月)中认为:"当时日本处于向帝国主义阶段发展,国民充满着期待。而与之相反,当时的知识分子却没有容身之地,已经被社会

---

① 《国民之友》第16号,1888年2月。
② 和田繁二郎:『日本の近代文学』,京都:同朋舎,1982年,22頁。
③ 小田切秀雄:『現代文学史』上,東京:集英社,1975年,36—37頁。
④ 畑有三:『浮雲』の評価,三好行雄、竹盛天雄編,『近代文学』2収録,東京:有斐閣,1977年,6頁。

的主流排挤出去,沦为日本帝国的'多余人'。"①而松田道雄提出不同观点,认为"文三"不是"社会的疏外者"也不是"思想的疏外者"而是"性格的疏外者",从性格和心理对人物进行了剖析。

《浮云》的卓越之处还有很重要的一点就是他在小说中始创了言文一致的文体。这种文体超越了《小说神髓》中坪内逍遥提倡的雅俗折衷体,用与一般口语相同的文体逼真地表现现实的本质、精密地刻画人们复杂而充满矛盾的内心世界。其后二叶亭四迷又用言文一致体翻译发表了《邂逅》等作品。山田美妙、国木田独步、岛崎藤村等文学家在此影响下积极投身"言文一致"的运动中,在众多文学家和有识之士的努力下,日语的言文一致体变为可以更加自由清晰地表现外部事物和内心世界的工具,成为文学的主流文体。

《浮云》无论在内容、主题、人物刻画、语言等多方面都突破了旧文学的藩篱,开创出一种全新的小说样式,被众多学者称为日本近代文学真正的起点,其中包括前文多次提到的中村光夫、小田切秀雄等学者。在战前,对于日本近代文学开端这一课题时,往往把坪内逍遥作为第一人而把二叶亭四迷作为坪内逍遥的后继者,或者两人并提,但是战后由于中村光夫对二叶亭四迷的大力赞扬,坪内逍遥和二叶亭四迷的历史地位发生了逆转。中村光夫认为:"我国的文学要真正实现近代化必须要有像他(二叶亭四迷)那样全身心地领会和掌握外国文学的魅力的人。"②因为二叶亭四迷在东京外国语学校学习期间是完全按照俄罗斯中学的模式接受的教育,直接接触俄国人、用外语阅读原文、用耳朵亲自聆听外国文学的教育,所以只有这种特殊的人才能承担起开创日本近代文学的新纪元。中村认为《浮云》之所以优秀是因为作者能够像西方的文豪们一样构思、拥有相同的问题意识来进行创作。据说二叶亭四迷在创作《浮云》(第二篇)时先用俄语打草稿而后翻译成日语,中村光夫对此也表示大加赞赏,认为二叶亭四迷达到了像外国作家那样写作的水平。当然这种观点也受到的其他日本学者

---

① 畑有三:『浮雲』の評価,三好行雄、竹盛天雄编,『近代文学』2收録,東京:有斐閣,1977年,8頁。

② 中村光夫:『二葉亭四迷伝』,東京:講談社,1958年,61頁。

的批评,原因之一在于中村光夫完全以西方的标准来判断,缺乏合理性。其二,对于《浮云》的评价过高,把这部作品作为日本文学史中特殊的存在来看待。使人感到在日本文学向近代化逐步摸索的过程中,突然出现了一部完美的作品,而且在其后文学的发展又发生了倒退,以尾崎红叶为代表的砚友社的拟古典文学占据了文坛主导地位。发生这种错误的判断其原因在于未对文本作深入的细读和分析。

事实上二叶亭四迷后来在《作家苦心谈》中自嘲式回顾自己的创作过程:"《浮云》几乎都是模仿别人的。首先第一篇是模仿式亭三马和飨庭篁村以及八文字屋本的小说,第二篇是模仿陀思妥耶夫斯基和冈察洛夫的笔意,第三篇几乎全是模仿陀思妥耶夫斯基的。本来是作为练习试着写的。写作当时的想法已经忘了,要说主题思想,我自己阅读了俄国的小说,非常厌恶俄国的官吏,把这种感情应用到了日本。厌恶官尊民卑,也许这就是中心的思想吧。"[①]式亭三马(1776—1822)是江户时代著名的洒落本、滑稽本的作家,著有《浮世澡堂》、《浮世理发店》等。飨庭篁村(1855—1922)是明治初年著名的畅销书作家,是《读卖新闻》编辑记者和专业撰稿人,《当世书生气质》出版后开始与坪内逍遥交往,并模仿该书创作了《当世商人气质》,受到很大好评,被誉为"文坛二巨星"之一。八文字屋是京都的出版社,出的大多是浮世草子类的小说。在《小说神髓》中坪内逍遥主张对雅俗文体进行折衷创造出新的文体,他通过融合"读本""滑稽本""人情本"等来创作《当世书生气质》,而二叶亭四迷也是通过这种方式来创作《浮云》,尤其在这部小说的开头完全就是戏作文学的笔调,当然他也试图摆脱江户文学的影响,于是他就用了另一种方法——"翻案"(翻译+改写),他借用了俄国著名小说家冈察洛夫的《悬崖》情节、语言表达等。在《浮云》中作者创造了"多余人"的形象也来自于俄国小说。因此,关良一在对比《浮云》和《当世书生气质》时这样评论:"如果从形式上来下结论,《书生气质》有更多的戏作成分。而《浮云》略少戏作成分。(中略)但是在下结论之前我们还要看到这两部作品从写作意图、构思、写作方法、作家的资质等是完全不同的。由于完全不同就难以加以比

---

① 二葉亭四迷:『二葉亭四迷集』,『日本近代文学大系』4,東京:角川書店,1971年,410頁。

第六章 《小说神髓》的延长线

较。《书生气质》可以说是创作,而《浮云》是毋宁说接近翻案或者戏拟(parody)。前者基本是努力描写真实,而后者是彻头彻尾寓意性的讽刺,也许与前者相比,后者在文学史上反而要归属到'旧'的系列中。一方是尽力把自己小说化而最终失败了,另一方是通过借来的东西和自己碰撞来讲述自己的故事。这也许是两者的资质不同吧。"①在江户时代后期,言文一致已经由民间开始展开,但是语尾还不统一,二叶亭四迷用"だ"作语尾,但其他部分还不能说完全言文一致了。柄谷行人指出:"《舞姬》译为英文并不困难,虽是文言体,然其骨架乃是彻底的翻译文体,且具'写实性'。可是《浮云》则几乎不能翻译,其列举的各种各样的胡须却不是'写实性'的。(中略)事实上,应该是他对自己的文体十分不满,故《浮云》的第二编首先用俄语写就再以口语将其翻译成日语。这种做法对于今人来说实在是难以想象的。"②通过以上的论述可以看出无论内容还是语言,二叶亭四迷在借鉴、裁剪、拼接前文本、和前文本进行交流、对话以至于征服、摆脱中经历了痛苦、挣扎。二叶亭四迷采取和坪内逍遥不同的方法是更多地对俄国文学的吸收和改造,通过翻译和改写的方法俄国文学来创作《浮云》。因此《浮云》并不是一部在前近代文学氛围中突然横空出世的作品,也是在前人的基础上不断摸索前进的作品,在前文本中既有外国文学也有日本文学。在《作家苦心谈》中没有提到《小说神髓》和《当世书生气质》的影响,其原因关良一这样认为:"使他的文学的观念、方法精致化的主要是俄国文学的理论和批评。二叶亭四迷学习这些来构建他的写实主义和悲剧论。(中略)但是这些最终能够结晶为《浮云》这一悲剧文学事实上只有在遇到了《书生气质》才有可能。"③二叶亭四迷创作《浮云》的原因之一就是一方面为坪内逍遥的理论辩护,另一方面暗中加以戏拟。二叶亭四迷开始着手创作《浮云》时,其中继承了《当世书生气质》的滑稽、诙谐、讽刺、戏拟的手法,并把它加以深化,把喜剧变成了悲

---

① 関良一:『当世書生気質』と『浮雲』,収録:『逍遥・鴎外―考証と試論』,東京:有精堂,1971年,287頁。
② [日]柄谷行人:《现代日本文学的起源》,赵京华译,北京:三联书店,2003年,第40页。
③ 関良一:「浮雲」考,日本文学研究資料刊行会編,『坪内逍遥・二葉亭四迷』,東京:有精堂,1979年,200—201頁。

剧。在他的文学前辈坪内逍遥前,二叶亭四迷充满着挑战的欲望。在《我的半生忏悔》中他说:"我当时有一种要夺取文坛霸主地位的气势。"这种气势关良一认为就是想要挑战逍遥文学地位的气势。关良一在《<浮云>考》中作了几种假设,他认为二叶亭四迷在《作家苦心谈》中故意不说受到了《当世书生气质》的影响反而更说明两者的密切关系。

由此可见,虽然《浮云》在俄国文学的影响下成功地写出了人情的真实,塑造出"自我"的形象,堪称日本近代文学的奠基之作。但并不能因此否认坪内逍遥《小说神髓》《当世书生气质》的历史功绩,中村光夫对于《浮云》的过高评价是不符合科学性和合理性的。笔者认为《浮云》也说日本文学近代化的重要一环,是坪内逍遥的后继者,正是由于这些作家呕心沥血、克服艰难困苦的努力才使日本近代文学不断走向成熟,形成了一种新的文学传统,逐渐在世界文坛取得一定的地位。二叶亭四迷和《浮云》在当时完成了一定的历史使命,在后代看来他们也有很多的不足和局限。二叶亭四迷也深刻体会到了这种局限,在《浮云》第三篇出版后暂时告别了文坛,《浮云》最终成为未完成的作品。

第三节 "不得意的时代"与"没理想论争"
——《小说神髓》后的逍遥

《小说神髓》和《当世书生气质》的出版使坪内逍遥成为文坛的领袖,在这两部作品发表后的几年中坪内逍遥还发表了一些小说和大量的评论。如:《婚姻之鉴》(小说,1886年)、《内地杂居未来之梦》(小说,1886年)、何谓美(评论,《学艺杂志》,1886年)、《泰西女丈夫传·朗兰夫人传》(翻译,帝国印书会社,1886年10月)、《乞河竹君勿媚世间之好尚》(评论,《读卖新闻》,1886年10月)、《美术论》(1887年1月在同攻会学术演讲会演讲,其文字记录在《东京日日新闻》《中央学术杂志》《大日本美术新报》发表)、《外务大臣》(小说,1888年《读卖新闻》连载)、《妻子》(最后一部小说,1889年1月《国民之友》发表),还有很多

第六章 《小说神髓》的延长线

发表在报纸上的文章,在此不一一列举。在此期间,坪内逍遥读到了撰写《小说神髓》期间(1883—1884)由中江兆民译出的法国的维隆(Veron)的《维氏美学》,尤其是和二叶亭四迷的交往对坪内逍遥的触动很大,感觉到《小说神髓》立论的哲学基础薄弱,于是开始对美学进行深入的学习和研究。二叶亭四迷的《小说总论》于1886年4月在《中央学术杂志》发表了。二叶亭四迷经常把自己翻译俄国的文学理论给坪内逍遥看,二人维持着亦师亦友的关系。虽然两人都是谦谦君子,但是暗中还是有互相较劲的倾向。坪内逍遥显示出大家风范,帮助二叶亭四迷修改和出版稿子。坪内逍遥从二叶亭四迷的《小说总论》中得到很多启示,他甚至对他的《小说神髓》产生了怀疑。1886年5月,他在《小说神髓》合本为上下册时在书的封底扉页中加上了一段说明:"本书于明治十七年(1884)起稿,十八年(1885)初发刊。故议论浅薄、不足取之论颇多。特别是美术论、文章论、变迁论等,和现今逍遥之议论相异。恳请四方看官见谅。他日更著小说论以大示江湖。"[①]坪内逍遥的弟子、岩波书店版的校注者柳田泉在《<小说神髓>研究》中认为坪内逍遥认为现在(1886)的观点与写《小说神髓》时的观点有出入,并不是说以前的全错了,而是他在阅读了维隆的《维氏美学》和受到二叶亭四迷的俄国美学理论的影响,他的观点向更高层次发展。[②]

二叶亭四迷的《小说总论》于1886年4月10日《中央学术杂志》第26号发表,当时没有引起很大的反响,其原因在于引进的理论过于哲学化,而且西方哲学思维和东方哲学的差异很大,坪内逍遥也坦言自己不能领会其中的深意。但是从美学意义来讲《小说总论》弥补了《小说神髓》的美学原理中哲学本体论的不足,同时把写实主义理论推向新的高度。全文约3000字左右,内容主要分四个部分:一、对世界观的揭示。"凡有形(form)则其中有意(idea)。意依形而现,形依意而存。"[③]其中的"形"一般可以理解为现象,"意"可以理解为本质。"形"和

---
① 坪内逍遥:『小説神髄』,東京:岩波書店,1936年10月第1版,1988年2月第17刷,183頁。
② 柳田泉:『「小説神髄」研究』,東京:春秋社,1966年,299—300頁
③ 二葉亭四迷:『二葉亭四迷集』,『日本近代文学大系』4,東京:角川書店,1971年3月,404頁。

"意"是紧密联系不可分割的,两者很难讲哪个重要哪个不重要,但最终"意"是内在的,没有"形"而"意"仍能存在,故"意"更重要;二、在现实的世界中各种现象、事物各具不同形态所以就妨碍了完全显现"意",或隐蔽了"意";三、如何通过"形"来把握"意"有两种不同的方法,一种是通过理想分析,另一种是通过感情来感觉和表现,包括小说的艺术就是属于后者,即"美术以感情穿凿'意'";四、小说有劝善惩恶和模写两种,而模写是小说的本分,小说通过对种种杂多的现象中以直接的方式把握"意","模写就是借实相写出虚相"。"在偶然的'形'中明白写出自然之'意'。"①二叶亭四迷的《小说总论》通过非常严密的逻辑思维论证的写实主义小说的原理和创作原则,在近代日本也是极为稀有的,《小说总论》中的文学理论水平之高,直到战前都是数一数二的。但是我们从这篇论文的背后明显地感到俄国别林斯基文艺理论的影子,甚至是黑格尔哲学的影子。二叶亭四迷当初在受坪内逍遥邀请写这篇《当世书生气质》的评论前曾翻译了别林斯基的《艺术的理念》(1841年)等一些文学理论,后因故未发表,而其中的内容很多融合到这篇论文中。北冈诚司对此进行了考证认为《小说总论》的哲学基础来自别林斯基的《艺术的理念》,对比两者发现有很多相似之处。但是北冈诚司也指出二叶亭四迷在借用时未能完全理解别林斯基以及其背后的黑格尔的哲学,对"形(form)"和"意(idea)"理解实际上是通过朱子学的观点来认识的,与黑格尔的"绝对理念"(idea)——"神"等概念没有真正理解,而是把它作为朱子"理气哲学"的范畴来把握的。②这个"意"不是来自黑格尔所指的唯一的、绝对的存在——"神",也不是来源于自身,而是"宇宙间森罗万象中"存在的普遍"真理",也就是"神"缺席的 idea。因此,二叶亭四迷所说的"意"又与"意匠"(思维、主题)混淆了,导致《小说总论》中理论的内在矛盾。以"实相"(现实)写出"虚相"(真理、本质)的说法也是来自"形""意"的本体论。其中"意"作为一种世界宇宙的根源、最高法则。他说:"难解的无形的

---

① 二葉亭四迷:『二葉亭四迷集』,『日本近代文学大系』4,東京:角川書店,1971年3月,407頁。

② 北岡誠司:小説総論の材源考,日本文学研究資料刊行会編,『坪内逍遥・二葉亭四迷』,東京:有精堂,1979年,164頁。

第六章 《小说神髓》的延长线

'意'正是由一个感动（inspiration）而感觉到，把它付之于唱歌的形式，使寻常人也能容易感觉到，这就是美术之功。故曰：美术以感情穿凿'意'。"[1]他的理论上内在矛盾导致在二叶亭四迷在实践中也遇到了困难。小森阳一指出："《浮云》的表现主体（叙述者）不是绝对的神的存在，也是作品中的人物，他受到作品中的现实的限制，和作品中的人物一样拥有个性化的语言和思维、价值观。因此叙述者的叙述无法和作品中的单一原理（单一的意识、价值观）统一起来。他和作品中的人物共同构成了多重声音。这是二叶亭四迷没有预见到的。"[2]在文学的创作上未能如预想的顺利，加上经济上、家庭的压力使二叶亭四迷暂时放弃了文学，1889年2月进入内阁官报局做译员，《浮云》第三篇由此中断。

在与二叶亭四迷的交往和《小说总论》《浮云》的发表过程中，坪内逍遥的文学观念也发生了微妙的变化。从1886—1890年至少发表了三十多篇论文和序言等，岩波书店版的《小说神髓》中，编者柳田泉编入了7篇：《小说神髓拾遗》（1885年5月，《中央学术杂志》第6号）、《文章新论》（1886年5月、7月，《中央学术杂志》第28号、第32号）、《何谓美》（1886年9月、10月、11月，《学艺杂志》第2号、第4号、第5号、第6号）、《美术论》（1886年1月16日演讲，《东京日日新闻》，1886年1月23—26日）、《小说的手段》1、2、3（《读卖新闻》，1888年4月23、26、28日）、《类似未来记的小说》1、2（《读卖新闻》，1888年6月14、15日）、《批评的标准》（1888年9月15日，《中央学术杂志》第58号）。在《文章新论》中依然延续《小说神髓》的理论，主张"唯表现感情为文辞的主眼"。[3]《何谓美》是对《维氏美学》的评论，文中评述了模拟主义和极致主义并把美作为一种"真理"。在《美术论》中肯定了二叶亭四迷《小说总论》中的"意匠""真理""意"的说法，把它们作为"趣""妙想"等来表现。虽然这个时期坪内逍遥吸收了维氏美学和二叶亭四迷的美学观点，但并没有完全否定《小说神髓》的观点，而是对以前观点进行补充

---

[1] 二葉亭四迷：『二葉亭四迷集』，『日本近代文学大系』4，東京：角川書店，1971年，406頁。
[2] 小森陽一：二叶亭四迷の文学理論，『国語国文研究』(65)，1981年，29頁。
[3] 坪内逍遥：『小説神髄』，東京：岩波書店，1936年10月第1版，1988年2月第17刷，202頁。

和深化。他也认识到自己在《小说神髓》中的提出的"人情世态"的主张过于狭隘只适用于小说,而不适合其他的艺术,因此他说:"光是人情风俗,在音乐和建筑上无法显现。因此,说人情风俗是小说的目的是可以的,但还不能说是完全的美术(艺术)的目的。"①虽然在《小说神髓》中坪内逍遥也主张要写人生的奥秘,但展开不够。通过一些评论、书的序言等,坪内逍遥对他的理论进行了整理,只不过说法由原来的"人生的因果"逐渐转向"妙想""真理"等,这是原来理论的深化。虽然坪内逍遥这个时期多用"妙想""真理"或"アイデア"等说法,但这既不是黑格尔、别林斯基的"绝对精神"的概念也不是二叶亭四迷的具有朱子学"理"的"意",坪内逍遥对这些概念的理解更倾向于唯物主义,他一贯反对的是从主观出发,强调"不由直接的观察难以知无形的妙想"②(小说的手段),这也是《小说神髓》"主人公的设置"中反对由观念出发的先天法(演绎法),提倡由现实出发的后天法(归纳法)一脉相承的③。在《小说神髓》中由于片面强调如实客观描写,有可能导致思想性的缺乏,坪内逍遥在补充和发展自己的理论是注意到这些问题,同时对原来理论中小说的目的进行了深化,由原来的"人生的奥秘"发展到"妙想""无形的真理""美的真理""人情世态的真理"等。

　　《当世书生气质》和《小说神髓》出版后,1885年到1889年,坪内逍遥的文艺思想虽然受到一些好评,但也遭遇到来自各方的批评,他也注意吸收当时最新的文学思潮努力提升他的理论,并不断进行小说创作的新尝试。但是他难以克服文学理论的矛盾和不足,在小说创作上也不顺利,1888年开始起稿的小说《妻子》没有到达预期的好评,因此放弃了小说家的生涯。这几年坪内逍遥自认是"不得意"的时期。但另一方面,他在东京专门学校(现早稻田大学)的事业日益繁忙,在他周围聚集形成了大批优秀的文学青年。坪内逍遥在该校文学科创办期间成为实际的领导人,他设想通过融合"和汉洋"三学为日本文学发展做出贡献。同时,他还积极开展校内、校外的文化活动,组织文学研

---

① 坪内逍遥:『小説神髄』,東京:岩波書店,1936年10月第1版,1988年2月第17刷,237頁。
② 上揭書,253頁。
③ 上揭書,174—176頁。

第六章 《小说神髓》的延长线

究、创办"朗读研究会"。后来还成立了早稻田文学会,创办了《早稻田文学》杂志。1891年10月,《早稻田文学》创刊号上刊登了坪内逍遥的《<麦克白评释>绪言》,文中提出了他对文学创作和评论的观点:我表明一下在评释《麦克白》时自己的态度。评释的方法有两种:一种是如实按照文中字义、语法评释,再加上修辞分析;另一种对作者的本意或作者的理想进行发挥、批评和评论。就我来说,我采取第一种方法。之所以如此是因为莎士比亚的作品可以完全按照读者的心来解释。因为他的杰作是容纳"万般的理想"的作品、犹如不知底部深浅的湖。而且它可以广泛容纳众多理想,而它本身是"没理想"[①]的。这和造化自然相似。钟的声音、花的颜色因听者和观者而异。造化的本体是无心。若要赞美莎士比亚,可以赞赏其刻画人物性情活动技巧之高明,其比喻之妙、其想象之妙、其构思之妙可以说空前绝后。但是如果要说其理想如大哲学家之高明的话,让人难以接受。而正是他的"没理想"才应该称赞。[②]当时坪内逍遥为了着手戏剧改良和指导学生演戏,对莎士比亚和日本江户时代戏剧家近松门左卫门进行研究。《早稻田文学》杂志创刊的目的是刊登与学习有关的内容,所以坪内逍遥的发表论文的初衷对学生课外学习的补充解说。但是这篇文章引起了森鸥外的反驳,他在自己创办的『しがらみ草紙』杂志上发表《早稻田文学的没理想》等文章对坪内逍遥的观点进行批判,引起了日本近代文学史上有名的"没理想论争"。森鸥外指出:"逍遥以纪实为宗旨厌恶谈理、提倡'没理想',而我对此难以认同。逍遥的'没理想'的论点是由于他没看到世界上不仅存在着一个'现实'(real)还充满着'想'(idea),当我们好好观察理性界、无意识界时,可以发现那里有先天的理想。例如:听钟声的时候有人听出了无常、有人听出了快乐。但是从中感到美也是一种。或者这里看到美丽的花,有人看出了悲伤、有人看出了喜悦。但是也有人感到了美。在这里,从钟声和花中感到美的并不是因为耳朵好好听、眼睛好好看的缘故。而是因为那个人有着

[①] 坪内逍遥所说的"没理想"不是中文理解的"没有理想"的意思,他自己曾作解释"没却理想",就是除却理想,就是在文学创作中保持客观的态度,不在作品表明自己的理想、观念等。

[②] 坪内逍遥:「マクベス評釈」の緒言,『日本近代文学大系』3,東京:角川書店,1974年,180—187頁。

感觉美的'先天的理想'。"森鸥外所援用的理论是德国先验唯心主义哲学家的爱德华·冯·哈德曼的美学理论,这在当时非常新奇,引起了社会上很大的反响。其实两人在正式开始论战之前就相似的问题各自发表了文章。1890年12月坪内逍遥在《读卖新闻》发表《小说三派》、1891年1月在《读卖新闻》发表《不知底部深浅的湖》、1891年5—6月发表《梓神子》等文章,森鸥外对此发表了《逍遥子的诸评语》。其后两人不断发表文章围绕"纪实"和"谈理"进行论争。主要文章按顺序如下:《谢乌有先生》(坪内逍遥,1892年1月,《早稻田文学》)、《埃米尔·左拉的没理想》(森鸥外,1892年1月,『しがらみ草紙』)、《辨"没理想"的语义》(坪内逍遥,1892年1月,《早稻田文学》)、《答乌有先生》(坪内逍遥,1892年2月,《早稻田文学》)、《早稻田文学的没却理想》(森鸥外,1892年1月,『しがらみ草紙』)……两人的论文对战一致持续到1893年左右。森鸥外以其逻辑清晰、言辞犀利又有深厚的理论功底在一般人看来似乎占了上风。实际上两人都没有对另一方的理论和术语充分理解,所以他们的论战是各说各的,如同两条平行线,最终无法判断谁胜谁负。柳田泉认为两人的误解有两个,其一是"没理想",是"没有"还是"除却",其二,对"理想"的理解。坪内逍遥所指的理想是作品的主题,而森鸥外指的是思想的最高标准"想"(idea)。虽然论争告一段落,两人也各自反省自己理论的缺陷,各自研究哲学、美学理论,后来都著书加以归纳,坪内逍遥撰写了《美辞论稿》(1893年),森鸥外与大村西崖合作撰写了《审美纲领》(1899年)。同时两人的争论还促使日本的知识分子纷纷开始学习和研究西方文艺理论和哲学,促进了日本的文艺理论的水平提高。

《小说神髓》以后的坪内逍遥的文学理论经历一段彷徨期,到"没理想"论争时,坪内逍遥的文学理论达到了新的高度。回头看一下坪内逍遥走过的历程,从"人情世态"到"妙想""真理"以及到"没理想"这三个阶段是他写实主义文学理论不断成熟的过程。强调"人情世态"有可能要坠入肤浅地记录、纪实的陷阱,于是用"妙想""真理"加以深化,使之到达形而上的层次,在莎士比亚文学的启发下,坪内逍遥把抽象朦胧的理念进一步扩展用无限广阔的"没理想"来统括具体的、世俗的"小理想",到达圆融无碍的境界。我们通过对《小说神髓》的前文本、本文本到后文本解析,看到了这部作品更加深层的内容,它连接过去、当时,更指向未来。

第四节　人情风俗小说与自然主义文学
——《小说神髓》对后世的影响

写实主义的小说理论著作《小说神髓》的出版给明治文坛带来了新生,启发了一大批优秀的青年走上了文学的道路,同时在不喜理性思维的日本人中间也掀起了小说理论研究的热潮。坪内逍遥周围的一些文学家,如嵯峨屋御室、三宅花圃等人不仅进行文学创作也进行文学评论。也有一些人对《小说神髓》进行抄袭和改写出版了小说理论书,著名的有朝户善友的《改良小说作法》(1889年,春阳堂)和六石佐藤宽的《小说管见》(1890年),内容和主张和坪内逍遥的《小说神髓》非常雷同。

1889年前后,坪内逍遥和二叶亭四迷相继放弃小说创作,而在《小说神髓》影响下成长起来的一大批新近作家脱颖而出,其中以尾崎红叶为首的砚友社作家逐渐占据了文坛的主导地位。1885年在当时的东京大学预科学习的尾崎红叶、山田美妙、石桥思案、丸冈九华等人组织了文学社团——砚友社,1889年创办了杂志《我乐多文库》,他的处女作《二人比丘尼的色忏悔》采用历史题材以优美的文笔、曲折动人的情节打动了读者,受到广泛的好评,一跃成为一流的作家。尾崎红叶的作品模仿江户时代井原西鹤的作品,被称为"拟古典主义"。明治时期的小说有很多都是通过报纸这一媒介发表的,如夏目漱石很多小说都是在《朝日新闻》连载发表的。尾崎红叶的作品很受大众欢迎,所以被《读卖新闻》社邀请作主笔,他成为《读卖新闻》提高发行量的一张王牌。尾崎红叶的作品以赢得读者的"眼泪为主眼",带有很大的商业化成分,内容多以男女恋爱为中心,语言不是"言文一致"体而是模仿江户时代"人情本"的语言。从内容到形式都是逆时代潮流的,被国木田独步批评为"穿着洋装的元禄文学",被认为是文学发展的一种倒退。

正是因为这些大部分文学史中对尾崎红叶持否定的观点,或者故意忽略,不把尾崎红叶写入书中,笔者才更加认为尾崎红叶是坪内逍遥《小说神髓》写实主义文学理论的另一种体现。首先,他的作品中对人情和世态作了充分的描写,也注意人物心理的刻画。1895年发表的《多情多恨》、1897年发表的《金色夜叉》在这些方面都取得了成功。作为报纸连载的小说,由于报纸的纪实性也使尾崎红叶关注当时的社会问题,对官僚制度、拜金主义等提出了尖锐的批判,对平民寄予了同情,使《小说神髓》提出的描写"人情世态"的范围得到了进一步的扩大。其次在语言和文体上,尾崎红叶比较成功地实现了坪内逍遥提倡的"雅俗折衷体"。二叶亭四迷的《浮云》运用的是"言文一致体",其语尾是"だ"、而尾崎红叶创出了"である"的文体。同是砚友社的山田美妙在小说中创出了"です・ます"体。这些文体都是构成现代日语的基本要素,现在日本人所用的日语就是在这些文学家的努力下克服重重困苦而建构起来的。尾崎红叶的"雅俗折衷体"就是坪内逍遥在《小说神髓》中说的"叙述部分用七八分雅语,会话部分用五六分雅语"[1]的发展,他的会话文的文体接近口语。伊藤整在评论尾崎红叶的《金色夜叉》的文体时说:"叙述部分的文语在保守的拟似近代的明治时代给人与安全感,而会话部分充满生机的口语体又可以感觉到在这种秩序中挣扎的人们的人性。"[2]第三,尾崎红叶通过在报刊上发表作品成为日本近代成功的职业作家,改变了原来文学家(小说家)低下的社会地位和经济地位。他成为社会上一部分人崇拜的偶像。这些受过西方教育的青年文学家逐渐成长,构成了近代文学的文坛。第四,尾崎红叶的作品雅俗共赏,一般的学生、主妇喜欢读他的作品,高级知识分子也很爱读他的小说,扩大了小说的读者层,为近代文学(小说)的发展提供了更大的基础和发展空间。

砚友社的其他同人如山田美妙、石桥思案等也分别发表了《夏木立》《盗花人》等小说,呈现人情小说大批量出现的情况。除了砚友社,

---

[1] 坪内逍遥:『小説神髄』,東京:岩波書店,1936年10月第1版,1988年2月第17刷,116頁。

[2] 伊藤整:「尾崎紅葉」、『伊藤整全集』19,東京:新潮社,1975年。参照:三好行雄、竹盛天雄编,『近代文学』2,東京:有斐閣,1977年,52頁。

第六章 《小说神髓》的延长线

饗庭篁竹、斋藤绿雨等运用雅俗折衷体和江户时代的情调创作的作品虽然和砚友社相似,但也有其特色,都受到大众的欢迎。当然在人情小说流行的潮流中,由于题材都局限在男女感情,所以出现了大量构思、情节雷同、内容流于表面、格调低下的作品。

政治小说在《小说神髓》出版以前就开始流行,但大多是用外国的作品进行翻译、改编,情节和人物都比较刻板。《小说神髓》出版以后,政治小说的作家们(大多与政治有关的人士)意识到作品中情节和人物设定的要具有现实性、合理性。著名政治小说作家末广铁肠在《雪中梅》(1886年)序言中说"以人情为基本",在《花间莺》(1887—1888)开始部分写道:"小说是一流高尚的艺术,所以必须按实际的人情世态来写作。"①这些都说明《小说神髓》对日本近代文坛的直接影响一直持续到明治三十年(1898年)左右。

人情小说虽然盛极一时,但由于对现实肤浅的写实和陈旧的题材渐渐走向衰弱,一些作家开始从发挥抒情性和张扬自我个性对文学进行新的尝试。1893年1月以《文学界》杂志创刊和北村透谷的一系列文学评论发表为标志,浪漫主义文学的思潮开始席卷日本。北村透谷发表了诗作《楚囚之诗》《蓬莱曲》,评论《何为干涉人生》《内部生命论》等,在这些诗作和评论中大力宣扬个性、把恋爱提高的极致的地位,尖锐地批判了明治时代严酷的政治重压下的现实,提出在理想世界中发现真正纯粹的真实。一般学者以《文学界》相关的作家都作为是浪漫主义文学作家,如森鸥外、樋口一叶、岛崎藤村、国木田独步等,但是笔者认为这种归纳的方法是一种简单的做法,实际上浪漫主义倾向更多地表现在诗歌上,而在小说上表现不很典型。浪漫主义文学发源于18世纪中后期的法国,其主要的理论和文学实践始于卢梭,主要的艺术倾向是肯定现世、肯定自我个性、尊重自然的感情、对永恒的理想世界充满的憧憬或寄情于大自然的美景中。欧洲的浪漫主义是对中世纪以来禁欲的古典主义的反拨,它是先于现实主义,而在日本这种顺序却是相反的。日本的写实主义思潮流行于1885—1895年左右,而浪漫主义开始于19世纪90年代。欧洲的浪漫主义在小说中多表现为理

---

① 市古贞次:『日本文学全史・近代』,東京:学燈社,1979年,87頁。

想主义,如雨果的很多作品,如《巴黎圣母院》中塑造了一些理想的人物,但小说毕竟不同于诗歌,雨果在小说中还是真实表现了法国社会的现实,尤其在他的后期的小说中这种倾向更加明显。在文学研究学者眼中被划归日本的浪漫主义的文学家并不是每部作品、每部小说都有浪漫主义的倾向的。如森鸥外在创作《舞姬》之前把歌德、拜伦等欧洲诗人的诗歌曾汇编并翻译为《面貌》出版了,其中很多诗歌是浪漫主义的。而他的小说《舞姬》如果对照浪漫主义的特征的话,应该说其特征不太典型,这部作品其实是以他在德国留学期间的一段真实恋爱经历为素材经艺术加工而成。这部作品文体采用拟古典的文语体,其实就是坪内逍遥主张的"雅俗折衷体",不过带一些翻译调和汉文调。虽然用的是文语体但是叙事方式已经不是江户时代的旧模式,思维方式更接近于西方,所以柄谷行人指出:"《舞姬》译为英文并不困难,虽是文言体,然其骨架乃是彻底的翻译文体,且具'写实性'。"[①]同时,这部作品中反映了在日本传统教育培养下的优秀青年到了欧洲以后,在西方文明熏陶下自我觉醒,然而这种觉醒了的自我在严酷的现实面前碰得头破血流,最终"我"选择了抛弃德国的恋人,和大臣回国了。这部作品以第一人称叙事,以告白式的语言展开情节,对人物的心理也进行的充分地揭示,作品有对自我意识的张扬,但主要情节给人还是写实性的。关良一指出《舞姬》一方面是向同僚对自己的过去进行的解释和自我辩护,同时也是他自己的"忏悔录"。[②]其后发表的《泡沫记》《信使》被称为"留德三部曲",内容也是以森鸥外留德期间真实的经历为素材的。文学家有多方面的才华,有很多样式的作品,即是诗人又是小说家,同时还可能是文学评论家,如果把诗歌上的风格套用到小说上就是张冠李戴了。因此,笔者认为森鸥外的小说称为浪漫主义文学是不准确的。这种情况同样发生在岛崎藤村身上。岛崎藤村是《文学界》的主要作家,他发表了很多抒情诗,反映了明治时代年轻人追求自由、追求理想,对新思想的欢喜和对黑暗现实的苦闷的感情,这些诗歌于1897年编成《若菜集》,不久岛崎藤村又创作了大量诗歌,后被收

---

① [日]柄谷行人:《现代日本文学的起源》,赵京华译,北京:三联书店,2003年,第40页。
② 関良一:『舞姫』考,『逍遥・鴎外—考証と試論』,東京:有精堂,1971年,390頁。

入《一叶舟》《夏草》《落梅集》等诗集中,他是日本明治时期代表性的浪漫主义诗人。但是中年以后他开始从事小说创作,1906年3月他的《破戒》出版,这部作品标志着日本近代文学真正开始确立或成熟。这部作品被认为是成功的现实主义小说,也有评论认为是自然主义小说。岛崎藤村前期作为诗人,无可辩驳地认为他是个优秀的浪漫主义诗人,但作为小说家他又是现实主义的文学家。与森鸥外、岛崎藤村类似的,国木田独步、田山花袋也创作了很多浪漫主义的诗歌,但后来从事小说创作后,其作品大多是现实主义的。樋口一叶主要以小说创作为主,她的作品多描写当时少男少女恋爱的故事,其中充满着青春小说的浪漫气息,对少男少女的心理描写栩栩如生,到达很高的境界,被称为"明治时期的紫式部",但作品也批判和控诉了下层女性在悲惨的境遇,具有很强的批判现实性。这些被文学史家们称这些作家为"浪漫主义文学家",其实并不准确。真正可以称得上"浪漫主义"的小说家应该是镜泉花,他被文学评论家们称为"近代小说界唯一彻底的浪漫主义者"[①]。

因此,总体来说,日本的浪漫主义文学主要表现在诗歌上,而小说仍然延续着坪内逍遥以来写实主义的文学传统。文学史或者文学评论中总会出现"××主义"的标签,这是为了帮助初学者对文学史中众多作家、众多流派进行简易化说明的手段,而真正研究者就不可被这些标签所迷惑。日本近代文学史的发展按照一般文学通史的说法是:戏作文学(江户时代明治初年)——写实主义(1885—1895)——浪漫主义(1895—1905)——自然主义(1906—1910),笔者认为自坪内逍遥开创写实主义文学以来,小说的创作一直以写实主义(或现实主义)为中心不断摸索,到了岛崎藤村的《破戒》,无论是语言还是文学技巧都已经相当成熟,而浪漫主义主要在诗歌中有所表现,但在近代文学发展史中,这仅仅是个小小的插曲,或者在现实主义作品中添加了一些色彩而已。

20世纪初,欧洲自然主义文学传入日本,逐渐形成了日本特色的自然主义。欧洲的自然主义文学早在19世纪60年代就开始发生了,

[①] 吉田精一:『日本文学史』,『吉田精一著作集』19,東京:桜楓社,1983年,149頁。

代表作家有左拉、福楼拜、莫泊桑、龚古尔兄弟。坪内逍遥撰写《小说神髓》时欧洲大陆的自然主义已经相当盛行,但由于坪内逍遥主要参考的是英国文学,影响似乎要小一些,据川副国基认为,坪内逍遥参考的英国杂志中似乎没有明显的自然主义思潮。而运用科学实证的方法对社会进行解剖和分析,在小说创作中运用纯客观的叙事方式等在欧洲大陆和英国已经成为一种常见的手法。《小说神髓》中也明确提出类似的主张:"不应根据自己的想法来刻画善恶邪正的感情,必须抱着客观地如实地进行模写的态度。"①但坪内逍遥并没有主张一定要按真实的情况那样如实地记录,而是模拟现实的"模写",他说:"小说本身是作者通过想象虚构出来的产物。"②而自然主义文学要把客观描写做得更加彻底甚至极端。初期的自然主义小说如法国龚古尔兄弟合著的《日尔米尼·拉赛德》(1865年)是描写一个女仆的悲惨命运,但作者对女主人公在爱情方面的变态心理作了细致深入的刻画,他们把个人的问题当作社会的一部分来看。左拉相信科学至上,他受到生理学家贝尔纳的《实验医学研究导言》的影响,认为心理学只是生理学的一部分,性格研究就是生理研究,人性的恶就是由于遗传的生理疾病引起的,他的《卢贡—马卡尔家族》20部长篇小说就是贯彻这一理念。左拉认为文学创作就是生理学家在实验室以绝对客观的态度观察人和社会,以科学家实验的态度对作品中的人物和环境进行实验,小说就是一种科学家观察、试验的结果的超越道德的报告。他主张放弃文学技巧和主观思想,对社会进行深入体察,收集大量生活素材,实际在创作中所采用的还是运用现实主义的手法,很多作品都获得了成功。

一般认为日本的自然主义文学始于小杉天外模仿左拉的作品《娜娜》创作的《初姿》(1900年),他在序言中提出:"要使读者在感官上感到如同在现实中的感觉。"接着他又发表了《流行歌》(1902年),这两部作品描写了女艺人表面风光背后堕落、淫荡、虚伪的真实面目,同时书中强调遗传的因素,而且主要人物在精神和肉体上多有病态。永井荷

---

① 坪内逍遥:『小说神髓』,東京:岩波書店,1936年10月第1版,1988年2月第17刷,62页。
② 上揭书,137页。

风也以左拉为师创作了《地狱之花》，这部作品把通过暴露教育家丑恶的私生活和富豪妻子淫乱的生活，揭示人性中的动物性。初期的自然主义文学以小杉天外、永井荷风、小栗风叶等为代表，成熟期的代表作家有国木田独步、田山花袋、岛崎藤村、德田秋声等，这些作家有些是原来砚友社系统的，永井荷风、德田秋声等，也有一些是《文学界》的主要作家，如田山花袋、岛崎藤村等。国木田独步是民友社的成员，但和《文学界》关系密切，也有多次文学上的合作。砚友社的拟古典主义、《文学界》的浪漫主义的作家纷纷转向自然主义（实际上写实主义的另一种形态）。而坪内逍遥周围的写实主义阵营在这场自然主义文学运动中也充当的主力军作用。在自然主义发展到成熟时期，坪内逍遥的弟子岛村抱月1905年结束了英国、法国留学回国，复刊了《早稻田文学》，开始了活跃的文学评论活动。1906年他发表了《被囚的文艺》一文，提出文学活动不要拘泥于任何主义和思潮，主张客观的表现。1908年发表了《文艺上的自然主义》《自然主义的价值》等一大批文章，为自然主义文学运动发展造出了很大的声势。岛村抱月继承了坪内逍遥"客观的""模写"的思想，认为艺术无法解决现实中各种问题，所以必须用"纯客观的观照"的态度进行创作，以此来创造美的情趣就是给人生的救济指明了方向。岛村抱月不仅是自然主义评论家，而且是坪内逍遥进行戏剧改革时最得力的干将之一。另一位东京专门学校（现早稻田大学）出身的长谷川天溪也是自然主义的著名评论家，他提倡无念无想地表现现实。《早稻田文学》一度成为自然主义文学的据点，有相当一部分自然主义作家或评论家出身于东京专门学校及升格后的早稻田大学，例如国木田独步、正宗白鸟等。自然主义在20世纪前期的二十多年一直占据日本文学主流的地位，这种文学虽然有其自身的价值，但摒弃艺术技巧、割裂与社会的联系，给文坛也带来了消极的影响，后来日本的自然主义文学逐渐走向暴露自己的私生活、描写琐碎的个人生活的"私小说"，表现的范围日益狭窄，逐渐趋向衰微。由于自然主义和坪内逍遥提倡的"客观的模写"方式极其相似，而且自然主义作家中有很多直接受过坪内逍遥的指导和教育，所以佐藤昭夫认为："自然主义的表现技法是以写实为基本形式的，其归结是'私小说',即私人性的写实。正因为如此,自然主义出现的历史上的可能性其实在坪内逍遥的文学论中已经蕴藏着了。"①

在自然主义文学轰轰烈烈展开的同时也出现了很多反对自然主义的文学流派和作家,如白桦派(武者小路实笃、有岛武郎、志贺直哉等)、唯美派(永井荷风②、谷崎润一郎等)。还有夏目漱石和森鸥外虽然没有结成文学流派,但从个人的角度对自然主义文学提出了批判,他们选择了与自然主义不同性质的文学,被人称为"余裕派"或"高踏派"。此后文学流派更是层出不穷:新思潮派、奇迹派、无产阶级文学、新感觉派、新兴艺术派、新心理主义……虽然名目繁多,但对"人情"的挖掘和对人性的探索一直是这些文学的核心课题之一。进入20世纪以后日本的近代文学真正确立起来,逐渐呈现百家争鸣的局面,优秀作家和作品大量涌现。这时坪内逍遥当时所面临的文学问题基本得到了解决。川端康成和大江健三郎分别于1968年、1994年获得诺贝尔文学奖,从某种意义来说也实现了坪内逍遥"殷切希望我国的物语最终能凌驾西方小说之上"③的理想。虽然到了21世纪,一般作家就很少谈论坪内逍遥的《小说神髓》,除了一部分文学评论家或文学史家还继续对其研究,几乎没有哪位作家为了学习写作而去阅读它,这部文学理论似乎逐渐被人淡忘了。虽然如此,笔者认为不能说坪内逍遥的《小说神髓》已经过时,它的影响已经消失。正如互文性理论指出的那样,坪内逍遥的《小说神髓》虽然随着时间的流逝而离我们越来越远,但它的后世作家和评论家把它作为经典,对其剪切、拼接、打碎、戏仿、抄袭,甚至对其魔鬼化,以此来树立自身的正当性。因此《小说神髓》已经完全融化在日本近现代文学的文本的大海中,它的拥护者或者是它的反对者、痛恨者无论如何对待这部作品,但它的影响还是客观存在着,它在别的文本中又得到了重生和再现,构成了《小说神髓》的延长线。

---

① 佐藤昭夫:坪内逍遥の写実主義—「小説の主眼」を中心として,『成城文芸』11,1957年,40頁。
② 永井荷风是自然主义前期的代表人物,后来放弃了自然主义文学观念,转向唯美主义。
③ 坪内逍遥:『小説神髄』,東京:岩波書店,1936年10月第1版,1988年2月第17刷,20頁。

结　语

　　一位十八岁的青年从县里的选拔考试中脱颖而出,背负着家乡父老的期望来到京城,进入官立学校,不久该校改为全国唯一的大学。学习期间他不追求优秀的成绩,吃喝玩乐,常去娱乐场所,还参加文学社团活动,忙于辩论,编辑杂志,翻译了西方的小说。由于热衷课外活动耽误了学业,三年级时一门课程不及格,还有一些课程成绩也不理想,不久被取消官费的助学金,延期一年毕业。二十五岁从大学毕业,通过朋友介绍到一家私立学校当老师。二十七岁的时候发表了一些小说,还通过拼凑一些古今东西各家的文章出版了一部小说理论。二十六岁时与艺妓相识,二十八岁时结婚。

　　以上这位青年就是本课题研究的文本——《小说神髓》的作者坪内逍遥,这段描写是笔者以当今世俗人的眼光对坪内逍遥的直白的解说。在当今中国,经过十年寒窗苦读的农村的大学生,如果也是吃喝玩乐、不务正业的话,那必然会被斥为"浪子",再加上堂堂最高学府的学士(相当于现在的博士)竟然和艺妓结婚,父母非气死不可。而逍遥也许就是这样一个浪子。越智治雄在《<书生气质>的青春》中对坪内逍遥的年轻特别给予了关注,他说:"我们现在作为课题讨论的是一个只有二十六岁的青年,以及他所著的一部作品。"①他把坪内逍遥洋溢着青春气息的人格也纳入文学研究中确实令人耳目一新。但是他把《小说神髓》和《当世书生气质》的缺陷归因为年轻,笔者不敢苟同。他在那篇论文的最后这样写道:"但是只有通过错误才能直面人生的真实,如果重复一下前面的话,那就是《书生气质》正是逍遥的'美丽的困惑',明治初期一个青年作家抱着伟大的梦想,这一点非常吸引着我。我们在那个没有实现的梦想的伟大之处可以看到作家春之舍胧的身影。"②而笔者通过对一些经典的细读和研究发现,我们似乎对经典或经典的作家怀有一种对"圣贤"崇敬。而通过对经典的整体细读、通过作品和作家进行对话和交往以后才发现,他们和我们一样都是普普通通的人,他们也有喜怒哀乐、也有苦闷、也在不断地犯错。因此希望完美的作者和完美的作品是一种空想。因此作者的不完美和作品的不完美反而是一种鲜活生命必然的现象。如果这样来考察一位作家和一部作品,我们就会更加心平气和,抛弃一些成见。事实上,二十六岁写出一部开创日本近代文学新纪元的小说理论也不足为怪。历史上众多经典,大部分是二十多岁到四十岁之间完成,要说诗人的年龄会更小。牛顿(1643—1727)在他二十二岁的时候提出了微积分,1669年发表《运用无限多项方程》。黑格尔(1770—1831)三十七岁时发表《精神现象学》(1807年),狄更斯(1812—1870)二十六岁时发表《匹克威克外传》(1837年),这样的例子不胜枚举。笔者认为也正是因为年轻才有勇气改变现状、因为年轻才有梦想去创造一个理想的世界、因为年轻才不惧怕犯错、没有名人对于名誉受损的担忧。一个年轻人可以写出的作品,到了老年,虽然知识比年轻时丰富,但因为畏首畏尾、求全责备未必可以写

---

① 越智治雄:「書生気質」の青春,『国語と国文学』,1958年3月号,日本文学研究資料刊行会編,『坪内逍遥・二葉亭四迷』,東京:有精堂,1979年,38頁。

② 上揭書,47頁。

结 语

出充满激情与活力的作品来。坪内逍遥到了后来对《小说神髓》也不满意,他自认为《小说神髓》和《当世书生气质》是"旧恶全书"。但《小说神髓》作为文本已经和作家脱离,它的命运即使作者也无法主宰,谁也无法否定它在日本文学史上的历史意义,包括作者本人。

　　对于经典我们直接接触的机会太少了,我们总是通过别的文本来了解它,所以不了解它的本来面目。我们了解到的经典实际是已经被贩卖了好几道了。很多人都在谈论经典,但大部分人没有真正整体细读过,所谓人云亦云也就司空见惯了。当我们真正阅读它时会失望,原来它并没有以前别人描绘的那么美,有些语言是晦涩的、逻辑是混乱的、内容是空洞的,作者的创作手法也不是那么"君子",抄袭、拼凑、改写、仿作等比比皆是。世界上可以说所有的名著、经典都被后人批得体无完肤。即使当年自认为已经找到了终极真理的黑格尔,他的书我们去仔细读一下也会发现很多矛盾,更不要说专业的哲学家们的批判了。现代人看那些年代久远的经典确实不那么完美,有时甚至是粗制滥造的,而且当时提出的课题到现在已经有了答案,问题已经被解决,它已经被打碎、被克服、融化到各种后世的文本中。《小说神髓》也一样。"小说是艺术"的命题现在已经是一般的常识了,"小说的主眼是人情,世态风俗次之"的主张也为很多作家接受,而且更有了发展,客观描写的艺术手法也作为小说的技巧广泛使用,文体论中关于用雅文体还是俗文体的讨论现在变得似乎毫无意义,现在"言文一致"的日语已经完全普及,叙事理论和叙事方式等,现代作家有更好的理论。那么我们今天还有必要去重读这部著作吗?

　　笔者通过前面的论述得出的根本性结论就是:笔者认为坪内逍遥的《小说神髓》是开启近代日本文学的理论著作,作者在西方文化的启发下,继承了日本传统文学的精神又吸收了当时世界上最新的美学、艺术以及小说的叙事理论的最新成果加以融合创造,它是日本近代文学的原点,其影响贯穿整个日本近代文学直至现代。他的主张现在已经成为一种常识,融化在文学作品和人们的观念中,正如空气一样感觉不到它的存在。而能够在当时提出这些主张并加以实践,这不能不说就是坪内逍遥的《小说神髓》的伟大之处。我们今天再去阅读这部著作时,不是仅仅去看这些主张和论点,而是通过深入文本、与活生生的文本与活生生的作者进行交流和对话,在此过程中发现作家如何拓展新的阐释和创意。正如互文性理论揭示的一切文本都是别的文本的剪切和拼凑,新的文本的意义在于如何整合各种文本以及在各种文本基础上添加一点点的新意。康德认为自然科学的发展依靠科学家的突发奇想,他在《纯粹理性批判》中指出:"当伽利略使具有预先由彼规定一定重量之球在斜面下转时;当笃立散利使空气载有预先由彼计算'与水之一定容量之重量'相等之重量时;或在更近时期,当斯他尔以撤去金属中之某某成分及再加入之方法,使金属变为氧化物,氧化物再变金属时;一线光明突在一切研究自然者之心中显露。"[①]人类文明进步无不依赖这一线光明或一线的灵光,自然科学依靠实验,而人文学科在与前文本的对话交往中激发这种灵光。经典中固然有种种缺陷,但发现作者从突发的灵光中所悟出的新意确能开创一个时代。这是我们在阅读经典时要发现的最重要的东西。西方的文艺复兴就是从西欧的人们与古希腊、古罗马的经典重新对话、重新交流、重新阐释,迸发出一道道灵光,推动人性不断向深入进发,揭开了西方近代化的序幕。中国文化的发展也是由一次次与经典重新对话、重新交流而展开的。孔子述而不作,删六经而奠定儒教文化的框架;汉初董仲舒吸收黄老之学提出天人感应学说,开创了汉儒的传统;北宋朱熹融合佛老学说对六经进行阐释,建立了理学;而同时另一派陆象山提出"六经皆我注脚"的论断,创立了心学;到明代王阳明继承陆象山的学说,进一步发展了心学。每次新的哲学诞生都是靠着对经典的重新对话、重新交流、重新阐释,中国如此、日本如此、西方也是如此。人类建立的理论经过一段时间过后总会发现存在这样那样的问题,这时就要返回原点重新审视,每一次的重新对话、交流都是一次"阐释的循环",这种循环呈波浪式展开,总是处于有限的意义,而不是终极的真理,有时还会出现反复。自《小说神髓》诞生以来的一百多年间,人们对它的赞扬、批判、贬低经历的几次沉浮,最近二十年又出现很多肯定的声音,而每一次重新阐释对文本的深化,也使阐释者的本身得到解读,使人

---

① [德]康德:《纯粹理性批判》,蓝公武译,北京:商务印书馆,2005年,第12页。

结　语

的"此在"得以去蔽而显现。我们在发现作家的内心所闪现的灵光,同时也激发了我们的内心的灵光,在这种交流和对话中我们也能产生新的进步。这就是回归经典的意义。

本书虽然是对《小说神髓》全方位的阐释和评论,但所论证的核心论点就是《小说神髓》揭开了日本近代文学的序幕、是日本近代文学的原点。每一章都是围绕这个主题展开,现在写到了结语,笔者想对前面的论述作一整理:第一章得出的结论是《小说神髓》是一部体系完备的小说理论著作,纠正了一些学者认为该书是杂乱无章的论文集的观点,这一点也是《小说神髓》超越原来中国和日本传统文论和小说点评,成为具有近代意义的文学理论的原因,甚至在后世相当长的时间,也没有第二个人写出如此全面的小说理论著作;第二章得出的结论是《小说神髓》把小说这种原来被认为是低俗的文学样式提升到艺术、美学的高度,使小说成为日本近代主要的文学样式,小说的作者也逐渐成为社会的精英阶层,得到了人们尊重,这使优秀人才投身文学,由此创造出无数优秀的艺术作品,这一点是日本近代文学发展的根本推动力;第三章得出的结论是《小说神髓》对小说这种文学样式做了准确的界定,提出小说要摆脱"劝善惩恶"为中心的旧文学,提倡模写真实人情的新文学,使小说从以"事件"为中心转向了"人情"为中心,宣扬了人性的解放,这种文学观奠定了日本近现代文学发展的基调,以后的文学的题材和主题也都是围绕坪内逍遥提出的命题展开的;第四章是《小说神髓》对近代文学叙事理论的贡献,从叙事的文体、叙事内容、叙事结构、叙事角度、叙事声音以及作者与读者的关系等方面,对小说的创作到交流模式的全过程进行了论述,使近代化的文学理论得以在明确的、具体的操作原则下实现;第五章和第六章是融合比较诗学和互文性理论对《小说神髓》的文外、文本间的意义做出的进一步的考察,使视域进入更加深邃的层次,听到了多重声音,看到诸多文本在此对话交流,激发出绚烂的火花,照耀着四方十界,照耀着过去、现在、未来,造就出一个文本狂欢的世界,使《小说神髓》在文学史上的重大价值进一步凸现。

通过以上归纳可以看出《小说神髓》处于无限广阔的文本网络的

关键结点,从历史上来看,它是传统和近代文学的转折点,具有继往开来的意义;而从空间上讲,它也是东西方文明的交汇点,具有跨文明的融汇和逾越的意义。通过对《小说神髓》的深入研究发掘出融入这部作品中日本的古典文化、中国文明、西方文明等各方面的元素,感受其中蕴含过去、现状、未来的信息。这种理解的深度不仅契合互文性理论、宇宙全息理论,也印证了《华严经》中所说的"于一微尘中,悉见诸世界"(《华严经》普贤行品第三十六)的境界。本文运用多维视域对研究不断深入,通过对具体文本的研究揭示整个日本文学的特色、把握日本近代文学发展演变的内在必然性、对理解日本近现代文学作品给予启发,同时对各民族文化、文学的交流和影响的具体过程、各国文学在近代话语转换过程的特点有更深层次的理解,在交往和对话中激发出经典文本在现代的意义。

参考文献

日语文献：
著作(『小説神髄』各種のテキスト・文学史論・単行本順)：

1. 坪内逍遥：『小説神髄』,岩波書店,1936年10月第1版,1988年2月第17刷。
2. 坪内逍遥：『小説神髄』,『明治文学全集16 坪内逍遥』,筑摩書房,1969年。
3. 『政治小説、坪内逍遥、二葉亭四迷集』,『現代日本文学大系』1,筑摩書房,1964年。
4. 坪内逍遥：『日本近代文学大系』3,角川書店,1974年。
5. 坪内逍遥：『小説神髄』全9冊,松月堂,1885－1886年(名著復刻全集／近代文学館)
6. 二葉亭四迷：『二葉亭四迷集』,『日本近代文学大系』4,角川書店,1971年。
7. 川副国基編：『現代日本文学大系1 近代評論集Ⅰ』,角川書店,1972年。
8. 根岸正純編：『近代小説の表現』1,『表現学大系各論編』9,教育出版センター新社,1988年。
9. 三好行雄、竹盛天雄編：『近代文学』1,有斐閣,1977年。
10. 三好行雄、竹盛天雄編：『近代文学』2,有斐閣,1977年。
11. 三好行雄、竹盛天雄編：『近代文学』3,有斐閣,1977年。
12. 和田繁二郎：『日本の近代文学』,同朋舎,1982年。
13. 久松潜一：『日本文学評論史』(総論・歌論篇),至文堂,1976年。
14. 小田切秀雄：『近代日本の作家たち・坪内逍遥』,法政大学出版局,1962年。
15. 小田切秀雄：『現代文学史』,集英社,1975年。
16. 高田知波：『近代文学の起源』,若草書房,1999年。

17. 吉田精一：『日本文学史』，『吉田精一著作集』19，桜楓社，1983年。
18. 吉田精一編：『現代日本文学の世界』，小峯書店，1968年。
19. 犬養廉等編集：『詳解日本文学史』，桐原書店，1987年。
20. 市古貞次：『日本文学全史・近代』，学燈社，1979年。
21. 加藤周一：『日本文学序説』，『加藤周一著作集』5，平凡社，1982年。
22. 久松潜一編：『日本文学史・近世』，至文堂，1968年。
23. 青木茂、酒井忠康：『日本近代思想大系17 美術』，岩波書店，1989年。
24. 小森陽一：『小説と批評』，世織書房，1999年。
25. 小森陽一：『近代文学の成立——思想と文体の模索』，有精堂，1986年。
26. 柄谷行人：『日本近代文学の起源』，講談社，1988年。
27. 島津久基：『源氏物語評論』，岩波講座日本文学，岩波書店，1932年。
28. 小谷野敦：『「源氏物語」批判史序説』，『文学』，岩波書店，2003年。
29. 柴山理一：『日本における美の構造』，雄山閣，1991年。
30. ドナルド・キーン：『日本人の美意識』，中央公論社，1990年。
31. 鈴木貞美：『日本の文化ナショナリズム』，平凡社，2005年。
32. 鈴木貞美：『「日本文学」の成立』，作品社，2009年。
32. 河竹繁俊、柳田泉：『坪内逍遥』，富山房出版，1940年。
33. 佐渡谷重信：『坪内逍遥』，明治書院，1983年。
34. 日本文学研究資料刊行会編：『坪内逍遥・二葉亭四迷』，有精堂，1979年。
35. 関良一：『逍遥・鴎外—考証と試論』，有精堂，1971年。
36. 本間久雄：『坪内逍遥—人とその芸術』，日本図書センター，1993年。
37. 福田清人、小林芳仁：『「坪内逍遥」—人と作品』，清水書院，1985年。
38. 亀井秀雄：『「小説」論』，岩波書店，1999年。
39. 柳田泉：『「小説神髄」研究』，春秋社，1966年第一版。
40. 柳田泉：『明治初期の文学思想』（上下），春秋社，1965年。
41. 中村完：『坪内逍遥論』，有精堂，1986年。
42. 中村光夫：『二葉亭四迷伝』，講談社，1958年。
43. 松村昌家：『比較文学を学ぶ人のために』，世界思想社，1995年。
44. 斉藤一寛：『坪内逍遥と比較文学』，二見書房，1973年。
45. 曲亭馬琴：『南総里見八犬伝』（中巻），東京：江戸文藝之部出版，1927年。

論文（筆者五十音順）：
1. 安住誠悦：写実主義文学論の展開—逍遥と二葉亭，『語学文学会紀要』2，1964年3月。
2. 井筒満：「小説神髄」と「小説総論」，『文学と教育』(111)，11—13，1980年2月。

3. 石田忠彦：逍遥の文学理論における美の真理について,『鹿児島大学法文学部紀要人文学科論集』19, 1984年3月。
4. 宇佐美毅：坪内逍遥論―小説表現の模索,『国語と国文学』70―5, 1993年5月。
5. 越智治雄：「書生気質」の青春,『国語と国文学』, 1958年3月号。
6. 越智治雄：逍遥と二葉亭―作家の思想―,『国文学:解釈と鑑賞』25―11, 1960年10月。
7. 越智治雄：「小説神髄」の母胎,『国語と国文学』33―2、1956年2月。
8. 柏木隆雄：坪内逍遙『小説神髄』と曲亭馬琴,『語文』90, 21―30, 2008年6月。
9. 川副国基：小説神髄―坪内逍遥―（一）『現代文評釈』,『国文学』6―4, 1961年2月。
10. 川副国基：小説神髄―坪内逍遥―（二）『現代文評釈』,『国文学』6―5, 1961年3月。
11. 川副国基：小説神髄―坪内逍遥―（三）『現代文評釈』,『国文学』6―6, 1961年4月。
12. 川副国基：小説神髄―坪内逍遥―（四）『現代文評釈』,『国文学』6―7, 1961年5月。
13. 川副国基：「小説神髄」について―文学革新期と英国の評論雑誌,『現代日本文学大系』1, 1974年, 筑摩書房。
14. 関良一：『近代作家の誕生』, 参照：吉田精一編,『現代日本文学の世界』, 小峯書店, 1968年。
15. 菊池明：坪内逍遥―心の故郷・貸本屋大惣と名古屋の歌舞伎,『国文学:解釈と鑑賞』, 1992年5月。
16. 清水茂：写実主義思潮の展開―逍遥・二葉亭を中心に―,『国文学:解釈と教材の研究』6-11, 1961年8月。
17. 小森陽一：二葉亭四迷の文学理論,『国語国文研究』(65), 1981年2月, 29頁。
18. 坂垣公一：坪内逍遥の「小説神髄」の写実理論,『日本文芸研究』21―4, 1969年12月。
19. 佐藤昭夫：坪内逍遥の写実主義―「小説の主眼」を中心として―,『成城文芸』11, 1957年8月。
20. 佐藤勇夫：日本比較文学の原点-坪内逍遥,『坪内逍遥研究資料』11, 1984年2月。
21. 菅谷広美：「小説神髄」とジョン・モーレイ,『比較文学年誌』16, 1980年3月。
22. 菅谷広美：「小説神髄」とその材源,『比較文学年誌』9, 1973年3月。
23. 鈴村藤一：坪内逍遥の文学理論―小説神髄前後―,『名古屋大学国語国文学』3, 1959年9月。
24. 髙田半峯：当世書生気質の批評, 参照：『現代日本文学大系』1,『近代評論集』I, 角川書店, 1972年, 50―65頁。

25. 太田三郎:「小説神髄」と先行文学論,『明治大正文学研究』16,1955年5月。
26. 鄭炳浩:文芸用語としての〈妙想〉のスペクトル—坪内逍遥の文学論における「妙想論」の受容背景をめぐって,『文学研究論集』19,2001年3月。
27. 橋浦兵一:「小説の神益」(「小説神髄」の一章)は何故書かれたか,『文学・語学』3,1957年3月。
28. 畑有三:『浮雲』の評価,参照:三好行雄、竹盛天雄:『近代文学』2,有斐閣,1977年。
29. 広橋一男:「小説神髄と小説総論」,『文学』16-7,1948年7月。
30. 藤平春男:小説神髄と国学的文学論—「小説神髄と玉の小櫛」おぼえがき—,『国文学研究』25,1962年3月。
31. 前田愛:「小説神髄」のリアリズムとはなにか,『国文学:解釈と教材の研究』23-11,1978年9月。
32. 村松定孝:坪内逍遥と明治文学,『坪内逍遥研究資料』13,1989年9月。
33. 山本昌一:「小説神髄」と「小説総論」,『新文学史』2,1966年8月。
34. 山本良:小説(ノベル)と美—「小説神髄」の美学化,『国文学研究資料館紀要』(27),259-281,2001年3月。
35. 柳田泉:政治小説の発達と文学改良運動,参照:『政治小説、坪内逍遥、二葉亭四迷集』,『現代日本文学大系』1,筑摩書房,1964年,391—397頁。
36. 柳田泉:『明治初期文学思想とヘーゲル美学』,『明治文学』第6号,1938年12月。
37. 吉田精一:小説神髄と玉の小櫛(1)『倒叙日本文学史15』,『国文学:解釈と鑑賞』24—20,1959年9月。
38. 吉田精一:小説神髄と玉の小櫛(2)『倒叙日本文学史16』,『国文学:解釈と鑑賞』24—11,1959年10月。
39. 吉田精一:坪内逍遥(1)(評論の系譜38),『国文学:解釈と鑑賞』439,1970年8月。
40. 吉田精一:坪内逍遥(2)(評論の系譜39),『国文学:解釈と鑑賞』440,1970年9月。
41. 吉田精一:坪内逍遥(3)(評論の系譜40),『国文学:解釈と鑑賞』441,1970年10月。
42. 和田繁二郎:「小説神髄」試論,『立命館文学』150・151,1957年12月。
43. 和田繁二郎:坪内逍遥における文学意識と啓蒙意識の相剋,『論究日本文学』13,1960年11月。
44. 浜田啓介:馬琴の所謂稗史七法則について,『国語国文』,1959(8)。
45. 徳田武:馬琴の稗史七法則と毛声山の「読三国志法」,『文学』48(6),1980年。
46. 徳田武:馬琴における〈中国〉—「隠微」の摂取,『国文学:解釈と教材の研究』31(2),1986年2月。

中文文献

著作：(作者国别·拼音顺序)

1. [德]康德：《纯粹理性批判》，蓝公武译，商务印书馆，2005年。
2. [德]康德：《判断力批判》，邓晓芒译，人民出版社，2002年。
3. [德]黑格尔：《精神现象学》下卷，贺麟、王玖兴译，商务印书馆，1979年。
4. [德]黑格尔：《小逻辑》，贺麟译，商务印书馆，1980年第2版。
5. [德]黑格尔：《美学》第一卷，朱光潜译，商务印书馆，1979年第2版。
6. [德]马克思、恩格斯：《马克思恩格斯选集》(第2版)第1卷，人民出版社，1995年。
7. [德]马克思、恩格斯：《马克思恩格斯选集》第3卷，人民出版社，1972年。
8. [德]胡塞尔：《胡塞尔选集》，三联书店，1997年。
9. [德]海德格尔：《存在与时间》，陈嘉映等译，三联书店，2006年。
10. [德]加达默尔：《真理与方法》上下，洪汉鼎译，上海译文出版社，2004年。
11. [俄]巴赫金：《巴赫金全集》，第五卷，钱中文主编，河北教育出版社，1998年。
12. [法]蒂费纳·萨莫瓦约：《互文性研究》，邵炜译，天津人民出版社，2003年。
13. [法]马·法·基亚：《比较文学》，颜保译，北京大学出版社，1983年。
14. [瑞士]雅各布·布克哈特：《意大利文艺复兴时期的文化》，何新译，商务印书馆，1979年。
15. [美]哈罗德·布鲁姆：《影响的焦虑》，徐文博译，三联书店，1989年。
16. [美]W·C·布斯：《小说修辞学》，华明等译，北京大学出版社，1987年。
17. [美]雷马克：《比较文学的定义和功用》，《比较文学研究资料》，北京师范大学出版社，1986年。
18. [美]浦安迪：《中国叙事学》，北京大学出版社，1996年。
19. [美]宇文所安：《中国文论：英译与批评》，王柏华等译，上海社会科学出版社，2003年。
20. [美]韦勒克：《文学史上的浪漫主义概念》，《批评的概念》，中国美术出版社，1999年。
21. [美]韦勒克：《比较文学的危机》，载《比较文学研究译文集》，上海译文出版社，1984年。
22. [美]亨利·詹姆斯：《小说的艺术》，朱雯等译，上海译文出版社，2001年。
23. [意]克罗齐：《美学原理·美学纲要》，朱光潜译，人民文学出版社，1983年。
24. [英]E.M.福斯特：《小说面面观》，冯涛译，人民文学出版社，2009年。
25. [英]伊恩·P·瓦特：《小说的兴起》，高原、董红钧译，三联书店，1992年。
26. [日]安万吕：《古事记》，邹有恒、吕元明译，人民文学出版社，1979年。
27. [日]柄谷行人：《现代日本文学的起源》，赵京华译，三联书店，2003年。

28. [日]坪内逍遥:《小说神髓》,刘振瀛译,人民文学出版社,1991年。
29. [日]小森阳一:《日本近代国语批判》,陈多友译,吉林人民出版社,2003年。
30. [日]子安宣邦:《东亚论——日本现代思想批判》,赵京华译,吉林人民出版社,2004年。
31. 陈跃红:《比较文学导论》,北京大学出版社,2005年。
32. 陈平原:《中国小说叙事模式的转变》,北京大学出版社,2003年。
33. 郭绍虞:《沧浪诗话校释》,人民文学出版社,1962年。
34. 刘文荣:《19世纪英国小说史》,中国社会科学出版社,2002年。
35. 鲁迅:《中国小说史略》,上海古籍出版社,1998年。
36. 申丹:《叙述学与小说文体学研究》,北京大学出版社,2004年。
37. 申丹等:《英美小说叙事理论研究》,北京大学出版社,2005年。
38. 申丹:《叙事、文体与潜文本》,北京大学出版社,2009年。
39. 王向远:《东方文学史通论》(第2版),上海文艺出版社,1997年。
40. 王向远:《王向远著作集》,第五卷,宁夏人民出版社,2007年。
41. 王琢编:《中日比较文学研究资料汇编》,中国美术学院出版社,2002年。
42. 魏育邻:《日语文体学》,吉林教育出版社,2002年。
43. 谢六逸:《日本文学史》,北新书局,1929年。
44. 杨周翰、吴达元、赵萝蕤:《欧洲文学史》上下,人民文学出版社,1985年。
45. 叶渭渠:《日本文学思潮史》,经济日报出版社,1997年。
46. 叶渭渠:《日本文学简史》,上海外语教育出版社,2006年。
47. 殷企平:《英国小说批评史》,上海外语教育出版社,2001年。
48. 张世英:《进入澄明之境——哲学的新方向》,商务印书馆,1999年。
49. 赵一凡:《欧美新学赏析》,中央编译出版社,1996年。
50. 朱立元:《现代西方美学史》,上海文艺出版社,1993年。
51. 朱光潜:《朱光潜全集》第一卷,安徽教育出版社,1987年。
52. 周辅成编:《西方伦理学名著选辑》,商务印书馆,1964年。
53. 周作人:《日本近三十年小说之发达》,《艺术与生活》,上海文艺出版社,1999年。
54. 金圣叹:《贯华堂第五才子书水浒传》(下),《金圣叹全集》(二),江苏古籍出版社,1985年。
55. 毛声山:《读三国志法,毛声山批评三国志》(卷一),清雍正刻本,1734年。
56. 李贽:《出像评点忠义水浒全书发凡》,施耐庵著、李贽评点《水浒传》,黄山书社,1991年。

期刊论文:(作者拼音顺序)
1. 曹禧修:小说修辞学中的隐含作者与隐含读者,《当代文坛》,2003年第5期。

2. 陈雪、郑家建:文本文体学:理论与方法,《福建论坛·人文社会科学版》2006年第5期。
3. 程锡麟:互文性理论概述,《外国文学》,1996年第1期。
4. 方长安:中国近现代文学话语转型与日本文学的关系,《求索》,2004年第2期。
5. 方汉文:多元文化的中外文学比较:新辩证观念,《外国文学评论》,2000年第3期。
6. 方汉文:比较文学学科理论的新辩证观念,《中国比较文学》,2000年第2期。
7. 冯寿农:法国文学渊源批评:对"前文本"的考古,《外国文学研究》,2001年第4期。
8. 福田清人、代彭康:坪内逍遥——近代日本文学、文学翻译、戏剧、教育的先驱,《世界文化》,1989年第5期。
9. 李永男:梁启超的小说思想和坪内逍遥的《小说神髓》对朝鲜近代小说理论的影响,《天津外国语学院学报》,2002年第3期。
10. 甘丽娟:论坪内逍遥的写实主义小说观——以《小说神髓》为中心,《齐鲁学刊》,2006年第5期。
11. 甘丽娟:论近代小说地位的确立——以《小说神髓》为中心,《东岳论丛》,2007年第6期。
12. 关冰冰:坪内逍遥的"人情说"初探,《日本学论坛》,2002年Z1期。
13. 关冰冰:走向西方的日本近代文学的起点——进化论与坪内逍遥的小说改良,《东北师大学报》(哲学社会科学版),2002年第3期。
14. 关冰冰:日本近代文学的性质及成立,东北师范大学博士论文,2004年10月。
15. 关冰冰:试论日本近代文学的"近代性"——坪内逍遥艺术论的个案分析,《东北师大学报》(哲学社会科学版),2006年第6期。
16. 洪涛:试论热奈特对互文性理论的贡献,《湖北社会科学》,2007年第10期。
17. 刘振瀛:日本近代文学中的自然主义与现实主义,《北京大学学报》(哲学社会科学版),1981年第6期。
18. 刘振瀛:从《破戒》想起的——略论日本近代文学的发展与挫折,《外国文学研究》,1979年第2期。
19. 孟庆枢:全球化语境下的日本当代文学理论——从作品论到文本论超文本论,《南京师范大学文学院学报》,2007年第3期。
20. 孟庆枢:对日本20世纪80年代以来文学批评的几点思考,《外国文学评论》,2005年第1期。
21. 孟庆枢:日本比较文学研究的趋向,《现代日本经济》,1988年第5期。
22. 潘文东:从译介学的角度看日本的"翻案文学",《苏州大学学报》(哲学社会科学版),2008年第4期。
23. 潘文东:真实与人情:坪内逍遥《小说神髓》理论评析,《外国文学评论》,2010年第1期。

24. 平献明:论日本近代现实主义文学,《日本研究》,1990年第4期。
25. 申丹:"整体细读"与经典短篇重释,《四川外语学院学报》,2008年第1期。
26. 申丹:再谈西方当代文体学流派的区分,《外语教学与研究》2008年第4期。
27. 苏宏斌:《认识论与本体论:主体间性文艺学的双重视野》,《文学评论》,2007年3期。
28. 孙秀丽:巴赫金复调理论视域下的作者与主人公关系,《学术交流》2008年第2期。
29. 孙玉良:《历史、理解与真理》,复旦大学博士论文,2008年。
30. 唐冬梅:西方现实主义文学的现代转生,《青海社会科学》,2009年第5期。
31. 谢地坤:狄尔泰与现代阐释学,《哲学动态》,2006年第3期。
32. 许虎一:明治社会近代化与二叶亭四迷的《浮云》,《延边大学学报》(社会科学版),1985年第4期。
33. 徐有志:文体学流派区分的出发点、参照系和作业面,《外国语》2003年第5期。
34. 杨春时:本体论的主体间性与美学建构,《厦门大学学报》(哲学社会科学版),2006年第2期。
35. 杨春时:中华美学的古典主体间性,《社会科学战线》,2004年第1期。
36. 杨乃乔:比较视域与比较文学的本体论承诺,《北京大学学报》,2003年第5期。
37. 杨乃乔:比较文学是本体论不是方法论,《文艺报》,2001年10月30日,第3版。
38. 叶渭渠:日本近代文学的里程碑—《浮云》,《日本研究》,1988年第3期。
39. 余惠琼:传统物哀文学与现代派技巧结合的典范——谈川端康成《雪国》,《重庆邮电学院学报》,2002年第2期。
40. 乐黛云:互动认知:比较文学的认识论和方法论,《中国比较文学》,2001年第1期。
41. 袁进:中日小说近代变革之比较,《社会科学》,1992年第9期。
42. 王向远:近二十年来我国的中日古代文学比较研究概述,《日语学习与研究》,2003年第2期。
43. 魏育邻:"语言论转向"条件下的当代日本近代文学研究,《广东外语外贸大学学报》,2002年第1期。
44. 张隆溪:钱锺书论比较文学,《读书》,三联书店,1981年第10期。
45. 周荣胜:比较诗学不是诗学比较,《人文杂志》,2008年第1期。
46. 朱刚:论沃·伊瑟尔的"隐含读者",《当代外国文学》,1998年第3期。
47. 温儒敏:莫言历史叙事的"野史化"和"重口味",《中国现代文学研究丛刊》,2013年第4期。

后　记

"君子尊德性而道问学,致广大而尽精微,极高明而道中庸。"

两千多年前的经典精辟地概括了学者治学和为人的经验,自弱冠起笔者对这句古训铭记在心,希望有朝一日自己也能像大师们那样在学问的世界"上穷碧落下黄泉"。也许中国学者都喜欢从宏观来把握微观,试图将苍茫宇宙驾驭在掌股之间,这种思维习惯正如中国的章回小说大多从宇宙洪荒开始叙事的现象一样。司马迁在《报仁安书》中提出的"究天人之际,通古今之变,成一家之言"成为古今学者们的学术理想。笔者虽然驽钝,竟然也自不量力怀着刨根问底的态度在学术崎岖道路上苦苦跋涉,幻想着追寻出世界的本原,以为认清这个根本性问题,对具体问题就能高屋建瓴、势如破竹那样,一切都迎刃而解了。

笔者从近代哲学开创者康德的《判断力批判》《纯粹理性批判》开始,上溯柏拉图、亚里士多德,下及黑格尔、胡塞尔、海德格尔、加达默尔、德里达、哈贝马斯等,对西方哲学大师们的著作或评述进行了广泛的阅读。笔者于2005年赴日本讲学期间就开始收集资料,其后又在北京外国语大学的日本学中心复印了大量的资料。《小说神髓》是日本近代文学中极其重要的文本,研究的资料还真不少。但是我在阅读已经收集的材料时发现很多材料我看不懂。不仅是日文的材料,很多中文的论著我也如堕五里雾中。分析看不懂的原因是因为我对文艺学的知识,尤其是对西方文论的了解太少了。笔者出身于日语专业,从事了十多年的日语教学,也曾在日本留学。对于日语,当然有十足的自信的,但问题似乎不在语言上。因此笔者下决心对西方文论(包括西方现当代哲学)进行一个比较全面的梳理。

当然这种钻研的过程充满了艰辛,不是仅仅用"痛苦"二字可以表达得出来的。读博的开头三四年间,我没有写出一篇论文,也没有其他科研成果。当然因为笔者是在职攻读博士,在此期间由于担任日语系的行政工作,忙于上课和教学事务,确实余下是时间不多。感谢我的导师方汉文教授,他对我一直很信任,他经常说:"做学问一定要踏实,不可急躁。慢一点不要紧,但一定要有质量。"在方老师的鼓励下,我终于对西方的文论有些领悟,虽然没有找到本来希望的"世界的本原",但也明白了在场和不在场的形而上学、知道了逻各斯中心主义的崩溃、体会到当代学术发展速度之迅猛,不深入其中无法在学术中进行创新,只能做个"文抄公"。笔者在导言第二节中论述的主体间性理论是我这几年学习西方哲学和文艺理论的心得,虽然领悟程度还不深,运用也不一定恰当,但这一理论建构基本上可以使我觉得在逻辑上行得通。在主体间性的本体论观照下运用了海德格尔、加达默尔、巴赫金、克里斯蒂娃等学者的理论,融合多维视域来阐述文本,取得了不少新的发现。笔者虽然前几年没有什么科研成果,也不知道论文如何写。在这几年理论的积累下,顺利写出多篇论文,其中3篇发表在核心和核心权威杂志上。本书虽然酝酿时间比较长,但实际写作时间也不过半年左右,开始时一两个月只能写出两千字,到了后来竟然一天写出三四千字来,这些就是得益于在形而上学本体论上的清醒认识和不断充实的理论基础,这些也验证了"磨刀不误砍柴工"的正确。现

后 记

在笔者再看以前收集到的资料时大多都能看懂,还可以根据自己学习的各种理论加以辨别其优劣,有越写越顺的感觉。在坚实的哲学体系的基础上,充分发挥广阔开放的理论体系,利用日本学者精于细微的学术长处,在文本间和主体间形成良性的交流和碰撞,激发出更多智慧的火花。

在本书付梓之际首先感谢我的导师方汉文教授,多年来言传身教、悉心指导,使我从一个埋头教学的教书匠成长为学者。同时还要感谢文学院曹惠民教授、蒋连杰教授、刘锋杰教授、季进教授、朱志荣教授等,他们在本书的构思、写作过程以及修改各个环节给予无私中肯的指导意见。

还要感谢朱新福教授、马中红教授、吴雨平教授、倪祥妍、朱安博、杜明业等同门的师兄师姐师弟们,在多年的交往过程中从他们身上学到很多东西,也曾多次讨论、请教很多学术问题,使冥思苦想不得其解的问题得到圆满的解决。

在本书资料搜集和撰写过程中得到了本科母校的授业恩师——北京大学外国语学院日语系潘金生教授、徐昌华教授、于荣胜教授、刘金才教授、马小兵教授、金勋教授等的指点和协助,还要感谢北京外国语大学于日平教授、徐一平教授,在我去日本学中心查阅资料期间得到了他们的大力协助,当天还偶遇日语界元老胡振平教授、许宗华教授,得到不少学术方面的指点。

本书运用了大量的日语原版资料,使研究在可靠翔实的资料支撑下得以展开,其中很多都是日本友人的功劳。笔者的日文资料除了从北京外国语大学的日本学中心复印了30种(篇)以外,2005年7月赴日本群马县立女子大学讲学期间收集了二十多种资料,篠木玲子教授为此提供了多种方便,在此表示感谢。日本近代文学研究的权威、原帝冢山学院大学校长山田博光教授在苏州大学日语系任教期间曾多次指导笔者,本书中几部关键的参考论著,如龟井秀雄的《〈小说〉论》等都是山田教授提供的。秋田大学教育学部的楚辞学专家石川三佐男教授和笔者也是多年学术交流的故知,2009年来中国开展学术交流时到苏州大学讲学,事后笔者请他帮忙复印在日本国文学资料馆和

CiNii 网站的论文目录中约 50 篇论文，石川三佐男教授欣然接受，使笔者深深地感动。这些资料都成为本书有力的支撑。2009 年 11 月，日本著名学者铃木贞美教授应邀在苏州大学讲学，他对日本近代文学的真知灼见和对日本后现代文学批判给笔者极大启发，讲演结束后笔者和铃木教授共进晚餐，饭后又谈到深夜。铃木教授的到来使笔者亲身触摸到日本学术的最前沿。他的几部著作也在本书写作过程中给予笔者极大启发。在此谨对以上的各位日本友人表示衷心的感谢。

我的大学时代的同学和好友——北京大学日语系潘钧教授、中国社会科学院哲学所的贺雷博士在本书撰写过程中也提出了宝贵意见，贺雷博士还指出了我的论文中的一个概念性错误，在此深表谢意。

本书初稿 2010 年 5 月完成以后，本想马上找出版社尽快出版，但后来一些繁杂的事务性工作和教学任务使人几乎没有时间坐定来慢慢修改稿子。2013 年 4 月到 2015 年 3 月，笔者接受学校海外教学交流的任务赴位于日本京都的花园大学任教，在此期间收集到了大量有关坪内逍遥研究的资料，并与一些日本近代文学的专家交流研讨，学术水平上得到了很大提升。对初稿中一些观点进行了部分修正，对一些资料的可靠性进行了再次确认。原来热腾腾的刚出炉的文章现在经过几年的冷却，再以一种冷静的心态观察时，发现了原来一些说法的偏颇、幼稚，还补充了部分章节的内容。虽然现在书中仍然还有很多不足，但就此作为一个阶段学术的总结，未尝不是件好事。北京大学出版社张冰老师和兰婷老师对本书出版提出了中肯的意见并给予了极大的支持，对此表示衷心的感谢。本书能在母校出版社出版也算成就了多年的夙愿。

最后我还要感谢我的妻子金磊，她默默地承担了很多家务和照顾儿子的工作。感谢所有支持和帮助我的人！

潘文东
2015 年 5 月 28 日
苏州皋孚苑